河出文庫

詩人と女たち

C・ブコウスキー
中川五郎 訳

河出書房新社

詩人と女たち

「多くの心優しき男たちが女によって橋の下に追いやられている」ヘンリー・チナスキー

この小説はフィクションであり、
いかなる登場人物も、
実在の人物を描いたものではない。

1

わたしは五十歳。この四年間というもの女性とベッドを共にしたことはない。女友だちもいない。女性を見かけたり、通りですれちがったりするたびに、わたしは彼女たちに目を遣ったが、憧れをもってではなく虚ろな思いで眺めるだけだった。マスターベーションは定期的に続けていた。しかし、女性と関係をもつということはまったく考えられなかった。たとえ性的な関係ではなくともだ。わたしには六歳になる庶出の娘がいる。彼女は自分の母親と暮らしていて、わたしは養育費を払っている。わたしは三十五歳になる前の数年間、結婚していた。結婚生活は二年半。妻が離婚を申し立てた。わたしはたった一度だけ恋をした。相手は急性アルコール中毒で死んだ。彼女は四十八歳、わたしは三十八歳だった。妻は十二歳年下だった。その妻もおそらくもうこの世にはいない。離婚してからも六年間、クリスマスごとに長い手紙をわたしにくれた。返事を書いたことはない……。

初めてリディア・ヴァンスを見かけたのはいつのことだったか、はっきりとは覚えていない。六年ほど前のことで、十二年間勤務した郵便局員の仕事を辞めたばかりのわたしは作家になろうとしていた。不安だったわたしは前よりもずっと飲むようになっていた。ちょうど最初の小説に取りかかっていたところで、書きながら毎晩ウィスキーを一パイントと半ダース・パックのビールを二パック飲んでいた。安物の煙草を吸って、タイプして、飲んだくれて、ラジオから流れるクラシック音楽に耳を傾けて朝を迎えるという毎日だった。一晩に十ページが目標だったが、次の日にならないと自分がどれくらい書いたのかまるで見当もつかなかった。朝目を覚ますと、まず吐いてから居間によろよろと歩いていき、カウチの上を見て昨日はどれくらい進んだのか、いつもその時に初めて確かめるのだった。たいていは十ページの目標を超えていた。十七、十八、二十三、二十五ページになることもあった。夜ごと書いた原稿は不要な部分を削ったりして推敲しなければならない。最初の小説を仕上げるまで二十一夜かかった。

その当時わたしが借りていた建物の大家は、ちょうど真裏に住んでいた。わたしは彼らから素敵な人物だと思われていた。毎朝目を覚ますと、ポーチの上には茶色の大きな紙袋が置かれている。その時々で中身はいろいろだったが、たいていはトマトやラディッシュ、オレンジ、エシャロット、スープの缶詰、玉葱などが入っていた。彼らとは一晩おきに朝の四時五時までビールを飲んだ。老人がいつも先に酔い潰れ、わたしは老婆と手を取り合って、時々彼女にキスをする。ドアの前で彼女にいつもたっぷりとキスをしてあげる。老婆は信じられないほど皺くちゃだったが、歳なのだからどうしようもない。カトリック信者で、ピンクの帽子をかぶって日曜の朝に教会に出かけていく姿はなかなか愛らしく見えた。

たぶんリディア・ヴァンスとはわたしの最初の詩の朗読会の時に逢ったのだと思う。ケンモア・アベニューにあるザ・ドローブリッジという書店で行なわれた朗読会だ。その時もまたわたしは不安だった。偉そうにしていたが怯えていた。会場に入っていくと、立ち見が出るほどの混みようだ。その店の経営者で、黒人の女の子と暮らしているピーターは、自分の前に現金の束を積み上げていた。「くそっ」と彼がわたしに言う。「いつもこんなふうに満員にできれば、もう一度インド旅行に行けるだけの金が手に入るのに！」わたしが登場すると、みんなは拍手喝采を始めた。詩の朗読に関する限り、わたしは初体験を前にした処女も同然だった。

三十分の朗読の後、休憩にした。わたしはまだしらふで、暗がりの中から自分の方をじっと見つめている視線に気づくことができた。何人かが近づいてきて話しかけてきた。それが一段落した時、リディア・ヴァンスが現われたのだ。わたしはテーブルについてビールを飲んでいるところだった。彼女はテーブルの端に両手を置き、前に乗り出してわたしを見つめた。長い、それもかなり長い褐色の髪で、高くてはっきりとした鼻、両方の目は何となくちぐはぐだった。しかしあたりに生気を振りまいていて、その存在に誰もが気づくといったたぐいの女性だ。ふたりの間にヴァイブレーションが通い合った。すっきりとせず、あまりよくないヴァイブレーションも感じられたが、確かに何かが伝わってきた。彼女はわたしを見つめ、わたしも彼女を見返す。リディア・ヴァンスは首のまわりにフリンジのついたスウェードのカウガール・ジャケットを着ていた。いい胸をしている。わたしは彼女に言った。「きみのジャケットのそのフリンジを剝ぎ取りたいね。始まりはそこからだね！」リディアは立ち去ってしまった。うまくいかなかったようだ。ご婦人方にどう話しかければいいのかわたしはまるでわからなかった。しかし立ち去られても彼女の尻は拝見できる。彼女が歩き去っていく時の見事な尻を観察した。ブルージーンズにおおわれた尻がくっきりと形を浮かび上がらせて遠ざかるその姿を目で追い続けた。朗読の後半を終えたわたしは、通りですれ違った女性たちのことを忘れてしまうようにリディアのことも忘れてしまっていた。お礼の金を貰い、何枚かの紙ナプキンや紙切れにサインしてその場を後にした。そして車を運転して家路についた。

わたしはまだ夜ごと最初の小説に取り組み続けていた。書き始めるのは必ず夕方の六時十八分以降と決まっている。以前ターミナル・アネックス郵便局でいつもタイム・カードを押していた時間だ。ピーターとリディア・ヴァンスのふたりがやってきたのは午後六時のことだった。わたしがドアを開けると、ピーターが言った。「ねえ、ヘンリー、あんたに何を届けにきたと思う?」

リディアがコーヒー・テーブルに跳び乗った。前に見た時よりもぴちぴちのブルージーンズをはいている。褐色の長い髪を右に左にと振り乱す。彼女は正気ではなく、すべてを超越していた。その時わたしは初めて、彼女と寝れるかもしれないと思った。彼女は詩を朗誦し始める。自作の詩だ。どうしようもないものだった。ピーターがやめさせようとした。「だめだ! だめだ! ヘンリー・チナスキーの家で詩を読むのはご法度だよ!」

「やらせてやれよ、ピーター!」

わたしは彼女の臀部を観察したかった。彼女は古びたコーヒー・テーブルの上に大股で上がったり下りたりした。そして踊った。腕を振り回す。詩はひどかったが、からだとその狂乱ぶりはひどくはない。

リディアが飛び下りる。

「お気に召したかしら、ヘンリー？」

「何が？」

「今の詩」

「全然」

リディアは自作の詩の原稿を手にしてその場に立ちつくしている。ピーターが彼女をひっつかまえた。「やろうぜ！」と彼女に言う。「さあ、一発やろうぜ！」

彼女はピーターを押しやった。

「わかったよ」と彼が言う。「それなら俺は行くぜ！」

「行きなさいよ。自分の車があるもの」とリディアが言った。「自分のうちまで帰れるわよ」

ピーターは小走りでドアに向かった。立ち止まって振り返る。「いいかい、チナスキー！　俺があんたに何をお届けしたか忘れちゃだめだぜ！」

彼はドアをバタンと閉めて行ってしまった。リディアはドアのそばのカウチに腰をおろす。わたしは彼女から二十センチ離れて座った。そして彼女を見つめる。この世のものとは思えなかった。わたしは恐れていた。手を伸ばして彼女の長い髪に触れる。その髪は魔力に満ちていた。わたしは手を引っ込める。「ほんとうに全部自分の髪の毛なの？」と尋ねた。そうだということはわかっている。「そうよ」と彼女は答える。彼女の顎の下に手を遣り、やたらとぎこちない感じで自分の方に顔を向かせようとした。どうすればいいのかまるで自信がなかった。彼女にそっとキスをした。

リディアが突然立ち上がる。「行かなくちゃ。ベビーシッターを雇っているの」

「ねえ」とわたしは言った。「ここにいて。金はわたしが払うから。もう少しだけ」

「だめなの、行かなくちゃ」

彼女はドアの方に向かう。その後を追いかけた。彼女はドアを開けて、振り返る。わたしはもう一度彼女に近づいた。彼女は顔を上げて、わたしに軽く触れるだけのキスをする。そして離れるとタイプされた原稿の束をわたしの手の中に押しつけた。ドアが閉められる。わたしは原稿の束を手にしたままカウチに座り彼女の車が発車する音に耳を傾けた。


謄写版印刷されたその詩集はホチキスで綴じられていて、『HERRR』という題名だった。その中の何篇かを読んだ。ユーモアとセクシュアリティに溢れた興味深いものだったが、なんともへただった。詩集はリディアと彼女の三人の姉妹によって書かれたもので、どの作品も陽気で大胆であると同時にセクシーでもあった。わたしは印刷物を放り出し、ウィスキーの口を開けた。外はもう暗くなっている。ラジオからはモーツァルト、ブラームス、それにベートーヴェンが流れていた。

2

一、二日して、リディアから詩が郵送されてきた。長い詩で、こんなふうに始まっている。

出ておいで、年寄りの巨人《トロル》

光のあたらない洞窟から出ておいで、年寄りの巨人
出てきてわたしたちと一緒に陽の光の中に
あなたの髪に雛菊の花をさしてあげよう

その詩は続けて、わたしに喜びとまことの知識とをもたらしてくれる雌の子鹿たちと野原で踊るのがどんなに素敵なことか、訴えようとしていた。わたしはその手紙をドレッサーの引き出しにしまった。


翌朝玄関のドアの嵌め込みガラスをノックする音で目が覚めた。朝の十時半だった。

「帰ってくれ」とわたしは言った。

「リディアよ」

「わかった、ちょっと待って」

わたしはシャツとパンツ、それにズボンを身につけてからドアを開けた。それからバスルームに駆け込んで吐いた。歯を磨こうとしたものの、結局もう一度もどしただけだった。歯磨きの甘さがわたしをむかつかせたのだ。わたしはバスルームから出た。

「具合が悪そうね」とリディアが言う。「帰った方がいいかしら?」

「いや、だいじょうぶだよ。いつも起きる時はこんなふうなんだ」

リディアは調子がよさそうだ。カーテンを通して差し込む光が彼女にあたっている。手にオレンジをひとつ持ってぽんぽん放り上げていた。朝の光の中、オレンジが舞っている。

「長居はできないわ。でもあなたに頼みたいことがあるの」

「どうぞ」

「わたしは彫刻家なの。あなたの頭を彫刻したいの」

「いいよ」

「わたしのうちに来てもらうことになるんだけど。スタジオを持っていないの。わたしのところでやるしかないのよ。苦にはならないわよね？」

「ならないよ」

　わたしは彼女の住所とそこへの行き方を書き留めた。

「朝の十一時には来るようにしてね。午後もなかばになると子供たちが学校から帰ってくるの。気が散るでしょう」

「十一時に行くよ」と彼女に告げた。

　わたしはリディアのキッチンの片隅で彼女と向かい合わせになって座っていた。ふたりの間には大きな粘土の山がある。彼女はわたしにいろいろと質問をし始める。

「ご両親は今も健在？」

「ううん」

「LAが気に入っている？」

「わたしのお気に入りの街だよ」

「どうしてあんなふうに女たちのことを書くの？」

「どんなふうに?」

「わかっているくせに」

「わからないよ」

「あなたみたいにうまく書ける男の人が、女について何ひとつ知らないなんてとんでもないことだと思うわ」

わたしは答えなかった。

「いまいましい! いったいリサはどうしちゃったのかしら……?」彼女は部屋の中を探しだした。「ああ、子供たちときたら母親の道具を持ってどこかへ行っちゃうのよ!」

リディアは別の道具を見つけた。「これで間に合わせるわ。じっとしていてね、リラックスして、でも動かないで」

わたしは彼女と向かい合っていた。彼女は針金の輪が先っちょについた木の道具を使って粘土の山と取り組んでいる。わたしは彼女をじっと見守った。彼女の目がわたしを見つめる。大きな目で濃い褐色をしている。左右がどこかちぐはぐでちゃんとしていない目だったが、素敵だった。わたしは見つめ返す。リディアは作業を続ける。時間が流れた。わたしは忘我の境にいた。すると彼女が声をかけた。「休憩にする? ビールでもいかが?」

「いいね、いただこう」

冷蔵庫に行こうと彼女が立ち上がったので、わたしも後を追いかけた。彼女は壜を取り出してドアを閉める。振り向いた彼女の腰のあたりをつかまえて引き寄せた。口とからだの両方を彼女に押しつける。ビールを持った片手を彼女は精一杯突き出している。わたしは彼女にキスした。

もう一度キスした。リディアはわたしを押し返す。

「そこまでよ」と彼女が言った。「もういいでしょ。仕事を続けなくちゃ」

粘土を挟んで座り、わたしはビールを飲み、リディアは煙草を吸った。その時呼び鈴が鳴った。リディアが立ち上がる。何かに縋りつくような、狂気に取りつかれた目をした太った女が玄関に立っている。

「姉のグレンドリンよ」

「やあ」

グレンドリンは椅子を引き寄せて喋り始めた。猛烈なお喋りだ。彼女がスフィンクスだったとしても、喋ったことだろう。石だったとしても、喋ったことだろう。いつになったら喋るのに飽きてこの場を後にするのだろうかと気になった。耳を傾けるのをやめても、小さなピンポン玉が乱打されているように言葉が否応なしに打ちつけられてくる。グレンドリンには時間の概念というものがまったくなかったし、自分が人の邪魔をしているかもしれないと気にするようなところも露ほどもなかった。彼女はひたすら喋り続ける。

「ちょっと」と、とうとうわたしは言った。「いつになったら帰るつもり?」

それがきっかけとなって姉妹のいつものならわしが始まった。ふたりはお互いに言葉をかけあい始める。ふたりとも立ち上がって、相手に向かって手を振る。声の調子が高くなる。からだに害になることを言ってお互いを脅し合う。このまま永遠に続くのかと思えた時、遂にグレンドリンは巨大な胴体を回転させ、網戸の音を大きくたてて玄関口から飛び出していった。姿が見えなくなっても、感情を高ぶらせて嘆き悲しむ彼女の声が、敷地の裏手にある自分のアパートに辿り着くまで聞こえていた。

リディアとわたしはキッチンの一角に戻って再び腰をおろした。彼女が彫刻の道具を手に取る。彼女の目がわたしの目の中を覗き込む。

3

それから数日後のある朝、リディアの家の中庭に入っていくと、路地から出てきた彼女とばったり出会った。彼女は角のアパートに住む友だちのティナを訪ねた帰りだった。その朝の彼女は、オレンジを手にしてわたしのところに初めてやってきた時と同じように何やら刺激的な電気を発しているように思えた。

「あらっ」と彼女は言った。「新品のシャツじゃない!」

確かにそのとおりだった。わたしは彼女のことや彼女に逢うことを考えるあまり、ついシャツを買ってしまったのだった。彼女はそれがちゃんとわかっているようで、わたしをからかっているのだが、気にはしなかった。

リディアがドアの鍵を開け、わたしたちは中に入った。キッチンの軽食用テーブルの真ん中に置かれた粘土には、濡れた布がかけられている。彼女はその布を勢いよく取っ払った。「ご感想は?」

リディアはわたしを容赦しなかった。見逃されることのない傷痕、アルコール漬けの鼻に猿のような口もと、ただの切れめのような細い目。おめでたい男が嬉しそうな、しかし間の抜けたにやにや笑いを浮かべ、滑稽千万、幸運を感じつつもまだ信じられないといった顔をしている。彼女は三十歳でわたしは五十歳を超えている。まったく気にはならなかった。

「うん。わたしをちゃんと捉えているね。気に入ったよ。ほぼ完成といったところかな。すっかり仕上がってしまったらがっくりしちゃうね。素晴らしい朝や昼下がりをこうして過ごせているんだから」

「あなたの執筆活動の邪魔にならなかった？」

「そんなことはないよ。わたしは暗くなってからしか書かないからね。昼間は絶対に書けないいんだ」

リディアは肉付け用の道具を手にしてわたしを見つめた。「心配しないで。まだまだやることはたくさんあるから。これをちゃんと仕上げたいの」

最初の休憩の後で、彼女はウィスキーのパイント壜を冷蔵庫から取り出した。

「おっ」とわたしは喜んだ。

「どれくらい？」彼女は背の高いグラスを手にしながら尋ねる。

「ハーフ・アンド・ハーフ」

彼女は飲み物をこしらえ、わたしは一気にそれを飲み干した。

「あなたの噂を聞いたことがあるわ」と彼女が言う。

「どんな噂？」

「どんなふうに男たちをフロント・ポーチからぶん投げるかとか、自分の女たちをぶつかとか」

「女たちをぶつ?」

「そうよ、教えてくれた人がいるの」

わたしはリディアを引き寄せ、これまででいちばん長いキスをした。彼女を流しの縁に押しつけ、ペニスを擦りつけ始める。押しのけられたが、キッチンの真ん中でもう一度つかまえた。

リディアの手がわたしの手を捕らえ、自分のジーンズの前を押し下げると、パンティの中へと導き入れた。指先が一本、彼女の性器のいちばん上の部分に触れた。濡れている。わたしはキスを続けながら、何とかして指を彼女のヴァギナの中に入れようとした。それから手を引き抜き、彼女から離れると、パイント壜を手に取り、もう一杯おかわりを注いだ。わたしは軽食用テーブルの前に座り、リディアも反対側にまわって座る。そしてわたしをじっと見つめる。おもむろに彼女はまた粘土をいじり始めた。わたしはウィスキーをゆっくりと飲む。

「ねえ」とわたしが言う。「わたしにはきみが抱えている悲劇がわかる」

「何ですって?」

「わたしにはきみの悲劇がわかる」

「どういうこと?」

「いいかい」とわたしは言いかけた。「でも、もういいや」

「知りたいわ」

「きみの気持を傷つけたくないよ」

「あなたがいったいぜんたい何のことを言っているのか、わたしは知りたいのよ」

「わかった、もう一杯酒をくれたら、きみに教えてあげよう」

「いいわ」リディアは空っぽになったわたしのグラスを取って、そこにウィスキーを半分と水を半分入れてくれる。わたしはそれも飲み干した。

「それで？」と彼女が尋ねる。

「何だい、知ってるくせに」

「何を？」

「きみのあそこはでっかいね」

「えっ？」

「並はずれているというわけじゃないよ。きみには子供もふたりいるし」

リディアは何も答えず、座ったまま粘土と取り組み続けた。それから道具を下に置いた。キッチンの隅の裏口のそばまで歩いていく。わたしがじっと見守っていると、そこで彼女は屈んでブーツを脱いだ。それからジーンズとパンティを脱ぎ捨てた。目の前に彼女の性器がある。

「いいわよ、このろくでなし」と彼女が言った。「あんたが間違っているって、これから証明してあげるから」

わたしは靴を脱ぎ、ズボンもパンツも脱ぎ捨てた。リノリウムの床にわたしは跪き、大の字に寝っ転がっている彼女の上にゆっくりと乗っかっていった。彼女にキスをする。たちまちのうちに固くなったわたしのものが、彼女を貫いていく。

わたしは腰を動かし始める……一、二、三……。

玄関のドアをノックする音。小さな拳、乱暴でしつこいノック。子供のノックだとすぐにわかる。リディアが素早くわたしを押しのけた。「リサよ！　今日は学校に行かなかったの！　あの子はずっとあっちに行っていたのよ……」リディアは飛び起きると服を身につけ始めた。

「服を着て！」とわたしに向かって言う。

わたしはできるだけ大急ぎで服を着た。リディアがドアに駆け寄ると、彼女の五歳の娘が立っていた。「マミー！　マミー！　指切っちゃった！」

わたしは居間に出ていった。リディアがリサを膝の上に乗せている。「あらら、マミーに見せてごらん。ほらほら、マミーがその指にキスしてあげる。マミーがちゃんと治してあげるからね！」

「マミー、痛いよう！」

わたしは傷口を見た。ほとんど見えないほどの傷だった。

しかたがないので、わたしはリディアに言った。「ねえ、明日またね」

「ごめんなさい」と彼女が答える。

「いいから」

リサがわたしを見上げていた。涙がとめどもなく溢れ出ている。

「リサにはわたしを困らせるつもりはないのよ」とリディアが言った。

わたしはドアを開け、ちゃんと閉めてから、愛車の一九六二年型マーキュリー・コメットに向かった。

4

その頃わたしは『ザ・ラクサティヴ・アプローチ』というリトル・マガジンの編集をしていた。わたしのほかにもうふたり編集者がいて、自分たちは今の時代の最良の詩人たちを紹介していると自負していた。とはいうものの中にはそれほどでもない詩人たちも含まれていた。共同編集者のひとりはかなり程度の低いハイスクールをドロップ・アウトした身長百八十八センチのケネス・マロック（黒人）で、母親と姉からの援助を少しずつ受けていた。もうひとりの編集者は二十七歳のサミー・レヴィンソン（ユダヤ人）で、両親と一緒に住んで、彼らに養われていた。

わたしたちは仕上がった印刷物のページを揃え、表紙をつけて製本する作業をしなければならなかった。

「あなたにはページ揃えのパーティを開いてもらおう」とサミーが言った。「酒を用意して、おべんちゃらを言うだけで、あとはみんなに仕事をしてもらえばいいさ」

「わたしはパーティが嫌いだ」

「招待の方はぼくが引き受けるから」とサミーが言う。

「わかった」とわたしは同意し、そしてリディアを招待した。

パーティの当夜、サミーはすでにページ揃えの終わった印刷物を持って現われた。神経質になりすぎるあまり頭の中がチック状態となった彼は、印刷された自分の詩を一刻も早く見たくてたまらなくなってしまった。だからひとりで『ザ・ラクサティヴ・アプローチ』のページを全部揃えて表紙もちゃんと付けてしまったのだ。ケネス・マロックの姿はどこにも見当たらなかった。おそらく留置所の中か、施設に入れられているのだろう。

みんながやってきた。ほとんど知らない人ばかりだ。わたしは裏庭の大家のところに歩いていった。大家の老婆が玄関に現われた。

「すごいパーティをやっているんです、オキーフさんの奥さん。あなたと旦那さんとにぜひ来てもらいたくって。ビールもプレッツェルもチップスもたっぷり」

「とんでもない！　いやですよ」

「どうかしたんですか？」

「やってきている人たちを見たんですよ！　髭づらにあの髪の毛、それに着ているものはぼろぼろ！　ブレスレットにビーズ……まるでコミュニストの集まりですよ！　あんたはどうしてあんな人たちに我慢ができるの？」

「わたしもあの人たちには我慢がなりませんよ、オキーフさんの奥さん。ただビールを飲んでお喋りするだけです。どうってことはないですよ」

「目を離しちゃだめよ。あの手の人間は秘密の諜報活動をするからね」

彼女はドアを閉めた。

リディアは遅れてやってきた。まるで女優のように玄関のドアを通り抜ける。まず目についたのは藤色の羽根がピンで留められた彼女の大きなカウボーイ・ハット だった。彼女はわたしに口もきかず、すぐに書店の若い店員のそばに座ったかと思うと、夢中で彼とお喋りを始めた。わたしはそれまで以上に勢いよく飲み始め、活気もユーモアもない話しかできなくなってしまった。書店の店員は作家を目指すという、なかなかの人物だった。ランディ・エヴァンスという名前で、はっきりとした自分の文体を持つにはあまりにもカフカに深入りしすぎていた。わたしたちが彼の作品を『ザ・ラクサティヴ・アプローチ』に掲載したのは、彼の気持を傷つけたくないということもあったが、彼の書店で雑誌を扱ってもらいたいがためだった。

わたしはビールを飲みながらうろつきまわった。バックポーチに出て路地に面した階段に座り、ゴミ入れに潜り込もうとしている大きな黒猫をじっと見守った。その猫に近づいていくと、そいつはゴミ入れの上から飛び下りた。一メートルほどの距離をおいてわたしの様子を窺っている。わたしはゴミ入れの蓋をはずした。猛烈な悪臭がする。たまらず缶の中に吐いてしまった。蓋がわたしの手から落ちて路上に転がる。猫は飛び上がり、四本の足をぴったりとくっつけて缶の縁に立っている。一瞬ためらったものの、半月の月明かりに照らされ、ゴミ缶の中に飛び込んでいった。

リディアはまだランディに話しかけていた。テーブルの下で彼女の片方の脚がランディの片方の脚と触れ合っているのに気づいた。わたしはもう一本ビールを開けた。

サミーは集まった人たちを笑わせている。わたしがみんなを笑わせる気になれば、彼よりはもう少しうまくやれる。しかしその夜は気分がよくなかった。その場にいたのは、男たちが十五、六人と女性がふたり、リディアとエイプリルだった。エイプリルは精神障害者保護を受けていて太っている。彼女はフロアの上で大の字になっていた。一時間ちょっとすると起き上がり、覚醒剤のやりすぎで最後には薬が効かなくなってしまったカールと一緒に帰っていった。残ったのは十五、六人の男たちとリディアだけ。キッチンでスコッチを見つけたわたしは、それを手にしてバックポーチに出て、ひとりでちびちびとやり始めた。

夜がふけるにつれて男たちが徐々に帰りだす。ランディ・エヴァンスですら帰ってしまった。とうとうサミーとリディアとわたしの三人だけになった。リディアはサミーに話しかける。彼が何かおかしなことを言う。わたしも笑えた。それからサミーはもう行かなくちゃと切りだした。

「お願いだから行かないで」とリディアが言う。

「子供は帰しておやり」とわたし。

「そうさ、ぼくは行かなくちゃ」とサミーが答える。

サミーが去ってしまった後でリディアが話しかけてきた。「彼を追っぱらってしまわなくてもよかったのに。サミーって面白いわ。ほんとうに面白い人だわ。あなたは彼の気持を傷つけたのよ」

「でもわたしはきみとふたりだけで話がしたいんだ、リディア」

「あなたのお友だちって楽しいわ。わたしはあなたと違ってめったにいろんな人たちとは出会えないんですもの。わたしは人間が好きよ！」

「わたしは嫌いだね」

「あなたが嫌いなのはわかっているわ。でもわたしは好きなの。いろんな人たちがあなたに逢おうとやってくる。あなたに逢いにきたりしなかったら、みんなのことをもっと好きになるかもしれないわよ」

「そう、逢わずにすめばすむほどわたしはその人たちのことが好きになるんだ」

「あなたはサミーの気持を傷つけたわ」

「ばかばかしい！　あいつはおふくろさんの待つ家に帰ったんだ」

「あなたは妬いているのよ。不安でたまらないの。話しかける男みんなとわたしが寝たがっていると思っているわ」

「そんなことないよ。ねえ、何かちょっと飲まないか？」

立ち上がって、彼女のために一杯作った。リディアはロングサイズの煙草に火をつけ、自分の飲み物に口をつけた。「その帽子、とてもよく似合っているよ。紫色の羽根が素敵だね」とわたしは言った。

「父親の帽子なの」

「なくなったって困っていないかい？」

「死んじゃったわ」

リディアをカウチの方へと引き寄せ、時間をかけてキスをした。彼女は父親の話をした。彼女の父親は死んで四人の姉妹たちみんなに少しずつお金を残した。それぞれが自立できるだけの金額で、リディアはそのお金で夫と離婚することができた。神経衰弱に陥って精神病院に入っていたこともあると彼女は教えてくれた。わたしは彼女にもう一度キスをした。「さあ、ベッドで横になろう。わたしは疲れたよ」

驚いたことに彼女はわたしについて寝室にやってきた。ベッドの上で仰向きになっていると、彼女が端に腰をかける。わたしは目を閉じていたが、彼女がブーツを脱いでいるのがわかった。

片方のブーツがフロアの上に落ち、続いてもう片方がフロアに当たる音がする。わたしはベッドの上で服を脱ぎ始め、手を伸ばして頭上の明かりを消した。わたしは服を脱ぎ終えた。わたしたちはまたキスをした。

「女の人と最後に寝てからどれぐらいになるの?」

「四年」

「四年も?」

「そう」

「あなたは愛の恵みを受けるべきだと思うわ」と彼女が言った。「あなたの夢を見たの。わたしは飾り棚を開けるようにあなたの胸を開けていたわ。扉が幾つもついていて、それを開けるとあなたの中に柔らかなものが全部しまわれているの。ぬいぐるみの熊さんでしょう、けばけばのちっちゃな動物たちでしょう、そうした柔らかくて抱きしめたくなるようなものばかり。それから別の男の人の夢を見たわ。わたしの方に近づいてきて、紙の束を渡すの。彼は作家だった。わたしはその紙に目を遣った。紙の束には癌ができていた。彼の書くものは癌にかかっていたの。わたしは自分の夢を信頼しているの。あなたは愛の恵みを受けるべきよ」

わたしたちはもう一度キスを交わした。

「ねえ」と彼女が話しかける。「わたしの中にあれを入れたら、いく前に外に出してね。いい?」

「わかった」

わたしは彼女の上に乗っかった。素晴らしかった。確かな手ごたえが感じられる。自分より二十歳も年下の女の子と一緒で、しかもよくよく見ればかなりの美人だ。わたしは十回ほど腰を動かし、彼女の中でいってしまった。

彼女が跳ね起きる。

「ひどいわ！　わたしの中で出したわね！」

「リディア、もうずいぶんとごぶさたで……あまりにも気持よくて……我慢できなかった。知らないうちにいってしまったんだ！　絶対に嘘じゃない、どうしようもなかったんだ」

彼女はバスルームに駆け込み、バスタブに水をため始めた。鏡の前に立って茶色の長い髪に櫛を通している。見事なまでの美しさだ。

「このくそったれ！　まいったわ、能なしの高校生の手口じゃないの。高校生しかしないへまよ！　最悪の時だとどうしようもないことになるのよ！　まったく何てこと！　こんなへましちゃって！」

わたしはバスルームの中の彼女の方へと近づいていった。「リディア、愛してるよ」

「わたしのそばに来ないで！」

彼女はわたしを押し出してドアを閉める。わたしは廊下に立ちつくし、バスタブに水が入っていく音に耳を傾けていた。

5

リディアとはそれから二日間逢わなかった。しかしその間も何とか電話で六、七回話をすることができた。そして週末がやってきた。彼女の前の夫のジェラルドが週末はいつも子供たちを預かった。

　わたしは土曜日の午前十一時頃に車で彼女の家に行き、ドアをノックした。彼女はぴちぴちのブルージーンズにブーツ、そしてオレンジ色のブラウスという恰好だった。その茶色の目の色はいつもより濃いように見え、ドアを開けた彼女を日の光の中で見ると、黒い髪には自然の赤毛が混じっていた。驚くべき発見だ。彼女はわたしにキスをさせ、表に出てドアに鍵をかけ、それからふたり並んでわたしの車へと向かった。わたしたちはビーチに行くことに決めていた。水浴びをするためではなく、ほかのことをして楽しもうと考えていた。季節は冬真っ最中だった。

　わたしたちはドライブを楽しんだ。リディアが一緒に車に乗っているのはいい気分だ。

「ちょっとしたパーティだったわね」と彼女が言う。「ページを揃えてくっつけるパーティというよりはもっと別のものをくっつけるパーティだったわ。あのパーティはそうだったのよ。交尾パーティだわ！」

　わたしは片手で車を運転しながら、もう一方の手を彼女の太腿の内側へともっていった。手を出さずにはいられない。リディアは気がついていないようだった。ドライブを続けるほどに、その手は彼女の脚の間の奥の方へと滑っていく。彼女はお喋りを続けている。突然彼女が言った。

「その手をどけて。そこはわたしのプッシーよ！」

「ごめん」

　それからはベニス・ビーチの駐車場に着くまでふたりともひとことも喋らなかった。「サンドイッチかコークか何か欲しくない？」とわたしは尋ねた。「いいわね」と彼女が答える。

　わたしたちは小さなジューイッシュ・デリカテッセンでいろいろと買い込んで、海を見晴らす芝山まで運んだ。サンドイッチ、ピクルス、チップス、それにソフト・ドリンクスなどなどだ。ビーチに人出はほとんどなく、食べ物はおいしかった。リディアは何も喋らない。彼女がとても速く食べるのには驚かされた。荒々しくサンドイッチに食らいつき、コークをがぶ飲みして、ピクルスの半分を一口で食べながらポテト・チップスを鷲摑みにしようとしている。わたしはといえば、まったく正反対で、うんとゆっくりと食べる方だった。

激情。彼女は激情の持ち主だとわたしは思った。

「サンドイッチはどう？」とわたしは聞いてみた。

「とてもおいしいわ。お腹がすいていたの」

「おいしいサンドイッチだよね。ほかに何か欲しいものある？」

「ええ、キャンディ・バーが欲しいわ」

「どんなやつ？」

「どんなやつでもいいわ。おいしかったら」

わたしは自分のサンドイッチを一口食べ、コークを少し飲んでから、さっきの店まで歩いていった。彼女の好きな方が選べるようにと二本のキャンディ・バーを買った。戻ろうとすると、背の高い黒人の男が小山の方に近づいているのが見えた。風の冷たい日だったが、その男はシャツを脱いで、筋肉隆々の肉体を見せている。まだ二十代前半のようだ。彼はうんとゆっくり歩き、意気揚々としている。首は細くて長く、左の耳には金のイヤリングがぶらさがっていた。海に面した方の小山の砂浜の上を歩き、リディアの目の前を通り過ぎていった。わたしは戻ってリディアの隣に腰をおろした。

「あの男を見た？」と彼女が尋ねる。

「うん」

「まいったわ。わたしはこうしてあなたと一緒にいる。あなたはわたしよりも二十歳も年上よ。あんな人が相手でもいいのに。いったいどこで間違っちゃったのかしら？」

「ほら、キャンディ・バーがふたつ。ひとつお取りよ」

彼女は一本を取って包み紙をむしり取ると、浜辺を遠ざかっていく黒人の若者を目で追いかけながらそれに齧りついた。

「ビーチにも飽きちゃった。わたしの家に戻りましょうよ」と彼女が言った。


わたしたちは一週間離れ離れで過ごした。それからある昼下がりのこと、わたしはリディアの家に出かけ、彼女のベッドの上でキスをした。リディアはわたしから逃れる。

「あなたは女のことが何もわかっていないでしょう。そうじゃない？」

「いったい何が言いたいんだ？」

「つまりあなたの詩や小説を読めば女について何も知らないのがよくわかるってこと」

「もっと教えてくれよ」

「つまりわたしに関心を抱く男なら、わたしのプッシーを舐めるってことよ。プッシーを舐めたことあるの？」

「ないね」

「五十以上にもなって一度もプッシーを舐めたことがないの？」

「ないね」

「もう手遅れよ」

「どうして？」

「年寄りの犬には新しい芸を仕込めないでしょう？」

「できるとも」

「だめ、あなたの場合は手遅れよ」

「わたしはいつだって晩生《おくて》だったんだ」

リディアは起き上がって別の部屋に歩いていく。そして鉛筆と紙切れとを持って戻ってきた。

「さあ、よくって、あなたにいいことを教えてあげるわ」彼女は紙に絵を描き始めた。「ほら、これが女性のあそこ。そしてここにあるのがたぶんあなたのよく知らないもの、クリちゃんよ。ここで感じるってわけ。クリちゃんは隠れているの、こんなふうに、それが時々顔を出す。ピンク色をしていて、ものすごく敏感なの。見えなくなる時もあるから、ちゃんと探さなくちゃだめよ。舌の先で触れればいいの」

「オーケイ。よくわかったよ」

「あなたがちゃんとやれるとは思わないわ。言っとくけど、年寄りの犬に新しい芸は仕込めないのよ」

「じゃあお互いに服を脱いで横になろうよ」

わたしたちは服を脱いで横になった。リディアにキスし始める。唇から始めて、首筋から乳房へと下がっていく。それから臍に辿り着き、もっと下の方へと移動する。

「だめよ、あなたにはむりよ。血やおしっこがそこから出てくるのよ。考えてみて、血やおしっこよ」

わたしはそこに顔を埋めて舐め始めた。彼女がわたしのために描いてくれた絵は正確そのものだった。しかるべきものがしかるべきところにあった。彼女の荒い息遣いが聞こえ、やがて呻き声に変わった。その声に興奮させられた。わたしは勃起した。クリトリスが顔を出したが、それはピンク色ではなかった。正確には紫がかったピンク色だ。わたしはクリトリスと戯れた。ジュースが溢れ出し、性器の毛にこびりつく。リディアは呻きに呻いた。その時玄関のドアが開いて閉じる音がした。足音が聞こえる。顔を上げると、五歳ぐらいの小さな黒人の男の子がベッドのそばに立っていた。

「いったい何の用なんだ?」

「空の壜ある?」と男の子が尋ねる。

「ううん、空の壜はないよ」とわたしが答える。

男の子は寝室から表の部屋に出ていき、それから玄関のドアを抜けてどこかへ行ってしまった。

「まいったわ」とリディアが言う。「表のドアは鍵がかかっていると思っていたのに。あれはボニーのおちびさんよ」

リディアは起き上がって玄関のドアの鍵をかけた。戻ってきた彼女はまた大の字になる。土曜日の午後の四時頃だった。

わたしはまた顔を埋めた。

6

リディアはパーティが好きだった。そしてハリーはパーティの主催者だ。そこでわたしたちはハリー・アスコットの家へと向かっていた。ハリーは『リトート』というリトル・マガジンの編集者だった。彼の妻はシースルーのロング・ドレスを着て、男たちに自分のパンティを見せ、いつもはだしで出かけた。

「あなたのことでまず気に入ったのは」とリディアが言う。「うちにテレビを置いていなかったということね。前の亭主は毎晩、そして週末は一日じゅうずっとテレビを見ていたわ。テレビの番組の時間に合わせて、いつ愛の行為をすればいいのか決めなくちゃならなかったほどよ」

「ふーん……」

「あなたの家でもうひとつ気に入っているのは、不潔だということ。床じゅうにビール壜が転がっている。いたるところにいろんなごみが落ちているしね。汚れたお皿、トイレにこびりついたうんち、バスタブの垢かす。バスルームの洗面台には錆びた剃刀の刃が散らばっている。あなたはきっとプッシーを舐める人だってわかったわ」

「きみはどんなところに住んでいるかでその人を判断するというわけだね?」

「そうよ。整然とした部屋に住んでいる男がいるとしたら、どこかおかしいに違いないって思うわ。あまりにもきれい好きだったら、そいつはおかまよ」

到着したわたしたちは車から降りた。家はアパートの二階だった。音楽が大音響でかかっている。わたしは呼び鈴を鳴らした。ハリー・アスコットがドアを開ける。優しく人を包み込むような微笑みを浮かべて、「さあ、入って」と言う。

中は文学関係の人間がいっぱいで、ひとかたまりになってワインやビールを飲んだり、お喋りに興じていたりしていた。リディアはわくわくしている。わたしはまわりを見回してから腰をおろした。すぐにもディナーが始まりそうだった。ハリーは腕のいい漁師で、漁師としては作家よりずっとましだったし、編集者よりずっとずっとましだった。アスコット家はハリーの才能がお金に結びつくのを待ちながら漁で生活していた。

彼の妻のダイアナが魚の料理を持って現われ、みんなに回していった。リディアがわたしの隣に座る。

「さてと」とリディアが言う。「これが魚の食べ方よ。わたしは田舎娘なの。さあ、見ててね」

彼女はその魚を開き、ナイフで背骨のあたりをどうにかした。魚はきれいにふたつに分かれた。

「あら、お見事ですこと」とダイアナが言った。「どこのご出身っておっしゃったかしら?」

「ユタ。ユタ州のミュールスヘッド。人口は百人。わたしは農場で育ったの。父親は飲んだくれだったわ。死んじゃったけどね。だからきっとこの人と一緒にいるんでしょうね……」

彼女は親指でわたしを突く。

わたしたちは食事をした。

魚が食べつくされると、ダイアナは骨を片づけた。そしてチョコレート・ケーキと、強いが安物の赤ワインが出てきた。

「わあ、このケーキおいしいわ。もうひとついただけるかしら?」とリディアが言う。

「もちろんですとも」とダイアナ。

「チナスキーさん」と部屋の向こう側から黒髪の女性が話しかけてきた。「翻訳されたあなたの本をドイツで読みました。あなたはドイツではとても有名ですよ」

「それはいいね」とわたしは答える。「印税を少しは送ってくれたらなあ」

「ねえ」とリディアが割り込んでくる。「たわけた文学話はもういいじゃない。何か面白いことをしましょうよ！」彼女は勢いよく立ち上がって、腰を突き出したり回したりする。「踊りましょう！」

ハリー・アスコットが優しく寛大な微笑みを浮かべてステレオに近づき、ボリュームを上げた。これ以上は無理というほどのボリュームだ。

リディアは部屋じゅう狭しと踊り、額に小さな輪をくっつけた若いブロンドの男の子が彼女に加わった。ふたりは一緒に踊り始める。ほかのみんなも立ち上がって踊った。わたしは座ったままだった。

わたしの隣にはランディ・エヴァンスが座っていた。彼もリディアを目で追いかけている。彼は喋り始めた。どんどん喋り続ける。ありがたいことにわたしには彼が何を喋っているのかまったく聞こえなかった。ステレオがうるさすぎたのだ。

小さな輪をつけた若者と一緒に踊るリディアを見守った。リディアの踊りは最高だ。彼女のしぐさからは性的な何かが読み取れる。ほかの女性たちも見てみたが、彼女たちの踊りはそうではなかった。しかし、とわたしは考えた。単にわたしがリディアを知っていて、ほかの女たちのことは知らないというだけなのかもしれない。

わたしは返事をしなかったが、ランディはなおも喋り続けていた。ダンスが終わり、リディアは戻ってきてわたしの隣に座った。

「うひゃあ、もうへとへとよ！　からだが溶けちゃいそうだわ」

新しいレコードがかかるとリディアはまた立ち上がって金の輪をつけた若者の踊りに加わった。わたしはビールとワインを飲み続けた。

レコードは山ほどあった。リディアと若者とは踊りに踊り、彼らを取り囲むかたちでほかのみんなも踊っていた。曲が変わるにつれてふたりの踊りはより親密なものになっていく。

わたしはビールとワインを飲み続けていた。

ダンスは大胆で下品なものになっていった。金の輪をつけた若者は両手を頭の上にあげ、リディアは彼にからだを押しつけていた。芝居がかっていると同時にエロティックでもあった。ふたりは両手を頭の上高くあげたまま、お互いのからだを押しつけ合っている。くっつき合うからだとからだ。若者は同時に両足を跳ね上げ、リディアがそれを真似する。彼らはお互いの目をじっと見つめ合っていた。ふたりの見事さを認めないわけにはいかなかった。レコードは次から次へとかけられた。そしてとうとうおしまいになった。

リディアが戻ってきてわたしの隣に座る。「ほんとうにもうへとへとよ」

「ねえ」とわたしは言う。「どうも飲みすぎたようだ。そろそろ退散したほうがいいかもしれない」

「浴びるように飲んでいたものね」

「行こう。またパーティはあるさ」

わたしたちは帰ろうとして立ち上がった。リディアがハリーとダイアナに言葉をかける。彼女が戻ってきて、ふたりでドアの方に向かった。ドアを開けていると金の輪をつけた若者がわたしに近寄ってきた。「よう、俺とあんたの彼女とはどうだった?」

「きみらはオーケイさ」

表に出てわたしはすぐに吐いた。自分が飲んだビールとワインをすっかりもどした。歩道の端の茂みの中に撒き散らし、さながら月夜のゲロ男といったところだ。ようやく立ち上がってしゃんとすると、わたしは手で口もとを拭った。

「あの男にむかついたのね?」と彼女が聞く。

「そう」

「どうして?」

「ほとんどやっているのも同然だった。もっとましかもしれないが」

「どうってことないじゃないの。ただのダンスだったのよ」

「わたしが通りであんなふうに女をひっつかまえたとしたらどうする? 音楽さえあればいいのか?」

「わかってないわねえ。ダンスをやめるたびに戻ってきてあなたの隣に座っていたじゃない」

「オーケイ、オーケイ。ちょっと待って」

どこかの枯れた茂みの中にもう一度吐いた。わたしたちはエコー・パーク地区からハリウッド・ブールヴァードの方へと丘を歩いて下りた。

車に乗り込み、エンジンをかけ、ハリウッドを西にヴァーモントに向かって走った。

「あなたのような人を何て呼ぶか知ってる?」とリディアが尋ねた。

「知らない」

「パーティの興ざまし野郎って呼ぶのよ」

7

眼下にカンサス・シティが広がり、操縦士は気温は零下七度だと知らせる。わたしはといえば、カリフォルニア・スタイルの薄いスポーツ・コートとシャツを着て、薄手のズボンに夏用の靴下をはき、穴のあいた靴で機内に座っていた。機体が着陸して駐機場へと移動すると、乗客はめいめいのオーバーコートや手袋、帽子やマフラーに手を伸ばした。わたしはいちばん最後に移動式の昇降階段を下りていった。フレンチィが建物に寄りかかって待っていた。フレンチィは戯曲を教え、本を蒐集している。集めているのはほとんどわたしの本だった。「とんでもないカンサス・シティへようこそ、チナスキー!」出迎えたとたん、彼はテキーラのボトルを手渡してくれた。早速一口飲んで、彼について駐車場まで歩いていった。わたしは荷物もなく、詩でいっぱいの紙挟みを持っているだけだった。車は暖かく快適で、わたしたちはボトルをやりとりした。

車道は凍結していた。

「こんなこちこちの氷の上を運転できる者はそうそういるもんじゃない」とフレンチィが言う。

「絶えず気を配っていないとね」

わたしは紙挟みを開き、リディアが空港でわたしにくれた一篇の愛の詩をフレンチィに読み聞かせ始めた。

「……あなたの紫色の男根の反り具合はまるで……」

「……あなたの吹出物を絞ると、精液のようにほとばしり出る膿のかたまり……」

「くそっ、ひどいや！」とフレンチィがわめいた。車がスピンして、フレンチィは必死でハンドルを操作している。

「フレンチィ、これじゃ辿り着けそうもないね」

テキーラのボトルを持ち上げて一口飲みながらわたしが言った。

車は道路から滑り落ち、ハイウェイをふたつに分けている深さ九十センチほどの溝にはまってしまった。わたしは彼にボトルを手渡した。

車から出て、溝をよじ登った。ボトルの残りを分け合いながら、走ってくる車に親指を立ててヒッチハイクをしようとした。ようやく一台の車がとまった。運転していたのは二十代半ばの酔っぱらった男だった。「あんたらどこへ行くんだい？」

「詩の朗読会だ」とフレンチィが言った。

「詩の朗読会？」

「そう、大学でね」

「いいよ、乗んな」

彼は酒のセールスマンで、後ろの席はビールのケースでいっぱいだった。

「ビールを飲めよ」と彼は言った。「俺にもひとつな」

彼はわたしたちを目的地まで届けてくれた。キャンパスの中央まで車を乗り入れ、講堂の前の芝生の上で停車した。たった十五分だけの遅刻だ。わたしは車から降りて、吐き、それからフレンチィと一緒に講堂に入っていった。わたしが最後までちゃんと朗読できるようにと、途中で寄り道して、ふたりでウォツカを一パイントほど飲んでいたのだ。

二十分ほど朗読してから、わたしは詩を読むのをやめた。「こんなくだらないのはもううんざりだ」と言った。「お互いに話し合おう」

気がつくとわたしは聴衆に金切り声でわめきたてていて、聴衆もわたしにわめき返した。なかなかの聴衆だ。催しは入場無料だった。それから三十分ほどして、ふたりの教授がわたしを外へと連れ出した。「あなたのために部屋を用意してあります、チナスキー」と教授のひとりが言う。

「女子寮に」

「女子寮に？」

「そうです。いい部屋ですよ」

ほんとうだった。部屋は三階にあった。教授のひとりがウィスキーの五分の一ガロン壜を持ってきてくれた。もうひとりがわたしに朗読会の報酬の小切手と飛行機代を手渡してくれる。わたしたちは座り込んでウィスキーを飲みながら話をした。それからわたしは意識をなくしてしまった。気がつくと誰もいなくなっている。五分の一ガロン壜はまだ半分残っている。わたしは座り込んで飲みながら考えた。ヘイ、おまえはチナスキー、伝説の人物のチナスキーだろう。おまえのイメージというものがあるだろう。今おまえは女子寮にいる。ここに何百人という女がいるんだ。数えきれないほどの女たちが。

わたしはパンツと靴下しか身につけていなかった。廊下に出ていちばん近くのドアに向かった。

ノックする。

「ヘイ、わたしはヘンリー・チナスキー、不朽の作家だ！　開けろ！　いいものを見せてやる！」

女の子たちのくすくす笑いが聞こえた。

「よーし、さあ、そこにいるのは何人だ？　ふたり？　三人？　どっちだっていいよ。三人まではだいじょうぶだからね！　へっちゃらさ！　聞こえるかい？　開けるんだ！　わたしはこんなにでっかい紫色の一物《いちもつ》を持っているんだ！　ほら、そいつでこのドアを叩き壊すからね！」

わたしは拳骨をドアに叩きつけた。女の子たちはくすくす笑い続けている。

「わかった。チナスキーを中に入れないつもりだな、そうかい？　じゃあ、くそくらえだ！」

わたしは隣のドアに挑戦した。「おい、娘ども！　この千八百年間で最高の詩人のお出ましだ！　ドアを開けろ！　いいものを見せてやるから！　おまえらの下の唇にはこたえられないご馳走だぞ！」

それから別のドアに挑戦する。

同じフロアのすべてのドアに挑戦し終えると、わたしは階段を下りて二階のドアを全部回り、続いて一階もすべて試してみた。ウィスキー片手のわたしはくたびれ果ててしまった。自分の部屋を出てからもう何時間もたっているようだ。うろつき回りながら飲み続けていた。つきはまるでない。

わたしは自分の部屋がどこだったのか、何階にあったのかすら忘れてしまった。今となっては、ひたすら自分の部屋に戻りたくなっていた。もう一度すべてのドアを回ったが、今度は自分のパンツと靴下姿を気にして、決して音をたてないようにした。まったくついていない。「偉大な男たちはたいてい孤独なんだ」

三階に辿り着いてドアノブを回したら、ドアが開いた。部屋の中には、わたしの詩の紙挟み、空のグラス、煙草の吸い殻でいっぱいの灰皿、わたしのズボン、シャツ、靴、コートがあった。麗しい眺めだ。ドアを閉め、ベッドの上に座り込んでずっと持ち歩いていたウィスキーのボトルを飲み干した。

気がつくと昼間だった。わたしは見たこともない部屋にいる。そこはきちんと片づけられている。ベッドがふたつにカーテン、テレビに浴室。起き上がってドアを開けた。外は雪が降って氷が張っている。ドアを閉めてあたりを見回した。手がかりは何もない。自分がどこにいるのかまったくわからなかった。ひどい二日酔いで意気消沈している。電話に手を伸ばしてロサンジェルスのリディアに長距離電話をかけた。

「ねえ、自分が今どこにいるのかわからないんだよ！」

「カンサス・シティに行ったはずだけど？」

「行ったよ。でも自分が今どこにいるのかわからないんだ。ねえ、言ってることわかるかい？ドアを開けて外を見たら、凍りついた道路と雪と氷しか見えないんだ」

「どこに泊まっていたの？」

「女子寮の部屋に案内されたことまでは覚えてる」

「じゃあ、きっと何かばかな真似をしてモーテルにでも移されたのよ。だいじょうぶよ。そのうち誰かがやってきて面倒を見てくれるわよ」

「ちくしょう、大変な目にあっているって少しは同情してくれないのかい？」

「ばかなことをやったのよ。あなたはたいていいつもばかな真似をするからね」

「〝たいていいつも〟とはどういうことだ？」

「あなたは浅ましい酔っぱらいなのよ。あったかいシャワーでも浴びたら」

リディアはそう言って電話を切った。

ベッドに戻り、手足を伸ばした。モーテルの部屋はよくできていたが、個性に欠けている。このわたしがシャワーなど浴びるわけがない。テレビでもつけようかと考えた。

結局は眠ってしまった……。

ドアをノックする音が聞こえた。若くて元気いっぱいの大学生の男の子がふたり、わたしを空港まで送りにやってきた。ベッドの端に座って靴をはいた。「空港のバーで離陸前にみんなで一、二杯やる時間はあるかな？」とわたしは尋ねた。

「もちろんですよ、チナスキーさん」と彼らのひとりが答える。「何なりとお好きなように」

「オーケイ」とわたしは言った。「じゃあ、とっととここを出ようじゃないか」

8

戻ったわたしはリディアと何度か愛を交わし、取っ組み合いの喧嘩もして、ある朝遅くアーカンソーの朗読会に出るためLA国際空港から飛び立った。運よくわたしのまわりには誰も座っていなかった。わたしの聞き取りに間違いがなければ、キャプテン・ワインヘッドという機長がアナウンスをした。スチュワーデスがやってきたので、飲み物を注文した。

スチュワーデスのひとりは確かに見覚えがあった。ロングビーチに住んでいて、わたしの本を何冊か読み、写真と電話番号の入った手紙をくれた彼女だ。写真の彼女を覚えていたのだ。彼女とは実際に逢うまでにはいたっていなかったが、わたしは何度も電話をかけていて、酔っぱらったある夜、電話でお互いに金切り声をあげ合ったこともある。

彼女は前の方に立ってわたしに気づかないふりをしようとしていた。わたしは彼女の尻やふくらはぎ、それに乳房を嘗めるように見つめていた。

ランチが出て、「今週のゲーム」を見て、アフター・ランチ・ワインで喉が焼けてひりひりしたので、ブラディ・メリーを二杯注文した。

アーカンソーに着いて双発エンジンの小型機に乗り換えた。プロペラが回り出すと、羽が振動で激しく震えた。今にももげ落ちてしまいそうだ。離陸してから、スチュワーデスが誰か飲み物が欲しい人はいないかと聞く。すでに誰もが飲み物なしではいられなくなっていた。彼女はよろけぐらつきながら通路を行き来して飲み物の販売を行なった。すぐに彼女は大声で叫んだ。「飲み干して！　着陸します！」誰もが飲み干し、飛行機は着陸した。十五分後にはまた空の上だった。スチュワーデスが誰か飲み物が欲しい人はいないかと聞く。すでに誰もが飲み物なしではいられなくなってきた頃合だ。すぐにも彼女は大声で叫ぶ。「飲み干して！　着陸します！」

ピーター・ジェイムス教授と彼の妻のセルマがわたしを出迎えにきていた。セルマは売り出し中の映画女優のようだったが、彼女にはそれ以上の気品があった。

「いい男だね」とピートがわたしに言った。

「きみの奥さんこそとても美人だよ」

「朗読会まで二時間ある」

ピートが車で自分たちの家に連れていってくれた。中二階のある建物で客用の寝室は下の階にあった。階下のわたしの寝室に案内された。「何か食べるかい？」とピートが聞いた。「いや、今にも吐きそうなんだ」わたしたちは上の階に移った。

控え室で、朗読会が始まる直前、ピートは水差しにウォツカとオレンジ・ジュースを溢れんばかりに入れた。「口うるさいばあさんが朗読会を主催しているんだ。きみが飲んでいるなんて知ったら、パンティをぐしょぐしょにしてしまうぜ。いいばあさんなんだけど、いまだに詩とは沈みゆく夕日や飛翔する鳩のことだと考えているのさ」

わたしは舞台に出て朗読した。立ち見が出るほどの満員盛況だった。つきは続いていた。いつもと変わりばえのしない聴衆だ。いい詩なのにどう受けとめればいいのかお手上げになっているかと思えば、とんでもないところで笑ったりする者たちがいる。わたしは朗読を続け、水差しから飲み物を注ぎ続けた。

「あなたが飲んでいるのは何ですか?」

「これはね」とわたしは答えた。「人生とオレンジ・ジュースのミックスだよ」

「ガールフレンドはいますか?」

「わたしは童貞だ」

「どうして作家になろうと志したのですか?」

「次の質問をどうぞ」

わたしはもう少し朗読を続けた。ワインヘッド機長の飛行機でここまで飛んできて、機内で「今週のゲーム」を見たことをみんなに話した。自分の精神状態がいい時は、食事を食べ終えるとすぐにその食器を洗うという話もした。もう何篇か詩を朗読した。水差しが空になるまで朗読を続けた。そして朗読はここまでとみんなに告げる。少しだけサインをせがまれたりした後でわたしたちはピートの家で開かれるパーティへと向かった。

わたしは我流のインディアン・ダンスやベリー・ダンス、それに風の中の傷ついたロバのダンスを踊った。踊っている時はなかなか飲めないし、飲んでいる時はなかなか踊れないものだ。ピーターはどうすればいいかよくわかっていた。カウチや椅子を並べて踊る人と飲む人とを分けるようにしていた。お互いに相手を煩わせることなく、自分のやりたいことができるというわけだ。

ピートが近づいてきた。彼は部屋の中の女たちを見回す。

「どれがお好み?」と彼が尋ねる。

「楽勝なのかい?」

「南部流のおもてなしさ」

気になっていた女性がひとりいた。ほかの女たちよりも年上で、出っ歯だった。出っ歯といっても彼女の場合は完璧な出っ歯で、唇が咲き誇った花のように押し出されている。わたしはその唇に自分の唇を重ねたくなった。短いスカートをはいていて、飲んだり笑ったりしながらしょっちゅう脚を組み替える。そのたびにスカートの裾がたくしあがり、彼女は引きおろそうとするのだが、パンティストッキングに包まれた見事なその脚がまる見えになっていた。わたしは彼女の隣に座って、「わたしは……」と話しかけた。

「誰だか知っているわ。あなたの朗読会にいたんですもの」

「ありがとう。きみのプッシーを舐めたいんだけど。とても上手にできるようになったんだ。きみを狂わせてあげるよ」

「アレン・ギンズバーグをどう思われます?」

「ねえ、話をそらさないで。きみの口や脚、それにお尻を味わいたいんだ」

「いいわよ」

「じゃあ後でね。下のベッドルームにいるから」

わたしは立ち上がり、彼女をその場に残したまま、飲み物のおかわりをした。身長が少なくとも二メートルはあるひとりの若者がわたしに近寄ってきた。「ちょっといい、チナスキー、ぼくはあなたについて言われているいろんなたわごとをまったく信じちゃいないんだ。どや街に住んで、あらゆる売人やポン引き、商売女にヤク中、競馬狂やごろつきや飲んだくれとも馴染みだとかね……」

「ほんとうのこともあるよ」

「嘘ばっかり」

そう言って男は立ち去ってしまった。文芸評論家め。

今度は歳の頃十九、縁なし眼鏡をかけたブロンド娘が微笑みながら近づいてきた。微笑みを浮かべたまま彼女は言った。「あなたとやりたいわ。あなたのその顔なの」

「わたしの顔がどうかしたのかね？」

「荘厳たる美しさだわ。わたしのおまんこでその顔をぐちゃぐちゃにしたいの」

「その逆も言えるかもしれないね」

「それは請け合えないわ」

「きみの言うとおりだ。おまんこは不滅だものね」

カウチに戻り、濡れた花のような唇をして短いスカートをはいているくだんの女性の脚とじゃれ始めた。彼女の名前はリリアンといった。

パーティが終わり、わたしはリリーと一緒に階下に下りていった。わたしたちは服を脱ぎ、枕にもたれて座り、ウォツカとウォツカ・ミックスを飲んでいた。部屋にはラジオがあり、スイッチが入っていた。リリーは夫に大学を卒業させるために何年も働き、その夫は教授の地位を手に入れたとたん自分を離婚したと教えてくれた。

「それはばかげてるよ」とわたしは言った。

「あなたは結婚してたの？」

「うん」

「どうなったの？」

「離婚届の理由欄には精神的虐待と書かれている」

「事実だったの？」

「もちろん。お互いにね」

わたしはリリーにキスした。想像していたとおり素晴らしいキスだった。花のような口が開く。ふたりは縺れ合い、わたしは彼女の歯に吸いついた。そして離れる。

「あなたは今の時代で一、二を争う最良の作家のひとりだと思うわ」と、彼女が大きくきれいな目でわたしを見つめながら言った。

わたしはまずベッド・ランプを消し、彼女へのキスを続けた。彼女の乳房やからだを撫でまわし、それから彼女のあそこを舐めた。酔っぱらってはいたが、ちゃんとやれたと思う。しかしその後、別の方はうまくいかなかった。わたしはやってやってやりまくった。堅くなってはいたが、いかなかった。結局彼女の上から下りて眠ってしまった。


朝、リリーは仰向けになって鼾をかいて眠っていた。わたしはバスルームに行って小便をしてから歯を磨き顔を洗った。そしてまたベッドにもぐり込んだ。彼女を自分の方に向かせ、彼女の秘部を玩び始めた。二日酔いになるとわたしはいつもむらむらしてしまう。あそこを舐めたくてむらむらするのではなく、自分を爆発させたくなってむらむらしてしまうのだ。セックスこそ二日酔いのいちばんの特効薬だった。からだじゅうのあらゆる部分を再び活気づかせてくれる。彼女はあまりにもひどい口臭だったので、花のようなその口にキスする気にはなれなかった。わたしが上に乗ると、彼女は小さな呻き声を洩らした。わたしとしては都合がよかった。二十回も腰を動かさないうちいってしまったと思う。

しばらくして彼女がベッドから下りてバスルームに行く物音が聞こえた。リリアン。彼女が戻ってきた時、わたしは背を向けてほとんど眠りかけていた。

十五分後、彼女はベッドから出て服を着始めた。

「どうかしたの？」と声をかけた。「もう行かなくちゃ。子供たちを学校に送っていくの」

リリアンはドアを閉め、階段を駆け上がっていった。

起き上がり、バスルームに行って鏡に映った自分の顔をしばらくの間見つめていた。

午前十時に朝食をとりに上の部屋へ上がっていった。ピーターとセルマがいた。セルマは素晴らしい。どうやったらセルマを手に入れられるのだ？　世間のくだらない男たちは決してセルマを手に入れることはできない。くだらない男たちはくだらない女と結びつくだけだ。セルマはわたしたちに朝食を用意してくれた。彼女は美しい。その彼女をひとりの男、大学教授が所有しているのだ。いずれにしてもどこか間違っている。学歴があってやり手で女の扱いがうまいやつら。学問は新たなる神で、学歴のある男たちは新たなる植民地支配者だ。

「素晴らしい朝食でした。どうもありがとう」彼らにお礼を言った。

「リリーはどうだった？」とピートが尋ねる。

「リリーはとてもよかったよ」

「今夜また朗読会がありますね。もう少し小さなカレッジで、もう少し保守的なところかな」

「わかった。気をつけることにしよう」

「何を朗読するつもり？」

「昔の作品になると思うよ」

わたしたちはコーヒーを飲み終えてから、居間に移って腰をおろした。電話がかかり、ピートがとって少し話をしてからわたしの方を向いた。

「地元紙の人間があなたにインタビューしたがっている。何て答えようか？」

「いいよって言ってくれ」

ピートは返事を伝え、少し歩いてわたしのいちばん新しい本とペンをとった。「リリーに何か書いてあげたいんじゃないかなと思ったんだけど」

わたしは本のタイトル・ページを開けた。「親愛なるリリー」とわたしは書いた。「わたしの人生から消え去ることのないあなた……　ヘンリー・チナスキー」

9

リディアとわたしとの間には喧嘩が絶えなかった。気が多い彼女にわたしはいつも苛立たされた。ふたりで食事に出かけると、彼女は必ず同じ店にいるほかの男に目を遣っていた。わたしの男友だちが訪ねてきて、その場にリディアが居合わせると、彼女の話はうちとけてセクシャルなものとなるのだった。彼女はいつもわたしの友だちのそばにこれ以上は近づけないというほどぴったり寄り添って座った。逆にリディアはわたしが酒を飲むことに苛立たせられていた。彼女はセックスが大好きで、わたしが酒を飲むことはふたりの愛の行為の妨げになるのだった。「夜するにはあなたは飲みすぎている。朝するには二日酔いすぎる。そのどっちかね」と彼女はいつも言っていた。たとえビール一壜とはいえ、リディアの目の前で飲むと、彼女は烈火のごとく怒った。わたしたちは少なくとも週に一度絶交した。〝永遠に〟。しかしいつも何とはなしに縒りを戻すのだった。わたしたちが彼女はわたしの頭部を彫刻し終え、仕上がった作品をわたしにくれた。ふたりが絶交すると、わたしはその頭部を車に運び込み、助手席に置いて彼女が住んでいる家まで走り、それを彼女の玄関の前のポーチへと捨て去った。そして電話ボックスに駆け込み、彼女に電話をかけて、「きみのくそったれ頭はドアの外にあるからな！」と叫ぶのだった。その頭は行ったり来たりした……。

わたしたちはまたもや絶交し、頭の彫刻はわたしのもとにはなかった。また自由の身になって飲んだくれていた。ボビーという若い友だちがいた。とりたてて面白くもない青年でポルノ・ショップに勤めるかたわら、時たま写真家の仕事もしていた。彼は二ブロックほど離れたところに住んでいて、自分自身を扱いかねていたし、妻のヴァレリーにも手を焼いていた。ある夜彼は電話をかけてきて、これからヴァレリーを連れていくから一晩一緒に過ごしてほしいと言った。面白いことになりそうだった。ヴァレリーは二十二歳、ブロンドの長髪に狂気をたたえた青い瞳、素晴らしいからだの持ち主で、文句なしの美人だった。リディアと同じく、彼女もまたしばらくの間精神病院に入っていたことがある。少しするとわたしの家の前の芝生に乗り入れる彼らの車の音が聞こえた。ヴァレリーが出てきた。わたしはボビーがヴァレリーを初めて自分の両親に紹介した時の話をしてくれたのを思い出した。ボビーの両親はヴァレリーがその時着ていたドレスをとても気に入り、それについて一言二言感想を述べたところ、彼女は「じゃあ、わたしのほかの部分はどう？」と言って、そのドレスを腰の上までたくしあげたのだ。彼女はパンティをはいていなかった。

ヴァレリーがドアをノックした。走り去るボビーの車の音が聞こえる。わたしは彼女を招き入れた。彼女は元気そうだ。スコッチ・アンド・ウォーターを二杯用意する。ふたりともひとことも喋らなかった。わたしたちは最初の酒を飲み干し、わたしはもう二杯作った。その後でわたしは言った。「さあ、バーに繰り出そう」ふたりでわたしの車に乗り込んだ。角を曲がったところにグルー・マシーンという店がある。その週わたしはこの店から追い出しをくらっていたが、ふたりで入っていっても何も言われなかった。テーブルについて飲み物を注文した。ふたりはまだ何も喋らなかった。わたしは狂気をたたえた青い瞳をただ覗き込んでいた。わたしたちは並んで座っていた。彼女にキスをした。彼女は口を開ける。その口は冷たかった。もう一度彼女にキスをし、ふたりはお互いの脚を押しつけ合った。ボビーはいい女房を持っている。彼女を譲ってくれるなんて彼は気が狂っている。

ディナーをとることにした。ふたりともステーキを注文し、待っている間酒を飲みキスを交わした。「あら、ふたりは恋してるのね！」とバーのウェイトレスが言い、わたしたちは一緒に笑った。ステーキが運ばれてくるとヴァレリーが、「わたし食べたくないわ」と言う。わたしも「同じく食べたくないね」と言った。

それから一時間ほど飲んでから、わたしの家に帰ることにした。家の前の芝生に車を乗り入れているると、車寄せにひとりの女がいるのに気がついた。リディアだった。手には封筒を持っている。ヴァレリーと一緒に車から降りるとリディアが見つめている。「この人誰？」とヴァレリーが尋ねる。「わたしの愛する人だよ」と彼女に教えた。

「この売女はどこのどいつ？」とリディアが金切り声をあげる。

ヴァレリーは背中を向けると、歩道を走り去っていった。舗道を打つ彼女のハイヒールの音がこだまする。「さあお入り」とリディアに言った。彼女はわたしについて入ってきた。

「この手紙をあなたに渡そうとやってきたの。ちょうどいい時にやってきたようね。彼女は誰だったの？」

「ボビーの奥さんだよ。ただの友だち同士さ」

「あいつとやるところだったんじゃないの？」

「ねえ、わたしはきみを愛しているって彼女に言ったじゃないか」

「あいつとやるところだったんじゃないの？」

「いいかい、ベイビー……」

突然彼女はわたしを乱暴に押した。カウチの前にコーヒー・テーブルがあり、わたしはその前に立っていた。後ろ向きのままコーヒー・テーブルを越え、テーブルとカウチとの間に倒れ込む。ドアをばたんと閉める音。起き上がると同時にリディアの車のエンジンがかかった。そして行ってしまった。

ちくしょう、とわたしはひとりごちた。ふたりの女を手に入れたかと思ったら、次の瞬間にはひとりもいない。

10

驚いたことに次の朝エイプリルがわたしの家に訪ねてきた。エイプリルはハリー・アスコットのパーティにいた、精神障害者保護の世話になっている女性で、アンフェタミン中毒の男と一緒に姿を消したのだった。午前十一時になっていた。エイプリルは部屋に入って座った。

「あなたの作品を敬愛してやまないわ」と彼女は言った。

わたしは彼女にビールを出し、自分にもビールを用意した。

「神は天の釣り針なり」と彼女が言う。

「よろしい」とわたしは答えた。

エイプリルは肉付きがよかったが、太りすぎまでいっていなかった。腰まわりは堂々としていて、尻は大きく、髪の毛をまっすぐ垂らしている。注目に値する背恰好は大したもので、いかつく、大きな猿をも手懐けられそうだ。わたしは彼女の精神の薄弱さに魅力を覚えた。というのも彼女は人をだますことがないからだ。彼女は脚を組み、並外れて白い太腿を見せつけた。

「わたしが住んでいるアパートの地下にトマトの種を蒔いたの」と彼女が言った。

「育ったら少し分けてもらうことにしよう」

「運転免許をまだ一度もとったことがないのよ。お母さんはニュー・ジャージーに住んでいるわ」

「わたしの母は死んでしまったよ」わたしは歩み寄ってカウチの彼女のすぐ隣に座った。彼女を引き寄せキスをする。キスをしている間、彼女はわたしの目をじっと見つめていた。わたしは彼女から離れる。「やろうよ」とわたしは言った。

「わたし感染症にかかってるの」とエイプリル。

「どういう?」

「菌状腫の一種よ。大したことないわ」

「うつってしまうかな?」

「乳白色の分泌液が出るのよ」

「うつってしまうかな?」

「そう思わないわ」

「じゃあやろう」

「やりたいかどうかよくわからないの」

「いい気持になるよ。さあ寝室に行こう」

エイプリルは寝室に入ってきて、着ているものを脱ぎ始めた。わたしも自分の服を脱いだ。ふたりでシーツの下にもぐり込んだ。彼女のあそこを玩びながら、キスをした。それから彼女の上になった。実に奇妙だった。まるで彼女のヴァギナが右に左にと逃げているようだ。わたしは確かに中に入っているし、ちゃんと入っている感触もあるのだが、左の方へとはみ出してしまいそうだった。それでもやり続けた。こういうのもまた刺激的だ。わたしは最後までやり終えると、転がり下りた。

後で彼女をアパートまで送っていき、ふたりで部屋に入った。かなり長い間お喋りをし、アパートの部屋番号と住所とを書き留めてからそこを後にした。ロビーを歩いていて、そのアパートメント・ハウスの郵便箱に見覚えがあることに気がついた。郵便配達をしていた時、ここに何度も手紙を届けにきたのだ。表に出て、自分の車に乗り込み走り去った。

11

リディアには子供がふたりいた。八歳の男の子のトントと、わたしたちが初めてセックスをした時に邪魔をしたリサという五歳の女の子のふたりだ。ある夜わたしたちはみんなで揃ってテーブルについて夕食を食べていた。リディアとわたしとの関係はとてもうまくいっていて、わたしはといえばほとんど毎晩夕食の時まで彼女の家にいて、その後でリディアと一緒に眠り、翌朝十一時頃にそこを出て、手紙をチェックしたり原稿を書いたりするために自分の家に帰っていた。子供たちは隣の部屋のウォーターベッドで眠った。古くて小さな家で、リディアは今は不動産業をしている日本人のもとレスラーから借りていた。彼がリディアに関心を抱いているのは明らかだった。それはそれでよかった。親しみやすい素敵な家だ。

「トント」とわたしは食事中に呼びかけた。

「おまえのお母さんが夜中に大声をあげても、わたしがぶっているわけじゃないからね。ほんとうに困っているのは誰なのかわかるよね」

「うん、わかっているよ」

「じゃあ、どうして駆けつけてわたしを助けてくれないの？」

「うーん、母さんのことわかっているもの」

「ねえ、ハンク」とリディアが言った。「子供たちをわたしに歯向かわせないで」

「この人は世界でいちばん醜い人よ」とリサが言う。

わたしはリサが好きだった。いずれはセクシーな女性になる。個性も人格もあるセクシーな女性。

夕食の後でリディアとわたしはベッドルームに行き手足を伸ばして横たわった。リディアはにきびや吹出物に興味を持っていた。わたしは血行がとても悪かった。彼女はランプをわたしの顔のすぐそばまで近づけて作業にとりかかる。わたしはこれが気に入っていた。ぞくぞくさせられたし、時には勃起することもあった。この上もなく打ち解けた気分になれる。にきびを押しつぶしながら、リディアはわたしにキスをしてくれることもあった。いつもわたしの顔から始め、それから背中や胸へと移っていった。

「わたしを愛している？」

「うん」

「あらら、これ見て！」

黄色い尾のようなものが長く伸びているにきびだった。

「素敵だね」とわたしは言った。

彼女はわたしの上で腹ばいになっている。にきびを押しつぶすのをやめてわたしをじっと見つめた。「わたしがあなたをお墓に埋めてあげるからね。このでぶ野郎！」

わたしは笑い声をあげる。するとリディアがキスをした。

「わたしがきみを精神病院に送り返してやるからね」とわたしも彼女に言った。

「ひっくりかえって。わたしに背中を見せて」

わたしはひっくりかえった。彼女は首の後ろあたりを押しつぶす。「うわぁ、これはすごいわ！　中身が噴き出したわよ。わたしの目を直撃したわ！」

「ゴーグルをつけなくちゃね」

「ヘンリー二世を作りましょうよ！　ほら考えてみて、ちびのヘンリー・チナスキーよ！」

「もうちょっと待とうよ」

「わたしは今赤ん坊が欲しいの！」

「待とうよ」

「わたしたちときたら眠って食べて寝そべって愛を交わしているだけ。まるでなめくじみたいじゃない。なめくじの愛ってとこね」

「気に入ったね」

「以前はいつもここで書いていたじゃない。あなたは忙しかったわ。インクを持ってきてデッサンを仕上げていた。でも今あなたは家に帰って面白いことは全部そこでやっている。ここでは食べて眠るだけ。そして朝いちばんに帰っていく。うっとうしいかぎりよ」

「気に入っているんだ」

「パーティなんて何か月も行っていないじゃないの！　みんなに逢いたいわ！　もううんざりよ。うんざりしすぎて気が狂ってしまいそう！　いろんなことをしたいのよ！　わたしは踊りたいの！　わたしは生きたいの！」

「ああ、くだらない」

「あなたは年寄りすぎるのよ。ここにじっと座っていろんなことやいろんな人たちに文句をつけていたいんでしょう。あなたは何もしたくないのよ！　あなたが心を動かされるものなんて何もありゃしない！」

　わたしはベッドから這い出て立ち上がった。そしてシャツを着始めた。

「何してるの？」と彼女が尋ねた。

「ここから出ていくんだ」

「行けばいいわ！　自分の思いどおりにいかなくなったとたん、あなたは飛び起きてさっさと玄関から出ていってしまう。話し合おうとしたことなんてない。自分の家に帰って飲んだくれて次の日はひどい二日酔いで死にそうになっている。それからよ、あなたはわたしに電話をかけてくる！」

「こんなところからはさっさと出ていってやる！」

「でもどうしてなの？」

「歓迎されていないところになんていたくない。いやがられているところにいたくないんだ」

　リディアはしばらく様子を窺った。そして言った。「わかったわ。さあ来て。横になりましょう。明かりを消してふたりでじっとしているのよ」

　わたしもしばらく様子を窺った。そして言った。「うん、わかったよ」

　着ているものをすっかり脱いで毛布とシーツの下にもぐりこんだ。自分の太腿をリディアの太腿にくっつける。ふたりとも仰向けになっていた。こおろぎが鳴いている。住むにはいいところだ。数分間が過ぎた。それからリディアが沈黙を破った。「わたし偉くなってみせるわ」

わたしは黙っていた。また数分間が過ぎた。するとリディアがベッドから飛び下りる。両手を天井に向けて高く挙げ、大声を出し始めた。「わたしは偉くなる！　わたしはほんとうに偉くなる！　わたしがどれほど偉くなるか誰にもわからない！」

「わかったよ」とわたしは言った。

彼女は今度は声を低めて言った。「あなたはわかっていないわ。わたしは偉くなるの。あなた以上の可能性を秘めているのよ！」

「可能性なんて関係ないよ」とわたしは言った。「ただやればいいんだ。可能性なんていったら、ベビーベッドにいるほとんどの赤ん坊の方がわたしよりも持っている」

「でもわたしは成し遂げるの！　わたしはほんとうに偉くなるの！」

「わかったよ。でもそうなるまでまずはベッドに戻ったらどう」

リディアはベッドに戻った。わたしたちはキスもしなければ、セックスもしようとはしなかった。わたしはくたびれ果てていた。こおろぎの鳴き声に耳を傾けた。どれほど時間がたったのかわからない。はっきりとはしないが、わたしがほとんど眠りかけた時、リディアが突然ベッドの上で仁王立ちになった。そして叫び声をあげた。すさまじい叫び声だった。

「どうしたんだ？」とわたしは尋ねた。

「静かにしていて」

わたしは様子を窺った。リディアはベッドに座り、十分間ほどだっただろうか、まるで身動きしなかった。それから枕の上に倒れ込んだ。「神を見たわ」と彼女が言う。「いま神を見たの」

「いいか、このあま。わたしを狂わせるつもりだな！」

わたしは起きて服を着始めた。怒り狂っていた。自分のパンツがどこにも見当たらない。どこへでも消えてしまえ、と思った。どこにあろうとそこに置き捨てていくだけだ。わたしは服をすっかり着て椅子に座り裸足に靴をはいていた。

「何をしているの？」とリディアが尋ねた。

答えるどころではなかった。わたしは居間に行った。椅子の上に投げかけられていたコートをとって、腕を通す。リディアが居間に駆け込んできた。パンティをはいてブルーのネグリジェを着ている。裸足だった。リディアの足首は太い。いつもはそれを隠すためにブーツをはいている。

「あなたは出ていかないわ！」

彼女はわたしに向かって金切り声をあげる。

「くそっ、わたしはここから出ていくんだ」

彼女はわたしに跳びかかった。彼女が攻撃をしかけるのは、たいていわたしが酔っぱらっている時だった。その時わたしはしらふだった。わたしが横に身をかわしたので、彼女は床の上に倒れ込み、転がって仰向けになった。彼女の上をまたいで玄関のドアに向かった。彼女は激怒のとりことなり、うなり声をあげるその口は大きく裂けていた。まるで雌豹のようだった。彼女を見下ろした。床に転がっているかぎりは安全だ。彼女はうなり声をあげ続け、わたしが出ていこうとした時、にじり寄ってきてわたしのコートの袖に爪を立て、引っ張ってその袖を引き裂いてしまった。コートの肩のところから引き裂かれた袖がぶらさがっている。

「ちくしょう！　新品のコートをこんなにして！　買ったばかりだぞ！」

わたしはドアを開けて片腕を剝き出しにしたまま表に飛び出していった。車のドアの鍵を開けようとした時、アスファルトを打つ彼女の裸足の足音が背後で聞こえた。車に飛び乗ってドアをロックした。スターターに鍵を押し込む。

「この車をぶっこわしてやる！」彼女が叫ぶ。「この車をぶっこわしてやる！」彼女は車のボンネットや屋根、それにフロントガラスを拳骨で叩く。彼女が怪我をしないよう車をできるだけゆっくりと前進させた。わたしの六二年型のマーキュリー・コメットは壊れてしまい、最近六七年型のフォルクスを手に入れていた。その車をきれいに磨いてワックスをかけていた。計器盤の横の小物入れには掃除用のブラシも入っている。車が動きだしてもリディアは拳骨で叩くのをやめなかった。彼女の姿が目の前から消えたので、ギアをセカンドに入れた。バックミラーを見ると、ブルーのネグリジェとパンティ姿の彼女が身じろぎひとつせず月明かりを浴びて立っていた。わたしは激しい胸の痛みを覚えた。不快さに襲われ、虚しく悲しい気分になった。わたしは彼女に恋していたのだ。

12

自分の家に帰って飲み始めた。ラジオのスイッチを入れるとクラシック音楽が流れてきた。クローゼットからコールマン・ランプを取り出す。明かりを消して座り込み、コールマン・ランプで遊び始めた。このランプでちょっとした手品をすることができる。たとえば芯を下げて火を消し、またすぐ上げてしばらく見ていると、灯心の熱で再び明かりがともる。ランプに空気を送り込んで気圧を上げるのも好きだった。それに何もしなくてもただ眺めているだけでも楽しい。わたしは酒を飲み、ランプを眺め、音楽に耳を傾け、煙草を燻らせた。

電話が鳴った。リディアだった。「何してるの？」彼女が尋ねる。

「別に何もしていないよ」

「座り込んでお酒を飲んで交響楽を聴いてあのおぞましいコールマン・ランプで遊んでいるんでしょう！」

「そうだよ」

「戻ってくる？」

「戻らない」

「あらそうなの、飲めばいいわ！　飲んで気分悪くなれば！　一度それで死にかけているくせに。病院を思い出さないの？」

「一生忘れないよ」

「いいわ、飲めば。飲みなさいよ！　自殺するがいい！　わたしが気にするとでも思って！」

リディアが電話を切ったので、わたしも受話器を置いた。彼女はわたしが死ぬかもしれないということよりも、今度自分がいつセックスできるのかということに心を悩ませているようだった。しかしわたしは休暇を必要としていた。休息が必要だった。リディアは少なくとも週に五回セックスをしたがった。わたしは三回でよかった。立ち上がってタイプライターを置いたテーブルがあるキッチンの隅に行った。明かりをつけて座り、リディアへの四ページの手紙をタイプした。それから剃刀の刃を取りにバスルームに行く。出てくると、座って一杯の酒をじっくり味わって飲んだ。剃刀の刃で右手の中指を切る。血が噴き出す。わたしは血文字で手紙に署名した。

通りの角の郵便箱まで出かけて、その手紙を投函した。

電話が何度か鳴った。リディアだった。わたしに金切り声をあげる。

「これから踊りに出かけるのよ！　あなたが飲んだくれている間、何もしないでひとりでじっとなんかしていないわよ！」

わたしは彼女に言った。「きみにとっては、わたしが酒を飲むのは、ちょうどほかの女と出歩いているみたいなものなんだね」

「もっとひどいわ！」

彼女は電話を切った。

わたしは飲み続けた。まるで眠くならなかった。すぐに真夜中になり、午前一時、午前二時になっていく。コールマン・ランプは燃え続けていた。


午前三時半に電話が鳴った。またリディアだ。「まだ飲んでいるの？」

「もちろん！」

「手のつけようのないくそったれね」

「実際の話、ちょうど新しいカティ・サークのパイント壜のセロファンをはがしていたらきみが電話をかけてきたんだ。見事な代物さ。きみにお見せしたいね！」

彼女は受話器を叩きつけて電話を切った。わたしはもう一杯飲み物を作る。ラジオからは心地よい音楽が流れている。後ろにそり返った。たまらなくいい気分だ。

ドアが大きな音をたてて開けられ、リディアが部屋の中に駆け込んできた。彼女はそれを見つけてまま激しく喘いでいる。コーヒー・テーブルの上にパイント壜があった。彼女は部屋の中に立ったひったくった。わたしは飛び起きて彼女に摑みかかる。酔っぱらっているわたしと頭に血がのぼったリディアとではいい勝負だった。彼女はわたしが取り返せないよう壜を高く持ち上げ、それでドアを押し開けようとした。わたしは壜を持っている彼女の腕を摑み、それを奪い返そうとした。

「この売女！　何の権利があるのか！　その壜をよこせ！」

わたしたちはポーチに出て取っ組み合いの喧嘩を始めた。階段でつまずき、舗道に転げ落ちる。壜が叩きつけられセメントの上で粉々になった。彼女は立ち上がって逃げ出した。彼女の車のエンジンの音が聞こえる。わたしは寝転がったまま割れた壜を見つめていた。すぐそばにある。リディアが走り去った。月はまだ出ていた。壜の残骸の底にひとくち分のスコッチが残っていた。舗道の上で大の字になったまま、わたしは手を伸ばしてそのかけらを口の方へと持ち上げていった。ガラスの長い破片に今にも片方の目を突き刺されそうになりながら、わたしは残りのひとくちを飲み干した。それから起き上がって家の中に入った。飲まずにはいられなくなっていた。うろつきまわって、ビール壜を摑み上げ、底に残っている微かな量を一本ずつ片っ端から飲み干していった。ビール壜を灰皿代わりによく使っていたので、ある壜を飲んだ時、口の中が灰だらけになった。午前四時十四分だった。わたしは座って時計をじっと見つめていた。また郵便局で働いているような気分に襲われた。存在の耐えがたい苦しみにさいなまれているというのに時は完全に静止していた。わたしは待った。待った。待った。わたしは待った。とうとう午前六時になり、通りの角の酒屋に出かけていった。店員が店を開けている。彼はわたしを店の中に入れてくれた。新たにカティ・サークのパイント壜を買い求めた。歩いて家に帰り、玄関のドアの鍵を閉めてリディアに電話した。

「目の前にカティ・サークのパイント壜があって今セロファンをはがしているんだ。これから飲むところだ。これから二十時間は酒屋が閉まることもないしね」

彼女は電話を切った。わたしはひとくち飲んでから寝室に行き、ベッドの上で手足を伸ばした。そして服を着たまま眠ってしまった。

13

一週間後、わたしはリディアとハリウッド・ブールヴァードをドライブしていた。その頃カリフォルニアで出版されていた週刊の娯楽新聞から、ロサンジェルスに住む作家の生活についての原稿を依頼されていた。仕上げた原稿を手渡すため編集部へと車を走らせていたのだ。わたしたちはモズレィ・スクウェアの敷地に駐車した。モズレィ・スクウェアは高級な平屋建て住宅が立ち並ぶ区域で、音楽出版社やエージェント、プロモーターなどがオフィスとして使っている。家賃は非常に高かった。

わたしたちはバンガローのひとつに入っていった。デスクの女性は美人で、知的で落ち着いた雰囲気を漂わせている。

「チナスキーです。原稿を持ってきました」そう言って、デスクの上に原稿を差し出した。

「ああ、チナスキーさん、あなたの作品にはいつも敬服させられていますわ！」

「何か飲む物はないでしょうか？」

「ちょっとお待ちください」

女はカーペットが敷かれた階段を上り、高価な赤ワインのボトルを持って下りてきた。彼女はボトルを開け、バーからグラスを取り出した。彼女と一緒にベッドに入りたくてたまらない、とわたしは思う。しかしどうしようもない。それでもどこかの誰かが彼女とたえずベッドを共にすることになるのだ。

わたしたちは座ってワインを啜った。

「原稿についてすぐにお返事します。きっとだいじょうぶだと思います……でもあなたはわたしが予想していた人とはまるで違っていますわ」

「どういうことかな？」

「とても優しい声なのね。とても上品なお方みたい」

リディアが笑った。ワインを飲み終えてそこを後にした。車に向かって歩いていると、「ハンク！」とわたしを呼ぶ声が聞こえた。

あたりを見回した。新車のメルセデスの中にディー・ディー・ブロンソンが座っている。わたしは近づいていった。

「どうしてる、ディー・ディー？」

「上々よ。キャピトル・レコードを辞めたの。今はあそこをまかされているの」彼女が指をさす。別の音楽会社で、ロンドンに本社がある実に有名なところだった。ディー・ディーはボーイフレンドと一緒によくわたしの家を訪れていた。そのボーイフレンドとわたしがロサンジェルスのアンダーグラウンド紙にコラムを書いていた頃のことだ。

「おやおや、うまくやっているじゃない」とわたしは言った。

「そうよ、ただね……」

「ただどうしたの？」

「ただ男がいないという以外はね。いい男が」

「電話番号を教えて。きみにぴったりの人を見つけてあげられるかもしれないから」

「いいわ」

ディー・ディーは紙切れに自分の電話番号を書き、わたしはその紙を札入れの中にしまった。

リディアとわたしはおんぼろのフォルクスまで歩いていって乗り込んだ。

「彼女に電話するのね」とリディアが言った。「その番号にかけるのね」

車を発進させ、再びハリウッド・ブールヴァードに出た。

「その番号にかけるのね。あなたは絶対にその番号に電話をかけるわ！」

「もうよさないか！」

またしてもひどい夜になりそうだった。

14

わたしたちはまた喧嘩をした。その後、自分の家に帰ってからも、ひとりで座り込んで飲む気分にはなれなかった。夜の繋駕《けいが》レース（競馬の一種で馬に二輪馬車を引かせるレース）が開催されている。パイント壜を持って競馬場へと出かけた。早めに着いたのであれこれとレースの検討をした。最初のレースが終わった時には、驚いたことにパイント壜の中身は半分以上なくなっていた。残りをホットコーヒーと混ぜるとずいぶんと飲みやすくなった。

最初からの四レースのうちわたしは三レースをとった。そのあと連勝単式もとり、五番目のレースが終わった時には二百ドル近く浮いていた。バーに行って、そこにあるオッズ表示板で、勝負に出た。その夜はついていた。金をしこたま儲けているわたしをリディアが見たら、彼女はきっと悪態をつくに違いない。わたしが競馬で勝つのが彼女は気に入らなかった。自分が負けている時はなおさらだった。

わたしは飲み続け、とり続けた。九番目のレースが終わった時、九百五十ドルの浮きでしこたま酔っぱらっていた。片方の脇ポケットに札入れをしまい込み、ゆっくりと自分の車に向かった。

車の中に座って負けた人たちが駐車場から去っていくのを見守った。車の数がまばらになるまで待ち続けてから、エンジンをかけた。競馬場のすぐ外にスーパーマーケットがある。駐車場の端に明かりのついた電話ボックスがあるのを見つけ、車でそばまで行ってから降りた。電話の前まで歩き、リディアの番号を回した。

「いいか」とわたしは言った。「よく聞けよ。今夜、繋駕レースに行って九百五十ドル勝ったぞ。わたしの勝ちだ！　わたしはいつだって勝つぞ！　おまえにはもったいない男さ、ちくしょうめ！　おまえはわたしをずっと玩んでいた！　それももう終わりだ！　もうやめるぞ！　これっきりな！　おまえなんかいらないし、おまえのくそったれゲームもまっぴらだ！　わかったか？

言いたいことはちゃんとわかっただろうな？　それともおまえの頭の中は足首以上にぶよぶよなのか？」

「ハンク……」

「はあ？」

「リディアじゃないわよ。ボニーよ。リディアのベビーシッターをしているの。彼女は今夜出かけちゃったわ」

わたしは電話を切ってまた車に戻った。

15

朝リディアがわたしに電話をかけてきた。

「あなたが酔っぱらった時はいつでも踊りに出かけるの。きのうの夜はレッド・アンブレラに行って男たちに一緒に踊ってとお願いしたわ。女にはその権利があるの」

「おまえは売春婦だ」

「あらそう？　売春婦よりもっとひどいものがあるとしたら、それは退屈な毎日よ」

「退屈な毎日よりもっとひどいものがあるとしたら、それは退屈な売春婦だ」

「わたしのプッシーが欲しくなかったら、ほかの誰かにあげるだけよ」

「きみの特権だからね」

「ダンスが終わってからマーヴィンに逢いにいったの。彼のガールフレンドの住所を教えてもらって逢いにいこうと思ったの。フランシーヌよ。あなた、彼の恋人のフランシーヌに夜ひとりで逢いにいったことがあるでしょう」

「いいか、彼女とは絶対にやっていないからな。パーティの後、車を運転して家に帰るには飲みすぎてしまったんだ。キスすらしていないよ。彼女はカウチでわたしを寝かせてくれて、朝になって家に帰ったんだ」

「いずれにしても、マーヴィンのところに着いたら、フランシーヌの住所を聞くのはやめにしたわ」

マーヴィンの両親は金持ちだった。彼は海辺に自分の家を持っている。マーヴィンは詩を書いていて、ほかのたいていの人間よりもましな詩を書いた。わたしはマーヴィンが気に入っていた。

「そうかい、さぞ楽しい時を過ごしたんだろうね」そう言ってわたしは電話を切った。

切ったとたんすぐにまた電話がかかってきた。マーヴィンだった。「ねえ、きのうの夜うんと遅く誰が訪ねてきたと思う？　リディアだよ。窓をコツコツ叩くから中に入れたんだ。彼女がおっ立たせてくれてね」

「オーケイ、マーヴィン。よくわかった。きみを責めたりしないよ」

「腹が立たないのかい？」

「きみにはね」

「それならいいけど……」

わたしは頭の彫刻を持ち出して車の中に積み込んだ。リディアの家まで車を走らせ、その頭を玄関の上がり段に置いた。ベルは鳴らさなかった。わたしが歩き去り始めると、リディアが出てきた。

「どうしてあんたはそこまでばかなの?」と彼女が言う。

わたしは振り向いた。「きみは誰が相手でもいいんだ。ある男も別の男もきみにとっちゃ同じこと。きみのことなんかもう屁とも思わないからな」

「こっちだって屁とも思わないわよ!」彼女は大声で叫んでドアをばたんと閉めた。

車まで戻り、乗り込んでエンジンをかけた。ローに入れても車は動かなかった。セカンドにしても何の変化もない。もう一度ローに戻し、ブレーキを解除しているかどうか確かめた。動く気配はまるでない。バックにすると車は後ろに進んだ。ブレーキを踏み、もう一度ローに入れてみた。車は動き出そうとはしない。わたしはまだリディアに猛烈に腹を立てていた。それならバックで家まで運転していこうじゃないか、と考えた。警官がわたしの車を止めて、いったい何をしているのかと聞くかもしれない。それが、お巡りさん、彼女と喧嘩しちゃって、こうしてしか自分の家に帰れないんですよ。

リディアに対するわたしの腹立ちもずいぶんおさまってきた。車から降りて彼女の家の玄関に向かった。彼女はわたしの頭を家の中に片づけてしまっている。わたしはノックする。

リディアがドアを開けた。「ねえ」とわたしは尋ねた。「きみは魔女か何かなの?」

「違うわ、わたしは売春婦よ。忘れたの?」

「家まで車で送ってくれないかな。わたしの車は後ろにしか進まない。魔法をかけられてしまったんだ」

「本気で言っているの？」

「おいで、見せてあげるから」

リディアはわたしについて車のところまで来た。「ギアは調子よかったのに、突然後ろにしか進まなくなってしまった。そうやって家まで帰ろうとしていたんだ」

わたしは車に乗り込んだ。「さあ、見てごらん」

車のエンジンをかけ、ローに入れてクラッチから足を離した。車は前に飛び出した。セカンドに入れてみた。ちゃんとセカンドに入り、スピードが増した。サードにした。車はスムーズに前に進んだ。わたしは車をUターンさせて通りの反対側にとめた。リディアが近寄ってきた。

「ねえ」とわたしは声をかける。「嘘じゃないからね。ちょっと前、車は後ろにしか進もうとはしなかった。それが今はだいじょうぶ。信じておくれ」

「信じるわ」と彼女が言った。「神様のしわざよ。そういったことをわたしは信じているの」

「何かのお告げだね」

「確かに」

わたしは車から降りた。ふたりで彼女の家へと向かった。

「シャツと靴を脱いで」と彼女が言う。「それでベッドの上に横になってね。まずはあなたのにきびを押しつぶしたいの」

16

日本人で、レスラーから不動産業になったリディアの大家が彼女の家を売った。彼女は引っ越ししなければならなくなった。リディアのほかにトント、リサ、それに犬のバグバットがいた。ロサンジェルスではほとんどの大家が同じ看板を掲げている。大人に限る、というものだ。子供がふたりと犬が一匹では非常に難しかった。助けになるのはリディアの器量のよさだけだ。望みの綱は男の大家だった。

わたしは彼らを車に乗せて街じゅうを走り回った。まったくの無駄だった。それからわたしは車の中にいて人目につかないようにした。それでもうまくいかなかった。車を走らせていると、リディアが窓から叫んだ。「ひとりの女とふたりの子供、それに一匹の犬に家を貸してくれる人はこの街には誰もいないの？」

意外なことにわたしの敷地内に空き家ができた。引っ越ししていく人たちを見かけたので、わたしはすぐにオキーフ夫人のもとへ話をしにいった。

「ねえ、わたしのガールフレンドが住むところを探しているんです。ふたりの子供と犬がいますがみんな行儀がいいです。彼らに引っ越させてあげてくださいませんか？」

「その女を見たことがあるわ」とオキーフ夫人が言った。「彼女の目に気づかなかったの？　ちょっとおかしいわよ」

「確かに彼女はおかしいです。でもわたしは彼女が好きなんです。いいところもずいぶんあるんですよ、ほんとうに」

「あなたには彼女は若すぎますよ！　あんな若い女といったいどうするつもりなの？」

わたしは笑った。

オキーフ氏が妻の背後に近寄ってきた。網戸を通してわたしを見つめている。「彼は尻に敷かれているんだ。それだけのことさ。わかりきったことじゃないか、彼は尻に敷かれているんだ」

「どんなものでしょうか？」とわたしは尋ねた。

「いいわ」とオキーフ夫人が言う。「彼女を引っ越してこさせれば」

そこでリディアは引っ越し用のUホウルの車を借り、わたしは彼女を移り住ませた。荷物は衣類がほとんど、それに彼女が彫刻した数々の頭、あとは大型の洗濯機だった。

「わたし、オキーフ夫人が好きじゃないわ」と彼女はわたしに言ってきた。「旦那さんはいい人みたい、でも彼女は気に入らないわ」

「彼女は敬虔なカトリックだよ。それにきみは住むところに困っている」

「あなたがあんな人たちと一緒に飲むのはいや。そのうちあなたをだめにしてしまうわよ」

「わたしは月にたった八十五ドルの家賃しか払っていない。彼らはわたしを息子同然に扱ってくれる。彼らとは時たまビールを一緒に飲まざるをえないんだ」

「息子ですって、くそくらえよ！　彼らとほとんど同じほどの年寄りのくせして」

それから三週間が過ぎた。ある土曜日の朝遅くのことだった。前の晩わたしはリディアのところで眠っていなかった。入浴してビールを飲んで服を着た。わたしは週末が嫌いだ。誰もが街に出かける。誰もがピンポンをしたり芝生を刈ったり車を磨いたりスーパーマーケットやビーチや公園に行ったりする。どこもかしこも人だらけだ。月曜がいちばん好きな日だった。誰もが仕事に戻って姿を見せなくなる。わたしは混んでいてもしかたがないが競馬場に行くことにした。そうすれば土曜日一日をつぶすことができる。固茹で卵を食べ、ビールをもう一本飲んで、ポーチに出て玄関のドアの鍵を閉めた。リディアが表にいて犬のバグバットと遊んでいた。

「やあ」と彼女が言った。

「やあ」とわたしも答える。「これから競馬場に行くんだ」

リディアが近づいてきた。「いいこと、競馬場に行けば自分がどうなってしまうかよくわかっているはずよ」

競馬場に行った後わたしはいつも疲れ果てていて、セックスもできないことを彼女は言いたいのだ。

「きのうの夜は酔っぱらっていたじゃないの」と彼女は続ける。「ひどかったわよ。リサが恐がっちゃって。あなたを叩き出さなくちゃならなかったのよ」

「わたしはこれから競馬場に行くよ」

「いいわ、とっとと競馬場に行けばいいわ。でも行ったら、あなたが帰ってきた時わたしはここにはいないからね」

わたしは前の芝生にとめていた自分の車に乗り込んだ。窓を開けてエンジンをかける。リディアは車道につっ立っていた。彼女に手を振って別れを告げ、通りへと繰り出した。ごきげんな夏の日だ。ハリウッド・パークに向かって走った。わたしは新たな競馬必勝法を編み出していた。

新しい必勝法を編み出すごとに一歩ずつ百万長者に近づいていた。それこそ時間の問題だった。

わたしは四十ドルすって家路についた。芝生に車をとめて降りた。玄関のドアに向かってポーチを歩いていると、オキーフ氏が車道をやってきた。「彼女は出ていったよ!」

「何だって?」

「あんたの彼女だよ。引っ越していったよ」

わたしは返事をしなかった。

「Uホウルの車を借りて自分の荷物を積み込んじゃった。頭にきていたよ。あのどでかい洗濯機を見たかね?」

「ああ」

「あいつは重いなんてものじゃなかった。わたしには持ち上げられなかったよ。使いの男にいっさい手伝わせようとはしなかった。自分で荷物を持ち上げてはUホウルの車に積み込んでいたね。それから子供たちと犬と一緒に行ってしまった。まだ一週間分の家賃が残っているよ」

「わかりました、オキーフさん。ありがとう」

「今夜飲みに来るかね?」

「さあどうかな」

「来ておくれよ」

鍵を開けて中に入った。わたしは彼女にエアコンディショナーを貸していた。それはクローゼットの前の椅子の上に置かれている。その上に書き置きとブルーのパンティがのっていた。書き置きは乱暴な筆跡だった。

ろくでなし、あんたのエアコンディショナーだよ。わたしは出ていく。永久におさらばだよ、こんちくしょう！　寂しくなったら自分でかいてこのパンティの中に出しな。リディア。

わたしは冷蔵庫に行ってビールを取り出した。ビールを飲んでエアコンディショナーの前まで行った。パンティを手にしてその場に立ったまま、これでちゃんとかけるかどうか一瞬考えた。それから「くそっ！」と悪態をつき、パンティを床の上に投げ捨てた。

電話のそばに行ってディー・ディー・ブロンソンの番号を回した。彼女は家にいた。「ハロー？」と彼女が言う。

「ディー・ディー」とわたしは呼びかけた。「ハンクだよ……」

17

ディー・ディーの家はハリウッド・ヒルズにあった。その家を友だちで彼女と同じく女性重役のビアンカと分け合っていた。ビアンカが上の階に住み、ディー・ディーが下の階だ。わたしは呼び鈴を鳴らした。午後の八時半になっていた。ディー・ディーは四十歳ぐらいで、黒髪を刈り込んでいて、ユダヤ人で、流行に敏感で、気まぐれだった。ニューヨーク志向が強く、どの出版社の人間がいいか、最良の詩人は誰か、もっとも才能に恵まれた漫画家は誰か、本物の革命家は誰かなど、ありとあらゆる人たちの名前をひとり残らず知っている。彼女はマリファナをひっきりなしに吸い、いまだに六〇年代のラブ・イン時代でもあるかのように振る舞っていた。その頃の彼女はそこそこに有名で、今よりはもっと美しかった。

まずい恋愛関係を何度も経験して彼女はくたびれ果ててしまっていた。ドアを開けてわたしを迎えてくれる。そのからだはまだまだ衰えてはいない。小柄だが豊満で均斉がとれている。たくさんの若い女の子が彼女のからだつきに憧れていた。

彼女について中に入った。「それでリディアとは別れたの？」とディー・ディーが尋ねる。

「彼女はユタに行ったんだと思う。もうすぐミュールズヘッドで独立記念日のダンスが行なわれるんだ。彼女が見逃すわけがない」

わたしはキッチンの隅のテーブルの前に入って座る。ディー・ディーが赤ワインの栓を抜いた。

「彼女が恋しい？」

「くやしいけどそうなんだ。泣きたくなるよ。腑抜けになってしまった。もう何もできないかもしれない」

「何もできなくはないわ。リディアを忘れさせてあげる。あなたを立ち直らせてあげるわ」

「わたしがどんな気持かわかるよね？」

「誰もが何度かは味わわされるものよ」

「あのわがまま女は一からやり直そうなんて考えたことがないんだ」

「考えたわよ。彼女は今もそう思っているわ」

自分のアパートにひとりでいてくよくよしているよりは、ハリウッド・ヒルズのディー・ディーの広い家にいるに越したことはないと思うことにした。

「わたしはどうも女性たちとうまくやれないようだ」

「あなたは女性たちと十分うまくやっているわよ」とディー・ディーが答える。「おまけにあなたはどえらい作家じゃないの」

「そんなことより女性たちとうまくやれる方がいいね」

ディー・ディーは煙草に火をつけていた。つけ終わるのを待って、テーブル越しに乗り出し、彼女にキスをした。「きみといると気分がいい。リディアときたらいつでも攻撃してくる」

「あなたがそう思っているだけかもしれないわよ」

「でも不快な気分にさせられる」

「確かにそうよね」

「ボーイフレンドはもう見つけたの？」

「まだなのよ」

「ここが気に入ったよ。どうやってこんなにきれいできちんとしていられるの？」

「メイドがいるの」

「そうなの？」

「きっと気に入るわよ。大柄な黒人でわたしが出かけるとあっという間に仕事を片づけるの。それからベッドに行ってクッキーを食べながらテレビを見ている。ベッドにクッキーのくずが毎晩落ちているわ。明日の朝わたしが出かけた後、彼女に朝食を用意させるからね」

「いいね」

「あら、待って。明日は日曜日よ。日曜日は仕事じゃないわ。外に食べに行きましょう。いいところがあるの。気に入るはずよ」

「いいね」

「ねえ、あなたにずっと恋しているのよ」

「何だって？」

「何年間も。あなたによく逢いにいったでしょう。最初はバーニーと、それから今度はジャックと。あなたに夢中だったの。でもあなたは一度も気づいてくれなかった。いつでも缶ビールを飲んでいるか、何かに思いを巡らせているかのどっちかだったわ」

「おかしかったんだ。ほとんど気が変になっていたと思う。狂気の郵便業務。気がつかなくて悪かったよ」

「今気づいてくれたわよね」

ディー・ディーはワインのおかわりを注いだ。いいワインだった。わたしは彼女が気に入っていた。いろんなことがうまくいかなくなった時に行ける場所があるというのは素晴らしいことだ。いろんなことがうまくいかなくなってもどこにも行き場がなかった以前のことを思い出した。それがわたしのためになったのかもしれない。その頃はその頃で。しかし今のわたしは何が自分のためになるかなどまるで興味がなかった。それよりもむしろ自分がどんな気分でいられるのか、いろんなことがうまくいかなくなった時はどうすればいやな気分から逃れられるかということに興味があった。どうすればまたいい気分になれるかということに。

「きみを食い物にはしたくないよ、ディー・ディー。いつも女性を大切にするとはかぎらないんだ」

「あなたを愛しているって言ったでしょう」

「だめだよ。わたしを愛さないでくれ」

「いいわ。あなたを愛さない。もう少しで愛しそうなだけ。それでいいかしら?」

「そっちの方がずっといいね」

わたしたちはワインを飲み終えベッドに向かった……。

18

朝になるとディー・ディーはサンセット・ストリップまで朝食を食べに車で連れていってくれた。メルセデスは黒塗りで陽の光を浴びて輝いていた。広告の看板やナイトクラブやお洒落なレストランがどんどん後ろに過ぎ去っていく。わたしはシートで前かがみになり煙草にむせていた。事態は昔よりはましかもしれないな、と考えた。幾つかの光景がわたしの頭の中をよぎる。ある冬のことアトランタでわたしは凍えていた。真夜中で、一文無しで眠る場所もなく、中に入れてあたたまれますようにと祈りつつ教会の階段を上がっていた。教会のドアは鍵が閉まっていた。また別の時エルパソでのこと、ある朝公園のベンチで眠っていたら、警官の棍棒で靴の底をぴしっと叩かれて起こされた。その一方でわたしはリディアのことを思い続けていた。わたしたちの関係のよき部分を思い出すと、胃の中を這い回る鼠に齧りつかれているような気分にさせられた。

ディー・ディーは気どった店の前に車をとめた。陽のあたるパティオにテーブルと椅子が置かれ、みんなが食事をしたり喋ったりコーヒーを飲んだりしている。ブーツにジーンズ、それに首には重そうな銀のチェーンというでたちの黒人の男のそばを通り過ぎた。彼のバイク用のヘルメットやゴーグル、それに手袋などがテーブルの上に置かれている。その男と一緒にいるのはペパーミント色のジャンプスーツに身を包んだほっそりとしたブロンドの女の子で、座って自分の小指をしゃぶっていた。店はかなり混み合っている。客はみんな若く、さっぱりしていて、おとなしそうだった。誰もわたしたちに目を向けない。みんな静かにお喋りをしている。

わたしたちが中に入ると、可愛いお尻をぴっちりした銀色のズボンで包み、二十センチほどの鋲つきのベルトを締め、きらきらと銀色に光るブラウスを着た痩せて青白い青年が席に案内してくれた。耳にピアスをして、青くて小さなイヤリングをつけている。まゆ墨で書いたような薄い口髭は紫色をしている。

「ディー・ディー、どうしたの？」と彼が声をかけた。

「朝食よ、ドニー」

「飲み物だ、ドニー」とわたしは言った。

「彼のおめあてはわかっているわ、ドニー。ゴールデン・フラワーを彼にね、ダブルでよ」

わたしたちが朝食を注文すると、ディー・ディーが説明した。「用意ができるまで時間がかかるの。注文を受けてからぜんぶ作り始めるから」

「あまり無駄遣いしないで、ディー・ディー」

「交際費で落ちるわ」

彼女は黒い小さな手帳を取り出した。「さてと、誰を朝食に連れ出そうかしら？　エルトン・

ジョン?」

「彼はアフリカにいるんじゃなかったかな」

「ああ、そうよね。じゃあ、キャット・スティーヴンスはどう?」

「それ誰だい?」

「知らないの?」

「知らない」

「わたしが彼を見つけ出したのよ。あなたもキャット・スティーヴンスになれるかも」


ドニーが飲み物を運んできて、ディー・ディーとお喋りをした。彼らには共通の知人がいるようだった。わたしの知らない人物ばかりだ。ちょっとやそっとのことではわたしは興味を覚えない。まるで気にならなかった。わたしはニューヨークが嫌いだ。ハリウッドが嫌いだ。ロック・ミュージックが嫌いだ。わたしは何もかもが嫌いだ。たぶんわたしは恐いのだろう。きっとそうだ。わたしは恐れていた。日除けをおろしてひとり部屋でじっとしていたかった。それがいちばん楽しい。わたしは変人だ。わたしは狂人だ。そしてリディアは去ってしまった。

わたしが自分の飲み物を飲み終えるとディー・ディーがおかわりを注文した。だんだん自分が囲われた男のように思え始めた。なかなかいい気分だ。わたしの憂鬱を吹き飛ばしてくれる。一文無しでおまけに自分の女にも逃げられる、それ以上ひどいことはない。飲み物もなく、仕事もなく、ただ壁だけ。座り込んで壁を睨みつけて思いを巡らせる。そんなふうに女たちは仕返しをするが、彼女たちもまた傷つき沈み込んでいるのだ。というか、わたしはそう信じたかった。

朝食は申し分なかった。卵にはさまざまな果物、パイナップルや桃、洋梨、それにすりつぶされたナッツや薬味などがつけ合わされていた。おいしい朝食だった。朝食を食べ終えると、ディー・ディーはわたしのために飲み物をおかわりしてくれた。わたしはまだリディアのことを心の中で思っていたが、ディー・ディーは親切だった。彼女のお喋りは歯に衣着せないもので楽しい。彼女はわたしが忘れていた笑いを取り戻してくれた。わたしのからだの中では、笑い声がいつ解き放たれるかと待ち構えていたのだ。ハハハハハ、うわっ、何だい、ハハハハハ。笑うのは実に気持よかった。ディー・ディーは人生が何たるかを知っている。ディー・ディーは誰かの身にふりかかることはみんなの身にもふりかかると知っている。わたしたちの人生は、たとえそう思いたくても、特別変わっているわけではない。

苦痛というのは不思議なものだ。猫が小鳥を殺す、車の事故、火事……激しい苦痛に襲われる。苦痛が重くのしかかってくる。否定しようがない。他人から見れば滑稽にうつったりもする。突然まぬけになってしまったように見える。どんな気持でいるのか察してくれて、ちゃんと手をさしのべてくれる人がいなかったら、治しようがない。

わたしたちは車に戻った。「あなたが元気になれるところに連れていってあげるわ」とディー・ディーが言った。わたしは返事をしなかった。まるで傷病兵のように扱われている。確かにそうではあった。

バーでとめてほしいとディー・ディーに頼んだ。彼女の行きつけの店のひとつだ。バーテンダーは彼女と顔見知りだった。

「ここはね」と中に入る時に彼女が教えてくれた。「台本書きの溜り場なの。それに小劇場の人間もいるわ」

自分は誰よりも賢くて優れているといった態度をちらつかせている彼らを見て、わたしはたちまちのうちに嫌悪感を催した。彼らはお互いをだめにし合っている。作家にとって最悪なのは自分以外の作家の存在を知ること、それよりももっとひどいのは、自分以外の作家の数を知ることだった。同じ糞にたかる蠅の群れ。

「テーブルにしよう」とわたしは言った。そしてわたしもまたその中のひとりとなった。一週間に六十五ドル稼ぐ作家が、一週間に千ドル稼ぐほかの作家たちと同じ店の中にいる。リディア、わたしもそのうち成功するからね、とひとりごちた。きっと後悔するぞ。そのうちわたしは高級なレストランに行ってもみんなから一目置かれる存在となる。奥の方、キッチンのそばにわたしのための特別席がしつらえられる。

飲み物が来た。ディー・ディーがわたしを見つめる。「あなたは口でするのがうまいのね。わたしがしてもらった中ではいちばん上手よ」

「リディアが教えてくれたんだ。それを自分流にアレンジしてみたのさ」

黒人の若者が勢いよく立ち上がり、わたしたちのテーブルへとやってきた。ディー・ディーが紹介してくれた。その若者はニューヨークからやってきていて、『ヴィレッジ・ヴォイス』やそのほかのニューヨークの新聞に原稿を書いていた。彼とディー・ディーはしばらく有名人の噂をし合った。それから「ご主人は何をしているの？」とディー・ディーに尋ねた。

「わたしはチームを率いている」とわたしは言った。「プロ・ボクサーのね。メキシコ人の強い若者が四人。それに黒人がひとり、こいつはまったくの腰ぬけだ。きみの体重はどれぐらいかな？」

「七十二キロ。あなたもボクサーだったの？　パンチを受けたような顔をしている」

「少しはもらったよ。きみならライト級に入れるね。軽量のサウスポーを探しているんだ」

「どうしてぼくがサウスポーだとわかったの？」

「左手で煙草を持っているからね。メインストリートのジムにおいでよ。月曜日の午前中に。きみのトレーニングを開始しよう。煙草はだめだ。そのくそ煙草をすぐに消してしまえ！」

「ねえ、ぼくは物書きだよ。ぼくの道具はタイプライターだ。ぼくの文章を読んだことないかな？」

「わたしが読むのは街の日刊紙だけさ。殺人に強姦、試合の結果、詐欺、ジェット旅客機の墜落事故にアン・ランダース」

「ディー・ディー」と彼は言った。「三十分後にロッド・スチュワートにインタビューするんだ。もう行かなくちゃ」

そして去っていった。ディー・ディーは飲み物のおかわりを注文した。「どうして礼儀をわきまえないの？」と彼女が質問する。

「恐れだよ」とわたしは答えた。

「さあ着いたわ」と彼女は言って、車をハリウッド墓地の中に乗り入れた。

「いいね。ほんとうに素敵だ。死のことをすっかり忘れていたよ」

わたしたちは中を走り回った。ほとんどの墓が地上に建てられている。まるで小さな家のようで、柱があり正面階段がある。それぞれの墓の鉄の扉には鍵がかけられていた。ディー・ディーが車をとめ、外に出た。彼女は扉のひとつを開けようとした。扉を開けようとしてくねくねと揺れる彼女のお尻をわたしは見つめていた。ニーチェに思いを馳せる。ここにわたしたちがいる。ドイツ人の種馬とユダヤ人の雌馬。祖国はわたしを崇めるだろう。

メルセデス・ベンツに戻り、ディー・ディーはもっと大きな区画の前に車をとめた。そこの墓はすべてが壁に埋め込まれていた。何列にもわたって連なっている。小さな花瓶に花がいけられているものもあったが、その花はどれも萎れていた。たいていの壁龕には花すらなかった。夫と妻の墓がきちんと並んでいるものもあった。壁龕のひとつが空のままで来手を待っているものもある。先に死んでいるのは決まって夫の方だった。

ディー・ディーがわたしの手を取って角を曲がる。いちばん奥のあたりに眠っているのはルドルフ・ヴァレンチノだ。一九二六年没。長生きではなかった。わたしは八十歳まで生きようと心に決めた。八十になって十八歳の若い娘とセックスすることを考えた。死のゲームを欺くやり方があるとすれば、それしかない。

ディー・ディーは花瓶のひとつを取り上げて自分のハンドバッグの中に入れた。誰もがよくやることだ。固定されていないものは何であれ盗み去る。すべてはみんなのもの。表に出るとディー・ディーが言った。「タイロン・パワーのベンチに座りたいわ。わたしのいちばんのお気に入りなの。彼を愛していたのよ!」

わたしたちはタイロンの墓に向かい、墓石の隣にあるベンチに座った。しばらくして立ち上がり、今度はダグラス・フェアバンクス・シニアの墓まで歩いていった。彼の墓は立派だった。池があって、そこに墓石が映っている。池には睡蓮が咲き乱れ、おたまじゃくしが泳いでいる。階段を上ると、墓石の裏に座れる場所があった。ディー・ディーとわたしはそこに座った。墓石の表面に亀裂が生じ、赤い小さな蟻がそこから出たり入ったりしている。わたしは少しの間その赤い小さな蟻を観察し、それからディー・ディーに腕をまわして、彼女にキスをした。素敵なキスをたっぷりと。わたしたちはいい友だち同士になりつつあった。

19

ディー・ディーは空港まで息子を迎えにいかなければならなかった。休暇でイギリスから帰ってくるのだ。息子は十七歳で父親はもとコンサート・ピアニストだとわたしに教えてくれた。彼は覚醒剤とコカインに夢中になり、その後事故で指を火傷してしまった。もはやピアノは弾けなかった。彼らが離婚してもうしばらくになる。

息子はレニーといった。ディー・ディーは彼との何度かの国際電話の話の中でわたしのことを伝えていた。わたしたちが空港に着いた時ちょうどレニーの便が到着したところだった。ディー・ディーとレニーは抱擁しあった。彼は背が高く痩せっぽちでとても青白い。髪の毛がひとふさ片方の目にかかっている。わたしたちは握手を交わした。

レニーとディー・ディーがお喋りしている間わたしは手荷物を取りにいった。彼は母親のことをマミーと呼んでいる。車に着くと、彼は後ろの席に乗り込みながら、「マミー、ぼくの自転車はもう手に入ったの?」と尋ねた。

「注文済みよ。明日受け取りにいきましょう」

「いい自転車かな、マミー？　十段変速でハンド・ブレーキとペダル・グリップがついたやつが欲しいんだ」

「とてもいい自転車よ、レニー」

「ほんとうにすぐに手に入るんだね？」

わたしたちは引き返した。わたしはその夜泊まった。レニーには自分の寝室があった。

朝になると全員でキッチンの隅のテーブルに座り、メイドが現われるのを待った。結局ディー・ディーが朝食の用意をした。「マミー、どうやって卵を割るの？」とレニーが尋ねる。ディー・ディーがわたしを見つめた。わたしが何を考えているのか彼女にはわかっている。わたしは何も言わなかった。

「いいわ、レニー、こっちにいらっしゃい。見せてあげるわ」

レニーがレンジの前に行く。ディー・ディーが卵を取り上げた。

「ほら、フライパンの縁で殻を割ればいいの……こんなふうに……そして殻の中の卵をフライパンの中に落とす……ほら、こうやってね……」

「ああ……」

「簡単でしょ」

「それでどうやってお料理するの？」

「焼くのよ。バターで」

「マミー、ぼくその卵食べられない」

「どうして？」

「黄身がくずれてるじゃない！」

ディー・ディーは振り向いてわたしを見つめる。彼女の目がこう語っている。「ハンク、ひどい言葉を吐かないでね……」

それから何日か後の朝、またみんなでキッチンの隅のテーブルについていた。メイドがキッチンで働き、わたしたちは食事をしている。ディー・ディーがレニーに言った。「自転車があるでしょう。今日いつでもいいから半ダース・カートンのコークを取ってきてほしいの。家に帰った時、コークを一缶か二缶飲みたいのよ」

「でもね、マミー、あのコークは重いよ！　自分で取ってこれないの？」

「レニー、一日じゅう仕事をすると疲れるのよ。あなたがコークを取ってきて」

「でも、マミー、丘があるよ。丘を越えるのにペダルをこがなくちゃ」

「丘なんかないわ。どんな丘？」

「人の目には見えないけどちゃんとあるんだ」

「レニー、あなたがコークを取ってくるの、わかった？」

レニーは立ち上がって、自分の寝室に歩いていき、ドアをばたんと閉めた。

ディー・ディーは目を逸らした。「彼はわたしを試しているのよ。わたしが彼を愛しているかどうか確かめたいのよ」

「わたしがそのコークを取ってくるよ」

「いいのよ、わたしが取ってくるから」

結局誰ひとりとして取りにいかなかった。

数日後ディー・ディーとふたりでわたしの家にいた。郵便物をチェックしていると電話が鳴った。リディアだった。

「ハイ、ユタにいるの」

「書き置きを見たよ」

「どうしてるの？」

「すべて順調だよ」

「夏のユタはいいわよ。こっちに来なくちゃだめよ。みんなでキャンプに行きましょう。姉妹《きょうだい》たちもみんなこっちにいるの」

「今すぐは行けないよ」

「どうして？」

「それが、ディー・ディーと一緒なんだ」

「ディー・ディー？」

「ああ、そうなんだ」

「あんたがあの電話番号にかけるってわかっていたわ。あの番号にかけるって言ったでしょう！」

ディー・ディーはわたしのすぐ隣に立っている。「彼女に言って」とディー・ディーが言う。

「九月までわたしにちょうだいって」

「彼女なんて忘れなさいよ」とリディアが言う。「彼女のことなんて知ったこっちゃない。あなたはこっちに来てわたしに逢うのよ」

「きみの電話があったからって、すべてをほっぽりだせないよ。それに」とわたしは続けた。

「わたしは九月まではディー・ディーのものなんだ」

「九月ですって?」

「そう」

リディアは悲鳴をあげた。大きくていつまでも続く悲鳴。そして電話を切った。


そのことがあってからディー・ディーはわたしを家に帰らせないようにした。一度郵便物を取りにふたりでわたしの家に行った時、受話器がはずされていることに気づいた。「二度とやらないでおくれ」と彼女に言った。

ディー・ディーは海沿いの道を登り下りする長いドライブにわたしを連れ出した。わたしを何度も山への旅に連れていってくれた。ガレージ・セールや映画に、ロック・コンサートや教会に、友だちの家に、ディナーやランチに、奇術ショーやピクニックに、それにサーカスにも出かけた。彼女の友だちがふたり一緒の写真を撮ってくれた。

カタリナ島への旅行は無残なことこの上なかった。わたしはディー・ディーと一緒に埠頭で待っていた。ひどい二日酔いだった。ディー・ディーがアルカ・セルツァーと水の入ったグラスをわたしにくれた。唯一の救いはわたしたちの向かい側に座っている若い娘だった。彼女は抜群のからだをしている。脚は長くきれいでミニ・スカートをはいていた。ミニ・スカートと一緒に長いストッキングとガーター・ベルトも身につけていて、赤いスカートの下からピンクのパンティがのぞいていた。ハイヒールをはいている。

「あの娘を見ているのね、そうでしょう?」とディー・ディーが尋ねた。

「見ずにはいられないよ」

「あの娘はふしだらな女よ」

「確かに」

そのふしだら女は立ち上がってピンボールをした。ボールを入れようとお尻を振っている。それからまた座り、さっき以上に見せつけてくれた。

水上飛行機が到着し、荷降ろしが行なわれている間、わたしたちは埠頭に立って搭乗できるのを待っていた。水上飛行機は赤い一九三六年製の年代もので、プロペラがふたつついている。操縦士がひとりで乗客は八人か十人乗りだった。

あれに乗ってゲロをせずに済んだら、とわたしは思った。世の中なんてちょろいものだと思ってしまうだろう。

ミニ・スカートの娘は乗り込まなかった。

自分が女性と一緒にいる時にかぎっていつもあの手の女を見かけるのはどうしてなのか?

わたしたちは搭乗し、シートベルトを締めた。

「うわあ、興奮しちゃう!」とディー・ディーが言う。「前に行って操縦士の隣に座るわ!」

「いいよ」

飛行機が離陸した。ディー・ディーは前の方で操縦士の隣の席に座っている。わたしの席から喋りまくっている彼女が見えた。彼女は思いきり人生を楽しんでいる。少なくともそう見えた。しばらくして、そんなことはどうでもいいように思えてきた。つまり楽しげですぐに興奮する彼女の人生の受けとめ方のことだ。幾分なりとも苛立たせられることもあったが、ほとんど何も感じなかった。わたしをうんざりさせるまでもなかった。

飛行を終えてわたしたちは着陸した。荒っぽい着陸で、崖沿いを低く揺れながら飛んだ後、跳ねるように着水し、水しぶきがあがった。ちょうど快速のモーターボートに乗っているような感じだった。それから別の埠頭まで滑走していく。ディー・ディーが戻ってきて、水上飛行機や操縦士のこと、彼と交わした会話のことなど何もかもをわたしに教えてくれた。前方の床に大きな裂け目があったので、彼女が操縦士に「これってだいじょうぶなの？」と尋ねたら、彼は「俺にわかるわけないだろう」と答えたというのだ。

ディー・ディーは海岸のすぐ近くにホテルをとっていた。最上階の部屋だ。冷蔵庫の設備はなく、彼女はわたしがビールを飲むので氷をいっぱい入れたプラスティックの桶を用意してくれた。白黒テレビとバスルームもついている。一流だ。

わたしたちは岸辺に沿って散歩に出かけた。観光客はふたつのタイプにうまく分かれ、とても若いかとても年寄りかのどちらかだった。年寄りたちは男と女の一組で、サンダルをはき色の濃いサングラスをして、麦藁帽子を被り、バーミューダ・ショーツに派手な色のシャツといったいでたちで歩き回っている。誰もが太って青白く、脚には静脈が浮き出、その顔はおしろいがぬりたくられ、日の光の中で真っ白けだった。いたるところがたるみっぱなしで、頬骨や顎の下の肌は皺だらけになって垂れていた。

若者たちは痩せていて、なめらかなゴム製のようだった。女の子たちは胸もなければお尻も小さく、男の子たちは甘く頼りなげな顔つきで、にやりとしたり、赤面したり、声をあげて笑ったりしていた。しかし若い高校生連中も年寄りたちも、みんな満ち足りているように思えた。やらなければならないことは何もなく、日の光を浴びて寛いでいるだけで満足しているようだ。

ディー・ディーは店の中に入っていった。彼女は店が大好きで、ビーズや灰皿、おもちゃの犬、絵葉書、ネックレス、小立像などを買い漁った。何もかもが気に入ったらしい。「ねえ、見てよ！」彼女は店の人たちに話しかける。彼らのことも気に入ったらしい。そのうちのひとりの女性には本土に帰ったら手紙を書くからと約束していた。ロック・バンドでパーカッションを担当している男がふたりの共通の友人だったのだ。

ディー・ディーは番《つが》いのインコが入った鳥かごも買った。それからホテルに戻った。ビールを開けて、テレビをつける。チャンネルは限られていた。

「もっと散歩しましょうよ」とディー・ディーが提案した。「外はとっても気持いいわ」

「ここで座って休みたいんだ」

「あなたを置いてひとりで出かけてもかまわない？」

「いいよ」

彼女はわたしにキスをして出ていった。テレビを消してビールをもう一本開けた。この島では酔っぱらう以外何もすることがない。窓際に近づいていった。下の方の浜辺でディー・ディーが若者の隣に座り、身振り手振りで微笑みを浮かべ、楽しそうにお喋りしているのが見えた。若者もにやにやしている。その場に自分もいなくてほっとした。自分が恋していないこと、この世に満足していないことが嬉しかった。わたしはあらゆることと仲違いしていたかった。恋愛中の人間はすぐに危険でとげとげしくなってしまう。距離をおいてものごとを見られなくなってしまうのだ。ユーモアのセンスもなくしてしまう。神経質になって、どこかが切れたどうしようもない人間になる。人殺しだってしかねない。

ディー・ディーは二、三時間出かけていた。わたしはテレビをちょっと見て、ポータブル・タイプライターで詩を二、三篇タイプした。リディアについての愛の詩だ。それをスーツケースの中に隠した。そしてビールをもっと飲んだ。

それからディー・ディーがノックして部屋に入ってきた。「ああ、最高に楽しかったわ！　最初にグラス・ボートに乗ったの。海じゅうのいろんな魚が全部見えるのよ！　それからボートが停泊しているところまでその持ち主を連れていく別のボートを見つけたの。あの男の子ときたらたった一ドルで何時間も乗せてくれたのよ！　彼の背中が日焼けしていたから、ローションを塗ってあげたわ。ひどい日焼けだったの。わたしたちはみんなをボートへと連れていってあげたの。ボートを持っている人たちをあなたも見るべきだったわ！　ほとんどがおじいさん、それもいかつい年寄りで、若い女の子と一緒なの。女の子たちはみんなブーツをはいていて、酔っぱらっていたりクスリをきめている。ヘロヘロになって苦しそうにうめいていたわ。若い男の子を連れているじいさんもいたけど、たいていは女の子ね。ひとりでふたり、三人、四人の女の子を連れている人もいたわよ。どのボートも麻薬と酒と肉欲の匂いでぷんぷん。素晴らしかったわ！」

「そいつは楽しそうだ。面白そうな人たちをすぐに見つけるきみの才能にわたしもあやかりたいよ」

「明日行けばいいわ。一ドルで一日じゅう乗れるわよ」

「遠慮しとこう」

「今日は何か書いた？」

「少しだけね」

「いい作品？」

「十八日後にならなきゃわからないよ」

ディー・ディーは番いのインコのところまで行き、小鳥を見つめて話しかける。彼女は心の優しい女性だ。わたしは彼女が好きだ。わたしのことを心から気にしてくれている。わたしにうまくやってもらいたがっているし、わたしがうまく書けるよう願っていてくれる。わたしがちゃんとセックスできることを、健康に見えることを望んでいる。その気持がわたしにも伝わってくる。気分がいい。いつかふたりでハワイに行けるかもしれない。わたしは彼女の後をつけて、右の耳たぶのあたりにキスをした。

「ハンクったら」と彼女が言った。

カタリナ島で一週間を過ごした後、わたしたちはまたLAに戻り、ある夜のことふたりでわたしの家にいた。珍しいことだった。夜も更けていた。わたしたちは裸でベッドに寝そべっていた。その時隣の部屋で電話が鳴った。

リディアだった。

「ハンク？」

「何だい？」

「どこにいたの？」

「カタリナ島」

「彼女と？」

「そう」

「聞いて。あなたに彼女のことを聞かされて、頭にきちゃった。浮気したわ。相手はホモセクシャルよ。最低だったわ」

「きみがいなくて寂しかったよ、リディア」

「LAに帰りたいわ」

「それがいい」

「わたしが帰ったら彼女とは切れる？」

「彼女はいい人だ。でもきみが帰ってくるなら彼女とは切れるよ」

「帰るわ、愛しているわよ、あんた」

「わたしも愛しているよ」

わたしたちは喋り続けた。電話がどれくらい続いたのかよくわからない。ようやく終わって、寝室に戻った。ディー・ディーは眠っているようだった。「ディー・ディー」と彼女に声をかけた。彼女の片手を持ち上げた。力が完全に抜けている。ゴムのような肌触りだ。「冗談はやめろよ、ディー・ディー。眠ってなんかいないんだろう」彼女はびくともしない。あたりを見回して、睡眠薬の壜の中身が空になっていることに気がついた。ぎっしりつまっていたはずだ。わたしの睡眠薬だ。一錠飲むだけで眠れるどころか、意識を失い地下深くに埋められたも同然になってしまう。

「あの薬を飲んだな……」

「どう……でも……いいわ……彼女のもとに帰れば……かまわ……ないのよ……」

キッチンに駆け込み、洗い桶を手に取ると、戻ってきてベッドのそばの床の上に置いた。それからディー・ディーの肩から上をベッドのへりから出し、彼女の喉の奥に指を突っ込んだ。彼女が吐く。彼女を抱き起こし、一息つかせると、また同じ作業を繰り返した。何度も何度も繰り返した。ディー・ディーは吐き続けた。何度目かに彼女を抱き起こした時、彼女の入れ歯が飛び出した。上の歯も下の歯もシーツの上に落ちている。

「ああ……わたしの歯が」と彼女が言った。そう言おうとしたようだ。

「歯のことなんか気にするな」

わたしは自分の指をまた彼女の喉の奥に押し込んだ。それから彼女を抱き寄せた。

「入れ歯を……」と彼女が言う。「あなたに見せたくなかった……」

「だいじょうぶだよ、ディー・ディー。そんなにひどくはない」

「ああ……」

やがて彼女は入れ歯をまた入れられるほどに回復した。「家に連れて帰って」と彼女が言う。

「家に帰りたい」

「きみと一緒にいるよ。今夜はきみをひとりにさせない」

「でもいずれはひとりにするんでしょう?」

「服を着よう」とわたしは言った。

　ヴァレンチノならリディアもディー・ディーもふたりとも手放さなかっただろう。だからこそ彼はあんなにも早死にしたのだ。

20

　リディアが戻ってきてバーバンク地区に素敵なアパートを見つけた。別れる前よりもわたしのことをずっと気にかけてくれるようになったようだ。「わたしの亭主はこんなに大きなちんぽこをしていた。それだけが取り柄だったわ。人柄のよさもなければ、何のヴァイブレーションも感じられなかった。でかいちんぽこだけ。それさえあればだいじょうぶと考えている男だったわ。でもとことん鈍くてなまくらだった! あなたと一緒なら、わたしはヴァイブレーションを感じっぱなし……フィードバックがびりびり伝わってくるわ。いつまでも弱まったりしないの」わたしたちは一緒にベッドの上にいた。

「それにわたしは彼のちんぽこが大きいかどうかすら知らなかったの。だってちんぽこを見たのは彼のが初めてだったからね」彼女はわたしのものをためつすがめつ見ていた。「みんな同じように思えるんだけど」

「リディア……」

「どうしたの？」

「言わなくちゃならないことがあるんだ」

「何なの？」

「ディー・ディーに逢いにいかなくちゃ」

「ディー・ディーに逢いにですって？」

「変に思わないで。わけがあるんだ」

「もう終わったって言ったじゃない」

「そうだよ。わたしは彼女を屈辱のどん底に落としたくないだけなんだ。いったいどうなったのか彼女に説明したいんだ。誰もがお互いに冷たすぎる。彼女と縒りを戻そうなんて思っていない。ただどうなったのか説明しようとしてみるだけだ。そうすれば彼女もわかってくれるだろう」

「彼女とやりたいのね」

「違う。彼女とやりたいなんて思わない。彼女と一緒にいる時だってやりたくなることはめったになかった。ただ事情を話したいだけなんだ」

「気に食わないわ。何だか……べたべたしてる……そんな感じね」

「お願いだから、わたしの言うとおりにさせておくれ。すっきりさせたいんだ。すぐに戻るから」

「わかったわ。でもすぐ済ませるのよ」

わたしはフォルクスに乗り込み、大急ぎでファウンテンに出て、何キロか走り、ブロンソンで北に向かい、家賃の高い区域へと飛び込んでいった。車をとめて、外に出る。何段もある長い階段を上がり、呼び鈴を鳴らした。ビアンカが玄関に出てきた。ある夜彼女が真っ裸で玄関に出てきた時のことを思い出した。彼女を抱き寄せ、キスをしているとディー・ディーが現われて、「こんなところでいったい何をしているの?」と言ったのだ。

しかし今回は違っていた。「何かご用?」とビアンカが聞く。

「ディー・ディーに逢いたいんだ。彼女と話がしたい」

「彼女は具合が悪いの。ほんとうに悪いのよ。彼女にあんな振る舞いをした後で逢いたいだなんてとんでもないわ。あなたは超A級のゲス野郎よ」

「ほんの少し話をしたいだけなんだ。いろいろと説明したいことがある」

「わかったわ。彼女は寝室にいるわ」

わたしは廊下を通り抜けて寝室に入っていった。ディー・ディーはパンティ一枚でベッドの上に横たわっていた。片方の腕を目の上まで投げ上げている。見事な乳房だ。ベッドのそばには空になったウィスキーのパイント壜があり、床の上には鍋が置かれていた。鍋からは吐瀉物と酒の悪臭が漂ってきた。

「ディー・ディー……」

彼女が腕を上げた。「どうしたの? ハンク、戻ってきてくれたの?」

「違うんだ、いいかい、話がしたいだけなんだ……」

「ああ、ハンク、あなたが恋しくてどうしようもなかった。ほとんど気が狂いそうだったの。苦しくてたまらなかった……」

「もっと楽にしてあげたい。だからやってきたんだ。わたしは愚か者だろうけど、冷酷無比にはなりたくない……」

「わたしがどんな気持だったかあなたにはわからないわ……」

「わかるよ。ずっと一緒だったじゃないか」

「飲みたい？」と彼女は指差した。

わたしは空のパイント壜を持ち上げ、悲しい気分に襲われながらまたもとの場所に戻した。

「この世はあまりにも冷たすぎる」と彼女に語りかけた。「みんなが一緒になって本心を語り合うだけでもいい方向に向かうのに」

「わたしと一緒にいて、ハンク。彼女のところに戻らないで、お願い。お願いよ。どうすればいい女になれるかわかるほどには長生きしているわ。わかるわよね。あなたによくするし、あなたのためにもなるわ」

「リディアはわたしを手放さないよ。うまく説明はできないけど」

「彼女は気まぐれ女よ。衝動的で、そのうちあなたを捨てるわ」

「それも魅力のうちかもしれない」

「あなたは売春婦がいいのね。あなたは愛を恐れている」

「きみが正しいかも」

「キスしてくれるだけでいいわ。あなたにキスしてってお願いするのはあつかましすぎるかしら？」

「そんなことないよ」

わたしは彼女の隣に手足を伸ばして横たわった。わたしたちは抱き合った。ディー・ディーの口はげろの悪臭がした。彼女がキスをしてくる。わたしたちはキスを交わし、彼女がわたしを抱きしめた。わたしはできるだけそっと彼女から逃れた。

「ハンク」と彼女が言う。「わたしと一緒にいて！　彼女のところに戻らないで！　見て、きれいな脚でしょう！」

ディー・ディーが片脚を上げて、わたしに見せつける。

「足首だって素敵なのよ！　ほら見て！」

彼女は足首を見せた。

わたしはベッドの縁に座っていた。「きみと一緒にはいられないんだよ、ディー・ディー」

彼女は起き上がり、わたしを拳骨で殴り始めた。彼女の拳は岩のように固かった。彼女は両手で殴りつける。座ったまま殴られるにまかせた。彼女はわたしの目の上、目、額、頬と、ところかまわずぶちまくった。喉もとにも一撃を食らった。「このろくでなし！　こんちくしょう、こんちくしょう、こんちくしょう！　あんたなんか大嫌いよ！」

わたしは彼女の手首を摑んだ。「わかった、ディー・ディー、もう十分だ」彼女はベッドに倒れ込む。わたしは起き上がって部屋から出ていった。廊下を通り抜け玄関から出た。

わたしが帰ると、リディアは肘掛椅子に座っていた。険しい表情をしている。「ずいぶん長かったじゃない。わたしを見てごらん！　彼女とやったんでしょう、そうじゃないの？」

「やってないよ」

「あなたはなかなか帰ってこなかったわ。ほら、彼女に顔をひっかかれている！」

「言っておくけど、何もなかったんだ」

「シャツを脱ぎなさいよ。あんたの背中を確かめてやる！」

「よさないか、リディア」

「シャツも下着も脱ぐのよ」

わたしは全部脱いだ。彼女はわたしの背後に回り込む。

「背中のひっかき傷はどうしたの？」

「どのひっかき傷だい？」

「長いやつよ……女の爪痕に決まっている」

「あるのだとしたらきみがつけたんだ……」

「いいわ。確かめるいい方法があるわ」

「どうやって？」

「ベッドに行きましょう」

「いいとも！」

わたしは試験に合格したが、後になってふとこう思った。女の貞節を男はどうやって試せばいいのだろう？　何だか不公平だ。

21

一キロ半くらいしか離れていないところに住んでいる女性が、わたしに手紙をくれ続けていた。手紙にはニコルと署名されている。わたしの本を何冊か読んでいて、気に入っているということだ。彼女から来た手紙のうちの一通に返事を書いたところ、家に招待したいという申し出を受けた。ある午後のこと、わたしはリディアに何も言わず、フォルクスに乗って出かけていった。彼女のフラットはサンタモニカ・ブールヴァードのドライクリーニング屋を越えたところにあった。彼女の部屋の玄関は通りに面していて、ガラス越しに踊り場が見える。わたしは呼び鈴を鳴らした。ちっぽけなブリキ製のスピーカーから、「どなた」という女性の声が聞こえた。「チナスキーだ」と答える。ブザーが鳴ったので、ドアを押し開けた。

ニコルが階段のてっぺんに立ってわたしを見下ろしていた。彼女は教養に溢れていると同時に物悲しげな顔をしていて、前の方が深く切れ上がった緑色の長いハウスドレスを着ていた。とてもいいからだをしているようだ。茶褐色の大きな目でわたしを見つめる。目のまわりには小皺がたくさんあった。飲みすぎか泣きすぎかどっちかのせいに違いない。

「ひとりなの？」とわたしは尋ねた。

「そうよ」と彼女が微笑む。「上がってきて」

わたしは上の階に上がった。そこはゆったりとしていて、寝室がふたつあり、家具はほとんどなかった。小さな本箱とクラシックのレコードを収めた棚があった。わたしはカウチに座った。

彼女が隣に座る。「ちょうど『ピカソの生涯』を読み終えたばかりだったの」と彼女が言った。

コーヒー・テーブルの上には『ニューヨーカー』が何冊かあった。

「お茶でもいれましょうか？」

「外に出て何か飲むものを買ってくるよ」

「それには及ばないわ。何かあるから」

「何が？」

「上物の赤ワインはいかが？」

「いただきたいね」

ニコルは立ち上がってキッチンに入っていった。わたしは彼女の動作を見守った。長いドレスを着た女性にわたしはいつも心を惹かれる。彼女の立居振舞は優雅だった。とても気品がある。彼女は赤ワインのボトルとグラスをふたつ持って戻ってきて、ワインを注いだ。ベンソン・アンド・ヘッジスを差し出してくれたので、一本もらって火をつけた。

「『ニューヨーカー』をお読みになる？」と彼女が尋ねる。「いい小説が載っているわ」

「そうは思わないね」

「どこがよくないの？」

「教養に溢れすぎだよ」

「わたしは好きだわ」

「そうかい、くだらない」

わたしたちは座ってワインを飲み煙草を吸っていた。

「わたしのフラット、お気に召した？」

「ああ、素敵だね」

「わたしが以前ヨーロッパで住んでいたところを思い出させてくれるわ。広々とした空間や光が気に入っているの」

「ヨーロッパだって？」

「ええ、ギリシア、イタリア……ほとんどギリシアだったわ」

「パリは？」

「そうよね、パリも好きだわ。ロンドンはだめ」

それから彼女は自分自身のことを話し始めた。彼女の家族はニューヨーク・シティに住んでいた。父親は共産主義者で母親は従業員をこき使う工場のお針子だった。母親は誰よりも仕事ができるナンバー・ワンで、最前列の機械をまかされていた。たくましくて誰からも好かれていた。ニコルは独学で、ニューヨーク育ち。ひょんなことから有名な医者と出会って結婚し、十年間一緒に暮らして離婚した。現在受け取っている離婚手当はたったの月四百ドルだけで、それでやっていくのは大変だった。アパートの家賃もままならなかったが、彼女はここがうんと気に入っていて手放せなかった。

「あなたが書くものは」と彼女がわたしに言う。「生々しすぎるわ。容赦なく打ちつけるハンマーみたい。でもユーモアや優しさも感じられるわ……」

「そうだね」とわたしは答えた。

自分の飲み物を置いて彼女を見つめた。彼女の顎を摑んでわたしの方へ引き寄せる。軽く触れるだけのキスをした。

ニコルはお喋りを続ける。実に興味深い話もいくつかしてくれた。小説であれ詩であれわたしの作品の中でいつか使わせてもらおうと決めた。飲み物を注ごうと前にかがんだ彼女の乳房をわたしは見つめた。まるで映画のようだ、見事な映画のようだ。そんなふうに思えた。何だかおかしかったが、ふたりが映画に撮られているような気がした。わたしは気に入っていた。競馬場よりも、ボクシングの試合よりもよかった。わたしたちは飲み続けた。ニコルが新しいボトルを開ける。彼女は喋り続ける。彼女の話に耳を傾けるのは心地よかった。どの話にも知性が感じられ、笑わされるうちにも教えられることがあった。ニコルは自分で気づいている以上にわたしに強い印象を与えていた。そのことがわたしには幾分か苦になった。

わたしたちは飲み物を持ってベランダに出て、昼下がりの車の流れを見つめた。彼女はイタリアでのハックスリィやロレンスの話をした。くだらないやつらだ。この世でいちばん偉大な作家はクヌット・ハムスンだとわたしは彼女に教える。彼女はわたしを見つめ、わたしが彼を知っていることに仰天し、それから同意した。わたしたちはベランダでキスを交わした。下の通りから車の排気ガスの臭いが漂ってくる。わたしのからだに押しつけられる彼女のからだが気持ちいい。わたしたちはすぐには寝ないだろうとわかっていた。同時にわたしがまたここに訪ねてくるだろうこともわかっていた。ニコルもわかっていた。

22

リディアの姉のアンジェラがユタから出てきた。リディアの新しい家を見るためだった。掘り出し物の物件だと言えた。家を売った男は自分がもうすぐ死ぬと信じて疑わなかった。だから彼は自分の家を法外に安い値段で売ってしまったのだ。二階には子供たち用の寝室があり、やたらと広い裏庭は木々が茂り、竹藪もあった。

アンジェラは長女で、もっとも繊細な神経の持ち主にして、もっともいいからだつき、そしてもっとも現実的でもあった。彼女は自分の不動産を売却してしまっていた。そこでどこにアンジェラを住まわせるかという問題が生じた。わたしたちには余分な部屋がなかった。リディアがマーヴィンの名前を出した。

「マーヴィン?」とわたしが尋ねる。

「そう、マーヴィンよ」

「いいよ、じゃあ行こう」

わたしたちはみんなでリディアのオレンジ色のやつに乗り込んだ。わたしたちは彼女の車を〝やつ〟と呼んでいた。まるでタンクのようで、とても古くてきたない。夜ももう遅かった。わたしたちはあらかじめマーヴィンに電話をかけていた。彼の返事は、夜はずっと家にいるからということだった。

ビーチまで車で乗りつけた。海辺に彼の小さな家が建っている。「うわぁ、何て素敵なおうちなの」とアンジェラが言った。

「彼はお金も持っているのよ」とリディアが教える。

「それにいい詩も書くんだ」とわたしがつけ加える。

わたしたちは車から出た。マーヴィンは海水魚の水槽と自分の描いた絵に囲まれて家の中にいた。彼は絵もうまかった。金持ちの子供にしては、妙に歪められることもなく、ちゃんと生きぬいていた。わたしは紹介役を引き受けた。アンジェラは歩き回ってマーヴィンの絵を見つめる。

「うわぁ、とても素敵」アンジェラも絵を描いていたが、彼女の腕はそれほどでもなかった。

わたしはビールを少し持ってきていたし、コートのポケットにはウィスキーのパイント壜を隠していて、隙を見てはちびりちびりと嘗めていた。マーヴィンがビールをもっと出してきた。彼とアンジェラはそれとなくいちゃつき始める。マーヴィンは十分その気みたいだったが、アンジェラは笑いでごまかしがちだった。彼女は彼のことを気に入ったようだったが、すぐに寝たくなるほど好きではなかったようだ。わたしたちは酒を飲んでお喋りをした。マーヴィンの家にはボンゴやピアノがあったし、彼はマリファナも持っていた。彼の家は素敵でとても居心地がいい。こんな家に住めるとわたしはもっとうまく書けるのに、運も巡ってくるだろうに、と思った。聞こえるのは海の音だけで、タイプライターの音がうるさいと文句をつける隣人などどこにもいない。

わたしはウィスキーをちびちびと嘗め続けた。二、三時間いてから、そこを後にした。リディアはフリーウェイを走った。

「リディア」とわたしが言う。「きみはマーヴィンとやったんだろう？」

「何言ってるの？」

「夜遅くあそこに行った時のことだよ、ひとりで」

「このくそったれ、そんな話はしたくもないわ！」

「じゃあ、ほんとうなんだ。きみはあいつとやったんだ！」

「いい？　これ以上続けるなら、もう我慢できないからね！」

「あいつとやったんだ」

アンジェラは怯えているようだった。リディアは車をフリーウェイの路肩に寄せて、停車させるとわたしの方のドアを押し開けた。「降りて！」と彼女が言う。

わたしは車から降りた。車は走り去っていった。わたしはフリーウェイの路肩をとぼとぼと歩いた。パイント壜を取り出してちびちびと嘗める。五分も歩いたかと思うと、やつがわたしのそばにやってきてとまった。リディアがドアを開ける。「乗って」わたしは乗った。

「ひとことも口をきかないで」

「きみはあいつとやった。やったってわかっているんだ」

「ああ、どうしようもないわ！」

リディアは車を再びフリーウェイの路肩に寄せて、ドアをまた押し開けた。「降りて！」

わたしは車から降りた。路肩を歩き、人ひとり見当たらない道路へと続く出口車線に辿り着いた。出口車線を歩いて下りて通りに出た。通りは闇に包まれている。何軒かの家の窓の中を覗き込んだ。わたしがいるところは黒人たちの居住区に間違いない。先の方の交差点のあたりに明かりが見えた。ホットドッグ・スタンドだった。そこまで歩いていった。カウンターの中に黒人がひとりいるだけで、ほかには誰もいない。わたしはコーヒーを注文した。「あのくそったれの女どもめ」とカウンターの中の男に話しかけた。「やつらには理屈など通用しない。フリーウェイの上でわたしの女に車から降ろされたんだ。飲むかい？」

「ああ」と彼が答える。

一口たっぷりと飲んで、わたしに壜を返した。

「電話あるかな？」と彼に尋ねる。「ちゃんと払うから」

「市内電話かい？」

「そうだ」

「じゃあ、ただだよ」

彼はカウンターの下から電話機を取り出して、手渡してくれた。わたしは一口飲んでから、壜を彼に手渡す。彼が一口飲む。

イエロー・キャブの会社に電話をかけ、自分の居場所を教えた。我が友は優しくて知的な顔をしている。地獄で仏に逢うとはこのことだ。タクシーが来るのを待つ間、わたしたちは壜を回し飲みした。タクシーが到着して、わたしは後ろの座席に乗り込むと、運転手にニコルの住所を伝えた。

23

その後でわたしは意識を失ってしまった。自分で思っていた以上のウィスキーを飲んでいたのだと思う。ニコルの家に着いた時のことも憶えていない。朝、目が覚めてみると知らないベッドの中で誰かに背中をくっつけて寝ていた。目の前の壁に目をやると、そこには大きな装飾文字が掛かっている。その文字はNだ。Nはニコルのん。わたしはむかついた。バスルームに駆け込み、ニコルの歯ブラシを喉の奥に押し込んで吐いた。顔を洗い、髪の毛をとかし、糞をして小便をして、手を洗って、バスルームの水道の蛇口から浴びるほどの量の水を飲んだ。それからまたベッドに戻った。ニコルが起きて、彼女もトイレに行き、戻ってきた。彼女がわたしと向かい合う。わたしたちはキスをしてお互いを愛撫し始めた。

わたしのやり方はあどけないものだよ、リディア、とわたしは思った。わたしのやり方はそなたの言いなりだ。

オーラル・セックスはなしだった。わたしはお腹の調子が悪すぎた。わたしは著名な医者の前妻の上に乗っかった。教養があって世界を飛び回る人。彼女の本棚にはブロンテ姉妹の著作が揃っている。わたしたちはふたりともカーソン・マッカラーズが好きだ。〝心は孤独な狩人〟。わたしが二、三回激しく突き上げると、彼女は声を出して喘いだ。彼女は今、作家を直接体験している。もちろんそれほど著名な作家とは言えないが、驚くべきことに何とか家賃は払えている。そのうち彼女はわたしの著作のどれかに登場することだろう。わたしは教養かぶれの女とやっている。いきそうになった。彼女の口の中に自分の舌をこじ入れ、キスをして、そして果てた。ばかばかしい気分になりながら、彼女の上から下りた。彼女はしばらくわたしの腕の中にいてから、バスルームに行った。もしかして彼女はギリシアでならもっといいセックス相手だったかもしれない。アメリカはセックスをするにはどうしようもない場所だった。

それからわたしは週に二、三度、昼下がりにニコルを訪ねた。わたしたちはワインを飲み、お喋りをして、時々愛を交わした。それほど彼女には惹かれていなかったが、逢うだけのことはあった。リディアとわたしは次の日には仲直りをしていた。午後どこに行くのかと彼女はわたしにいつも問い質した。「スーパーマーケットに行っているんだ」とわたしは答える。それはほんとうだった。わたしはいつもまずスーパーマーケットに足を運んだ。
「あなたがそんなにも長い間スーパーマーケットにいるなんて初めてのことよ」
ある夜、わたしは酔っぱらって話のついでにニコルとかいう女性を知っているとリディアに言ってしまった。ニコルの住んでいるところも教えたが、「ふたりの間は何でもない」とも告げておいた。わたしがどうしてリディアに打ち明けたのか自分でもはっきりしない。しかし人は飲むとはっきりと考えられなくなってしまったりするものだ……。

ある昼下がりのこと、わたしは酒屋を出て、ニコルの家のすぐ手前まで来ていた。六本入りのビールのパックをふたつとウィスキーのパイント壜を抱えていた。リディアとは最近また新たな喧嘩をして、わたしはニコルのところに泊まろうと決めていた。早くも少し酔っぱらって歩いていると、誰かがわたしの背後に走り寄ってきた。振り向くと、リディアだった。「ほら！」と彼女が言った。「ほら！」

彼女はわたしが抱えていた酒の紙袋をひったくると、ビール壜をひっぱり出した。そして一本ずつ舗道に叩きつけた。ビール壜が激しくはじけ散る。サンタモニカ・ブールヴァードは車の量が実に多く、午後の交通渋滞がすでに始まっていた。すべてはニコルの家の玄関先で起こった。やがてリディアはウィスキーのパイント壜にも手を伸ばした。彼女はそれを高く掲げ、わたしに向かって金切り声をあげた。「ほら！ こいつを飲んであの女とやるところだったんだろう！」彼女はパイント壜をセメントの上に叩きつけた。

ニコルの玄関のドアが開くと、リディアは階段を駆け上がっていった。ニコルはその階段のいちばん上にいる。リディアは持っていた大きなハンドバッグでニコルを叩き始める。長いストラップがついていて、彼女はそれを思いきり力を込めて振り回した。「あいつはわたしの男よ！あいつはわたしの男よ！ わたしの男に近寄らないで！」

それからリディアはわたしの横を走り抜けると、ドアを通って表通りに飛び出していった。

「まいったわ、あの人は誰だったの？」とニコルが言う。

「あれがリディアだよ。箒と大きな紙袋をおくれ」

通りに下りていって、ガラスの破片を掃き集め始め、それを茶色の紙袋の中に入れた。あのたちの悪い女は今回はちょっとやりすぎだ、とわたしは思った。もっと酒を買ってこよう。わたしはニコルと一夜を過ごすことになる。もしかすると二晩になり三晩になるかもしれない。

ガラスを拾おうと前屈みになっているわたしの後ろで奇妙な物音がした。わたしは振り返った。

例のやつ、に乗ったリディアだ。彼女は車を歩道に乗り上げ、およそ時速三十マイルでまっすぐわたしに向かって走らせている。車が突っ込んできた時、横に飛びのいたので、間一髪命拾いをした。車はブロックの端まで走っていき、縁石でがたんと音をたてて下りると、通りをなおも突き進み、次の角で右に曲がって姿を消した。

改めてガラスの破片を掃き集めることにした。すっかり掃き終えて、きれいに片づけた。それからさっきの紙袋に手を伸ばすと、その中に割れていないビール壜が一本あった。だいじょうぶだ。飲まずにはいられない。栓を抜こうとしたその瞬間、誰かがビール壜をわたしの手から奪い取った。またもやリディアだった。彼女は壜を持ってニコルのドアの前に駆けていき、ガラス目がけて投げつけた。あまりにも猛烈な速度で投げつけたので、壜は窓ガラス全体を粉々に割ることなく、丸い穴だけを残して巨大な弾丸のように貫通していった。

リディアが逃げ去り、わたしは階段を上がっていった。ニコルはさっきと同じところに立ちつくしている。「後生だから、チナスキー、彼女がみんなを殺す前に一緒に行ってちょうだい！」

わたしは向きを変えて階段を下りていった。リディアは車を縁石につけ、エンジンをかけたままその中に座っていた。ドアを開けて乗り込んだ。彼女が車を発進させる。ふたりともひとことも口をきかなかった。

24

ニューヨーク・シティに住んでいる女の子から手紙が届き始めた。ミンディという名前だ。わたしの本を何冊か読んでいた。彼女の手紙のいいところは、自分は作家ではないとことわった以外、文学についてはほとんどひとことも触れていないことだった。一般的なこと、特に男やセックスに関することを書いてきた。ミンディは二十五歳で、字をくずして書くことはなく、その筆跡はきちんとしていて、繊細だがユーモラスでもあった。わたしは彼女に返事を書いた。郵便箱を覗いて彼女からの手紙があるとわたしはいつも嬉しくてたまらなかった。会話よりも手紙の方でいろんなことをよりうまく言える人がほとんどだ。芸術的で創意に富んだ手紙を書ける人たちもいる。しかしそういう人たちがいざ詩や物語、あるいは小説を書こうとすると、どうしてももったいぶって嘘くさいものになってしまう。

そのうちミンディは何枚かの写真も送ってきた。それらの写真が嘘偽りのないものだとすると、彼女は実に美しかった。わたしたちはそれからも数週間手紙のやりとりをし、やがて彼女は近々二週間の休暇が取れると伝えてきた。

こっちまで飛んでくればいいのに、とわたしが提案する。

そうします、と彼女が返事をよこす。

わたしたちはお互いに電話をかけ始めた。彼女がＬＡ国際空港に到着する日時が遂にはっきりした。

空港まで行くよ、とわたしは彼女に告げた。何ものもわたしを押し止めることはできない。

25

わたしはその日付を心に刻み込んだ。リディアと別れることになったとしても何ら問題ではない。わたしは生まれついての一匹狼で、女と一緒に暮らし、一緒に食事をし、一緒に眠り、一緒に街を歩くだけで満足だった。会話など望んでいなかったし、競馬場かボクシングの試合以外はどこにも行きたくなかった。テレビもまるで楽しめない。金を払って映画館に入り、ほかの人たちと一緒に座って感激を分かち合うなどばかげたことにしか思えなかった。パーティもうんざりさせられるだけだ。わたしは人をだますことやきたない手口、いちゃつき合いやしろうとの酔っぱらい、退屈な人間が大嫌いだった。しかしリディアにとっては、パーティや、踊ること、世間話がエネルギー源だった。彼女は自分のことをセクシーな女だと思っていた。それを見せつけすぎるきらいがあった。誰もいなければいいのにと願うわたしと、できるだけいつも、できるだけ多くの人たちといることを願う彼女とがぶつかり合い、それが原因で口喧嘩になることもしばしばだった。

ミンディがやってくる数日前のこと、口火を切ったのはわたしの方だった。わたしたちは一緒にベッドの上にいた。

「リディア、頼むよ、どうしてそんなに頭が悪いんだ？　わたしがひとりでいたがっている人間だということがわからないのかい？　世捨て人と言えばいいのかな？　書くためにはそうならざるをえないんだ」

「人々と逢わずしてどうして人々のいろんなことを知ることができるの?」

「人々のことはすでに十分知っているよ」

「レストランに食事に出かけた時ですら、あなたは頭を下げてうつむいたまま。誰のことも見ようとしない」

「わざと自分の気分を悪くさせることもないだろう?」

「わたしは人々を観察するわ」と彼女が言う。「彼らを研究するの」

「くそっ!」

「あなたはみんなが恐いのよ!」

「みんななんか大嫌いだ」

「どうして作家になんかなれるの? 観察もせずに!」

「いいか、わたしは人々を見ない。それでも自分の書くもので家賃を稼いでいる。とやかく言われることはないよ」

「長続きするわけがないわ。あなたはうまくやれっこないわ。何もかも間違っているのよ」

「だからこそわたしはうまくやっているんだ」

「うまくやっているですって? いったい誰があんたのことを知っているというの? メイラーのように有名なの? カポーティのように?」

「彼らは書けないよ」

「でもあんたは書ける! チナスキー、あんただけが書けるのね!」

「そう、わたしはまさにそう思っているんだ」

「あんたは有名なの？　ニューヨーク・シティに行ったところで、誰かひとりでもあんたのことを知っているかしら？」

「いいか、そんなことわたしにはどうでもいいことだ。わたしはただ書き続けたいだけだ。吹聴してくれるとりまきなんていらないよ」

「とりまきは拒まないくせに」

「たぶんね」

「すでに有名になっているふりをしたいのよ」

「わたしの態度はいつだって同じさ。書き出す前もね」

「あんたはわたしが出会った中でいちばん無名の有名人よ」

「わたしはただ野心がないだけさ」

「あるわよ、でも怠け者よ。ただいたずらに求めているだけ。とにかくあんたはいつ書くの？　いったいいつやるというの？　いつもベッドの中にいるか酔っぱらっているか競馬場にいるか、そのどれかだわ」

「わからないよ。そんなことは重要じゃない」

「じゃあ何が重要なの？」

「きみが教えてくれ」

「いいわ、何が重要かあんたに教えてあげる！」とリディアが答える。「わたしたちは長い間パーティもしていない。長い間どんな人にも逢っていない！　わたしは人が好きなの！　わたしの姉妹《きょうだい》はみんなパーティが大好きなの！　千キロも車を運転してパーティに行くわ！　そんなふうにわたしたちはユタで育てられたのよ！　パーティのどこが悪いというの？　誰もが好き勝手にやって楽しい時を過ごすだけよ！　あんたが頭の中でとんでもないことを考えているだけ。楽しむことがすぐにセックスに繫がると思っているのよ！　まったく何てこと、みんなちゃんとたしなみというものがあるわ！　あんたひとりが楽しみ方を知らないだけ！」

「わたしは人が嫌いだ」

　わたしがそう言うと、リディアはベッドから飛び下りた。

「まったく、あんたといると気分が悪くなるわ！」

「いいよ、それならそれで。きみには一息つかせてあげよう」

　わたしはベッドから脚をぶらぶらさせて、自分の靴をはき始めた。

「一息つかせるですって？」リディアが尋ねる。「〝一息つかせる〟っていったいどういうこと？」

「要するにわたしはここから出ていくということさ！」

「いいわ。でもこれから言うことをよく聞くのよ。いま玄関のドアから出ていったら、二度とわたしには逢えないわよ！」

「けっこうだ」とわたしは答える。

　立ち上がり、玄関まで歩いていき、ドアを開けて、それを閉め、フォルクスのところまで行った。そしてエンジンをかけて走り去った。わたしはミンディが一息つける場所を作ってあげたのだ。

26

わたしは空港に座って待っていた。写真だけではわからない。判断しようがない。わたしは神経質になっていた。吐きたい気分だった。煙草に火をつけて、ゲロをこらえた。わたしはどうしてこんなことをしているのか？　今となっては彼女など求めてはいなかった。しかしミンディははるばるニューヨーク・シティからこっちに向かっている。わたしはすでにたくさんの女たちを知っていた。それなのにどうしていつももっと多くの女たちを？　わたしはいったい何をしようとしているのか？　新しい情事は刺激に満ちているが、同時にきついことでもあった。初めてのキスや初めてのセックスには何らかのドラマがある。初めてのことには誰もが興味を抱く。しかしその後、ゆっくりとしかし確実に、ありとあらゆる欠点や狂気の沙汰が目につくようになってくる。やがてわたしは徐々に関心を失っていく。自分にとってどうでもいいことになっていく。

わたしは年老いて醜かった。だからこそ若い女の子たちに一物《いちもつ》をぶちこむのがたまらなく気持いいのかもしれない。わたしはキング・コングで彼女たちは優しくしなやかだ。わたしはセックスに溺れながら死をも忘れてしまおうとしていたのか？　若い娘たちと一緒にいることによって、身も心も老いないことを願っていたのか？　わたしは醜く歳を取りたくはなかった。ただ消え去るというか、死が訪れる前に息を引き取っていたかった。

ミンディの飛行機が着陸して滑走してきた。わたしは危機に曝されていた。女たちはわたしのことを前もって知っている。わたしの本を読んでいるからだ。わたしは自分自身を曝け出していた。ところがわたしは彼女たちのことを何ひとつとして知らない。わたしは正真正銘のギャンブラーだった。殺されたとしても、きんたまを切り落とされたとしてもおかしくない。玉のないチナスキー。宦官の愛の詩。

わたしは立ち上がってミンディを待っていた。乗客がゲートから出てくる。

ああ、彼女がそうじゃなければいいけど。

それとも彼女なのか。

それとも特にあの彼女だったら。

あの女性なら素晴らしい！ ほら、あの脚にあの尻、そしてあの目……。

女性たちの中のひとりがわたしの方に近づいてきた。彼女がそうならと願わずにはいられなかった。彼女は大勢の中で抜きん出ている。そこまでついているわけがない。その彼女がわたしのそばまで歩み寄って微笑みかけた。「ミンディです」

「あなたがミンディでよかった」

「あなたがチナスキーでよかった」

「手荷物を待たなくちゃならないの？」

「ええ、長居できるだけの用意をしてきたんです！」

「バーで待とう」

バーに入っていってテーブルを見つけた。ミンディはウォツカ・トニックを注文し、わたしはウォツカ・セブンを注文した。うん、なかなか調子が合っている。彼女の煙草に火をつけてあげた。彼女は素敵だった。ほとんど処女そのものだ。どうしても信じられない。小柄なブロンドで、見事に均斉がとれている。洗練されているというよりも自然のままだった。青緑の目を見ればすぐにわかる。彼女は小さなイヤリングをふたつつけていた。ハイヒールをはいている。ハイヒールには興奮させられるとわたしはミンディに書いたことがあった。

「ところで」と彼女が言った。「こわがっていらっしゃるの？」

「もうそれほどでもないよ。きみが好きだよ」

「あなたは写真よりもずっと素敵ですわ。あなたが醜いだなんて全然思いません」

「ありがとう」

「ハンサムだと言っているわけじゃないんです。みんなが言うところのハンサムとはね。思いやりがありそうなお顔。でもその目、とても美しいわ。ぎらぎらとして狂おしくて、燃えあがる森の中からじっと見つめている動物を思わせる。うーん、そんな感じなんです。うまく言葉にできないけど」

「きみは美しいよ」とわたしは言った。「それにとても素敵だ。そばにいるだけで気分がいい。逢えてよかったと思うよ。さあ飲んで。おかわりをしよう。きみは手紙そのままだね」

わたしたちは二杯目を飲んでから手荷物を取りにいった。ミンディと一緒にいると誇らしい気分になれる。彼女の歩き方は気品に溢れていた。いいからだつきをしているのに、荷物を積みすぎた家畜のように大儀そうに歩く女たちがあまりにも多すぎた。ミンディは流れるような歩き方だ。

これは上出来すぎる、とわたしは考え続けていた。こんなことはまずありえない。

わたしの家に着いてミンディはバスを使い着替えをした。出てきた彼女は淡いブルーのドレスを着ている。髪型もほんの少しだけだが変えていた。ウォツカやウォツカ・ミックスをそれぞれ手にして並んでカウチに腰かけた。「ねえ」とわたしが話しかける。「わたしはまだ怯えているんだ。もう少し酔っぱらわなくちゃ」

「あなたのおうちはわたしが思っていたそのとおりですね」と彼女が言う。

わたしを見つめて微笑を浮かべている。手を伸ばして彼女の項《うなじ》のあたりに触れた。そして彼女を引き寄せそっとキスをした。

電話が鳴った。リディアだった。

「何しているの?」

「友だちと一緒だ」

「女ね、そうでしょ?」

「リディア、わたしたちの関係はもう終わったんだ。わかっているはずだよ」

「女なのね、そうでしょ!」

「そうだよ」

「そう、わかったわ」

「じゃあね、さよなら」

「さよなら」と彼女も言った。

リディアの声の調子は突然おとなしくなった。救われた気分だ。彼女の暴力はわたしを怯えさせる。わたしのことを嫉妬深い男だと彼女はいつも言い張ってきかなかった。確かにわたしは嫉妬深い方だったが、いろんなことがうまくいかなくなると、ただただいや気がさして自分の方から身を引いてしまう。リディアは違っていた。彼女は逆襲した。彼女は暴力ゲームのいちばんのチアリーダーだった。

しかし今の声の調子からすると、もうあきらめたようだ。彼女は腹を立てていない。声を聞けばわかる。

「もう終わったの?」

「わたしが前につきあっていた人からだ」とミンディに教えた。

「うん」

「彼女は今もあなたを愛している?」

「そう思うよ」

「それなら終わっていないじゃない」

「終わったんだ」

「ここにいてもいいんですか?」

「もちろんだよ。お願いだ」

「あなたはわたしを玩んでいるだけじゃないでしょうね? あの愛の詩を全部読んでいるんですよ……リディアへの」

「恋していたのは過去のこと。それにわたしはきみを玩んだりしない」

ミンディがからだを押しつけてきてわたしにキスをした。長いキスだった。わたしの一物が大きくなった。ここのところわたしはビタミンEをたくさん摂っていた。セックスに関してわたしなりの考え方があった。わたしは四六時中発情しっぱなしで、ひっきりなしにマスターベーションをしていた。リディアと愛を交わし、それから自分のところに戻ると朝にはマスターベーションをする。セックスを何やら禁じられたものとして捉えることは理屈抜きでわたしを興奮させた。ちょうどある動物が別の動物を痛めつけて服従させてしまうようなものだった。

わたしが絶頂に達する時、白い精液が今はもうこの世にはいない両親の頭や魂の上に滴り落ち、あらゆる慎み深きものに敵対しているような気分になった。もしも女として生まれていたなら、わたしはきっと売春婦になっていたことだろう。男として生まれたゆえ、飽くことなく女たちを求め続けている。相手が卑しいほどよかった。それでも女たちは、とりわけ淑女たちは、結局は相手の心までをも自分のものにしようとするので、わたしを怯えさせた。わたしにも手放したくないものがある。そもそもわたしは売春婦や卑しい女たちに夢中になった。というのも彼女たちはめちゃくちゃでしたたかで、個人的な要求などおくびにも出さないからだ。彼女たちは何も奪わない。その一方でわたしは、とてつもない代価を支払わなければならないことを承知で、優しくてよくできた女性をも激しく追い求めた。いずれにしてもわたしに勝ち目はなかった。強い男なら両方ともあっさり諦めてしまう。わたしは強くはなかった。だからこそ女たち、それに彼女たちの考え方と苦闘し続けていたのだ。

ミンディとわたしはボトルを飲み終えてベッドに行った。しばらくキスを交わしたものの、彼女に謝ってから身を離した。酔っぱらいすぎていて、ちゃんとやれそうもなかったのだ。何たる愛の達人よ。そのうちいい思いをたっぷりさせてあげると約束し、彼女にからだを押しつけられたまま眠ってしまった。

朝目が覚めると今にも吐きそうな気分だ。ミンディは裸でわたしのすぐ隣にいた。あれだけ飲んだ後でも、彼女は今なお奇跡だった。これほどまでに美しく、同時にこれほどまでに優しく知的でもある若い女性に出会ったことは一度としてなかった。彼女の恋人たちはどこに行ってしまったのか？　どこで彼らはしくじったのか？

わたしはバスルームに行ってさっぱりしようとした。ラヴォリスでうがいをし、髭を剃って、シェービング・ローションをつけた。髪の毛を濡らし、櫛でといた。冷蔵庫に行ってセブン・アップを取り出してそれを飲み干した。

ベッドに戻ってもぐり込んだ。ミンディはあたたかい心の持ち主だ。彼女のからだもあたたかかった。眠っているようだ。そんな彼女がたまらない。自分の唇を彼女の唇にそっと擦りつける。わたしの一物が大きくなった。彼女の乳房がわたしの胸に押しつけられている。片方の乳房を摑んで吸いついた。乳首が堅くなる。ミンディがかすかに動く。自分の手を沈めていき、彼女のお腹にそって進みながら性器にまで辿り着いた。彼女の性器をそっと擦り始める。

薔薇の蕾を押し広げていくようだ。いいぞ。大切なことだ。庭の二匹の虫がお互いにじわじわと近づき合っている。雄のゆるやかな魔力が効いていく。雌はゆっくりとからだを任せていく。いいぞ。これはいいぞ。二匹の虫。ミンディがからだを開いていく。だんだんと濡れていく。美しい彼女。わたしは彼女の上に乗っかった。そっと入っていく。わたしの口が彼女の口を塞ぐ。

27

わたしたちは一日中飲み続け、その夜も一度愛を交わそうとした。彼女の性器があまりにも大きいことに気づいて、わたしは仰天しうろたえてしまった。とてつもなく大きなプッシーだ。きのうの夜はまるで気がつかなかった。これは悲劇と言うしかない。女のいちばんの大罪。わたしは懸命に頑張ってみた。ミンディは楽しんでいるようだ。とにかくそうであってほしかった。わたしは汗をかき始めた。背中が痛み始める。めまいがして気分が悪くなった。彼女のあそこはますます大きくなっていくようだ。わたしはまったく何も感じなかった。大きくてぶかぶかの紙袋を相手にセックスしようとしているようなものだ。彼女のヴァギナの縁すら擦《かす》らない。決して報われることのない苛酷な務め。これはもう苦悶以外の何ものでもなかった。わたしは忌々しい気分になってきた。しかし彼女の気持は傷つけたくない。何が何でもいきたくてたまらなくなった。酒のせいではない。酒を飲んだ時の方がどんな時よりもうまくやれる。自分の鼓動が聞こえた。脈打つ自分の心臓をはっきりと感じることができる。胸も喉の奥も頭の中もどきどきしている。わたしは耐えられなくなって、喘ぎながら彼女の上から下りた。

「ごめん、ミンディ、まいったよ、ごめんね」

「いいのよ、ハンク」

わたしは腹ばいになった。汗臭くてたまらない。起き上がって飲み物を二杯作った。ベッドの上に並んできちんと座り、飲み物を飲んだ。けさ初めてした時にどうして最後までいけたのかわたしにはまるで見当がつかなかった。ふたりには問題がある。申し分のない美しさ、申し分のない優しさ、申し分のない素晴らしさ、それなのにわたしたちには問題がある。それがいったい何なのかミンディに告げることはできない。たぶんこれまで誰ひとりとして彼女に教えてあげればいいのか。たぶんこれまで誰ひとりとして彼女に教えなかったに違いない。

「あんまり飲まなかったらもっとちゃんとやれるんだけど」

「お願いだから気にしないで、ハンク」

「オーケイ」

わたしたちは眠った。あるいは眠ったふりをしていただけだったかもしれない。わたしは結局眠りについた。

28

ミンディは一週間ほど滞在した。わたしは彼女を仲間のみんなに紹介した。ふたりでいろんなところにも出かけた。しかし何ひとつ解決はされなかった。わたしはクライマックスに達せない。彼女はまったく気にもとめていないようだった。何だか変な感じだった。

ある晩、午後の十時四十五分頃のこと、ミンディは居間で酒を飲みながら雑誌を読んでいた。わたしはパンツ一枚でベッドの上に寝そべり、酔っぱらって煙草を吸っていた。飲み物は椅子の上にあった。特に何かを感じたり考えたりすることもなく、青い色の天井をただ見つめていた。

玄関のドアをノックする音が聞こえた。

「わたしが出ましょうか？」とミンディが言う。

「ああ、頼むよ」

ミンディがドアを開けた。耳に飛び込んできたのはリディアの声だった。

「わたしに張り合おうとするのはどんな人なのか見にきただけなの」

ああ、それならいいや、とわたしは思った。ベッドから起き上がってふたりに飲み物を作り、みんなで一緒になって飲みながらお喋りすればいい。自分の女たちがお互いを理解し合うのはいいことだ。

リディアがこう言うのが聞こえた。「あなたってとてもかわいいわ、そうよね？」

それからミンディの悲鳴。続いてリディアも金切り声をあげた。つかみ合い、うなり合い、走り回っている。家具がひっくり返る。ミンディの悲鳴がまた聞こえる。攻撃される者の悲鳴だ。リディアの金切り声。獲物をしとめようとする虎のように狂暴な女。わたしはベッドから跳ね起きた。ふたりを引き離すつもりだった。パンツ一枚のまま居間に駆け込んだ。髪の毛をむしったり、唾を吐きかけたり、ひっかいたりと、とんでもないことが行なわれている。ふたりの間に割って入ろうと駆け寄った。敷物の上にあった自分の靴の片方につまずいて、思いきり転んでしまった。ミンディがドアから逃げ出し、そのすぐ後をリディアが追いかけていく。ふたりは歩道を駆け抜けて表通りに出る。そこでまた悲鳴が聞こえた。

数分が過ぎた。わたしは起き上がってドアを閉めた。ミンディはうまく逃げおおせたに違いない。というのもリディアが突然入ってきたからだ。彼女は玄関のドアのすぐそばにある椅子に座った。そしてわたしをじっと見つめる。

「ごめんね。おしっこちびっちゃったわ」

ほんとうだった。彼女の股のところは濃い染みになっていて、ズボンの片方がびしょびしょに濡れている。

「だいじょうぶだよ」

リディアに飲み物を差し出すと、彼女はそれを手にしたままじっと座っていた。わたしは自分の飲み物を持ち続けていられなかった。ふたりともひとことも喋らない。しばらくしてドアをノックする音がした。パンツ姿のわたしが立ち上がってドアを開けた。パンツの上から白くてぶよぶよの大きなお腹がせり出している。警官がふたり玄関に立っていた。

「やあ」とわたしは言った。

「治安妨害の通報を受けたものでね」

「ちょっとした家の中の揉めごとだったんです」とわたしが答える。

「詳しい情報があります」とわたしのそばにいる方の警官が言った。「女性がふたりいるという」

「いつもそうなんです」

「わかりました」と最初に話しかけてきた警官が言った。「ひとつだけ質問させてください」

「いいですよ」

「ふたりの女性のどちらにするのですか？」

「こっちにします」とわたしはお洩らしをして椅子に座っているリディアを指差した。

「わかりました、それでいいんですね？」

「いいんです」

警官たちは歩み去り、気がつけばまたリディアと一緒のわたしがいた。

29

翌朝電話がかかってきた。リディアは自分の家に戻っていた。隣のブロックに住み、ポルノの本屋に勤めているボビーだった。「ミンディがいるんだ。ここに来て話をしてほしいってさ」

「わかった」

わたしはビール壜を三本持って駆けつけた。ミンディはハイヒールをはいてフレデリックスで手に入れた黒のシースルーの服を着ている。人形の服といった感じで、黒のパンティが透けて見えていた。ブラジャーはつけていない。ヴァレリーは留守だった。わたしは座り込んでビールのキャップをねじ開け、その壜を彼女に手渡した。

「リディアと縒りを戻すの、ハンク?」とミンディが尋ねる。

「悪いけどそうなんだ。縒りを戻したよ」

「最低だったわ、あんなことになって。あなたとリディアとはもう終わったんじゃなかったの?」

「わたしもそう思っていたよ。とっても変な具合なんだ」

「あなたのところに服を全部置いたままだわ。取りにいかなくちゃ」

「いいとも」

「ほんとうに彼女はもういないの?」

「まるで牡牛みたいだったわ。あの女、完全に男女《おとこおんな》よ」

「ああ」

「わたしはそうは思わないね」

ミンディは立ち上がってバスルームに入った。ボビーがわたしをじっと見つめている。

「彼女とやったよ」と彼が言う。「彼女を責めないでおくれ。ほかに行くあてがなかったんだ」

「わたしは責めないよ」

「彼女を元気づけようとヴァレリーがフレデリックスに連れていったよ。服を全部新調したんだ」

ミンディがバスルームから出てきた。彼女は中で泣いていたのだ。

「ミンディ」とわたしは呼びかけた。「もう行かなくちゃ」

「後で服を取りに寄るわ」

立ち上がって玄関から表に出た。ミンディが外までついてくる。「抱いて」と彼女が言う。

わたしは彼女を抱きしめた。彼女は泣いている。

「わたしのことは絶対に忘れられなくってよ……絶対に！」

ボビーはミンディとやったのか？　そう考えながら自分の家まで歩いて帰った。ボビーとヴァレリーは目先が変わったことにすぐに飛びつく。彼らがみんなと同じような感じ方をしていないことはそれほど気にはならなかった。彼らは何の感情も表わさずに何もかもやってしまう。ほかの人たちがあくびをしたりじゃがいもを茹でたりするのとまるで同じように。

30

リディアをなだめるべく、わたしはユタ州のミュールズヘッド行きに同意した。彼女の姉が山の中でキャンプ生活をしていた。実際あたりの土地の多くは姉妹たちのものだった。彼女たちの父親から遺産として受け継いでいた。姉妹たちの中で森の中にテントを張っているのはグレンドリンだった。彼女は『山に暮らす野性の女』という小説を書いていた。ほかの姉妹たちもまもなくやってくることになっている。リディアとわたしがいちばん最初に着いた。小型のテントがあった。最初の夜その中にむりやり入り込むと、わたしたちと一緒に蚊も入り込んできてしまった。ひどいありさまだった。

翌朝、みんなでキャンプファイアのまわりに陣取った。グレンドリンとリディアが朝食を作った。わたしは食料品を四十ドル分買い求めていて、その中には半ダース・パックのビールも幾つか入っている。ビールは山の湧き水に冷やしておいた。朝食を終え、皿洗いを手伝った。グレンドリンが自分の小説を取り出してきて、わたしたちに読んで聞かせた。それほどひどくはなかったが、まだまだプロの仕事とは言えず、かなりの推敲が必要だった。グレンドリンは自分と同じように読者もまた彼女の生活に魅せられるに違いないと思い込んでいた。それが致命的な間違いだった。もうひとつの致命的な間違いは、あまりにも語りすぎということだった。

わたしは水が湧き出ているところまで歩いていき、三本のビール壜を持って戻ってきた。女性陣は一本も欲しがらない。彼女たちはかなりの反ビール主義者だ。わたしたちはグレンドリンの小説について論議した。誰であれ、自分が書いた小説を人前で大声で読み上げる者は胡散臭いというのがわたしの考えだ。それ以上の命取りはないはずだ。

話題はころころ変わり、女たちは男やパーティ、ダンスやセックスについてのお喋りを始めていた。グレンドリンの声は高くて元気よく、神経質そうにではあるがしょっちゅう笑う。彼女は四十代半ばで、とても太っていて、実にだらしがなかった。それだけでなく、わたしと同じように、彼女は要するに醜いだけだった。

グレンドリンは休むことなく一時間以上喋り続けたに違いない。すべてセックスの話だった。わたしはめまいがし始めた。彼女は両手を頭の上に振り上げる。「わたしは山に暮らす野性の女よ！　ああ、男はどこ、どこにいるの、わたしを奪い去るだけの度胸がある本物の男は？」

そうだね、ここにはまずいないね、とわたしはひとりごちる。

わたしはリディアを見た。「散歩しようか」

「しないわ」と彼女が答える。「この本を読みたいの」それは『愛とオーガズム―性的満足への革命的ガイド』というものだった。

「いいよ」とわたしは言った。「それならひとりで歩いてくる」

山の中の泉まで歩いていった。ビールをもう一本取り出し、栓を開けてその場に座って飲んだ。わたしはふたりの途方もない女たちと一緒に山や森の中に捕らえられてしまった。彼女たちのようにセックスについてのべつまくなしに喋ってしまえばその喜びもだいなしになってしまう。わたしもセックスは大好きだが、信心の対象にまではなりえていなかった。セックスに関するくだらないことや目もあてられないことがあまりにも多すぎる。どう対処すればいいのか誰もがわかっていないようだった。そこでみんなはそれをおもちゃにしてしまう。そのおもちゃはみんなをぼろぼろにしてしまう。

いちばん大切なことは、自分にぴったりの女性を見つけることだ、と改めて思った。しかしどうやって？　わたしは赤いノートとペンを持っていた。そこに瞑想的な詩を走り書きした。それから湖に向かって歩いた。そのあたりはヴァンス・パスチャーズと呼ばれていた。姉妹たちがほとんどの土地を所有している。わたしは大便がしたくなった。ズボンを脱いで、蝿や蚊が飛び交っている藪の中にしゃがみこんだ。まだ街なかの公衆便所の方がましだ。木の葉で拭かなければならなかった。湖まで歩いていき、片足を水の中に突っ込んだ。氷のように冷たい。

大の男だろう、あんた。入るんだ。

わたしの肌は象牙のように白かった。自分がとても年老いていて、すぐにくずれてしまうように思える。わたしは凍りつきそうな水の中に入っていった。腰のあたりまで水の中に入ったところで、深呼吸をして飛び込んだ。すっかり水の中だ！　水底から泥が舞い上がってきて、耳や口の中、それに髪の中にも入り込む。泥水の中に立ち、寒さのあまり歯をがちがち鳴らしていた。

搔き乱された水がおさまって澄むまで長い間待っていた。それから歩いて水から出た。わたしは服を着て湖の岸辺に沿って進んだ。湖の端に辿り着くとどこからか滝のような音が聞こえてくる。その音に引き寄せられるように森の中に入っていった。渓谷に転がる岩をいくつも攀じ登らなければならなかった。音がどんどん迫ってくる。蝿や蚊がまわりを群れ飛んでいる。蝿は都会の蝿とは比べものにならないぐらい大きく、飢えてがむしゃらで、見つけた獲物は逃がさないという感じだった。

木が茂った藪をいくつか分け入ると、突然出くわした。わたしが初めて目にする正真正銘の本物の滝だ。山から水が流れ落ちて岩棚にぶつかっている。見事だった。水はとどまるところを知らない。どこからか流れ出て、どこかへと流れ去っていく。三つか四つの流れがたぶん湖に注ぎ込んでいた。

滝を見るのにもようやく飽きて、戻ることに決めた。帰りは別の道にしよう、近道を行こうと決めた。何とか湖の反対側に出て、急いでキャンプの方角へと向かった。自分がどこにいるのか見当はついている。わたしはまだ赤いノートを持っていた。立ち止まって、さっきほど瞑想的ではない別の詩を書きつけ、それからまた歩きだした。わたしは歩き続けた。キャンプは見えてこない。なおも歩いた。湖を探した。湖もどこだかわからない。自分がどこにいるのかまるでわからなくなってしまった。自分が道に迷ったことに突然気づく。あの好色なセックス売女どもがわたしの頭をおかしくさせ、わたしは迷子になってしまった。あたりを見回した。山々を背景に、あたり一面木が茂っている。どこから始まり、どこが中心で、どんなふうに繋がっているのかまるでわからない。わたしは恐怖に襲われた。まぎれもない恐怖だ。どうして彼女たちに許してしまったのか？　わたしの街、わたしのロサンジェルスからこのわたしを連れ出してしまうことを。あそこならタクシーを呼ぶこともできるし、電話をかけることもできる。それなりの問題にはそれなりの解決法が見つかる。

四方八方どこまでもヴァンス・パスチャーズが広がっている。わたしは赤いノートを投げ捨てた。何たる作家の死に方よ！　新聞にこう載るのが目に浮かぶ。

〈二流詩人ヘンリー・チナスキー、ユタの森で死体で発見〉

郵便局員から作家となったヘンリー・チナスキーの腐乱死体が、昨日の午後、森林警備隊員のW・K・ブルックス・ジュニアによって発見された。遺体の近くで小さな赤いノートも発見された。チナスキー氏の遺作の詩が記されていることはまず間違いない。

わたしは歩き続けた。すぐにも水が溢れる湿地帯に出くわした。片方の足がしばしば膝のあたりまで沼にはまり込み、そのたびに何とかして抜け出さなくてはならなかった。鉄条網の柵にぶつかった。柵を登るべきではないことはすぐにわかった。してはならないことだ。しかしそうするしかないように思える。わたしは柵を乗り越えてその場に立ちつくし、両手でメガホンを作って大声をあげた。「リディア！」

何の返事もない。

わたしはもう一度呼んでみた。「リディア！」

悲しみを誘う声だ。腰抜けの声。

わたしは歩き続けた。姉妹たちのもとに戻って、彼女たちがセックスや男や踊りやパーティをさかなに笑い飛ばしているのを聞けるとしたら最高なのにと思わずにはいられない。グレンドリンの声が聞けたら言うことなしだ。リディアの長い髪をこの手で梳くことができたらいいのに。

わたしは言われるがまま町じゅうのあらゆるパーティに彼女を連れていこう。あらゆる女性と踊ってもいいし、あらゆることに冴えた冗談を飛ばしてもいい。どんなにたわけた話でも笑顔を浮かべて耐え忍ぶことにしよう。今にも自分がこう口走りそうだった。「ヘイ、いかしたダンス・チューンじゃないか！　誰が本気で楽しみたがっているの？　踊って浮かれようとしているのは誰だい？」

わたしは沼の中を歩き続け、ようやく乾いた土の上に出た。道がある。ただの砂利道だったが、文句はない。タイヤの跡や蹄の跡があった。頭上にはどこかに電気を送る電線も走っている。その電線を辿っていきさえすればよかった。わたしは道に沿って歩いた。太陽は空高く昇っていて、もう正午のはずだった。ばからしさに襲われながら歩いていた。

やがて道がゲートで塞がれているところにぶつかった。これはどういうことなのか？　ゲートの片端に小さな出入り口がある。見るからに家畜が逃げ出さないように作られたゲートだ。しかし家畜はどこにいるのか？　家畜の飼い主はどこにいるのか？　半年ごとに見回りにくるだけなのかもしれない。

頭のてっぺんが痛みだした。手を伸ばして三十年前にフィラデルフィアのバーで棍棒で殴られたところに触れてみた。まだ傷痕が少し残っている。そこが直射日光を受けて腫れていた。まるで小さな角《つの》のようだ。わたしはその角をこそぎ取って道に投げ捨てた。

それから一時間ほど歩き続け、引き返そうと決心した。いま歩いた道をすっかり引き返すことになるが、それでもそうするのがいちばんだと思えた。わたしはシャツを脱いで、それで頭を覆った。一、二度立ち止まって、「リディア！」と叫んだ。返事はなかった。

しばらく行くとゲートのところに来た。そのまわりを歩いていけばいいのだが、わたしの行く手を邪魔をするものがいる。五メートルほど離れたゲートの前に立ちはだかっている。小さな雌鹿、あるいは子鹿のようだった。

ゆっくりと近づいていった。全然身動きしない。わたしをやり過ごそうとしているのか？　わたしを恐れているとは思えなかった。わたしがうろたえて臆病になっているのを敏感に察知しているような気がした。わたしはどんどん近づいていった。逃げ出そうとはしない。大きくてきれいな茶色の目をしている。わたしがこれまでに見たあらゆる女性たちの目よりも美しい。わたしは信じられなかった。一メートル以内に近づき、わたしが後退りしようとしたとたん、鹿は飛び出した。道を駆け抜けて森の中に逃げ込んでしまった。見事なからだつきで、まさに駆け抜けるという感じだった。

道に沿って進んでいくと、流れる水の音が聞こえた。わたしは水が欲しかった。人は水なしでは長くは生きられない。道からそれて、水が溢れ出ている音のする方に向かった。草に覆われた小高い丘があり、その丘を登ったところから水の音が聞こえている。ダムに面した何本ものセメントのパイプから水が溢れ出し、貯水池のようなところへと注ぎ込んでいる。わたしは貯水池のへりに腰掛け、靴と靴下を脱ぎ、ズボンの裾をまくりあげて、足を水の中に突っ込んだ。そして頭から水をかぶった。それから水を飲んだ。ちょうど映画の場面で見たような感じで、あわてすぎたり飲みすぎたりすることはなかった。

一息ついて落ち着くと、貯水池の中に桟橋が延びていることに気がついた。その桟橋を歩いていくと、先の方に大きな金属製の箱がボルトで固定されていた。その箱には南京錠がかかっている。おそらくその中には電話が入っているに違いない！　電話で助けを求めることができる！

あたりを見回し、大きな石を見つけた。その石で錠を叩き壊そうとした。なかなか壊れない。ジャック・ロンドンならいったいどうするだろう？　ヘミングウェイならどうする？　ジャン・ジュネなら？

わたしは石で錠を壊し続けた。しくじって自分の手を錠にぶつけたり、金属の箱にぶつけてしまうこともあった。皮が剝け、血が出た。渾身の力を振り絞って、錠にとどめの一発を食らわせた。錠が開いた。わたしは錠をはずして、金属製の箱を開けた。電話などなかった。中にあったのは連結されたスイッチと幾重にも束ねられたケーブルだった。手を差し込んで電線に触れた。からだを激しい衝撃が走る。スイッチを引っ張った。水が轟音をあげる。ダムのコンクリートの壁にあいた三つか四つの穴から白いしぶきをあげて水が噴き出している。わたしは別のスイッチも引っ張った。三つか四つ別の穴があいて大量の水が噴出する。三つめのスイッチを引っ張るとダムは全開になった。そこに立ちつくしたまま水が勢いよく噴き出すのを見つめていた。たぶんわたしは洪水を引き起こしてしまい、カウボーイたちがわたしを救出しようと、馬に乗って、あるいは頑丈なピックアップ・トラックに乗って駆けつけてくれるかもしれない。新聞の見出しが目に浮かぶ。

〈二流詩人のヘンリー・チナスキー
ロサンジェルス育ちのやわな我が身を守ろうと
ユタの一地方を洪水に〉

それはごめんだと思った。スイッチをすべてもとどおりの普通の状態に戻し、金属製の箱を閉じ、壊れた錠をもとあったところにかけた。

貯水池を後にすると、別の方に向かう道があった。その道を行くことにした。さっきの道よりは人通りがありそうだ。わたしは歩いていった。これまでこれほどくたびれたことはなかった。何も見えなくなりそうだった。突然五歳ぐらいの女の子がわたしの方に歩いてきた。小さな青いドレスを着て白い靴をはいている。わたしを見て怯えているようだ。わたしは明るく愛想よく見えるようにつとめながら、彼女ににじり寄っていった。

「お嬢ちゃん、逃げないでね。何もしないからね。迷子になったんだ！　父さんや母さんはどこにいるの？　お嬢ちゃん、きみの父さんと母さんのところに連れていっておくれ！」

女の子が指差した。その先に一台のトレイラーと車とがとまっている。

「おーい、道に迷ったんだ！」わたしは叫んだ。「ああ、誰かいませんかね」

リディアがトレイラーの横から姿を現わした。髪の毛は赤いカーラーで巻き上げられている。

「おいでよ、このシティ・ボーイ」と彼女が言った。「わたしについて家に帰っておいで」

「きみに逢えてほんとうに嬉しいよ、ベイビー、キスしておくれ！」

「だめよ、ついてくるのよ」

リディアはわたしから五メートルほど先にいて、突然駆け出した。ついていくのは大変だった。

「あたりで街の男を見かけなかったかってここの人たちに聞いていたのよ」と彼女が肩越しに振り返って叫んだ。「見かけないって言われたのよ」

「リディア、愛してる」

「さあ早く、遅いわよ！」

「待って、リディア、待ってくれ！」

彼女は鉄条網の柵を飛び越えた。わたしにはむりだった。わたしは網にからまってしまった。身動きがとれない。まるで罠にかかった牛だ。「リディア！」

赤いカーラーをつけたままのリディアが戻ってきて、鉄条網にからまったわたしを助け出そうとしてくれる。「あなたの後を追いかけたのよ。あなたの赤いノートを見つけたわ。腹を立てたからわざと迷ったのね」

「違うよ、無知と恐怖ゆえに迷ってしまったんだ。わたしは完璧な人間じゃない。発育不全の都会の人間だ。何の取り柄もないできそこないの退屈千万なくそったれでしかないんだ」

「おやまあ」と彼女が言う。「そんなのわたしが百も承知だって知らないの？」

最後までからまっていた鉄条網を取って彼女はわたしを自由の身にしてくれた。彼女の後をよろめきながら歩く。わたしはまたリディアと一緒だった。

31

朗読会でヒューストンに飛ぶ三日か四日前のことだった。わたしは競馬場に行き、そこで酒を飲み、それからハリウッド・ブールヴァードにあるバーに出かけた。家に帰ったのは午後の九時か十時頃だった。バスルームに行こうと寝室を通り抜けた時、電話のコードに足をひっかけて倒れた。わたしはベッドのフレームの角にぶつかった。金属製の縁はまるでナイフの刃のようだった。起き上がってみると、くるぶしの上のあたりに深い傷を負っている。血が敷物に染み込み、わたしは血痕を残しながらバスルームへと向かった。血がタイルの上を流れ、歩き回ると真っ赤な足跡がついた。

ドアにノックの音がして、わたしはボビーを中に入れた。「これはひどい、いったいどうしたんだ?」

「死ぬんだ」とわたしが答える。「出血多量でわたしは死ぬんだ……」

「ねえ、その足を何とかしなくちゃ」

ヴァレリーがノックした。彼女も中に入れた。彼女が悲鳴を上げる。ボビーとヴァレリーと自分のために飲み物を注いだ。電話がかかってきた。リディアだった。

「リディア、ああ、わたしは出血多量で死ぬんだ!」

「またいつものドラマティックな体験をしているっていうわけ?」

「違うよ、出血多量で死んでしまうんだ。ヴァレリーに聞くといい」

ヴァレリーが受話器を奪う。「ほんとうよ。彼のくるぶしがぱっくり割れているの。あたり一面血だらけよ。なのに彼は何もしようとしないの。すぐに来た方がいいわ……」

リディアがやってきた時、わたしはカウチに座っていた。「ほら、リディア、これが死というものだよ!」

傷口から細い血管が一束のスパゲティのようにぶらさがっている。わたしはその幾つかを思いきり引っ張った。煙草を取って、灰を傷口に軽くあてる。「わたしは男だ! くそっ、わたしは男だぞ！」

リディアがわたしのそばを離れたかと思うと、オキシフルを持ってきて傷口に注《そそ》いだ。これはいい。傷口から白い泡が噴き出す。しゅうしゅうと音をたてて泡立っている。リディアはオキシフルを注ぎ足す。

「病院に行った方がいいよ」とボビーが言う。

「くそ病院なんてお呼びじゃないよ。自然と治るさ……」


翌朝、傷はひどいことになっていた。傷口はまだ開いたままで、いずれは見事なかさぶたになりそうだ。わたしはオキシフルをもう少しと、包帯、それにエプソム塩を買いにドラッグストアに出かけた。バスタブを熱いお湯でいっぱいにし、エプソム塩を溶かしてその中に浸かった。片足の自分自身のことを考え始める。こいつは使える。

〈ヘンリー・チナスキーは
疑いの余地なく
世界最高の片足の詩人だ〉

午後にボビーが立ち寄った。「片足を切断するのにいくらかかるか知ってるかい？」

「一万二千ドル」

ボビーが去った後、かかりつけの医者に電話した。

包帯をぐるぐる巻きにした足でわたしはヒューストンに出かけた。感染症の治療ということで抗生物質の錠剤を服用していた。少しでもアルコールを飲めば抗生剤の効き目はだいなしになってしまうと医者から言われていた。

近代美術館で行なわれた朗読会では、ずっとしらふでい続けた。詩を何篇か朗読し終えると、聴衆の中のひとりが尋ねた。「どうして飲んでないんですか?」

「ヘンリー・チナスキーは来ることができなかった」とわたしが答える。「わたしは彼の兄のエフラムだ」

もう一篇別の詩を朗読してから、抗生物質のことを告白した。館内での飲酒は美術館の規則違反でもあるとわたしは聴衆に告げた。聴衆のひとりがビールを持って近づいてきた。わたしはそれを飲んで朗読を続けた。別のひとりがもう一本ビールを持ってきた。それからはビールの洪水だ。詩はどんどんよくなっていった。

朗読会の後、カフェでパーティとディナーが開かれた。テーブルのほぼ真向かいに、わたしがこれまでに見た中でいちばん美しいことはまず間違いないと思える女性が座っていた。まるで若きキャサリン・ヘップバーンのようだ。年の頃二十二くらいで、美しさをあたりに発散させている。わたしは気のきいたせりふを言い続け、彼女のことをキャサリン・ヘップバーンと呼び続けた。彼女は気に入ってくれているようだった。それでどうにかなるだろうなどとはまるで考えていなかった。彼女は女友だちと一緒だった。お開きの時になったので、美術館のディレクターに話しかけた。ナナという女性だ。わたしは彼女の家に泊まっていた。「彼女がいなくなると寂しいよ。信じられないほど素晴らしい女性だもの」

「彼女は一緒に家に来るわ」

「そんなの信じられない」

……しかしその後彼女はちゃんとナナのところにいた。それもわたしと一緒に寝室にいた。彼女は透き通ったナイトガウンを着て、ベッドの縁に座り長い髪の毛をとかしながらわたしに微笑みかけている。「何て名前なの？」と尋ねた。

「ローラ」と彼女が答える。

「ねえ、いいかい、ローラ、きみのことをキャサリンと呼ぶよ」

「いいわ」

彼女の髪の毛は赤っぽい茶色でとても長かった。小柄だが均斉のとれたからだつきをしている。ぬきんでて美しいのはやはりその顔だ。

「何か飲み物をあげようか？」とわたしは尋ねた。

「いいんです。わたしは飲みません。好きじゃないんです」

実のところ、彼女はわたしを怯えさせた。わたしと一緒にこんなところでいったい何をしようとしているのかまるで理解できなかった。グルーピーのようには思えない。わたしはバスルームに行き、戻ってきて部屋の明かりを消した。彼女がベッドのわたしの隣にからだを滑り込ませるのがわかる。彼女に腕を回し、キスをした。自分の幸運が信じられなかった。いったいこのわたしにどんな権利があるというのか？　数冊の詩集だけでどうしてこんな事態を呼び起こしてしまえるのか？　理解しようがなかった。拒むつもりも毛頭ない。わたしは激しく興奮させられている。突然彼女がからだを沈めると、わたしのペニスを口に含んだ。月明かりの中で彼女の頭とからだがゆっくりと動くのを見つめる。彼女よりうまい女性も知っている。しかし彼女がその行為をやっているという事実そのものがわたしを天にも昇る心地にさせた。今にもいきそうになり、手をさしのべ、美しく豊かな彼女の髪の毛の中に埋めた。その髪の毛を月明かりの中に引き上げながら、キャサリンの口の中で果てた。

32

リディアが空港までわたしを迎えにきていた。彼女は相変わらず好色だ。

「まいったわ」と彼女が言う。「熱くなってるの！　自分で慰めてみてもちっともよくないの」

車でわたしの家に向かった。

「リディア、足がまだひどいままだ。こんな足をしていてうまくやれるかどうか自信がないよ」

「何ですって？」

「ほんとうだよ。こんな足をしていてあれができるとは思えないよ」

「それじゃあなたの取り柄は何？」

「えーと、目玉焼きができるし手品もできる」

「ちゃかさないで。あなたに聞いてるのよ。あなたの取り柄は何？」

「足はそのうち治るよ。そうじゃなかったら切り落とすだけさ。我慢しておくれ」

「あなたが酔っぱらっていなかったら転ぶこともなかったし足を怪我することもなかった。いつだって酒ばかり！」

「いつだって酒じゃないよ、リディア。一週間に四回はやっているじゃないか。わたしの歳にしてはすごいもんだよ」

「あなたがまるで楽しんでいないって思う時があるわ」

「リディア、セックスがすべてじゃないよ！　きみはセックスに取りつかれている。お願いだから、一休みしようよ」

「あなたの足が治るまで休むの？　その間わたしはいったいどうすればいいの？」

「きみとスクラブル（単語ゲーム）をして遊ぶよ」

リディアが金切り声をあげる。車が道の端に急にそれた。

「このくそったれ！　殺してやる！」

彼女はスピードを上げたままセンターラインを飛び越えて、反対側からやってくる車の群れの中にまっすぐ突っ込んでいった。警笛を鳴らして車が四散する。車の流れに逆らって進んでいく。近づく車が右と左にとわたしたちを避ける。それから不意にリディアは車の向きを大きくそらせ、センターラインを越えてもともと走っていた車線に車を戻した。

警官はどこだ？　とわたしは思った。リディアが何かをしでかす時にかぎってあたりから警官の姿が消えてしまうのはどうしてなのか？

「いいわ」と彼女が言った。「あなたの家まで送るわ。それでおしまい。もうたくさん。わたしは家を売ってフェニックスに引っ越しするわ。グレンドリンは今フェニックスに住んでいるの。あんたみたいな老いぼれ野郎と暮らしてちゃいけないって姉さんたちから注意されたわ」

それからはふたりともひとことも喋ることなく走った。わたしの家に着くと、わたしはスーツケースを取り出し、リディアを見つめて「さよなら」と言った。彼女は声を出さずに泣いていて、顔じゅうをぐしょぐしょにしている。いきなり彼女はウェスタン・アベニューに向けて車を発進させた。わたしは庭に入っていった。またひとつ朗読会を終えて……。


郵便物を整理し、テキサス州のオースティンに住んでいるキャサリンに電話した。わたしから電話がかかってきて彼女は心底喜んでいるようだ。あのテキサスふうアクセントや高らかな笑い声がまた聞けて嬉しい。わたしを訪ねてきてほしい、往復の飛行機代は持つからと、彼女に告げた。ふたりで競馬場に行ける、マリブに行ける、彼女の行きたいところどこへでも行ける。「でも、ハンク、ガールフレンドはいないの？」

「いないよ、ひとりも。わたしは隠遁している」

「でもあなたの詩にはいつだって女の人が出てくるわ」

「それは昔の話。今は違うんだ」

「でもリディアはどうしたの？」

「リディア？」

「そうよ、彼女のことをすっかり教えてくれたじゃない」

「どんなこと言ったっけ？」

「彼女がどうやってふたりの女性をたたきのめしたのか教えてくれたわ。わたしのこともたたきのめさせちゃうの？　わたしってそんなに強くないのよ、わかっていると思うけど」

「それはありえないよ。彼女はフェニックスに引っ越した。言っとくけどね、キャサリン、きみはわたしがずっと求め続けてきた女性でまるで別格なんだ。お願いだ、わたしを信用しておくれ」

「準備をしなくちゃならないわ。誰かに猫の世話を頼まなくちゃ」

「わかった。でもこっちは何もかも心配ないからね」

「でも、ハンク、自分がつきあった女の人たちについて言っていたことを忘れないでね」

「きみに何て言ったっけ？」

「『みんな必ず戻ってくる』って言ったわ」

「あれは男っぽく見せたいがためのほら話だよ」

「行くわ」と彼女が言った。「こっちでいろんなことが片づいたらすぐにも飛行機の予約をするわ。後で詳しいことは知らせるから」


テキサスでキャサリンといた時、彼女は自分のそれまでの人生のことを教えてくれた。彼女が男と寝たのはわたしでまだ三人目だった。夫が最初で、アルコール中毒の陸上競技の人気選手がいて、それからわたしだった。彼女の前の亭主のアーノルドはショー・ビジネスに関わっていて、美術関係の仕事もしていた。どんな仕事ぶりだったのかまではわからない。彼はロック・スターや画家といった人たちと絶えず契約を交わし続けていた。事業は六万ドルの負債を抱えていたが繁盛していた。負債が嵩めば嵩むほど暮らし向きがよくなるといったたぐいの状況だった。

陸上競技のスターがどうなったのかは知らない。たぶん走り去ってしまったのだろう。それからアーノルドはコカインに手を出した。コカインは一晩で彼を変えてしまった。以来キャサリンは彼のことがわからなくなってしまった。恐ろしかった。彼は救急車で何度も病院に運び込まれ、翌朝まるで何ごともなかったかのようにオフィスに顔を出す。それからジョアンナ・ドーバーという女性が登場してくる。大富豪の一歩手前の高慢で背の高い女。教養があるのにむちゃくちゃなところがある。彼女とアーノルドは一緒に事業をやり始めた。ジョアンナ・ドーバーは穀類の先物取引をするようなやり方で美術の商売をした。見込みのありそうな無名の画家を見つけだし、彼らの作品を安く買って、名前が知られるようになってから高く売りつけた。彼女には先見の明があった。百八十センチを越える身長の立派なからだもしていた。彼女はアーノルドに惹かれ始めた。ある夜のこと、ジョアンナはからだにぴったり貼りついた高価なガウンを着てアーノルドを迎えに現われた。それからキャサリンはジョアンナは本気だということを知った。そこで、それ以降、アーノルドとジョアンナが出かける時は彼女も必ずついていった。彼らは三人組だった。アーノルドはセックスに駆り立てられることがほとんどないも等しい人物だったので、キャサリンはそれに関してはまるで心配していなかった。むしろ彼女は仕事のことを心配していた。それからジョアンナが場面から姿を消し、アーノルドはますますコカインに手を出すようになった。それにつれて救急車で運ばれる回数も増えた。とうとうキャサリンは彼と離婚することにした。とはいうものの、それからも彼女はアーノルドと逢っていた。彼女は毎朝十時半にオフィスのみんなにコーヒーを届け、アーノルドから給料ももらっていた。それで何とか家をやりくりしていた。彼女とアーノルドは時には家でディナーを共にすることもあった。しかしセックスはなかった。それでも彼は彼女を必要としていたし、彼女は彼を守ってあげなければならない気持にもなっていた。キャサリンは健康食品にこだわっていて、肉はチキンか魚しか食べなかった。彼女は素晴らしい女性だった。

33

一日か二日して、昼下がりの一時に誰かが玄関のドアをノックした。画家のモンティ・リフだった。というか画家だと自称していた。わたしがデ・ロングプレ・アベニューに住んでいた時、一緒によく酔っぱらっていたとも彼は言った。

「覚えていないなあ」とわたしは言った。

「ディー・ディーがぼくをよく連れていってくれたんだけど」

「えっ、そうかい？　じゃあ、お入り」

モンティはビールの半ダース・パックを抱えていて、背が高くて堂々とした女性と一緒だった。

「ジョアンナ・ドーバーです」と彼女を紹介してくれた。

「ヒューストンでのあなたの朗読会に行きそびれました」と彼女が言う。

「あなたのことはローラ・スタンリーにいろいろと聞きましたよ」

「彼女をご存じ？」

「ええ、でも彼女をキャサリンに改名したんだ。キャサリン・ヘップバーンからとってね」

「ほんとうに彼女をご存じなんですか？」

「かなりね」

「かなりってどれほど?」

「一、二日のうちにわたしを訪ねてこっちに飛んできますよ」

「ほんとう?」

「ええ」

わたしたちは六本のビールを飲み干し、わたしはもう少しビールを取りにいった。戻ってみるとモンティの姿がない。彼は約束があるみたい、とジョアンナが教えてくれた。ふたりで絵の話をし始め、わたしは自分の描いた絵を何点か持ち出した。彼女はそのうちの二点を買う気になったようだった。「おいくらかしら?」と彼女が尋ねる。

「そうだね、小さい方が四十ドルで、大きい方は六十ドルかな」

ジョアンナはわたしのために百ドルの小切手を切った。そしてこう言った。「わたしと一緒に暮らしていただきたいの」

「何だって? あまりにも唐突な話だね」

「引き合う話よ。お金ならあります。どれくらいかは聞かないで。どうしてわたしたちが一緒に暮らすべきか、そのわけをいろいろと考えていたの。聞きたい?」

「いいや」

「ひとつだけ言えることはね、一緒に暮らしてくれたら、あなたをパリにお連れするわ」

「わたしは旅するのが大嫌いだ」

「あなたが絶対に気に入るパリを案内してあげる」

「考えさせておくれ」

わたしはからだを乗り出して彼女にキスをした。それからもう一度キスをする。今度は長めのキスだった。

「まいったね」とわたしは言った。「ベッドへ行こう」

「いいわ」とジョアンナ・ドーバーが応じる。

わたしたちは服を脱いでベッドに入った。彼女は身長が百八十三センチもある。わたしの相手はいつも小さな女性だった。不思議なことに、どこに行っても、新しい女がわたしを待ち受けているようだ。わたしたちは軽く前哨戦から始めた。彼女に三、四分オーラル・セックスをしてから、上に乗っかる。彼女は最高だった。ほんとうによかった。わたしたちはシャワーを浴び、服を着た。それから彼女はマリブのディナーへと連れていってくれた。今はテキサス州のガルヴェストンに住んでいると彼女が教えてくれる。電話番号と住所も教えてくれ、逢いにきてほしいと言われた。行くよとわたしは答えた。パリやそのほかの話は全部本気だと彼女は念を押した。セックスも申し分なければ、ディナーもまた最高だった。

34

翌日キャサリンが電話してきた。航空券をすでに手に入れ、金曜日の午後二時半にLA国際空港に到着すると教えてくれた。

「キャサリン」とわたしは言った。「きみに言っておかなくちゃならないことがある」

「ハンク、わたしに逢いたくないの？」

「誰よりもきみにいちばん逢いたいよ」

「じゃあ何なの？」

「えーと、ジョアンナ・ドーバーを知っているよね……」

「ジョアンナ・ドーバー？」

「その……ほら……きみの旦那と……」

「彼女がどうしたの、ハンク？」

「それが、わたしに逢いにきたんだ」

「あなたの家に来たっていうこと？」

「そう」

「何があったの？」

「話をして、わたしの絵を二点買ってくれたよ」

「それだけだったの？」

「いや」

キャサリンが黙り込む。そして言った。「ハンク、あなたに逢いたいのかどうかわからなくなったわ」

「わかるよ、ねえ、ゆっくり考えてからかけ直してくれないかな？　悪かったよ、キャサリン。ほんとうにすまないと思っている。わたしにはそれしか言えないんだ」

彼女は電話を切った。彼女はかけ直してこないだろう。わたしはそう思った。最高の女性に出会えたというのに、自分でふいにしてしまった。希望を挫かれて当然だし、狂人収容所でひとり寂しく死ぬことになっても当然だ。

わたしは電話のそばに座り込んでいた。新聞を読んだ。スポーツ欄、金融欄、いかがわしい新聞。電話が鳴った。キャサリンだった。「ジョアンナ・ドーバーなんてくそくらえよ！」

彼女が笑っている。キャサリンがそんなきたない言葉を使うのを聞くのは初めてだった。

「ということは来てくれるんだね？」

「ええ、到着時間はわかっているわよね？」

「わかっているよ。待っているからね」

わたしたちはさよならを言い合った。キャサリンがやってくる、やってくれば少なくとも一週間はいる。あの顔、あのからだ、あの髪の毛、あの目、あの笑顔と共に……。

35

わたしはバーを出てメッセージ・ボードを確かめた。飛行機は時間どおりだ。空の上のキャサリンはこちらに向かっている。わたしは座って待つことにした。向かい側にいるのは身なりのきちんとした女性でペイパーバックを読んでいる。ドレスが太腿の上までたくし上がっていて、太腿の外側やナイロン・ストッキングにつつまれた脚がまる見えだった。どうしてそこまで見せつけるのか？　わたしは新聞で顔を隠し、その上端から彼女のドレスをじろじろと見つめた。見事な太腿だ。あの太腿は誰のものなのか？　彼女のドレスをじろじろ見つめている自分が情けなかったが、見ずにはいられなかった。素晴らしいからだをしている。幼い少女の時もあっただろうし、やがては死んでしまうだろう。しかし彼女は今わたしに太腿を見せつけている。この売女め、百回でも腰を使ってやる、黒光りして脈打っている二十センチのこの一物《いちもつ》をぶち込んでやる！彼女が脚を組み替えると、ドレスの裾がもう少したくし上がった。彼女はペイパーバックから目を上げる。その目と新聞の上端から覗き見していたわたしの目とが合った。彼女はまるで表情を変えない。ハンドバッグに手を伸ばしてガムを一枚取り出し、包み紙を剝いて口の中に入れた。グリーン・ガムだ。グリーン・ガムを嚙む彼女の口を見つめた。彼女はスカートの裾を引き下ろさない。わたしが見ていることに気がついている。わたしには何の手立てもない。札入れから五十ドル札を二枚取り出した。彼女は顔を上げ、札を見て、またうつむく。ひとりの太った男がわたしの隣にどしんと腰をおろした。ひどく赤い顔で、がっしりとした鼻をしている。上下つなぎのジャンプスーツを着ている。薄茶色のジャンプスーツだ。彼がおならをした。向かい側の女性はドレスの裾を引っ張り、わたしは札を札入れにしまった。ペニスが萎える。わたしは立ち上がって水飲み器に向かった。

外を見るとキャサリンの乗った飛行機が駐機場へと滑走している。わたしは立ち上がって待った。キャサリン、きみが大好きだ。

キャサリンがタラップを降りてくる。完璧だ。赤茶色の髪の毛、ほっそりとしたからだ、歩くと纏いつく青いドレス、白い靴、細くてきれいな足首、溢れる若さ。大きなつばの白い帽子をかぶっている。つばの折り曲げ方も申し分ない。つばのすぐ下にのぞく彼女の目は茶色で大きく、笑っている。彼女には気品がある。空港の待合席で絶対に尻を見せたりしない。

そしてこのわたし。体重百二キロ、年がら年じゅう取り乱してわけがわからなくなっていて、足は短く、ゴリラのような上半身、胸ばかりで首がなく、大きな顔、濁った目、髪の毛はとかされることなくくしゃくしゃで、身長百八十三センチの酔っぱらい。そんなわたしが彼女を待っている。

キャサリンが近づいてきた。長くてきれいな赤茶色の髪よ。テキサスの女たちはとてもくつろいでいて、自然のままだ。わたしは彼女にキスをして、手荷物があるかどうか尋ねた。バーで一息入れようと提案した。ウェイトレスは赤くて短いドレスを着ていて、ひだ飾りのついた白いパンティがまる見えだった。彼女たちのドレスは、乳房が見えるように首のラインも深く切れ込んでいる。彼女たちは給料を稼ぎ、チップを稼いでいる、一セントだってむだにしない。郊外に暮らし、男たちを憎んでいる。母親や兄弟と一緒に暮らして、自分の精神科医に恋をしている。

飲み物を飲み終えると、キャサリンの手荷物を取りにいった。何人もの男たちが彼女の気を引こうとしたが、彼女はわたしにぴったり寄り添い、わたしの手を取って歩いた。自分が誰かのものだと他人に示したがる美人などめったにいない。多くの女性とつきあってそのことはよくわかっているはずだ。見たとおりの彼女たちをわたしは受け入れる。しかし愛はそう簡単には訪れてくれない。訪れるとしても、たいていは間違った理由からだ。ただ愛を抱え続けることにうんざりして、あっさりと解き放してしまうのだ。愛は行き場を求めている。そしてたいていは、やっかいなことが待ち受けていた。

わたしの家に着くとキャサリンはスーツケースを開け、一組のゴム手袋を取り出した。彼女が笑う。

「そいつは何なんだ?」とわたしが尋ねる。

「大の親友のダーレーンがね、わたしが荷物を詰めているのを見てこう言ったの。『いったい何をしてるの?』だからわたしは言ったの。『ハンクのところに行ったことはないけど、でもわかっているの。そこでお料理したり、一日を過ごしたり眠ったりする前に、まずは掃除しなくちゃ!』ってね」

それからキャサリンは例の楽しげなテキサス笑いを繰り返した。バスルームに行ってブルージーンズとオレンジ色のブラウスに着替え、裸足で出てくると自分の持ってきたゴム手袋をはめて台所に入っていった。

わたしもバスルームに行って着替えた。リディアがもし現われてもキャサリンには絶対に指一本触れさせないと決意した。リディア? 彼女はどこにいるのか? 彼女は何をしているのか?

わたしは天から見守ってくださる神様たちにささやかな願いをかける。どうかリディアを近づけないでください。彼女にはカウボーイたちのそそり立ったペニスをしゃぶらせ、朝の三時まで踊らせておいてください。どうか彼女を遠ざけておいてください……。

バスルームから出ると、キャサリンは跪いて二年間かかってしっかりとこびりついた台所の脂汚れをごしごしとこすり落としていた。

「キャサリン」と声をかける。「街に出よう。ディナーにしよう。しょっぱながこんなじゃだめだよ」

「わかったわ、ハンク、でもこの床だけはやっちゃうわね。それから出かけましょう」

わたしは座って待った。やがて彼女が出てきた。わたしは椅子に座って待っている。彼女はわたしの方にかがんでキスをして、笑いながら言った。「あなたって不潔なすけべおじさんなのね！」それからバスルームに消えた。わたしはまた恋をしてしまった。また面倒なことになる……。

36

ディナーを終えて家に帰ってきて、わたしたちはお喋りをした。彼女は健康食品に夢中で、チキンと魚以外、肉は食べなかった。彼女の健康に役立っているようだ。

「ハンク」と彼女が言った。「明日はバスルームをきれいにするわ」

「いいよ」とわたしは飲みながら答えた。

「それにわたし毎日エクササイズをしなくちゃならないの。あなたの邪魔にならないかしら？」

「そんなことないよ」

「わたしがここでがたがたやっても気にしないで書ける？」

「全然問題ないよ」

「外に歩きに出てもいいわ」

「だめ、ひとりじゃだめだよ、このあたりはね」

「あなたの執筆の邪魔をしたくないの」

「何があろうとわたしは書くんだ。狂気の表現なんだ」

キャサリンがやってきてカウチのわたしのそばに座った。彼女は女というよりも少女という感じがする。飲み物をおいて、彼女にキスをした。時間をかけてゆっくりとキスをした。彼女の唇はひんやりとして柔らかかった。わたしは彼女の長い赤茶色の髪の毛に強く惹かれている。彼女から離れて飲み物のおかわりをした。彼女はわたしをまごつかせる。わたしは下品な飲んだくれ女に慣れている。

わたしたちはそれから一時間ほどお喋りを続けた。「もう寝よう」と彼女に言う。「疲れたよ」

「いいわ。先に着替えてくるわ」

わたしは座って飲んでいた。もっと飲まずにはいられない。わたしにはただただもったいなすぎる女性だ。

「ハンク」と彼女が呼びかける。「ベッドにいるわよ」

「わかった」

バスルームに入って服を脱ぎ、歯を磨いて、顔と手を洗った。彼女ははるばるテキサスからやってきた、と自分自身に言い聞かせた。わたしに逢わんがために飛行機に乗ってやってきて、いま彼女はわたしのベッドの中で待っている。

わたしはパジャマを一枚も持っていなかった。ベッドに歩み寄る。彼女はネグリジェを着ていた。「ハンク」と彼女が言った。「六日間ぐらいは安全期間よ。その後は何か方法を考えなきゃならなくなるわ」

彼女が待つベッドに入る。この小さな少女のような女はわたしを待ち構えている。彼女を引き寄せた。またわたしに運が巡ってきた。神様たちが微笑んでいる。キスはだんだん激しいものになっていく。彼女の手をわたしのペニスにあてがわせてから、ネグリジェを剝ぎ取った。彼女の性器をいじくり始める。キャサリンにも性器があるなんて？　大きくなったクリトリスにそっと触れた。繰り返し何度も触れた。とうとう彼女の上に乗っかった。ペニスが半分まで入っていく。小さくてとてもきつい。入れたり出したりしてから一気に突っ込んだ。ペニスがすっかり中に入る。何という快感。彼女がわたしに激しくしがみつく。わたしがからだを動かすと、彼女はますます力を入れてしがみつく。わたしは自分自身を抑えようとした。腰を使うのをやめて、少し熱を冷まそうとした。彼女にキスをした。唇を押し開いて、上唇を吸う。彼女の髪が枕の上いっぱいに広がっている。彼女を満足させることばかり考えていられない。とにかくただセックスをしようと、がむしゃらに突進していった。まるで殺人のようだ。かまうものか。わたしのペニスはもう手がつけられない。彼女の髪の毛、若々しくてきれいな顔。まるで聖母マリアを犯しているようだった。わたしは絶頂に達した。悶えながら彼女の中で果てた。わたしの精液が彼女のからだの奥深く入り込んでいくのがわかる。なすすべもない彼女。彼女のいちばん奥の奥、彼女の全存在に向かって精液をぶち込む……繰り返し何度も……。

それからわたしたちは眠った。少なくともキャサリンは眠った。わたしは後ろから彼女を抱きしめていた。初めて結婚のことを考えた。今はまだ見えていないにしても彼女にも欠点があるのは間違いのないことだ。関係が始まったばかりの時はいつだってうまくいく。それからベールが剝がれ始め、後はもうとどまるところを知らない。それでもわたしは結婚を考えた。家、犬や猫、スーパーマッケットでの買物を考えた。骨抜きにされるヘンリー・チナスキー。それがどうしたというのだ。

とうとうわたしは眠りに落ちた。朝目が覚めると、キャサリンがベッドの縁に座って赤茶色のたっぷりとした髪の毛にブラシをかけていた。目を覚ましたわたしを彼女は大きな茶色の目で見つめている。「やあ、キャサリン、結婚してくれる？」とわたしは言った。

「よして」と彼女が答える。「いやだわ」

「本気なんだ」

「くそくらえよ、ハンク！」

「何だって？」

「『くそくらえ』って言ったの。そんなこと言うならいちばん早い飛行機に乗って帰るから」

「わかったよ」

「ハンク？」

「何だい？」

わたしはキャサリンを見つめた。彼女はまだ髪の毛をブラッシングしている。大きな茶色の目でわたしをじっと見返す。彼女は微笑んでいる。そして彼女は言った。「ただのセックスなのよ、ハンク、ただのセックスなのよ！」それから声をたてて笑った。せせら笑いではなく、ほんとうに楽しそうな笑いだった。髪をブラッシングしている彼女の腰に手を回し、彼女の足の上に顔を埋めた。わたしはまるで何もわかっていなかった。

37

わたしは女たちをボクシングの試合にも競馬場にも連れていった。木曜日の夜、オリンピック・オーディトリアムで行なわれたボクシングの試合にキャサリンを連れていった。彼女はこれまで生で試合を見たことがなかった。最初の試合の前に会場に着いたわたしたちはリングサイドに座った。わたしはビールを飲み煙草を吸って始まるのを待った。

「変な話だよね」と彼女に話しかけた。「みんなこうして座ってふたりの男がこのリングの上にあがってお互いをぶちのめそうとするのを今か今かと待っているなんて」

「何だかひどい話だわ」

「ここはずいぶんと昔に建てられたんだ」とわたしは古びた競技場を見回している彼女に教える。「トイレはふたつしかない。ひとつは男性用で、もうひとつは女性用、おまけにやたらと小さい。だから休憩の前か後に行った方がいいよ」

「わかったわ」

オリンピックの客席にいるのはラテン系の人間か白人の下層労働者たちがほとんどで、映画スターや有名人はほんのひと握りしかいなかった。メキシコ人の素晴らしいボクサーがたくさんいて、彼らは全身全霊を傾けて闘った。白人や黒人、特にヘビー級のボクサーが闘う時は決まってひどい試合になった。

こんなところにキャサリンと一緒にいるのは変な気分だった。人間関係とはおかしなものだ。

つまり、ある人としばらく一緒にいて、食事をしたり眠ったり、生活を共にしたり、愛し合ったり、話をしたり、ふたりでどこかに出かけたりする。そして終わってしまう。それから誰もいない時期が少しあって、また別の女性が現われ、彼女と一緒に食事をしたり、セックスをしたりする。まるで自分がその女性のことだけを前からずっと待っていて、彼女の方でも待ち続けていたかのように、何もかもがきわめて当然のように思える。わたしはひとりでいると妙に居心地が悪かった。ひとりでいて気分よく感じることはあっても、しっくりこない感じはどうしても拭えなかった。

最初の試合はなかなかよかった。ファイトむきだしで血もたくさん流れた。ボクシングの試合を見たり競馬場に行ったりすることは、ものを書く上で勉強になった。そのメッセージは漠然としていたが、わたしには役立った。メッセージが漠然としていること、それが何よりも重要だった。言葉にはならないもの、ちょうど火事の家、地震や洪水、あるいは車から降りる女性が脚を見せているようなものだった。ほかの作家たちが何を必要としているのかわたしにはわからない。気にもならない。どっちみちわたしは他人の作品を読む気はない。わたしは自分自身の習癖、自分自身の偏見の中にとじこもっている。自分の世界にこだわりすぎるあまり無知といわれるのだとしたら、それもいいではないか。わたしは自分がいつかキャサリンのことを書くだろう、苦しみながらも書くだろうとわかっていた。売春婦のことを書くのは簡単だ。しかし淑女について書くのはかなり難しい。

二番目の試合もよかった。観衆は叫んだりわめいたりしながらビールをがぶ飲みしている。彼らはみんな、工場や倉庫、屠場や洗車場からいっとき逃げ出して集まっていたが、明日になるとまた655めい囚われの身に逆戻りするのだった。しかし今彼らはここにいて、自由を満喫しながら無我夢中になっている。彼らは貧しさの奴隷となっていることなど考えてもいなかった。あるいは生活保護や食券の奴隷となっていることも。貧しい者たちが地下室で原子爆弾の作り方でもおぼえないかぎり、ほかのみんなは安泰というわけだった。

どの試合もすべてよかった。わたしは席を立ってトイレに行った。席に戻ると、キャサリンは行儀よく座っていた。まるでバレエか音楽の演奏会にでもいるような感じだ。彼女はどこまでも優美な女性なのに、セックスの相手としても最高だった。

わたしは飲み続けた。試合がとんでもなく残忍な場面になるとキャサリンはわたしの片方の手を握りしめた。観衆のお気に入りはノックアウトだ。選手のどちらかが倒れそうになるとみんなは喚声をあげた。自分たちがパンチを繰り出している気分になった。パンチをぶち込む相手は自分たちの上役や女房かもしれなかった。誰にわかるというのか？　誰が気にする？　もっとビールだ。

最後の試合の前に出ようとキャサリンに言った。もう十分だった。

「いいわ」と彼女が応じた。

わたしたちは狭い通路を歩いていった。煙草の煙で空気が澱んでいる。口笛を吹いてはやす者もいなければ卑猥なしぐさをする者もいなかった。つぶれて傷痕のあるわたしの顔もたまには役に立つことがある。

歩いてフリーウェイの下にある小さな駐車場に戻った。六七年型の青いフォルクスが消えていた。六七年型は最後のよき時代のフォルクスで、若い連中はそのことを知っている。

「ヘップバーン、車を盗まれちゃったよ」

「ああ、ハンク、そんなわけないわ!」

「ないよ。ここにとめたんだ」とわたしは指差した。「それが跡形もない」

「ハンク、どうすればいいのかしら?」

「タクシーを呼ぼう。ああ、気分が悪い」

「どうしてそんなことをするのかしら?」

「そうするしかないのさ。そうやって暮らしているんだ」

コーヒー・ショップに入り、電話でタクシーを呼んだ。コーヒーとドーナツを注文した。わたしたちが試合を見ていた時に、誰かが針金のハンガーを使ったり点火装置をショートさせたりしてひと仕事していたのだ。わたしはよくこう言っていた。「わたしの女を奪ってもいい、だがわたしの車には手を出さないでくれ」自分の女を奪った男をわたしは絶対に殺しはしない。わたしの車を奪った男は殺すかもしれない。

タクシーがやってきた。幸運なことに、家にはビールとウォツカが残っていた。セックスができなくなるほど酔っぱらわないようにしようと用心する気持はすでにどこかに消え去ってしまっていた。キャサリンもそのことがわかっていた。自分の愛車の六七年型の青いフォルクスの話をしながら、部屋の中を行きつ戻りつした。よかった頃の最後のモデルだ。警察を呼ぶこともできなかった。わたしは酔っぱらいすぎていた。明日の朝まで、あるいは昼まで待つしかない。

「ヘップバーン」と彼女に呼びかける。「きみのせいじゃないよ。きみが盗んだわけじゃない!」

「だったらよかったのに。それなら今はもうあなたのもとに戻っているわ」

若造が二、三人、マリファナを吸い、大笑いして、わたしの青い愛車でコースト・ハイウェイを全速力で突っ走っている場面を思い浮かべた。それからサンタフェ・アベニュー沿いにたくさんあるがらくた置場を思い浮かべた。バンパー、フロントガラス、ドアの把手、ワイパーのモーター、エンジンのパーツ、タイヤ、車輪、ボンネット、ジャッキ、バケットシート、前輪のベアリング、ブレーキ片、カーラジオ、ピストン、バルブ、キャブレター、カム軸、変速機、アクセルなどなどがうずたかい山となって積まれている。わたしの車もすぐにもただの部品の山に姿を変えてしまう。

その夜キャサリンにぴったりくっついて眠ったものの、わたしの心は切なく冷え冷えとしていた。

38

わたしは運よく自動車保険に入っていて、それでレンタカーを借りることができた。それに乗ってキャサリンを競馬場に連れていった。わたしたちはハリウッド・パークのサンデッキに座った。ちょうど四コーナーのところだった。キャサリンは賭けたくないと言ったが、彼女を競馬場の中まで連れていき、オッズ表示板や馬券売場を説明した。

わたしは七対二の馬の単勝を五ドル買った。逃げ馬で、好きなタイプだった。負けるなら、逃げて負けた方がいいというのがわたしの持論だった。誰かに負かされるまでは、勝つ可能性があるからだ。わたしの買った馬はゴール近くまで先頭で逃げ切り、最後には引き離した。払い戻しは二ドルで九ドル、十七ドル五十セントの儲けだった。

次のレースの馬券をわたしが買いに行く時、彼女は自分の席に残ったままだった。わたしが戻ると、彼女は二列前にいるひとりの男を指差した。「ほら、あそこにいる人」

「ああ」

「きのう二千ドル勝ったって教えてくれたわ。今回の開催ではそれで二万五千ドルの勝ちだって」

「賭けたくないの？　ふたりとも勝てるかもしれないよ」

「そんなことないわよ、何ひとつ知らないんだもの」

「簡単だよ。一ドル買うとそのうちの八十四セントが払い戻される。差額が〝控除金〟だ。州と競馬場とがそれをほぼ折半する。だからどの馬が勝とうと、彼らにはどうでもいいんだ。もともと控除金は、払い戻される額から除外されているからね」

第二レースではわたしの馬は、八対五の一番人気で、二着だった。ゴール直前で人気薄の馬に鼻の差で負かされ、払い戻しは二ドルで四十五ドル八十セントだった。

二列前の男が振り返ってキャサリンの方を見た。「やったよ」と彼女に声をかけた。「きっかり十ドルだ」

「うわぁ」と彼女が微笑みながら答える。「よかったわね」

第三レースは牝馬を除いた三歳の未勝利戦だった。スタートの五分前にオッズを確かめ、馬券を買いにいった。歩きながら目をやると、二列目の男が振り返ってキャサリンに話しかけている。

自分がどれほど勝ったのかを魅力的な女性に向かって自慢げに喋る男は、競馬場に毎日少なくとも一ダースはいる。何とかしてベッドを共にしたいという下心を抱いているのだ。もしかしてそこまでは考えていないかもしれない。はっきりとはわからないまま漠然と期待を抱いているだけなのかもしれない。彼らは混乱してわけがわからなくなって、カウントアウトを食らっている。誰も彼らを憎めはしない。大いなる勝者たち、しかし彼らが賭けるのをよく見てみると、たいていは二ドル馬券の窓口に並んでいて、その靴は踵がすり減っているし、着ている服も汚い。どん底を這い回っているやつらだ。

そのレースでわたしは一対一の人気馬を買い、予想どおり六馬身差で勝ち、二ドルにつき四ドルの払い戻しだった。大した配当ではないが、十ドル勝っていた。その男が振り返ってキャサリンを見た。「やったぜ。単勝を百ドル持っている」

キャサリンは返事をしなかった。ようやく彼女にもわかってきたのだ。勝っている者は自慢げにべらべらと喋ったりしない。駐車場で殺されたりしたら元も子もないからだ。

第四レースで、一ドルで二十二ドル八十セントの馬が勝つと、彼はまた振り返ってキャサリンに話しかけた。「これもいただきだよ。十ドルもだ」

彼女が顔をそむける。「あの人、黄色い顔をしてるわ、ハンク。彼の目を見た？　きっと病気よ」

「彼は夢見る病《やまい》にかかっている。わたしたちはみんな夢見る病にかかっている。だからこそみんなここにいるのさ」

「ハンク、出ましょう」

「いいよ」

その夜彼女は赤ワインのボトルを半分飲んだ。いい赤ワインだった。彼女は口数が少なく悲しげだった。わたしのことを競馬場にいた連中やボクシングの観衆と結びつけて考えているのだ。それは否定しようのない事実だった。わたしは彼らと一緒にいたし、彼らのひとりでもある。いわゆる世間一般の健全さということで言えば、わたしには健全でない部分があるということにキャサリンは気づいていた。わたしはあらゆるよくないことに引き寄せられてしまう。酒を飲むのが好きだし、怠け者で、自分の神もいなければ、自分の政治論も、思想も、理想も持っていなかった。無に居心地のよさを感じるというか、あたかもこの世に実在しないかのような生き方を好んでいた。興味深い人物にはほど遠い。わたしは興味深くなどなりたくなかった。あまりにも大変すぎる。わたしがほんとうに望むものはといえば、穏やかで靄に包まれたようなところで暮らしたいということだけで、誰からも放っておかれたかった。とはいうものの、ひとたび酔っぱらうと、叫びまくり、正気を失い、まったく手がつけられない存在になった。態度がころっと一変してしまう。わたしは気にもしていなかった。

その夜のセックスは素晴らしいものだったが、同じその夜にわたしは彼女を失ってしまった。わたしにはどうすることもできなかった。彼女がバスルームに消えると、寝返りをうってシーツの上でからだを拭いた。警察のヘリコプターがハリウッドの上を旋回している。

39

次の日、ボビーとヴァレリーが訪ねてきた。彼らは最近わたしと同じアパートの建物に引っ越してきて、中庭を挟んで住んでいた。ボビーはからだにぴったりのニット・シャツを着ている。ボビーは何を着てもよく似合う。ズボンもぴったりのサイズで丈も文句のつけようがなかった。靴もちゃんと合わせて、髪型も今ふうになっている。ヴァレリーの着ているものも流行に敏感だったが、彼女の場合はもっとさりげなかった。彼らはみんなから〝バービー人形〟と呼ばれていた。ヴァレリーとふたりだけの時は問題なかった。彼女は知的で、とても活発で、ばかがつくほど正直だ。ボビーもわたしとふたりだけでいるともっと思いやりがあった。しかしそばに初めての女性がいたりすると、彼は急に鈍感で見えすいた存在になってしまった。自分がその場にいるのは素晴らしいことで興味を持たれて当然だというように、その女性にすべての注意を向けて、彼女としか話をしなくなる。しかし彼の話の中身は聞く前にわかってしまうような冴えないものになってしまうのだった。キャサリンは彼をいったいどうあしらうのだろうか。

全員が座った。わたしは窓辺の椅子に、そしてヴァレリーを真ん中に挟んでボビーとキャサリンがカウチに座った。ボビーが話を切り出す。からだを前に乗り出し、ヴァレリーを無視してキャサリンだけに集中している。

「ロサンジェルスは好き？」と尋ねる。

「申し分ないわ」とキャサリン。

「ここにもっと長くいるつもり？」

「もう少しだけね」

「テキサスからだよね？」

「そうよ」

「両親もテキサスの人？」

「そうよ」

「あっちで何かいいテレビやってる？」

「ほとんど同じよ」

「テキサスにおじさんがいるんだ」

「あら」

「うん、ダラスに住んでいるよ」

キャサリンは返事をしない。それからみんなに言った。「失礼して、サンドイッチを作ってくるわ。ほかに何か欲しい人いる？」

みんな何もいらないと答えた。キャサリンは立ち上がって台所に入っていく。ボビーが立ち上がって彼女についていった。はっきりとは聞こえなかったが、彼は質問を続けているようだ。ヴァレリーは床にじっと目をやっている。キャサリンとボビーはずいぶんと長い間台所で一緒にいる。突然ヴァレリーが顔を上げて、わたしに話しかけ始めた。彼女はやたらと早口でいらいらしている。

「ヴァレリー」とわたしは彼女を制した。「お喋りしなくていいよ、むりして喋ることはないんだ」

彼女はまたうなだれる。

今度はわたしが話しかけた。「ねえ、越してきてからもうかなりになるよね。床のワックスがけはしているの？」

ボビーが笑い声を上げ、リズムをとって床をタップし始めた。

ようやくキャサリンが現われ、続いてボビーも現われる。彼女はわたしの方に歩いてきて、自分が作ったサンドイッチを見せてくれた。ひき割り小麦のパンにピーナッツ・バターが塗られ、バナナを薄く切ったものと胡麻の種がのっている。

「おいしそうだね」と彼女に言った。

彼女は座ってサンドイッチを食べ始めた。誰も何も言わない。沈黙が続く。やがてボビーが言った。

「そろそろ失礼しようかな……」

彼らは帰っていった。玄関のドアが閉まると、キャサリンがわたしを見て言った。「何にも考えちゃだめよ、ハンク。あの人はわたしの気を引こうとしていただけだから」

「知り合ってからずっと、彼はわたしの知り合いのどんな女性にもああなんだよ」

電話が鳴った。ボビーだった。「なあ、あんた、ぼくの女房をどうかしたのか？」

「どうしたんだ？」

「ここにずっと座り込んだままさ。めちゃくちゃ落ち込んでいる。喋ろうとしないんだ！」

「きみの奥さんには何もしていないよ」

「まったくわからないね！」

「おやすみ、ボビー」

　わたしは電話を切った。

「ボビーだ」とキャサリンに言った。「奥さんがふさぎ込んじゃったって」

「ほんとう？」

「そうみたいだよ」

「ほんとうにサンドイッチ食べたくないの？」

「きみが食べたようなのを作ってくれるかい？」

「ええ、もちろん」

「いただくよ」

40

　キャサリンはそれから四、五日滞在した。キャサリンの周期はセックスをするには危険な期間に入っていた。わたしはコンドームががまんできない。キャサリンは避妊用の殺精子剤を持っていた。ちょうどその頃、警察がわたしのフォルクスを発見した。わたしたちは車が保管されている場所に駆けつけた。バッテリーがあがっている以外はどこも悪くなく、何ひとつ損なわれていなかった。車をハリウッド・ガレージまで牽引してもらい、そこできちんと整備してもらった。ベッドで最後の別れをした後、青いフォルクス、ＴＲＶ－４６９でキャサリンを空港まで送っていった。

わたしにとってはしあわせな一日ではなかった。わたしたちはほとんど言葉を交わすこともなく座っていた。それから彼女の乗る便のアナウンスがあり、わたしたちはキスをした。

「ねえ、あんなに若い女の子が年寄りの男にキスをしているってみんなが見ているよ」

「かまうもんですか……」

キャサリンはわたしにまたキスをした。

「飛行機に乗り遅れるよ」

「逢いにきてね、ハンク、素敵なおうちなの。ひとりで暮らしているわ。逢いにきてね」

「行くよ」

「手紙を書いて!」

「書くよ……」

キャサリンは搭乗トンネルに入っていき、その姿も見えなくなった。

駐車場に歩いていき、こいつはまだわたしのものだ、と思いながらフォルクスに乗り込んだ。だいじょうぶだ、わたしは何もかも失ったわけじゃない。

車が走り出す。

41

その夜わたしは飲み始めた。キャサリンがそばにいないとつらくなりそうだ。彼女が忘れていったもの、イヤリングやブレスレットを見つけた。

そろそろまたタイプライターに向かわなくちゃ、と思った。芸術は試練を要する。女を追いかけるのはどんな馬鹿野郎でもできる。そんなことを考えながら飲んだ。

午前二時十分に電話がかかってきた。わたしは最後の一本のビールを飲んでいた。

「もしもし?」

「もしもし」女の声だった。若い女だ。

「はい?」

「ヘンリー・チナスキーさん?」

「そうだ」

「わたしの女友だちがあなたの書くものを絶賛しているんです。今日は彼女の誕生日で、あなたに電話をかけるからって言っちゃったんです。あなたの名前が電話帳に出ていたのでびっくりしてしまいました」

「わたしだって記載されているよ」

「ねえ、彼女の誕生日なんです。あなたに逢いにいけたら素敵じゃないかと思って」

「いいよ」

「あなたは部屋じゅういたるところに女たちをはべらせているんじゃないかってアーリーンに言ったんです」

「わたしはわびしいひとり身だ」

「じゃあ伺ってもいいのかしら?」

彼女たちに住所と道順を教えた。

「ひとつお願いがある。ビールを切らしてしまったんだ」

「持っていくわ。タミーっていいます」

「もう午前二時を過ぎているよ」

「絶対にビールを手に入れるから。女の胸の谷間は奇跡を生むのよ」

二十分後に彼女たちはやってきた。胸の谷間はあったがビールはなかった。

「あのくそったれ」とアーリーンが言った。「前はいつだって出してくれたのに、さっきはびびっていたみたい」

「あいつなんかくそくらえよ」とタミーが続ける。

彼女たちは座って自分たちの歳を明らかにした。

「わたしは三十二」とアーリーン。

「わたしは二十三」とタミー。

「二人の歳を足すとわたしの歳になる」

アーリーンの髪は黒くて長かった。彼女は窓辺の椅子に座り、大きな銀製の鏡を覗き込んで、髪をとかしたり化粧をしたりしながらお喋りしていた。クスリをきめて興奮状態になっている。タミーはほとんど完璧なからだの持ち主で、長い髪は自然の赤毛だった。彼女もクスリをきめていたが、それほどハイになっていなかった。

「ひとりにつき百ドルでいいわよ」とタミーが言った。

「遠慮しとくよ」

タミーは二十代前半の多くの女性と同じようにつっぱっていた。鮫のような顔つきをしている。一目見た瞬間彼女が嫌いになった。

彼女たちは午前三時半頃に帰っていった。わたしはひとりでベッドに入った。

42

二日後の朝、それも午前四時に誰かが玄関のドアを激しくノックした。

「誰だい?」

「赤毛の不良娘よ」

タミーを中に入れる。彼女は座り込み、わたしはビールを二本開けた。

「息が臭いの。虫歯が二本あるわ、わたしにはキスできないからね」

「わかった」

わたしたちは話をした。というかわたしは聞き役だった。タミーはスピードをやっていた。話を聞きながら、長い赤毛を見つめ、彼女がわれを忘れて夢中になっている時はそのからだをじろじろと見つめた。今にも服を破って飛び出しそうだ。剥き出しにしてくれといわんばかりだ。彼女は次から次へと喋り続ける。彼女には手を出さなかった。

午前六時になると、タミーは自分の住所と電話番号を教えてくれた。

「行かなくちゃ」と彼女が言う。

「車まで送っていくよ」

彼女の車は鮮やかな赤のカマロで、とことん壊れていた。正面はぐしゃぐしゃで、片側のボディは剝ぎ取られ、窓ガラスもついていない。車の中には、ぼろくずやシャツ、クリネックスの箱、新聞紙、牛乳のパック、コーラ壜、針金、縄、紙ナプキン、雑誌類、紙コップ、靴、ねじ曲がった色つきストローなどが散乱している。がらくたの山はシートよりも高く積み重なっていて、シートも埋め尽くしていた。運転席にだけ、かすかなスペースがある。

タミーは窓から顔を突き出し、わたしたちはキスをした。

彼女は縁石から車を一気に引き離し、角にさしかかる時にはすでに七十キロのスピードを出していた。彼女がブレーキを踏むと、カマロは上下に激しく揺れた。わたしは家の中に入った。ベッドに入って彼女の髪のことを考えた。本物の赤毛は初めてだった。炎そのものだ。天からの稲妻のようだ、と思った。

どういうわけか彼女の顔が前ほどきついようには思えなくなってきた……。

43

わたしは彼女に電話をかけた。午前一時だった。そして出かけていった。

タミーは一軒の家の裏手にある小さなバンガローに住んでいた。

彼女は中に入れてくれた。

「静かにね。ダンシーを起こさないで。わたしの娘なの。六つよ。寝室で眠っているの」

わたしは半ダース・パックのビールを持参していた。タミーはそれを冷蔵庫にしまい、まずは二本だけ持ってやってきた。

「絶対に娘に見られないようにしないとね。虫歯がまだ二本あってひどい口臭がするの。キスはできないわ」

「わかった」

寝室のドアは閉まっている。

「ねえ」と彼女が言った。「ビタミンBを摂らなくちゃ。ズボンを下げてお尻に注射しなくちゃいけないの。あっち向いていてよ」

「いいよ」

彼女が注射器に液体を吸い込むのを見つめる。それから顔をそむけた。

「全部うってしまわなくちゃね」と彼女が言う。

うち終わると彼女は小さな赤いラジオをつけた。

「ここはいいところだね」

「家賃がひと月たまっているの」

「おやおや……」

「でもだいじょうぶ。大家は前の家に住んでいるんだけど、彼には延ばしてもらえるの」

「いいね」

「結婚しているわ、けちなおっさんよ。だからわかるでしょう?」

「わからないよ」

「ある日のこと、奥さんがどこかに出かけて、あのけち野郎が家においでってわたしを誘ったの。

家に行って、まずは一息いれて、それからわかるでしょう？」

「彼が一物をひっぱり出したんだ」

「違うわ。あいつはポルノ映画を見せたのよ。あんなくそみたいなものでわたしをその気にさせられるって思ったのね」

「でもそうはいかなかった？」

「わたしは言ってやったの、『ミラーさん、もう行かなくちゃ、ダンシーを迎えに学校に行かなくちゃ』ってね」

タミーはアンフェタミンをくれた。わたしたちはお喋りを続ける。そしてビールを飲んだ。朝の六時になって、タミーはわたしたちがずっと座っていたカウチをベッドに変えた。毛布が一枚だけある。わたしたちは靴を脱いで、服を着たまま毛布の中にもぐり込んだ。彼女を後ろから抱きしめ、赤毛の中に顔を埋めた。わたしは勃起した。彼女の服を脱がすことなく、後ろから彼女に突き立てた。彼女の指がカウチの縁を摑んだり掻きむしったりしている音が聞こえる。

「もう行かなくちゃ」とわたしは言った。

「ねえ、ダンシーに朝食を作って、それから彼女を学校に送り届けるだけなの。彼女にあなたを見られてもかまわない。だから戻ってくるまで待っていて」

「わたしは行くよ」

車を運転して帰った。酔っぱらっていた。太陽はすでにしっかり昇っていて、黄色く痛ましかった……。

44

わたしはスプリングが飛び出したとんでもないマットレスでもう何年間も眠っていた。その日の午後、目が覚めると、マットレスをベッドから引き剝がし、外に引きずっていって、ゴミ捨て場に立てかけた。

家に戻り、ドアを開けたままにしておいた。

午後二時で暑かった。

タミーが入ってきてカウチに腰かけた。

「行かなくちゃ」と彼女に言った。「マットレスを買いに行かなくちゃ」

「マットレス？　それなら帰るわ」

「いや、タミー、待って、お願い。十五分とはかからないよ。ここでビールでも飲んで待っていて」

「いいわ」と彼女が答える……。

ウェスタン・アベニューを三ブロックほど行くと、再生マットレスの店がある。店の前に車をとめて、ドアを駆け抜けた。「おーい！　マットレスがいるんだ……大至急！」

「ベッドの種類は？」

「ダブル」

「これなら三十五ドルですが」

「それにするよ」

「車に積めますか?」

「フォルクスだけど」

「わかりました。じゃあお届けしましょう。ご住所は?」


家に帰ると、タミーはちゃんと待っていた。

「マットレスは?」

「もうすぐ届くよ。ビールをおかわりすれば。クスリある?」

彼女はクスリをくれた。太陽の光線が彼女の赤毛を貫いている。

タミーは一九七三年のオレンジ・カウンティ・フェアの人気投票でミス・サニー・バニーに選ばれていた。それから四年たったが、いまだに遜色はなかった。しかるべきところは全部大きくてちゃんと熟している。

配達係の男がマットレスを持って玄関に現われた。

「お手伝いしましょう」

配達係は気立てがよかった。わたしがマットレスをベッドに据え付けるのを手伝ってくれた。それから彼はカウチに座っているタミーに目をやる。にやりと笑う。「やあ」と彼女に声をかけた。

「どうもありがとう」とお礼を言って、三ドル渡した。彼は去っていった。

寝室に入っていってマットレスを見た。タミーもついてくる。マットレスはセロファンで包まれている。それを引き裂いた。タミーも加わる。

「あら、見て。きれいだわ」と彼女が言う。

「そう、きれいだね」

鮮やかな色がカラフルにちりばめられている。薔薇の花、茎、葉っぱ、からまった蔓《つる》。まるでエデンの園のようだ。しかも三十五ドルだ。

タミーがマットレスをじっと見つめている。「このマットレスを見てるとむらむらきちゃう。ぐしゃぐしゃにしてやりたい。このマットレスであなたと最初に寝る女になりたいわ」

「二番目は誰になるのかな？」

タミーはバスルームに入っていった。何の音もしなかったが、そのうちシャワーの音が聞こえてきた。わたしは新しいシーツを敷き、枕のカバーも新しくして、服を脱いでベッドの上にあがった。タミーが出てきた。若々しく、濡れたままで、輝いている。陰毛は髪の毛と同じ色で、炎のような赤毛だった。

彼女は鏡の前で立ち止まって、お腹を引っ込めた。たわわな乳房は鏡に向かってまっすぐ突き出されている。わたしは前と後ろから同時に彼女を見ることができた。

彼女が近づいてきてシーツの中に入り込む。

わたしたちはゆっくりと始める。

本格的にやり始めた。赤毛が枕の上に広がっている。外ではサイレンがうなり、犬が吠えていた。

45

その夜タミーがやってきた。アンフェタミンでハイになっているようだった。

「シャンペンが飲みたいわ」と彼女が言った。

「わかった」とわたしは答え、二十ドルを渡した。

「すぐに帰るから」と彼女は言って、玄関から出ていった。

するとすぐに電話が鳴った。リディアだった。「どうしているのかなと思って……」

「何もかも順調だよ」

「こっちはそうじゃないわ。妊娠しているの」

「何だって？」

「おまけに父親が誰かわからないときている」

「えっ？」

「ダッチって知ってるわね、わたしが働いているバーに入りびたっている男」

「ああ、あの年取った禿げの」

「そう、彼ってほんとうにいい人なの。わたしに恋しているわ。わたしに花束やキャンディを持ってきてくれるの。わたしと結婚したがっている。ずっといい人だったの。だからある晩、彼と一緒に帰って……やっちゃったのよ」

「なるほど」

「それにバーニィがいるわ。結婚している人だけど気に入っているの。バーに来る男でわたしをくどこうとしなかったのは彼だけよ。それでぐっときちゃったの。ねえ、わたしが家を売ろうとしていること知っているでしょう。だからある日彼がやってきたの。ただ立ち寄っただけ。自分の友だちのために家の中をあちこち見てみたいと言ったわ。だから中に入れたの。ちょうどいい時にやってきたってわけ。子供たちは学校に行っていないし、だから彼にどうぞっていうようなものね……それにある夜遅く見たこともない男がバーにやってきたわ。わたしに一緒に家に帰ってくれないかって頼むの。もちろん断ったわ。するとその男はわたしの車の中に一緒に座って話をしたいだけだと言うの。だからいいわって言ったわ。わたしたちは車の中に座ってお喋りした。それからマリファナを一本一緒に吸ったの。それから彼がわたしにキスした。このキスがきいたの。彼がキスしなかったら、わたしはあんなことしなかったでしょうね。それでわたしは妊娠して相手は誰かわからないってわけ。子供を産んで誰に似ているのか確かめるしかないわ」

「わかった、リディア、幸運を祈るよ」

「ありがとう」

わたしは電話を切った。一分ほどしてまた電話がかかった。リディアだった。「そうそう」と彼女が言う。「それであなたの方はどうしているの？」

「まるで同じだよ。馬に酒」

「じゃあ何もかも問題ないのね」

「そうでもない」

「どうしたの？」

「それが、ある女にシャンペンを買いにやらせたんだ……」

「女?」

「その、女の子かな、実際は……」

「女の子?」

「二十ドルを持たせてシャンペンを買いに行かせたのにまだ帰ってこない。どうもひっかかっちゃったみたいだ」

「チナスキー、あなたの女の話はひとことも聞きたくないわ。わかっているの?」

「わかったよ」

リディアは電話を切った。ドアをノックする音がした。タミーだった。シャンペンとお釣りを持って帰ってきた。

46

電話がかかってきたのは次の日の正午のことだった。またリディアからの電話だ。

「ねえ、彼女はシャンペンを持って帰ってきたの?」

「誰のこと?」

「あんたの売女よ」

「ああ、帰ってきたとも……」

「それからどうなったの?」

「シャンペンを飲んだよ。いいやつだった」

「それからどうなったの？」

「そりゃ、わかるだろう、くそっ……」

極寒の雪の中で撃たれて血を流したままたった一匹で死んでいくクズリのような、正気をなくして泣き叫ぶ声が電話の向こうでいつまでも続く。

彼女は電話を切った。


午後もほとんど眠って、その夜わたしは車で繋駕レースを見に出かけた。

三十二ドルすって、フォルクスに乗り込み、引き返した。車をとめ、玄関へと向かい、ドアに鍵を差し込んだ。明かりがすべてついている。部屋を見回した。簞笥の引き出しは引っ張り出されて、床の上にぶちまけられ、ベッドカバーも床の上に引きずり落とされている。わたしの本は本棚からすっかり消えている。わたしが書いた二十冊ほどの本もだ。タイプライターもなければトースターもなかったし、ラジオもなければわたしが描いた絵も全部なかった。

リディアだ、と思った。

彼女が残していったのはテレビだけ。というのもわたしが絶対に見ないことを知っているからだ。

表に飛び出すとリディアの車があった。しかし彼女は乗っていない。「リディア」とわたしは呼びかけた。「ヘイ、ベイビー！」

わたしは通りを行ったり来たりし、アパートの建物の壁ぎわに生えている小さな木の下の方にリディアの二本の脚がのぞいているのを見つけた。その木に近づいていって声をかける。「おい、いったいぜんたいどうしたっていうんだ?」

リディアはただ突っ立っていた。わたしの本や紙挟みに入れたわたしの絵でいっぱいになったショッピング・バッグをふたつ持っている。

「ねえ、わたしの本や絵を返してもらわなくちゃ。わたしのものだよ」

リディアが木の陰から悲鳴をあげて飛び出してきた。わたしの絵を取り出して、びりびりに引き裂き始める。引き裂いた絵を空中に放り上げ、紙片が地面に落ちると踏みつけた。彼女はカウガール・ブーツを履いていた。

彼女はショッピング・バッグからわたしの本を取り出しては、あたり一面に、道路の上に、芝生の上に、いたるところに投げ捨て始めた。

「これがあんたの絵よ! これがあんたの本! あんたの女の話はしないで! あんたの女の話なんか聞きたくもないわ!」

それからリディアはわたしの最新刊の『ヘンリー・チナスキー選集』一冊だけを手にしてわたしの敷地へと駆け込んだ。彼女は叫び続ける。「あんたの本を返してほしいの? 自分の本を返してくれだって? あんたのいまいましい本はこれよ! わたしにあんたの女の話はしないで!」

彼女はわたしの玄関のドアのガラスを叩き割り始めた。『ヘンリー・チナスキー選集』でガラスを次から次へと叩き割りながら叫び続ける。「自分の本を返してくれだって? あんたのいまいましい本ならここにあるわ! わたしにあんたの女の話なんかしないで! あんたの女の話なんて聞きたくもないわ！」

彼女はわめきながらガラスを割り続け、わたしはその場に立ちつくしていた。

警察はどこだ？　と考えた。どこにいる？

リディアは敷地内の道を走りぬけ、ゴミ置場のところを素早く左に曲がって、隣のアパートの建物の車道を駆けおりた。小さな茂みの陰にわたしのタイプライターやラジオ、トースターを隠していた。

リディアはタイプライターを取り上げて、それを持ったまま通りの真ん中まで駆けていった。旧式のよくあるタイプライターで、重いやつだ。リディアは両手でタイプライターを頭上高くに持ち上げ、道路に叩きつけた。ゴムローラーやいくつかの部品が飛び散る。彼女はもう一度タイプライターを取り上げ、頭の上まで持ち上げると、「あんたの女の話はしないで！」と一声叫んでからもう一度道路に叩きつけた。

それからリディアは自分の車に飛び乗って走り去った。

十五秒後にパトカーが駆けつけた。

「オレンジ色のフォルクスで、〝やつ〟という通称で、タンクみたいなしろものだ。車のナンバーは覚えていないけど、確かHZYが入っていたかな、HAZYのようにね、わかる？」

「住所は？」

警官に彼女の住所を教えた……。

はたして、彼らはちゃんと彼女を連れ戻してきてくれた。彼らが近づいてくるにつれ、後ろの席で泣きわめいている彼女の声が聞こえてきた。

「離れて！」とひとりの警官が車から飛び下りながら言った。わたしの後について家の中に入り、割れたガラスを踏みつける。どういうわけか、懐中電灯で天井や天井の回りの縁を照らした。

「告発しますか？」と警官がわたしに質問する。

「いや、彼女には子供たちがいる。彼女が子供たちを手放さなきゃならないようなことにはしたくない。彼女の前の亭主が取り返したがっているんだ。でもお願いですから彼女にこんなことをしていては世間にいられなくなると言ってやってください」

「了解」と彼は言った。「ここにサインしてください」

彼は手にした罫線入りの小さなノートに書き込んだ。こういう文章だった。「わたくしこと、ヘンリー・チナスキーは、リディア・ヴァンスなる者への告発を行ないません」

わたしがサインすると彼は立ち去った。

ドアの残骸にまだついている鍵を閉め、ベッドに入って眠ろうとした。

一時間ほどして電話が鳴った。リディアだった。家に帰ったのだ。

「このくそったれ、今度また女の話なんかしたら、そっくり同じことをもう一度やってやるからね！」

彼女は電話を切った。

47

二日後の夜、わたしはラスティック・コートにあるタミーの家に出かけた。ノックをした。明かりはついていない。誰もいないようだ。彼女の郵便箱の中を覗いた。手紙が何通か入っている。わたしは書き置きを残した。「タミー、何度も電話をしてみた。訪ねてきたらきみはいない。無事なのかな？　電話して……ハンク」

次の朝の午前十一時にも車で訪ねていった。家の前に彼女の車はない。わたしの書き置きは彼女のドアに挟まったままだ。一応呼び鈴を鳴らしてみた。手紙も郵便箱に入ったままだ。郵便箱の中に書き置きを残した。「タミー、いったいどこにいる？　連絡して……ハンク」

わたしは例のぽんこつの赤いカマロを探してあたりをすっかり走りまわった。

その夜また立ち寄ってみた。雨が降っていて、わたしの書き置きは濡れていた。郵便箱の手紙は増えている。献辞を入れた自分の詩集を彼女のために残した。そしてフォルクスに戻った。バックミラーにマルタ十字がぶらさがっている。その十字架を引きちぎると、彼女の家に戻ってドアの把手に巻きつけた。

彼女の友だちがどこに住んでいるのかひとりとして知らなかったし、彼女の母親がどこに住んでいるのかも、彼女の恋人たちがどこに住んでいるのかも知らなかった。

わたしは自分の家に帰って愛の詩を何篇か書いた。

48

敷地内の歩道を近づいてくる彼女の足音が聞こえた時、わたしはベヴァリー・ヒルズ出身のアナーキストでわたしの伝記を執筆中のベン・ソルヴナグと一緒に座っていた。足音だけでわかった。いつも早足で、何かに駆り立てられているようで、セクシーでもある、あの小さな足がたてる音。わたしは敷地の裏手近くに住んでいた。玄関のドアが開く。タミーが駆け込んできた。

わたしたちはお互いの腕の中に飛び込んで、抱き合ってキスしあった。

ベン・ソルヴナグはさよならを言って出ていった。

「あのくそったれどもがわたしの持ち物を押収したの。何もかも一切合財よ！　家賃を払えなかったの！　あの汚いくそったれ！」

「行ってけつを蹴っ飛ばしてやる。きみの持ち物を取り返すんだ」

「だめよ、あいつは銃を持っているわ！　あらゆる種類の銃を！」

「うわぁ」

「娘は母親のところよ」

「何か飲み物でもどう？」

「ちょうだい」

「何がいい？」

「うんとドライなシャンペン」

「オーケィ」

玄関のドアはまだ開いたままで、昼下がりの日の光が彼女の髪の中を通り抜けている。どこまでも長く、真っ赤に燃え上がる髪の毛。

「お風呂に入れる？」

「もちろん」

「待っててね」と彼女が言った。

朝になってふたりで彼女の財政の話をした。彼女には入ってくる予定のお金があった。子供の援助金に失業手当の小切手が二枚、そのほかにもあてがあった。

「この裏のすぐ上のところが空いているよ」

「いくらかしら?」

「光熱費の半分込みで百五ドル」

「すごい、それなら払えるわ。子供がいてもだいじょうぶかしら? 子供がひとり」

「だいじょうぶだよ。コネがあるんだ。管理人を知っている」

日曜日に彼女が引っ越してきた。わたしの家のすぐ上だった。彼女の家からわたしの台所が見下ろせる。そこの片隅の小さなテーブルでわたしはタイプを打って執筆していた。

49

その週の火曜日の夜、家で飲んでいた。タミーとわたし、それにタミーの兄のジェイの三人だ。電話が鳴った。ボビーからだった。

「ルーイが奥さんと一緒にうちに来ているんだ。奥さんがきみに逢いたがっている」

ルーイはタミーが引っ越してきた家にちょっと前まで住んでいた男だった。ジャズ・グループのメンバーで小さなクラブに出ていたが、つきに恵まれているとは言えなかった。とはいえ興味深い人物ではあった。

「遠慮しておくよ、ボビー」

「あんたが来なかったらルーイはきっと傷つくよ」

「わかった、ボビー、でもわたしの友だちも一緒に行くよ」

わたしたちは出かけていき、まずはお互いの紹介があった。それからボビーが特売で買ったビールを出してきた。ステレオの音楽が流れていて、やかましかった。

『ナイト』であなたの書いた話を読んだよ」とルーイが言った。「変な話だったな。死んだ女とやったことなんてないよね、そうでしょ？」

「まるで死んだも同然の女たちはいたね」

「どういうことかわかるよ」

「この音楽大嫌い」とタミーが言った。

「音楽の方はどうなの、ルーイ？」

「ああ、新しいグループを組んだんだ。一緒にずっとやっていけたらうまくいくかもね」

「誰かをしゃぶろうかしら」とタミーが言う。「ボビーをしゃぶろうかな、ルーイをしゃぶろうかな、わたしの兄さんをしゃぶっちゃおう！」

タミーはイブニング・ドレスのようにもナイトガウンのようにも見える長い服を着ている。

ボビーの妻のヴァレリーは仕事で出ていた。彼女は週に二晩だけバーで働いていた。ルーイと彼の妻のポーラ、それにボビーはずっと飲み続けている。

ルーイは特売のビールをぐい飲みして、気分が悪くなり、急に立ち上がって玄関の外に飛び出していった。タミーも突然立ち上がり、彼の後を追ってドアから飛び出していった。しばらくして彼らは一緒に戻ってきた。

「こんなところからさっさと帰ろうぜ」とルーイがポーラに言った。

「いいわよ」と彼女が答える。

彼らは立ち上がって一緒に出ていった。

ボビーがもっとビールを持ってきた。ジェイとわたしは何かお喋りをしていた。その時ボビーの声が聞こえた。

「俺のせいじゃないよ！　ああ、俺のせいじゃない！」

振り向くとタミーがボビーの膝に頭をのせ、彼のきんたまを触っている。その手が移動して彼のペニスを摑み、それを握りしめた。彼女の視線はずっとわたしに向けられたままだ。

わたしはビールを一口飲み、壜を置くと、立ち上がって出ていった。

50

次の日、新聞を買いにいこうとして、表でボビーとばったり逢った。「ルーイから電話があったよ」と彼が言う。「あの時何があったのか教えてくれたよ」

「何だって？」

「彼が吐こうと表に飛び出していった時のことだよ。吐いている間タミーはずっと彼のペニスを握っていたんだ。そしてこう言ったんだって。『二階に行きましょう、しゃぶってあげるから。それからあんたのちんぽこをイースター・エッグに突っ込みましょう』ってね。彼は『いやだ』って答えたんだ。そしたら『どうしたっていうの？　あんた男じゃないの？　酒もちゃんと飲めないの？　二階に行きましょう、しゃぶってあげる！』って言ったらしいよ」

通りの角まで行って新聞を買った。家に戻ってレースの結果を確かめ、刃傷沙汰や強姦、それに殺人の記事を読んだ。

ノックの音がした。ドアを開ける。タミーだった。中に入ってきて座り込む。

「ねえ」と彼女が口を開く。「あんなことをしてあなたを傷つけたのならごめんね。でもあやまるのはそのことだけよ。あとは全部いつものわたしだからね」

「いいんだ」とわたしは言った。「でもきみがルーイを追っかけてドアから飛び出していった時、ポーラのことも傷つけたんだよ。彼らは一緒なんだから」

「くそっ！」と彼女はわたしに向かって金切り声をあげた。「ポーラなんて知ったこっちゃないわ！」

51

その夜わたしはタミーを繋駕レースに連れていった。二階席に上がってそこに座った。彼女のためにプログラムを取ってきてやり、彼女はそれをしばらく見つめていた（繋駕レースでは過去の競走成績がプログラムに印刷されている）。

「ねえ、わたしクスリをやっているの」と彼女が言った。「クスリをやっているとぼうっとなってわけがわからなくなってしまうことがあるの。わたしから目を離さないでね」

「わかった。わたしは賭けてくる。馬券を買いにいくけど、きみもやってみるかい?」

「ううん」

「わかった。すぐに戻るから」

窓口に行って、七番の馬券を五ドル買った。

戻ってみると、さっきの場所にタミーはいなかった。トイレにでも行ったのだろう、と思った。座ってレースを見守った。七番の馬が勝ち、五対一で、二十五ドル儲かった。

次のレースの馬が出てきても、タミーはまだ戻ってこなかった。わたしは馬券を買うのをやめて、タミーを探しにいくことにした。

まず上の階に上がっていって、正面観覧席、あらゆる通路、場内売店、バーなどを見てまわった。彼女はどこにもいない。

第二レースのスタートが切られ、一斉に走り出した。各馬が直線に向き、観客が金切り声を上げて声援を送る中、わたしは一階へと下りていった。あの見事なからだと赤毛なら目立つはずだ。彼女を見つけられなかった。

救急施設にも立ち寄ってみた。男がひとり座って煙草をくゆらせている。わたしはその男に尋ねた。「若い赤毛の女はいませんか? 気を失っているかもしれないし、気分が悪くなっているかもしれない」

「赤毛の人は誰もいませんよ」

足がくたびれてしまった。二階席に戻って、次のレースのことを考え始めた。第八レースが終わったところで、わたしは百三十二ドル勝っていた。最後のレースで四番の単勝を五十ドル買うつもりだった。馬券を買いにいこうと立ち上がった時、管理室の入り口のところに立っているタミーを見つけた。箒を手にした黒人の清掃係とてもいい身なりの別の黒人に挟まれて立っていた。その男は映画に出てくるヒモのようだった。タミーがにやりと笑ってわたしに手を振った。

そこまで歩いていった。「きみを探していたんだ。もしかしてクスリをやりすぎたのかなって」

「あら、わたしはだいじょうぶ、元気よ」

「それはよかった。いい夜を、赤毛ちゃん……」

わたしは馬券売場に向かった。彼女が追いかけてくる足音が聞こえる。「ねえ、いったいどこへ行くつもり？」

「四番の馬券を買いにいくんだ」

わたしは馬券を買った。四番の馬は鼻の差で負けた。レースはすべて終了だ。タミーとわたしは一緒に駐車場に向かって歩いた。並んで歩いていると彼女のお尻がばんばんぶつかった。

「きみには気を揉ませられるよ」とわたしは言った。

自分たちの車を見つけて乗り込んだ。タミーは帰り道で煙草を六、七本吸った。途中まで吸って、灰皿に押しつける。彼女がラジオをつける。ボリュームを上げたり下げたりし、放送局を変え、音楽に合わせて指を鳴らした。

わたしたちの敷地に着くと、彼女は自分のところに駆け込んでドアの鍵を閉めた。

52

女房が週に二晩働きに出ているボビーは、彼女がいなくなると電話にかじりついた。彼がひとりぼっちになって寂しくなるのは、火曜日と木曜日だとわたしにはわかっていた。

電話がかかってきたのは火曜日の夜のことだった。ボビーだった。

「ねえ、そっちに行ってビールでも飲みたいんだけどかまわないかな？」

「いいよ、ボビー」

わたしは椅子に座っていて、向かいのカウチにはタミーが座っていた。ボビーがやってきてカウチに座る。彼にビールを開けてやった。彼は座ったままタミーと喋っている。会話はあまりにもばかげていて、わたしは耳を傾けすらしなかった。それでもいくらかは洩れ聞こえてくる。

「朝俺は冷たいシャワーを浴びるんだ」とボビーが言う。「それでしゃきっと目が覚めるよ」

「わたしも朝に冷たいシャワーを浴びるわ」とタミーが答える。

「冷たいシャワーを浴びたら、からだをタオルで拭くんだ」とボビーが続ける。「それから雑誌か何かを読む。それで一日が始まるんだ」

「わたしは冷たいシャワーを浴びるだけ。からだを拭いたりしないわ」とタミーが言う。「小さな水滴がついたままよ」

ボビーがこう言う。「たまにはやたらと熱い風呂に入るんだ。湯はやたらと熱くて、そっとしか入っていけないんだ」

それからボビーは立ち上がって、自分がどんなふうにやたらと熱い風呂にそっと入るのか実演して見せた。

話題は映画からテレビ番組へと移っていった。ふたりとも映画やテレビ番組が大好きなようだ。

ふたりは休むことなく二、三時間は喋っていた。

それからボビーは立ち上がった。「さてと」と彼が言う。「もう行かなくちゃ」

「あら、お願いだから行かないで、ボビー」

「だめだよ、行かなくちゃ」

ヴァレリーが仕事を終えて家に帰ってくる時間だった。

53

木曜日の夜にまたボビーが電話してきた。「ねえ、あんた、今何してる？」

「べつに何も」

「そっちに行ってビールでも飲みたいんだけどいいかな？」

「今夜は誰にも訪ねてきてほしくない感じなんだ」

「何だよ、ねえ、ビールをちょっと飲むだけだから……」

「いや、よしとこう」

「そうかい、それならくそくらえだ！」と彼はわめいた。

電話を切って別の部屋に行った。

「誰だったの?」とタミーが尋ねる。

「ちょっと遊びにきたがっていた誰かさんだよ」

「ボビーね、そうじゃないの?」

「そうだよ」

「ひどい仕打ちをするのね。奥さんが仕事の時は寂しくなるのよ。いったいどうしたっていうの?」

タミーは急に立ち上がると寝室に駆け込んで電話のダイヤルを回した。彼女のために五分の一ガロン入りのシャンペンを買ったところだった。彼女はまだ栓を開けていなかった。わたしはそれを手にすると掃除道具入れに隠した。

「ボビー」と彼女が電話で話しかけている。「タミーよ。電話したの? 奥さんどこ? ねえ、すぐにそっちに行くわ」

彼女は電話を切って寝室から出てきた。「シャンペンはどこよ?」

「勝手にしろ! あっちに持っていってあいつと一緒に飲んだりできるもんか」

「シャンペンが欲しいわ。どこなの?」

「あいつに自分で用意させろよ」

タミーはコーヒー・テーブルの上の煙草の箱を摑むと、玄関から駆け出していった。

シャンペンを取り出すとコルクを抜いて、グラスに注いだ。わたしはもう愛の詩は書いていなかった。というよりも、実際は何も書いていなかった。まるで書く気にならなかった。

シャンペンは喉越しがよかった。グラスに何杯も飲んだ。ブラインド越しに中を覗く。ふたりはカウチにぴったり寄り添って座り、話し込んでいた。

それから靴を脱いでボビーのところに忍び寄っていった。

わたしは引き返した。最後のシャンペンを飲み干すとビールに切り替えた。

電話が鳴った。ボビーだった。「ねえ」と彼が言う。「こっちに来てタミーと俺と一緒にビールを飲まないか？」

わたしは電話を切った。

ビールをもう少し飲んで、安煙草を二本ほど吸った。どんどん酔っぱらっていく。わたしはボビーのアパートに歩いていった。ノックをした。彼がドアを開ける。

タミーはカウチの端っこにいて、マクドナルドのスプーンを使ってコカインを鼻から吸い込んでいるところだった。ボビーがわたしの手にビールを押しつける。

「問題は」と彼がわたしに言う。「あんたがぐらついているということだ。あんたは自分に自信をなくしている」

わたしはビールをすすった。

「そうよ、ボビーの言うとおりよ」とタミーが言った。

「心の中の何かが傷ついているんだ」

「不安定なだけだよ」とボビーが言う。「実に単純なことさ」

わたしはジョアンナ・ドーバーの電話番号をふたつ知っていた。ガルヴェストンの方にかけてみた。彼女が電話に出た。

「わたしだ、ヘンリーだよ」

「酔っぱらっているみたい」

「そうだよ。きみに逢いにいきたい」

「いつ？」

「明日」

「いいわ」

「空港まで迎えにきてくれる？」

「もちろんよ、ベイビー」

「便を決めて、またかけなおすよ」


次の日の午後十二時十五分ＬＡ国際空港発の７０７便を予約した。そのことをジョアンナ・ドーバーにすぐに伝えた。迎えにいくから、と彼女は言った。


電話がかかってきた。リディアだった。

「前に言ったと思うけど」と彼女が話し始める。「家を売ったの。フェニックスに引っ越しするわ。朝には出発よ」

「わかった、リディア、幸運を祈るよ」

「わたし流産したの。死ぬところだった。ひどいことになったのよ。出血がすごかった。そのことであなたに心配かけさせたくなかったの」

「今はもうだいじょうぶなの？」

「元気よ。この街から出ていきたいだけ。この街にはもううんざりよ」

わたしたちはさよならを言い合った。

わたしはビールをもう一本開けた。玄関のドアが開いてタミーが入ってきた。わたしを見つめながら、ぐるぐると派手に歩き回っている。

「ヴァレリーが帰ってきたのかい？」とわたしは尋ねた。「ボビーの孤独を癒してあげたのかい？」

タミーはぐるぐると回り続けている。セックスをしてきたとしても、してこなかったとしても、長いガウンを着た彼女は実に素敵だった。

「ここから出ておいき」とわたしは言った。

彼女はあと一回りしてから、玄関を通り抜けて自分の家に帰っていった。

わたしは眠れなかった。幸運なことにまだビールがあった。ビールを飲み続け、最後の一壜を飲み終えた時は午前四時半になっていた。座り込んだまま朝の六時になるのを待ち、それから表に出てもう少し手に入れてきた。

時間はゆっくり過ぎていった。わたしは歩き回った。気分はよくはなかったが、歌を歌い始めた。歌を歌いながら歩き回った。バスルームから寝室へ、そこから居間に行って、キッチンに行って、また戻る、歌を歌いながら。

時計を見た。午前十一時十五分。空港までは一時間だ。わたしは着替えをした。靴下をはかずに靴をはいた。持っていくものはシャツのポケットに押し込んだ読書用の眼鏡だけだ。手荷物も何も持たずドアから飛び出していった。

家の前にフォルクスがとまっている。わたしは乗り込んだ。太陽の光がやたらと眩しかった。うつむいてハンドルに頭をつけてしばらくじっとしていた。敷地の中から声がした。「あんなとしていったいどこへ行けると思っているんだろうね？」

わたしは車のエンジンをかけた。ラジオのスイッチを入れて走り出す。ハンドルの調子がおかしかった。センターラインを越えて何度でも反対車線に入り込んでしまう。クラクションを鳴らされるたびに何とかもとに戻していた。

空港に着いた。十五分しかない。空港に着くまで、赤信号や停止信号を無視して走り、速度制限もオーバーして、ひどい運転をしてきた。あと十四分。駐車場は満車だった。どこにも車をとめる場所がない。エレベーターの前にちょうどフォルクスをとめられるだけのスペースがあるのを見つけた。駐車禁止の表示がある。わたしは車をとめた。車のドアをロックしていると、ポケットから読書用の眼鏡が落ち、舗装した地面にぶつかって割れた。

階段を駆け下り、通りを渡って航空会社の予約デスクに向かった。暑い日だ。汗が流れ落ちる。「ヘンリー・チナスキーの予約……」係員がチケットを書き込み、わたしは現金で支払った。「ところで」とその係員が言った。「あなたの本を読ませていただきましたよ」

わたしはセキュリティに駆け込んだ。ブザーが鳴る。山ほどの硬貨に鍵が七つ、それにポケットナイフだ。皿の上にすっかり出して、もう一度通り抜けた。

あと五分。四十二番ゲート。

全員がすでに搭乗し終わっていた。わたしは乗り込んだ。三分。自分の席を見つけて、シートベルトをした。機長が機内放送で喋っている。

飛行機は滑走路に向かい、空中に飛び立った。海の上で向きを変えて大きく旋回した。

54

飛行機から最後に降りて出ていくとジョアンナ・ドーバーがいた。

「おやまあ！」と彼女が笑う。「ひどいざまじゃない！」

「ジョアンナ、ブラディ・メリーを飲みながら手荷物が出てくるのを待とう。あっ、そうか、手荷物なんてなかったんだ。でもいずれにしてもブラディ・メリーを飲もう」

バーに入っていって席についた。

「こんなじゃパリには行けないわよ」

「フランス人に夢中ってわけじゃないんだ。わたしはドイツ生まれだからね」

「わたしの家が気に入ってもらえると嬉しいわ。シンプルなの。一階と二階があって空間がたっぷりあるわ」

「わたしたちのベッドが同じでさえあればいいよ」

「絵の具もあるわ」

「絵の具？」

「つまり、絵を描きたかったら描けるってこと」

「まいったね、だけどいずれにしてもありがとう。何かお邪魔しちゃったんじゃないのかな？」

「いいえ。車の整備士がひとりいたんだけど、力尽きてしまったの。激しいペースについてこれなくなったのね」

「わたしには優しくしておくれ、ジョアンナ、しゃぶったりやったりがすべてじゃないよ」

「だからこそ絵の具を手に入れたのよ。あなたが休む時のために」

「きみは大した女だよ、百八十センチの身長はともかくとしても」

「おやまあ、わたしが知らなかったとでもいうの？」


わたしは彼女の家が気に入った。窓やドアにはすべて網戸がついている。窓は観音開きで、どの窓も大きかった。床に敷物はなく、バスルームがふたつ、家具は年代もので、大小いろんなテーブルがいたるところにあった。簡素で住みやすそうだった。

「シャワーを浴びてね」とジョアンナが言った。

わたしは笑う。「わたしの服はこれだけ、着の身着のままなんだ」

「あした何着か手に入れましょう。シャワーを浴びたら、外に出ておいしいシーフードの食事をしましょうよ。いいところを知っているの」

「お酒も飲めるの？」

「このいけ好かないやつ」

わたしはシャワーを浴びなかった。風呂に入ったのだ。

わたしたちはかなりの距離を車で走った。ガルヴェストンが島だとはまるで気がつかなかった。

「近頃は麻薬の売人たちが小エビ漁の船を強奪するのよ。乗組員をみな殺しにして、ブツを詰め込むの。それもまた小エビの値段が値上がりしている理由のひとつね。危険な仕事になってきたの。あなたの仕事の方は最近はどうなの？」

「ずっと書いていないんだ。もうわたしは終わってしまったのかな」

「どれぐらい書いていないの？」

「六、七日」

「ここがそうよ……」

ジョアンナは駐車場に車を寄せていった。彼女は車をやたらと飛ばして運転する。しかし法律違反をしようと思って飛ばしているわけではなかった。それが自分に与えられた権利だとでもいうように彼女は車を飛ばして走らせた。両者には違いがある。そしてわたしにはその違いがわかる。

わたしたちは人混みから離れたテーブルについた。涼しくて静かで暗かった。気に入った。わたしはロブスターを食べることにし、ジョアンナは何か聞いたこともないような料理にした。彼女がフランス語で注文する。彼女は洗練されていたし旅慣れてもいた。ある意味では、わたしはいやでたまらないのだが、人がメニューを見たり仕事を探したりする時、それも特にメニューを見る時、その人の受けた教育が役に立つ。わたしはいつもウェイターたちに引け目を感じていた。わたしはあまりにも遅く登場しすぎたか、あまりにも無名すぎた。ウェイターたちはみんなトルーマン・カポーティを読んでいる。わたしは競馬の結果を読んでいる。

ディナーは見事で、湾には小エビ漁の船に巡視船、それに海賊船が出ていた。ロブスターは口の中でとろけるようで、高級なワインで流し込んだ。わが良き友よ。赤みがかったピンク色の殻に身を包み、ぶっそうでのろまなおまえは、いつでもわたしのお気に入りだ。

ジョアンナの家に戻り、おいしい赤ワインのボトルを飲んだ。暗闇の中に座って、下の通りを時たま行き交う車を見下ろしていた。ふたりとも黙っていた。するとジョアンナが口を開いた。

「ハンク?」

「何?」

「こんなところまでやってきたのは女のせいなの?」

「そうだよ」

「彼女とはもう終わったの?」

「そう思いたいね。でももしもわたしが『そうじゃない』って言ったとしたら……」

「ということはよくわからないのね?」

「はっきりとはね」

「わかっている人なんているのかしら?」

「そうは思わない」

「それがすべての不快さの原因ね」

「不快にさせるね」

「やりましょう」

「わたしは飲みすぎたよ」

「ベッドに行きましょう」

「もう少し飲みたいよ」

「もうこれ以上は無理よ……」

「わかっている。四日か五日ほどここにいさせてもらえたらなあ」

「あなたの実技しだいよ」と彼女が言った。

「けっこうだね」

ワインを飲み終えた時、わたしはベッドに辿り着くのがやっとという状態だった。ジョアンナがバスルームから出てきた時にはすでに眠っていた……。

55

目が覚めるとすぐに起きてジョアンナの歯ブラシを使い、コップで水を二杯ばかり飲み、手と顔を洗ってまたベッドに戻った。ジョアンナが寝返りをうち、わたしの唇が彼女の唇をとらえた。わたしのペニスも目覚める。彼女の手をペニスに持っていった。彼女の髪の毛を鷲摑みにし、顔を反り返らせて、獰猛なキスをした。彼女の性器を玩ぶ。長い間クリトリスをいじくりまわした。彼女は激しく濡れてきた。わたしは上に乗っかって、彼女の中に挿入した。そのままじっとしていた。彼女は敏感に反応している。わたしは長く頑張ることができた。とうとう我慢できなくなった。わたしは汗まみれで、激しく打つ心臓の鼓動がはっきりと聞こえてきそうだった。

「あまり調子がよくなかったよ」と彼女に告げた。

「よかったわよ。ジョイントを吸いましょう」

彼女がマリファナを取り出した。すでに巻いてあった。それを交互に吸った。「ジョアンナ」と呼びかけた。「まだ眠いよ。あと一時間は眠りたいね」

「もちろんよ。この一本を吸い終えたらね」

ジョイントを吸い終え、ふたりともまたベッドの上に寝そべった。わたしは眠りに落ちた。

56

その夜、ディナーを終えるとジョアンナがメスカリンを取り出した。

「これってやったことある？」

「ないね」

「少し試してみたい？」

「いいね」

ジョアンナは絵の具と絵筆と紙をテーブルの上に用意していた。彼女が美術品のコレクターだったことを思い出した。それに彼女はわたしの絵もいくつか買ってくれたのだ。わたしたちはその夜ずっとハイネケンを飲み続けていた。それでもふたりともしらふだった。

「これはとても強力なやつよ」

「どんなふうに効くの？」

「不思議な高揚感が得られるわ。気分が悪くなるかもしれない。吐けばもっとハイになれるけど、わたしはできれば吐きたくないわ。だからこれと一緒に少量の重曹を飲みましょう。メスカリンの主な効き目は、人に恐怖感を与えることだと思うわ」

「それならわたしは何の助けもなしに感じているよ」

わたしは絵を描き始めた。ジョアンナはステレオをかける。実に奇妙な音楽だったが、気に入った。あたりを見回すとジョアンナがいない。わたしは気にしなかった。自殺したばかりの男の絵を描いた。その男は棰《たるき》にロープをかけて首を吊っている。黄色をたくさん使い、死んだ男はとても鮮やかな色できれいだった。突然背後でわたしを呼ぶ声。「ハンク……」わたしは椅子から飛び上がった。「まいったなあ！　ああ、ぶったまげた！」

手首から肩まで皮膚がすっかり粟立ち、背中にも広がっていった。ぞっとしてぶるぶる震える。わたしは振り返った。そこにジョアンナが立っていた。

「二度とこんなことしちゃだめだ」と彼女に言い聞かせた。「あんなふうにわたしに忍び寄らないでおくれ、さもないときみを殺してしまうよ」

「ハンク、煙草を取りにいっただけなのよ」

「この絵を見てごらん」

「あら、素敵じゃない。すごく気に入ったわ！」

「メスカリンのせいだと思うね」

「ええ、そうよ」

「わかった、煙草をくれるかい、お嬢さん」

ジョアンナは笑って二本の煙草に火をつけた。

わたしはまた絵を描き始めた。今度は力作だった。巨大な緑色の狼が赤毛の女とセックスをしている。赤毛が後ろに靡き、緑色の狼は彼女の両足を持ち上げて、自分の一物を突き立てている。彼女は手も足も出なくてただ服従している。狼は腰を激しく動かしているところで、頭上では夜が燃え上がっている。野外で、腕を伸ばした星や月が彼らを見守っている。危なくて、いやらしくて、色彩豊かな絵だった。

「ハンク……」

わたしは飛び上がった。そして振り返った。真後ろにジョアンナがいた。わたしは彼女の喉をしめた。「言っただろう、この大馬鹿者め、忍び寄るなって……」

57

わたしは五昼夜滞在した。そしてもう使いものにならなくなってしまった。ジョアンナが車で空港まで送ってくれた。わたしのために新しい旅行鞄と服も何着か買ってくれていた。わたしはこのダラス－フォートワース空港が大嫌いだった。合衆国でいちばん非人間的な空港だ。

ジョアンナが手を振って別れを告げ、わたしは機上の人となった。

ロサンジェルスまでの飛行は何の問題もなかった。飛行機から降り、フォルクスのことが心配になった。エレベーターで階上の駐車場に上がってみたが、どこにも見当たらない。きっと牽引されてしまったのだと思った。それから反対側に歩いていってみると、そこにちゃんととまっていた。駐車違反のチケットを切られただけですんだ。

車を運転して家路についた。アパートのたたずまいも変わりはなかった。空き壜やゴミがいたるところに散らかっている。少しはきれいにしておくべきだった。誰かにこのありさまを見られたら大変だった。

ノックの音がした。ドアを開けた。タミーだ。「やあ!」と彼女が言う。

「やあ」

「きっと大慌てで出ていったのね。ドアの鍵は全部開いたままだったし、裏口のドアも開けたまま。ねえ、わたしが教えてあげても誰にも言わないって約束できる?」

「いいよ」

「アーレーンが入り込んであなたの電話を使っていたわよ。長距離よ」

「わかった」

「やめさせようとしたけどだめだった。彼女はクスリをきめていたの」

「わかった」

「どこに行っていたの?」

「ガルヴェストン」

「どうしていきなりあんなふうに飛び出していっちゃったの? 狂ってるわよ」

「土曜日にまた発たなくちゃならない」

「土曜? 今日は何曜日?」

「木曜日だ」

「どこへ行くの?」

「ニューヨーク・シティ」

「どうして」

「朗読会だよ。二週間前に飛行機の切符を送ってきた。それに入場料を歩合でもらえる」

「うわぁ、わたしも一緒に連れていってよ! ダンシーは母親に預けるから。行きたいわ!」

「きみを連れていけるほどの余裕はないんだ。わたしの儲けがなくなってしまう。近頃やたらと出費が嵩んでいるしね」

「いい子でいるわ! うんといい子になるわ! あなたのそばにぴったりくっついているから! あなたがいなくてほんとうに寂しかったのよ」

「わたしにはむりだよ、タミー」

彼女は冷蔵庫に行ってビールを取り出してきた。「まるで取り合ってくれないのね。あの愛の詩も全部本気じゃなかったのね」

「わたしが書く時はいつも本気だよ」

電話がかかってきた。わたしの担当の編集者だった。「どこへ行っていたの?」

「ガルヴェストン。調査研究で」

「この土曜日にニューヨーク・シティで朗読するって聞いているけど」

「そうだよ、タミーが行きたがっている。わたしの彼女だ」

「連れていくの?」

「いや、そんな余裕はない」

「いくらかかるの？」

「往復で三百十六ドル」

「本気で彼女を連れていきたいと思っている？」

「ああ、そう思っているよ」

「わかった。そうすればいい。小切手を郵送するよ」

「本気かい？」

「ああ」

「何とお礼を言えばいいのか……」

「気にしないで。ただディラン・トマスのことは忘れるなよ」

「このわたしを殺せやしないよ」

わたしたちは別れの挨拶を交わした。タミーはビールをすすっている。

「いいよ」と彼女に言う。「二、三日分の旅支度でいいからね」

「わたしも行けるってこと？」

「そうだよ、わたしの編集者がきみの旅費を出してくれる」

タミーは跳び上がるとわたしを乱暴に引き寄せた。わたしにキスをし、きんたまをつかみ、ペニスを引っ張った。「あんたは最高に優しい男よ！」

ニューヨーク・シティ。ダラス、ヒューストン、チャールストン、そしてアトランタを除けば、これまでに行った中で最悪の街だった。タミーがわたしに挑みかかり、わたしのペニスがむっくりと起き上がった。ジョアンナ・ドーバーはたっぷりと味わえなかったというのに……。

58

わたしたちの便は土曜日の午後三時半にロサンジェルスを出発する。午後二時に上の階に上がっていってタミーの玄関のドアをノックした。彼女はいない。自分のところに戻って腰をおろした。電話が鳴った。タミーだった。「ねえ」とわたしは言った。「もう出発しなくちゃだめだよ。ケネディ空港に人が迎えにきてくれるんだ。いったいどこにいるの？」

「処方薬のお金が六ドル足りないの。クエールード（鎮静・催眠剤のメタクアロンの商標名）を手に入れようとしているのよ」

「いったいどこにいるんだ？」

「サンタモニカ・ブールヴァードとウェスターンがぶつかったところから一ブロックほど南にいるわ。アウル・ドラッグストアよ。すぐにわかるわ」

電話を切って、フォルクスに乗り込み、そこに向かった。サンタモニカとウェスターンから一ブロック下がったところに車をとめ、外に出てあたりを見回した。どこにも薬局などなかった。フォルクスに戻り、彼女の赤いカマロを探して車を走らせた。そして見つけた。五ブロックも先のところだ。車をとめて歩いていった。タミーは椅子に座っていた。ダンシーが駆け寄ってわたしに変な顔をしてみせる。

「子供は連れていけないよ」

「わかってるわ。母親のところに寄って彼女をおいてくるのよ」

「きみの母親のところ？　逆方向に五キロじゃないか」

「空港に行く途中よ」

「違うよ、反対の方向だ」

「六ドルある？」

タミーに六ドル渡した。

「きみの家で逢おう。支度はした？」

「ええ、準備できているわ」

家に帰って待った。やがて声が聞こえた。

「マミー！　ガラガラが欲しいの」

ダンシーの声だ。彼女たちは階段を上がっていく。わたしはふたりが下りてくるのを待った。

彼女たちは下りてこない。わたしは上がっていった。タミーはすでに荷物を詰めてはいた。しかし跪いて旅行鞄のジッパーを開けたり閉めたりしている。

「ねえ」とわたしは声をかけた。「ほかの荷物を車まで運ぶよ」

彼女の荷物は、いろんなものがいっぱい詰め込まれた大きな紙のショッピング・バッグが二袋、それにハンガーにかけられたドレスが三着。もちろんそれに旅行鞄が加わる。

わたしはショッピング・バッグとドレスをフォルクスに運び下ろした。戻ってみると、彼女はまだ旅行鞄のジッパーを開けたり閉めたりしている。

「タミー、さあ行こう」

「ちょっと待って」

彼女はその場に跪いて、ジッパーを前後に上下にと、激しく動かしている。鞄の中など見ていなかった。ただジッパーを開けたり閉めたりするだけだ。

「マミー」とダンシーが言う。「ガラガラが欲しいよう」

「さあ、タミー、行こう」

「ああ、いいわ」

わたしがジッパーのついた鞄を持ち上げると、彼女たちが後に続いて出てきた。


ぼこぼこの赤いカマロの後について彼女の母親の家まで車を走らせた。中に入っていった。タミーは母親の洋服簞笥の前に立って、引き出しを引っ張り出してはもとに戻し、また引っ張り出す。引き出しを開けるたび、手を伸ばして中に入っているものをぐしゃぐしゃにした。そして引き出しをばたんと押し込むと次に移る。同じことが繰り返される。

「タミー、飛行機は離陸の準備が整っているよ」

「とんでもない、時間はたっぷりあるわよ。空港で時間をつぶすのは大嫌いなの」

「ダンシーをどうするつもり？」

「ここにおいていけばそのうち母さんが仕事から帰ってくるわ」

ダンシーが泣き叫び始めた。ようやく事態がのみこめたのか、声を上げて泣いた。涙が彼女の頰を流れ落ちる。泣きやむと拳を握りしめて金切り声をあげた。「ガラガラが欲しいよう！」

「ねえ、タミー、車の中で待っているからね」

表に出て待った。五分間待って、それから中に戻った。タミーはまだ引き出しを出したり入れたりしている。

「お願いだ、タミー、出発しよう！」

「いいわ」

彼女はダンシーの方を向いてこう言った。「いい？　おばあちゃんが帰ってくるまでここにいるのよ。ドアの鍵をちゃんと閉めて、おばあちゃん以外誰も中に入れちゃだめよ！」

ダンシーはまた声をあげて泣いた。それから金切り声を上げた。「マミーなんか大嫌いよ！」

タミーがついてきて、わたしのフォルクスに乗り込んだ。わたしはエンジンをかけた。彼女が車のドアを開けて外に飛び出す。「わたしの車からとってこなくちゃならないものがあるの！」

タミーがカマロに駆け寄った。「ちくしょう、ロックしちゃった。鍵を持ってないわ！　針金のハンガーを持ってる？」

「ないよ」とわたしは叫んだ。「ハンガーなんか持っていない！」

「すぐに戻るわ！」

タミーは母親のアパートにまた駆け込んだ。ドアの開く音が聞こえる。ダンシーが泣き声をあげ、わめいている。ドアがばたんと閉まる音がして、タミーが洋服ハンガーを持って戻ってきた。カマロのところに行ってドアをこじあけた。

わたしは彼女の車に近づいていった。タミーはバックシートに潜り込み、衣類、紙袋、紙コップ、新聞紙、ビール壜、空き箱などが山のように積み重なって、この世のものとは思えないほどとり散らかっている中をひっかき回していた。そして探していたものを見つけた。彼女のカメラ、彼女の誕生日にわたしがあげたポラロイドだ。

インディ500レースに優勝しようとするかのような勢いでフォルクスを走らせていると、タミーがからだを寄せてきた。

「ほんとうにわたしを愛しているわよね、そうでしょ？」

「ああ」

「ニューヨークに着いたら、あなたがこれまで味わったこともないようなセックスをしてあげるからね！」

「ほんとうかい？」

「ええ」

彼女はわたしのペニスをつかんで寄りかかってくる。

わたしの最初にしてただひとりの赤毛娘。わたしは果報者だ……。

59

わたしたちは長い傾斜路を駆けのぼった。わたしは彼女のドレスとショッピング・バッグを持っている。

エスカレーターのところでタミーが旅行保険の自動加入機を見つけた。

「お願いだ」とわたしは言った。「離陸まであと五分しかないよ」

「ダンシーにお金を残してあげたいの」

「わかった」

「二十五セントを二枚持ってる？」

彼女に二十五セント硬貨を二枚あげた。硬貨を入れると、機械からカードが飛び出した。

「ペンある？」

タミーはカードに必要なことを書き込む。そばには封筒があった。カードを封筒に入れた。そしてその封筒を機械の溝に差し込もうとした。

「ちゃんと入らないわ！」

「飛行機に乗り遅れてしまうよ」

彼女はなおも封筒を溝の中にむりやり押し込もうとしている。どうしても入らない。

彼女は機械の前に立って封筒をむりやり溝に押し込み続ける。封筒は完全に二つに折れて、四隅も曲がってしまっていた。

「気が変になりそうだ」と彼女に言った。「もう我慢できない」

それでも彼女は何度も押し込もうとした。中に入らない。わたしを見る。「わかったわ、行きましょう」

わたしたちは彼女のドレスやショッピング・バッグを持ってエスカレーターをのぼった。

搭乗ゲートに着いた。席は後ろの方だった。シートベルトを締めた。「ほらね」と彼女が言った。「時間はたっぷりあるって言ったでしょう」

わたしは腕時計に目をやった。飛行機が動きだした……。

60

離陸して二十分ほどたつと、彼女はハンドバッグから鏡を取り出して化粧を始めた。特に目のあたりは念入りだった。まつげに集中しながら、小さなブラシで目の化粧をほどこしていく。目を大きく見開き、口も開けっぱなしで、彼女は化粧を続けている。彼女をじっと見つめていると、勃起してしまった。

彼女は口をこれでもかというほど丸く大きく開けて、まつげにとりかかっている。わたしは飲み物を二杯頼んだ。

タミーは少し休んで飲み物を飲み、また続けた。

右側に座っている若者が自分を慰め始めた。タミーは口を大きく開けて、鏡の中の自分の顔を見続けている。その口でなら確かにたっぷりしゃぶってくれそうだ。

彼女は一時間も化粧をしていた。それから鏡とブラシをしまうと、わたしにもたれかかって眠った。

左側の席にひとりの女性が座っていた。歳の頃四十代半ばだ。タミーはわたしの隣で眠っている。

その女性がわたしの方を見た。

「彼女おいくつ?」と尋ねる。

機内が急に静かになった。近くの席の誰もが聞き耳をたてている。

「二十三」

「十七歳に見えるわ」

「彼女は二十三だ」

「顔の化粧に二時間かけて、それからおやすみね」

「一時間ぐらいだったよ」

「ニューヨークに行くんですか?」とその婦人が尋ねる。

「そうです」

「彼女はあなたの娘さん?」

「いや、わたしは彼女の父親でも祖父でもない。彼女とは何の血縁関係もないね。彼女はわたしのガールフレンドで一緒にニューヨークに行くんだ」

その女性の目の中に新聞の見出しが読み取れた。

東ハリウッドの極悪非道の男
十七歳の娘を麻薬漬けにし
ニューヨーク・シティへ
凌辱のかぎりを尽くし
浮浪者の群れに彼女を売り払う

その婦人はそれ以上質問してこなかった。彼女はシートに深く座って目を閉じた。彼女の頭がわたしの方にずり落ちてくる。今にもわたしの膝の上まで倒れ込みそうだ。タミーに腕を回しながら、その顔をじっと見つめた。その唇を猛烈なキスでふさいだら、彼女はいやがるだろうか。またしても勃起した。


飛行機は着陸寸前だった。タミーのからだの力が完全に抜けてしまっているようだ。不安に襲われる。わたしは彼女にシートベルトをつけてあげた。

「タミー、ニューヨーク・シティだよ！　もうすぐ着陸するよ！　タミー、起きなさい！」

何の反応もない。

クスリの飲みすぎなのか？

彼女の脈をとった。まるで脈がない。

彼女の巨大な胸を見つめた。ちゃんと呼吸しているかどうかその気配を確かめようとした。まるで動いていない。立ち上がってスチュワーデスを見つけた。

「どうか席にお着きください。まもなく着陸します」

「ちょっと、心配なんだ。彼女が目を覚まそうとしないんだよ」

「彼女が死んでいるとでも」とスチュワーデスが耳打ちする。

「わからない」わたしは囁き返す。

「わかりました。機が着陸ししだいすぐに戻ってきます」

機体は降下し始めている。わたしはトイレに行ってペイパー・タオルを何枚か水で湿らせた。

戻ってタミーの隣に座り、それで彼女の顔をこすった。化粧がすべてだいなしになった。まるで反応がない。

「この売女、目を覚ませ！」

わたしはタオルを乳房の谷間に滑り込ませた。変化なし。ぴくりともしない。わたしはあきらめた。

わたしは何とか方法を見つけて彼女の死体を送り返さなければならなくなるだろう。彼女の母親にも説明しなくちゃならない。彼女の母親に憎まれることだろう。

飛行機は着陸した。乗客が立ち上がり、機外に出ようと列になって並んでいる。わたしはその場に座っていた。タミーをゆさぶり、それからつねってみた。「ニューヨーク・シティだよ。赤毛ちゃん。腐ったりんごだ。気がついておくれ。ばかはもうやめろよ」

スチュワーデスが戻ってきて、タミーをゆさぶった。

「ねえ、どうしたっていうの？」

タミーが反応し始める。身動きして、それから目を開けた。誰か別の人間の声だからよかったのだ。聞き慣れた声にはもはや誰も耳を貸そうとはしない。聞き慣れた声は、ちょうど指の爪のように自分の一部になってしまう。

タミーは鏡を取り出して髪をとかし始めた。スチュワーデスが彼女の肩を叩いている。わたしは立ち上がって、頭上の荷物入れからドレスを取り出した。ショッピング・バッグもその中に入れていた。タミーは鏡の中を覗き込んで、髪をとかし続けている。

「タミー、ニューヨークに着いたよ。さあ、降りよう」

彼女はきびきびと行動した。わたしはショッピング・バッグをふたつとドレスを手に持った。彼女はお尻を振り振り出口から出ていく。わたしは後に続いた。

61

ギャリー・ベンソンという男がわたしたちを迎えにきていた。彼はタクシーを運転し、詩も書いていた。とても太っていて、詩人のようにはどう見ても見えなかったし、ノース・ビーチやイースト・ヴィレッジにたむろしているような人種にも、英語の教師にも見えなかった。だからこそ彼は大いに役に立った。というのもその日のニューヨークはやたらと暑く、気温は四十三度近くにもなっていたからだ。手荷物を受け取り、彼の車に運び込んだ。自前のタクシーではなかった。彼はニューヨーク・シティで自分の車を持つことがいかに無駄であるかを説明してくれた。だからこそありあまるほどのタクシーが走っているのだ。わたしたちは空港を後にし、彼は運転しながらお喋りをした。ニューヨーク・シティのドライバーたちはこの街とまるで同じで、相手のことなどまるでおかまいなしだった。譲り合いもなければ思いやりもない。フェンダー同士をがんがんぶつけながら走っている。わたしはよくわかった。少しでも相手のことを考えたりすれば、交通渋滞や騒動や殺人事件が引き起こされてしまうのだ。車の流れは下水を流れる糞のように果てしなく続いている。ひとりのドライバーも腹を立てることなく、ひたすら現実に身を任せているのは、お見事と言うしかなかった。

しかしギャリーは時と場を選ぶことなく仕事の話をしたがった。「もしさしつかえなかったらラジオ番組のために録音させてもらえませんか、インタビューをしたいんです」

「いいよ、ギャリー、明日朗読会の後でどうかな」

「これから詩のコーディネイターのところへ行くんです。彼が何もかも取り仕切っています。泊まるところはどこなのかとかいろいろ教えてくれるでしょう。マーシャル・ベンチリーという名前ですが、わたしがさっき言ったことは彼には内緒にしておいてくださいよ。彼の厚かましさには我慢できないんです」

車で近づいていくとブラウンストーン張りの家の前にマーシャル・ベンチリーが立っていた。車をとめられるところはどこにもなかった。彼が飛び乗り、ギャリーがまた車をスタートさせた。ベンチリーは詩人然としている。それも生活のために何か仕事をしなくてもいい自前の詩人のように思えた。気取り屋で面白みがなく、どこにでもいるような小物《こもの》だった。

「あなたの宿泊先までお連れします」と彼が言った。

彼はそのホテルに泊まったことがある人物の名前を誇らしげに並べ立てた。何人かの名前は聞いたことがあったが、そのほかは知らなかった。

ギャリーはチェルシー・ホテルの正面の乗降場所に車をつけた。わたしたちが車から降りる。

「朗読会でお逢いしましょう。明日また」とギャリーが言った。

マーシャルが中に案内してくれ、フロントに向かった。評判のチェルシー・ホテルは実際それほど大したことはなく、それゆえに独自の魅力が醸し出されているのかもしれない。

マーシャルが振り返ってわたしに鍵を手渡す。「1010号室です。ジャニス・ジョプリンがいた部屋」

「ありがとう」

「1010号室にはすごいアーティストがたくさん泊まっています」

彼はわたしたちを小さなエレベーターまで連れていった。

「朗読会は八時です。七時半に迎えにきます。二週間前にもう売り切れですよ。立ち見席を売り出しているところですが、気をつけないと消防署がね……」

「マーシャル、いちばん近くの酒屋はどこかな?」

「階段を下りて右です」

マーシャルと別れの挨拶をして、エレベーターで上がった。

62

セント・マークス教会で朗読会が開かれたその夜はとても暑かった。タミーとわたしは楽屋にあてられた部屋の中に座っていた。タミーは壁にもたせかけられた全身を映す鏡を見つけて、髪をとかし始めた。マーシャルがわたしを教会の裏手へと連れていってくれた。そこは墓地になっていた。小さなセメント製の墓石が地面に埋められ、墓石には碑文が刻まれている。マーシャルがいろんな碑文を教えてくれた。わたしは朗読会の前はいつもいらいらして、神経が昂り、とても不快な気分になる。今にも吐きそうになってしまう。そして実際に吐いた。今もある墓の上に吐いた。

「あなたがいま吐いたのはピーター・ストイフェサントの墓だ」とマーシャルが言った。

楽屋に戻った。タミーはまだ鏡の中の自分自身を見つめている。自分の顔やからだを見つめているが、彼女がいちばん気にしているのは髪の毛だ。髪の毛を頭の上に纏め上げて、しばらく見ていたかと思うと、今度は後ろに垂らしてみたりする。

マーシャルが部屋の中に顔だけ出した。「さあ、皆さんお待ちかねですよ！」

「タミーがまだなんだ」と彼に伝えた。

彼女はもう一度髪の毛を頭の上で纏め上げ、自分の姿を確かめた。それから髪の毛を垂れるにまかせた。鏡のそばに近づき、目の化粧を確かめる。

マーシャルがノックして部屋に入ってきた。「早く、チナスキー！」

「さあ、タミー、行こう」

「いいわ」

わたしはタミーを従えて登場した。聴衆がやんやの喝采で迎える。チナスキーならではのたわごとが効いている。タミーが客席に下り、わたしは朗読を始めた。アイスバケットにはビールがたっぷり入っていた。古い詩も新しい詩も用意している。へまはできなかった。わたしには十字架にかしずく聖マルコがついていた。

63

わたしたちは1010号室に戻った。わたしは小切手を受け取っていた。ドアには「入室を遠慮してください」の表示を出しておいた。タミーとわたしは腰を落ち着けて飲んだ。わたしはタミーへの愛の詩を五、六篇読んでいた。

「みんなわたしが誰だか知っていたわ」と彼女が言う。「くすくす笑っちゃったりしたの。ばつが悪かったわ」

彼女が何者なのか、みんなちゃんとわかっていた。彼女からはセックスの光がほとばしり出ている。ごきぶりや蟻や蠅ですら彼女とセックスしたがった。

ノックの音がした。詩人と彼の連れの女のふたりが部屋の中にするりと入り込んできた。詩人はヴァーモントのモース・ジェンキンスで、連れの女はサディ・エヴェレットだった。彼はビールを四本手にしていた。

サンダルに、穿き古して破れたブルージーンズという恰好で、トルコ石のブレスレットをして、喉のところに鎖を巻いている。髭をはやし、長髪で、オレンジ色のブラウスを着ていた。彼は次から次へとお喋りし、部屋の中を歩き回った。

ものを書く人間ならではの問題がある。作家の書いたものが出版されて、たくさんの部数が売れれば、彼は自分のことをすごいと思う。作家の書いたものが出版されて、そこそこの部数が売れれば、彼は自分のことをすごいと思う。作家の書いたものが出版されて、僅かな部数しか売れなかったとしても、彼は自分のことをすごいと思う。作家の書いたものが出版されず、自費出版するだけの金も持っていなかったら、彼は自分のことをいちばんすごいと思う。しかしほんとうのところは、それほどすごいことなどほとんどありはしないのだ。ほとんど存在しないも同然だし、目に見えるようなものでもない。しかし最悪の作家にかぎってもっとも自信たっぷりで、自信喪失になることなどほとんどありえないということだけは自信を持って言える。いずれにしても、作家たちはできれば避けたい存在で、わたしはつとめて避けようとしていたが、それは不可能に近かった。作家たちは何らかの同業者意識や一体感を求めたがる。そんなことをしても何ひとつ書くことの助けにはならないし、それでタイプライターを叩く指が滑らかになることなどまるでありえない。

「わたしはアリになる前のクレイとスパーリングをしたよ」とモースが言った。モースは足をひきずったり飛び跳ねたりしてジャブを打った。「彼はとてもうまかったよ。でもわたしが彼に練習をさせてやったんだ」

モースは部屋の中でシャドウ・ボクシングをした。

「この脚を見てくれ！」と彼が言う。「いい脚をしているだろう！」

「ハンクの方があなたよりいい脚をしてるわ」とタミーが言った。

脚自慢のわたしは相槌を打った。

モースが席に着く。手に持ったビール壜でサディの方を指した。「彼女は看護婦をしている。わたしを養ってくれている。でもそのうちにちゃんとやってみせるからね。みんなわたしの噂を聞くようになるんだ！」

モースなら朗読会をやってもマイクなしでだいじょうぶだ。

彼はわたしの方を見た。「チナスキー、あなたは現存する最高の詩人の三本指に入る人だ。ほんとうに立派にやっている。すごい詩を書く。でもわたしだって世に出るからね！　わたしの愚作を読ませてもらえないかな。サディ、わたしの詩を取っておくれ」

「いや」とわたしは言った。「待って！　わたしは聞きたくない」

「どうしてだめなんだ？　何でだめなんだ？」

「今夜は詩で溢れかえっていたじゃないか、モース。わたしはリラックスしてひとまず詩のことは忘れたいんだ」

「そうか、わかったよ……ねえ、あなたはわたしの手紙に一度も返事をくれなかったね」

「わたしは気取り屋なんかじゃないよ、モース。でもね、月に七十五通も手紙が来る。全部に返事を書いていたら、それしかできなくなってしまう」

「あなたは女になら絶対に返事を書くね！」

「手紙によりけりだよ……」

「わかった、厳しく責めるのはやめよう、それでもわたしはあなたの書くものが好きだよ。わたしは有名にならないかもしれないけど、絶対にそうなると思っている。わたしと逢っておいてよかったと思う時がくるよ。さあ、サディ、行こう……」

　彼らをドアまで送った。モースがわたしの手を握りしめる。彼は上下には動かさなかった。お互いに目をそらす。「あなたはとてもいい人だよ」と彼が言った。

「ありがとう、モース……」

　そして去っていった。

64

翌朝タミーはハンドバッグの中にあった処方箋を見つけた。

「これを調合してもらわなくちゃ」と彼女が言う。「ちょっと見てよ」

処方箋はくしゃくしゃでインクが滲んでしまっている。

「いったいどうしたの?」

「わたしの兄貴を知っているでしょう、クスリなしではいられないの」

「きみの兄さんなら知っている。二十ドル貸しているからね」

「それがね、兄貴はこの処方箋をわたしから取り上げようとしたの。わたしを絞め殺そうとしたわ。だからわたしはこの処方箋を口の中に入れて呑み込んじゃったの。というか呑み込んでしまったふりをしたの。あいつはよくわからなかったみたいよ。わたしがあなたに電話して、わたしのところに来てあいつをびびらせてやってと頼んだ時のことよ。あいつは尻尾を巻いて逃げちゃったわ。でもわたしはその時まだ口の中に処方箋を入れていたってわけ。それから使っていなかったのよ。でもこっちでも調合してもらうことができるわ。やってみるだけのことはあるわよ」

「わかった」

わたしたちはエレベーターで下りて表に出た。気温は三十八度を超えている。わたしはほとんど動けなかった。タミーは歩きだす。一方の歩道の縁から反対側の縁へとジグザグに歩く彼女についていった。

「さあ早く！」と彼女が言う。「ついておいで！」

彼女は何かをきめている。どうやらダウナーのようだ。ぼうっとしている。タミーはニューススタンドの前に近づいていって、一冊の週刊誌を凝視し始めた。確か『ヴァラエティ』だったと思う。彼女はその場にただ立ちつくしていた。わたしもそばに立っていた。退屈だったし、あまりにも無意味だ。彼女は『ヴァラエティ』をひたすら凝視している。

「ほら、お姉ちゃん、そのくだらんやつを買うかさっさと行くかどっちかにしておくれ！」

ニューススタンドの男の声だ。

タミーは歩きだした。「おやまあ、ニューヨークは恐ろしいところだこと！　何か読みたくなるようなものは売っていないか探したかっただけなのに！」

タミーは身をくねらせ、歩道の片側から反対側へとよろめきながら歩き続けた。ハリウッドなら、車がすぐにも縁石に寄せてとめられ、黒人たちが言い寄ってきて、彼女はくどかれ、愛の歌を奏でられ、拍手喝采されるところだ。ニューヨークは違っていた。くたびれ、うんざりしきっているこの街は、生身の人間を見下している。

わたしたちは黒人地区に入っていった。誰もがわたしたちをじろじろと見つめる。らりっている長い赤毛の女とそのすぐ後についてよろよろと歩いている髭に白髪のまじったおいぼれ野郎。自分の家の玄関の前の階段に座り込んでいる彼らにちらりと目をやった。みんないい顔をしている。わたしは彼らが気に入った。彼女のことを気に入っている以上に彼らが気に入った。

わたしはタミーについて通りを歩いた。すると一軒の家具屋があった。歩道に壊れた事務椅子が放り出されている。タミーはその古びた事務椅子にふらふらと近づいていき、その前に立ってじっと見つめている。催眠術にかけられているようだ。彼女は事務椅子をじっと見続けている。指でちょっと触れてみる。何分間かが過ぎた。それから彼女はその椅子に座った。「ねえ」と彼女に声をかけた。「わたしはホテルに帰るからね。きみは何でもいいからやりたいことをやれば」

タミーは顔を上げようともしない。事務椅子の肘掛けを懸命にさすっている。彼女は自分の世界に入り込んでいた。わたしは背を向けて、チェルシー・ホテルに向かって歩きだした。

ビールを少し手に入れて、エレベーターで上がった。服を脱ぎ、シャワーを浴びてから、枕をいくつかベッドのヘッドボードにもたせかけ、ビールをすすった。朗読はわたしの気力を奪う。魂を抜かれてしまうようだ。ビールを一本飲み干し、もう一本開けた。朗読会でセックスの相手の女に恵まれることもある。ロック・スターも女が手に入るし、昇り調子のボクサーにも女がつく。無敵の闘牛士は生娘を手に入れる。どういうわけか、生娘がまわってくるのは闘牛士だけだ。

ドアにノックの音がした。起き上がって、ドアを少しだけ開けた。タミーだった。強引に入ってくる。

「ユダヤの守銭奴野郎につかまされたわ。処方箋を調合するのに十二ドルも要求するの！　西海岸じゃ六ドルだっていうのに。六ドルしか持っていないって言ってやったわ。まるで相手にしないの。ハーレムに住んでいる汚いユダヤ人め！　ビールもらっていい？」

タミーはビールを手に取り、片手と片足を外に出して、窓枠の上に座った。片手で窓枠の盛り上がったところを摑んでいる。

「自由の女神が見たいわ。コニー・アイランドが見たいわ」

わたしはビールのおかわりをした。

「ああ、外は気持いいわ！　気持よくて涼しい」

タミーは窓から身を乗り出して外を眺めていた。

彼女が悲鳴をあげた。

窓枠を摑んでいた手が滑ったのだ。彼女のからだがほとんど窓の外に出てしまっている。それからもとに戻った。何とかして彼女は自分のからだを引き入れることができた。彼女は窓枠に座って呆然としている。

「すんでのところだったよ」と彼女に言った。「いい詩が書けたのになあ。いろんなやり方でいろんな女をなくしているけど、あれは今までになかったやり方になったね」

タミーはベッドに向かった。うつむいて寝そべる。彼女がまだらりっているのがわかった。それから彼女はベッドから転がり落ちた。仰向けになってのびている。ぴくりともしない。近寄って、彼女を抱え上げ、ベッドの上に寝かせた。髪の毛を摑んで荒々しくキスをした。

「ちょっと……何してるのよ？」

彼女が一発すると約束してくれたことを思い出した。彼女を転がせて腹ばいにさせ、ドレスを引っ張りあげ、パンティを引きずりおろす。彼女の上に乗っかり、ヴァギナを探し当てながら闇雲に突き立てた。何度も何度も突き立てる。ようやく入った。奥へ奥へと入っていく。たっぷり押し込んだ。彼女が小さな声をあげる。その時電話が鳴った。彼女から離れ、起き上がって、電話に出た。ギャリー・ベンソンだった。

「テープレコーダーを持ってラジオのインタビューにこれから伺います」

「いつ?」

「だいたい四十五分後ぐらいです」

電話を切ってタミーのもとに引き返した。わたしはまだ勃起していた。彼女の髪の毛を鷲摑みにし、またしても乱暴なキスをする。彼女の目は閉じられ、唇は何の反応もない。わたしはまた彼女に乗っかった。表ではみんなが非常階段に出て座り込んでいる。太陽が沈み始め、日が陰ってくると、彼らは涼みに外に出てくるのだ。ニューヨーク・シティの人々が表に座ってビールやソーダや氷水を飲んでいる。何とか我慢して持ちこたえ、煙草をふかしている。生きているということ、それが勝利を意味する。彼らは鉢植えで自分たちの非常階段を飾りたてる。そこにあるもので何とか間に合わせていた。

わたしは一気に、タミーの花芯に突き進んだ。犬のスタイルだ。犬がいちばんよく知っている。わたしは激しく攻めたてた。郵便局の仕事を辞めてよかった。わたしは彼女のからだを、どやしつけたりなだめたりした。クスリが効いているのに、彼女は話しかけようとする。「ハンク……」と彼女が声を洩らす。

わたしは遂に果てて、彼女の上になったまましばらく休んだ。ふたりとも汗でぐしょぐしょだ。わたしは転がり落ち、起き上がり、裸になってシャワーを浴びにいった。またしてもわたしは、自分より三十二歳も年下の赤毛娘とやってしまった。シャワーはいい気持だった。わたしは八十歳まで生きるつもりだった。その時には十八歳の娘とやれるかもしれない。エアコンディショナーは壊れていたが、シャワーはだいじょうぶだ。ほんとうに気持がよかった。これでいつでもラジオのインタビューが受けられる。

65

ＬＡに戻って、一週間ほどは何ごとも起こらずに過ぎた。ある日電話がかかってきた。マンハッタン・ビーチ・ナイトクラブのオーナーのマーティ・シーヴァースからだった。わたしはそこで何度か朗読したことがある。スマック・ハイという名前のクラブだった。

「チナスキー、金曜日から一週間、詩の朗読をしてほしいんだ。四百五十ドルほど稼げる」

「いいよ」

そこではいつもロック・バンドが演奏していた。カレッジとはまた違う客層だ。みんなわたしと同じように不快な連中で、詩の間にお互いを罵り合ったりした。わたしはそういうところの方が好きだった。

「チナスキー」とマーティが言った。「女たちとうまくいかないと思っているようだね。ひとつ言わせておくれ。わたしが今つきあっている女はふいをつくのがうまいんだ。わたしが眠っているとすると午前の三時か四時に寝室に現われるんだ。彼女はわたしを揺すって起こす。思わずちびってしまうほどぎょっとさせられる。彼女は目の前に立ってこう言うんだ。『ちゃんとひとりで眠っているかどうか確かめたかっただけなの！』」

「死と変容」

「別の夜のこと、家でくつろいでいたらノックの音がする。彼女だろうってわかっていたよ。ドアを開けたら彼女はそこにいないんだ。午後十一時でわたしはパンツ一枚だった。ずっと飲んでいたんだ。気になってしかたがない。わたしはパンツ姿で表に飛び出したよ。彼女には四百ドルもするドレスを誕生日のプレゼントであげていたんだ。表に飛び出したら、わたしの新車の屋根の上にそのドレスがあって、火がついている。燃えているんだ！　思わず駆け寄って払い落とそうとしたら、彼女が茂みの陰からいきなり飛び出して金切り声をあげ始めたんだ。近所の人たちが顔を出す。パンツ姿のわたしが車の屋根の上からドレスを払いのけようとして、手をやけどしている」

「まるでわたしの女のひとりにそっくりだ」

「そうかい。それでわたしはふたりの仲はもう終わってしまったものと考えた。二日後の夜また家でくつろいでいたんだ。その夜はわたしがクラブを切りまわさなくちゃならなくて、午前三時に座って飲んでいたというわけさ。またしてもパンツ一枚でね。ドアをノックする音がする。彼女のノックだ。ドアを開けても彼女はいない。わたしの車のところに行ってみると、彼女は何枚ものドレスをガソリンに浸しては燃やしている。まだまだ持っていたんだね。今度はボンネットの上で燃えてる。彼女がどこかから突然飛び出して悲鳴をあげ始めた。近所の人たちが顔を出す。またしてもパンツ姿のわたしが燃えているドレスをボンネットから払い落とそうとしているってわけさ」

「すごいね、わが身にふりかかってくれていたら」

「わたしの新車を見てくれなくちゃ。ボンネットも屋根もいたるところペイントがふくれあがっている」

「彼女は今どこにいるの？」

「また綻りを戻したんだ。三十分もするとここにやってくる。朗読会にきみが出るって書いてもいいかな？」

「もちろん」

「ロック・バンドよりもきみの方が受けるよ。あんなのこれまでに見たことがないからね。毎週金曜と土曜の夜にきみに出てもらいたいぐらいだよ」

「うまくいきっこないよ、マーティ。何度も同じ歌を繰り返し歌うことはできても、詩の場合は誰もが新しいものを聞きたがるんだ」

マーティは笑って電話を切った。

66

わたしはタミーを連れていった。ちょっと早めに着いたので、通りを渡ったところにあるバーに入った。テーブルにつく。

「今飲みすぎちゃだめよ、ハンク。飲みすぎると呂律《ろれつ》がまわらなくなったり、行《ぎょう》を飛ばしてしまったりするって自分でもよくわかっているでしょう」

「とうとうきみはちゃんとした話をするようになったね」

「聴衆が恐いんでしょう、そうじゃないの？」

「恐いよ、でも舞台負けとは違う。舞台にいるわたしは奇人なんだ。みんながわたしがとんでもないことをしでかさないかと期待している。でもちょっとした稼ぎになって、それで競馬場に足を運ぶこともできる。どうしてそんなことをするのか言いわけするつもりはないね」

「わたしはスティンガーを飲むわ」とタミーが言った。

バーの女の子にスティンガーとバドワイザーを注文する。

「今夜はだいじょうぶだからね」と彼女が口を開く。「わたしのことは心配しないで」

タミーがスティンガーをぐっと飲み干した。

「ここのスティンガーは妙に薄いみたい。もう一杯もらうわ」

スティンガーとバドのおかわりをした。

「まじめな話、ここのお酒はちゃんと作られていないと思う。もう一杯いくわ」と彼女が言った。

タミーは四十分間でスティンガーを五杯飲んだ。

わたしたちはスマック・ハイの裏口のドアをノックした。マーティの屈強なボディガードのひとりが中に入れてくれた。ティーンエイジャーの少女やたちの悪い長髪のヒッピー、シンナー中毒やLSDの常用者、マリファナ小僧やアル中といった、惨めで忌わしく、人をうんざりさせる偽善者連中がはめをはずして、手がつけられなくなった時、店の安寧秩序を保つためにマーティはこうした甲状腺機能異常の男たちを雇っていた。

わたしは今にも吐きそうになり、そして吐いた。近くにごみ缶があったので、そこに吐いた。この前来た時、わたしはマーティのオフィスのすぐ外で吐いたのだ。彼は吐き場所が変わったことを喜んでいた。

67

「何か飲むかい?」とマーティが聞いた。

「ビールをもらおう」とわたしが答える。

「わたしはスティンガー」とタミーが続く。

「彼女の席を用意して、ちゃんと監視しておいてくれ」とマーティに頼んだ。

「わかった。彼女の席を作ろう。立ち見が出ているんだ。百五十人の人に引き取ってもらったよ。それもきみが登場する三十分前でだ」

「わたしがチナスキーをお客さんに紹介したいわ」とタミーが言った。

「それでいいかい?」とマーティが尋ねる。

「いいよ」

ステージにはディンキー・サマーズというギターの弾き語りの男の子が出ていて、聴衆にとって食われようとしていた。八年前にディンキーのレコードは百万枚を売ってゴールド・ディスクになった。しかしそれ以来鳴かず飛ばずだった。

マーティが内線電話をとって、ダイヤルをまわす。「ねえ」と彼が聞く。「あの男は実際にそんなにひどいのか?」

電話に出た女性の声が洩れ聞こえる。「最悪ね」

マーティは電話を切った。

「チナスキーを出せ！」と聴衆がいっせいに叫んだ。

「わかった、わかった」と答えるディンキーの声が聞こえる。「チナスキーは次だから」彼はまた歌いだした。聴衆は酔っぱらっている。大声で野次り倒している。ディンキーは歌い続ける。ようやく演奏を終えてステージを降りた。どうなるかわからないものだ。シーツをすっぽり被ったままベッドから出ない方がいい日もある。

ノックの音がした。赤と白と青のテニス・シューズに、白のTシャツとコールテンのズボン、それに茶色のフェルト帽といった恰好のディンキーだ。豊かな金髪の巻き毛に帽子がちょこんとのっている。Tシャツには「神は愛」と書かれている。

ディンキーがわたしたちを見つめる。「ぼくってほんとうにあんなにひどかったの？　知りたいんだ。ぼくってほんとうにひどかったの？」

誰も答えない。

ディンキーがわたしを見た。「ハンク、ぼくってひどかった？」

「客は酔っている。お祭り騒ぎなんだよ」

「自分がほんとうにひどいのかどうか知りたいんだ」

「まあ飲めよ」

「彼女を見つけに行かなくちゃ」とディンキーが言う。「あっちにひとりでいるんだ」

「さあ」とわたしは切りをつける。「こいつを飲み干してしまおう」

「よし」とマーティが応じる。「さあ始めようぜ」

「わたしが彼を紹介するから」とタミーが言った。

わたしは彼女と一緒に出ていった。ステージに向かうわたしたちを見つけて、聴衆が叫んだり悪態をついたりし始めた。テーブルから壜が落ちる。殴りあいをしているやつらもいる。郵便局の人間にはとうてい信じられない光景だ。

タミーがマイクの前に歩み出る。「お集まりの皆さん」と彼女が言う。「ヘンリー・チナスキーは今夜は来れません……」

場内が静まりかえる。

それから彼女が言った。「皆さん、ヘンリー・チナスキーです！」

わたしは前に出た。みんながからかう。わたしはまだ何もやっていない。マイクを摑んだ。

「やあ、ヘンリー・チナスキーです……」

場内がどよめく。何もしなくてもだいじょうぶだった。勝手に受けている。しかし用心しなければならなかった。酔っぱらっているとはいえ、彼らはちょっとしたしぐさや言葉の間違いをすぐに見破ってしまう。聴衆を絶対に見くびってはならない。金を払って入場しているし、酒にも金を払っている。元をとりたがるのは当然で、彼らの期待にそえないということになると、海の中に放り込まれてしまう。

ステージの上には冷蔵庫が置かれていた。扉を開けると、中には四十本ものビールがぎっしり詰まっていた。手を伸ばして一本取り出し、キャップをひねって、一口飲んだ。飲まずにはいられなかった。

するとステージの前にいたひとりの男が不満の叫びをあげた。「ヘイ、チナスキー、俺たちゃ飲みしろを払っているんだぜ！」

郵便配達人の恰好で最前列にいる太った男だった。

わたしは冷蔵庫に近づいてもう一本ビールを取り出した。ステージの前に行ってその男にビールを手渡した。それから戻って冷蔵庫に近づき、ビールをもっと取り出した。それを最前列の客に配っていく。

「ヘイ、俺たちゃどうなんだ？」後ろの方から声が飛ぶ。

一壜取り出して、弧を描くように放り投げた。もう何本かを後ろの方に投げる。みんな上手だった。ちゃんとキャッチする。その後に投げようとした一本は、わたしの手から滑って、空中高く舞い上がってしまった。壜の割れる音が聞こえた。もうやめることにした。誰かの頭蓋骨を割って訴訟沙汰になってしまう。

ビールはまだ二十本ほど残っていた。

「さてと、残りは全部わたしのものだからね！」

「一晩じゅう読むつもり？」

「一晩じゅう飲むつもりさ」

喝采、嘲り、不平の声……。

「このくそったれ野郎！」とある男が叫んだ。

「ありがとさん」とわたしは応じる。

椅子に座って、マイクの位置を調節してから、最初の詩に取りかかった。客席が静かになる。

今のわたしは闘牛場でただひとり牛に立ち向かっている。恐怖感を抱かずにはいられない。しかし詩を書いたのはこのわたしだ。わたしはそれらを読んでいく。肩の凝らないからかいの詩で軽く始めるのがいちばんだった。その詩を読み終えると、壁が揺れた。拍手にまぎれて四、五人の客が喧嘩をしている。わたしは雰囲気にうまく乗り始めた。あとはその調子で頑張るだけでいい。聴衆を見くびってはだめだし、逆におべっかを使ってもだめだ。その中間点を何とかして見つけ出さなくてはならない。

もう少し朗読を続け、ビールを飲んだ。酔っぱらっていく。言葉がだんだん読めなくなってくる。わたしは行をとばし、詩が書かれた紙を足もとに落とす。それから読むのをやめて、座ってただビールを飲んだ。

「こいつはいいや」とわたしは客に向かって言った。「みんなは金を払ってわたしが飲むところを見ているというわけだ」

何とか努力して、詩をもう数篇朗読した。最後に下品なやつを何篇か読んで締め括りにした。

「これまで」とわたしが言う。

聴衆はもっとやれと叫ぶ。

屠場で働く男たちにシアーズ・ローバックの従業員、それにわたしが若い頃や大人になってからも働いた多くの倉庫の同僚たちには絶対に信じられない光景だ。

オフィスにはたくさんの飲み物とボンバーと呼ばれる太巻きのマリファナ煙草が何本かあった。マーティが入場料の総額を確かめようと内線電話をかけた。

タミーがマーティのことをじっと見つめる。「わたしあんたが好きじゃないわ」と彼女が言う。「あんたの目がまるで好きになれない」

「彼の目のことなんか気にするなよ」とわたしは彼女に言った。「金をもらってさっさと行こう」

マーティが小切手を切ってわたしに手渡した。「ほら、二百ドルだ……」と彼が言う。

「二百ドル！」とタミーが彼に向かって金切り声をあげる。「この腐りきったたわけ野郎！」

わたしは小切手に目をやった。「冗談だよ」と彼女に言う。「落ち着いて」

彼女はわたしの言うことに耳を傾けない。「二百ドルだって」となおもマーティに向かって言う。「この腐りきった……」

「タミー」とわたしは言った。「ほら、四百ドルだよ……」

「小切手にサインして」とマーティが言う。「現金であげるから」

「あっちですごく酔っぱらっちゃったの」とタミーが教えてくれる。「隣の男に『あんたに寄っかかってもいい？』と聞いたら、『いいよ』って言ってくれたの」

わたしがサインすると、マーティは分厚い札束をくれた。それをポケットにしまった。

「ねえ、マーティ、そろそろ行った方がよさそうだ」

「あんたの目が大嫌いよ」タミーがマーティに言う。

「ここにいてしばらく話していけばいいじゃないか」とマーティがわたしを誘う。

「いや、もう行かなくちゃ」

タミーが立ち上がった。「お手洗いに行かなくちゃ」

彼女は出ていった。

マーティとわたしはその場に座ったままだった。十分たった。マーティが立ち上がって言った。

「待ってて、すぐに戻るから」

座ったまま待った。五分、十分。わたしはオフィスを離れ、裏口から外に出た。駐車場まで行って、フォルクスのシートについた。十五分が過ぎた。二十分、二十五分。あと五分だけ彼女を待って、来なかったら行くことしよう、と思った。ちょうどその時マーティとタミーが裏口から出てきて、裏通りにやってきた。マーティが指差す。「ほらそこにいるよ」タミーが近づいてくる。着ているものはよじれてすっかり汚れている。彼女は後部座席にもぐり込むと、丸くなって横になった。

わたしはフリーウェイで二、三度道に迷った。ようやく家の前まで辿り着くことができた。タミーを起こす。彼女は車から降りると、階段を駆け上がって自分の部屋に飛び込み、ドアを叩きつけるように閉めた。

68

水曜日の夜の十二時半頃のこと、とても気分が悪かった。胃がちくちく痛んだが、むりして何とかビールを流し込んでいた。タミーも一緒で、彼女はわたしに同情してくれているようだった。ダンシーは彼女のお祖母ちゃんのところにいた。

たとえわたしの体調がすぐれなくても、ふたり水いらずで過ごす時間というのは、なかなか心地よいものだった。

ドアにノックの音がした。ドアを開けた。タミーの兄のジェイだった。小柄なプエルトリコ人の若者のフィルバートと一緒だ。腰を落ち着けた彼らに、ビールを出した。

「ポルノ映画に行こうよ」とジェイが言った。

フィルバートは黙って座っている。黒い口髭はきちんと手入れされていて、その顔はほとんど無表情だ。感情というものをまったく表に出さない。虚ろ、生気のない、死んだような、といったたぐいの言葉を思い浮かべた。

「どうして何も喋らないの、フィルバート？」とタミーが尋ねる。

彼は答えない。

わたしは立ち上がって、台所の流しに行って、吐いた。戻ってきて座る。新しいビールを持ってきていた。ビールがすんなり入っていかないのはつらい。わたしはただ来る日も来る夜も何日も飲み続けていただけだった。わたしには休息が必要だった。そして酒もまた必要だった。たかがビール。ビールぐらい控えられると人は思うだろう。わたしはごくごくと飲んだ。ビールは胃の中におさまってくれない。わたしはバスルームに駆け込んだ。タミーがノックする。「ハンク、だいじょうぶなの？」

口の中を洗ってからドアを開けた。「気分が悪い。それだけだよ」

「みんなを追い返しましょうか？」

「頼むよ」

彼女はみんながいるところに戻って言った。「ねえ、あんたたち、わたしの家に河岸を変えない？」

そういう展開になるとは思わなかった。

タミーは電気料金の支払いを怠っていた。あるいは払いたくないだけのことだったのかもしれない。彼らは蠟燭の明かりで夜を過ごすことになる。今日のまだ早い時間に彼女の部屋に一緒にいた時、わたしが手に入れたミックス・マルガリータ・カクテルの五分の一ガロン壜があるはずだ。

わたしはひとりで座り込んで飲んだ。新しいビールは何とかおさまった。

上でお喋りしている彼らの声が聞こえる。

それからタミーの兄貴が帰っていった。月明かりの中、自分の車に向かう彼の姿を、わたしはずっと見つめていた。

上ではタミーとフィルバートが蠟燭をつけてふたりきりだ。

わたしは明かりを消し、座り込んで飲み続けた。一時間が過ぎた。闇の中にゆらめく蠟燭の光が見える。あたりを見回した。タミーの靴が脱ぎ捨てられている。その靴を手に取ると、階段を上がっていった。彼女の部屋のドアは開いたままで、彼女がフィルバートに話しかけている声が聞こえる……。「だから要するに、わたしが言いたかったのはね……」

階段を上がってくるわたしに彼女が気づいた。「ヘンリー、あなたなの?」

わたしは階段の途中からタミーの靴を放り投げた。靴は彼女の部屋のドアの前に落っこちる。

「靴を忘れているよ」と声をかけた。

「おやまあ、どうもご親切に」と彼女が答えた。

翌朝の十時半頃、タミーがドアをノックした。ドアを開ける。「このくそったれの売女め」

「そんな喋り方しないで」と彼女が言う。

「ビール飲む？」

「いいわね」

彼女は腰をおろした。「それがね、わたしたちはマルガリータのボトルを飲んだの。それから兄貴が帰っていった。フィルバートはものすごく素敵だったわ。彼はじっと座っているだけでほとんど喋らない。『どうやって家に帰るつもりなの』って彼に聞いたの。『車があるの？』って聞いたら、ないって答えるのよ。ただ座り込んでわたしを見つめるだけだから、こう言ったの。『わたしの車があるから、家まで送っていってあげる』そういうわけで彼を送っていってあげたの。どういうわけか、彼のところにいるうち、わたしは彼と一緒にベッドに入っちゃった。わたしはめちゃくちゃ酔っぱらっていたわ。でも彼はわたしには触れなかったわ。明日仕事があるから、なんて言うのよ」タミーは声をあげて笑った。「夜が過ぎるうち、彼がわたしに手を出そうとしてきた。わたしは顔の上に枕をあてて、くすくす笑いだしたの。枕を押しつけたまますくすす笑い続けた。彼はあきらめちゃった。彼が仕事に出かけた後、車で母親のところに行って、ダンシーを学校に送り届けたわ。そして今ここに帰ってきたってわけ……」


次の日、タミーはアンフェタミンをきめていた。彼女は慌ただしくわたしの家を出たり入ったりし続ける。やがてわたしにこう言った。「今夜戻ってくるから。今夜逢いましょう！」

「今夜なんかどうでもいいよ」

「いったいどうしたっていうの？　今夜わたしと喜んで逢いたがる男なら山ほどいるわよ」

タミーはドアをばたんと閉めて出ていった。わたしの家のポーチには腹の大きな猫が眠っている。

「とっととここから出ていってしまえ、赤毛め！」

わたしは腹の大きな猫をつまみあげて彼女に投げつけた。三十センチほどそれて、猫は近くの茂みの中に落っこちた。


次の日の夜のタミーはスピードをきめていた。わたしは酔っぱらっていた。タミーとダンシーが上の階の窓からわたしに向かって喚きたてる。

「間抜けは間抜けの相手をしてな、この間抜け野郎！」

「やぁーい、間抜けは間抜けの相手をしてな、この間抜け野郎！　ハッハッハッハッ！」

「なにぃ、とんまめ！」とわたしも応酬する。「おまえの母さんは頭の中ががらっぽ！」

「鼠のうんちでも食べてな、この間抜け野郎！」

「この間抜け、この間抜け、この間抜け野郎！　ハッハッハッハッ！」

「蝿の脳みそ女」とわたしが応じる。「俺のへそのごまでもしゃぶってな！」

「こいつ……」とタミーが切り返す。

突然近くでピストルを撃つ音が数発聞こえた。通りか、敷地の裏手か、隣のアパートの建物の陰かのどこかだ。すぐ近くだ。あたりは売春や麻薬の売買が頻繁に行なわれ、時には殺人も起こる貧しくて物騒な地域だった。

ダンシーが窓から悲鳴をあげ始めた。「ハンク！　ハンク！　上がってきて、ハンク！　ハンク、ハンク！　早く、ハンク！」

わたしは駆け上がった。タミーはベッドの上で伸びている。見事な赤毛が枕の上に広がっている。彼女がわたしを見た。

「撃たれたわ」彼女が弱々しく言う。「撃たれたわ」

彼女が自分のブルージーンズの染みを指差す。もうふざけてなどいなかった。恐怖で震え上がっている。

ブルージーンズには赤い染みがついていたが乾いていた。タミーはわたしの絵の具をよく使っていた。手を伸ばして、乾いた染みにさわってみた。クスリをきめてはいたものの、彼女はだいじょうぶだった。

「ねえ」と彼女に声をかける。「だいじょうぶだよ。心配しないで……」

ドアから出ていこうとすると、ボビーが階段をどたどたと駆け上がってきた。

「タミー、タミー、どうしたんだ？　だいじょうぶか？」

ボビーが服を着るのに手間取っていたのは確実で、だから駆けつけるまで時間がかかってしまったのだ。

大急ぎで駆け込もうとするボビーとすれ違った時、わたしは素早く言った。「やれやれ、いつでも顔を出してくれるんだね」

彼はタミーのアパートの部屋に駆け込み、その後から隣に住むどう見てもばかとしか思えない中古車のセールスマンが続いた。

数日後タミーが封筒を持って下りてきた。

「ハンク、管理人に立ち退き通告を送りつけられたわ」

彼女が見せてくれる。

わたしは注意深く読んだ。「どうやら本気らしいね」

「ためていた家賃を払うって管理人に言ったのよ。でも彼女に『ここから出ていってほしいの、タミー！』って言われてしまったわ」

「家賃をいつまでもためっぱなしにしていちゃだめだよ」

「ねえ、お金はあるの。ただ払いたくないだけなのよ」

タミーの意固地ぶりは徹底していた。彼女の車は登録されていなかったし、ナンバープレートの期限もとっくに切れてしまっていた。おまけに彼女は免許証を持たずに運転している。駐車規制区域だろうが、駐車禁止区域だろうが、予約済みの駐車場だろうが、まるでおかまいなしに何日間も車をとめっぱなしにする。酔っぱらったり、クスリをきめていたり、身分証明書を持たずに運転したりしていて警察につかまっても、彼女は警官にまくしたてる。そしていつも見逃してもらっていた。駐車違反のチケットを切られても、破り捨てるだけだった。

「大家の電話番号を調べるわ（わたしたちの大家は別のところに住んでいた）。わたしを追い出せっこないわよ。大家の電話番号知ってる？」

「知らない」

ちょうどその時、売春宿の経営者で地元のマッサージ・パーラーの用心棒もしているアーヴが通りかかった。アーヴは身長百九十センチで障害者保護を受けていた。街に出て三千人の人間に出会ったとしても、彼ほど気心のいいやつはまずいなかった。

タミーが駆け出していく。「アーヴ！　アーヴ！」

彼が立ち止まって振り返った。彼の目の前にあるタミーの乳房が揺れている。「アーヴ、大家の電話番号知ってる？」

「いや、知らないね」

「アーヴ、大家の電話番号を知りたいの。教えてくれたらしゃぶってあげるわ！」

「電話番号は知らないよ」

彼は自分の家の玄関に近づいて、鍵を差し込んだ。

「ねえったら、アーヴ、教えてくれるだけでしゃぶってあげるのよ！」

「本気なのかい？」彼はタミーを見つめてためらいがちに尋ねる。

それからドアを開けて中に入る。そしてドアを閉めた。

タミーが別のドアに駆け寄って激しく叩く。リチャードがチェーンをかけたまま用心深くドアを開けた。彼は禿げ頭でひとり暮らし、信心深く、歳の頃は四十五歳くらいで、四六時中テレビを見ていた。女のようにお洒落できれい好きだった。わたしのところの騒音が気になると絶えず文句をつけ、眠れないとこぼしていた。管理人側は彼に引っ越しをすすめた。彼はわたしを憎んでいた。そんなわたしがつきあっている女のひとりが戸口にいる。彼はチェーンをはずさなかった。

「何かご用？」と彼が咎めるように言う。

「ねえ、あんた、大家の電話番号を知りたいの……ここに何年も住んでいるでしょう？　大家の電話番号を知っているはずよ。必要なの」

「行ってくれ」と彼が言う。

「ねえ、あんた、優しくしてあげるから……キス、素敵なキスをあんたにたっぷり！」

「ハーロット（売女）！」と彼が言う。「ストランペット！」

リチャードはドアをばたんと閉めた。

タミーが中に入ってきた。「ハンク？」

「何だい？」

「ストランペットって何のこと？　トランペットならわかるけど、ストランペットって何？」

「ストランペットはね、売春婦のことだよ」

「何だって、あのいやらしいくそったれめ！」

タミーはまた外に出て、アパートの別の部屋のドアをどんどん叩き続けた。留守か、いても出ないかのどちらかだった。彼女は戻ってきた。「不公平だわ！　どうしてわたしを追い出したがるの？　わたしが何をしたというの？」

「わからないよ。よく考えてごらん。何かあるかもしれないよ」

「何も思い浮かばないわ」

「こっちに越してきてわたしと一緒に住めば？」

「子供に我慢できないわよ」

「確かにそうだ」

何日かが過ぎた。大家はつかまらないままで、彼は間借り人とは直接係わりたがっていなかった。管理人は立ち退き通告を突きつけたままだ。ボビーですらあまり姿を見せなくなり、冷凍のインスタント食品を食べ、マリファナを吸って、ステレオに耳を傾けていた。

「ねえ、あんた」と彼がわたしに告白する。「俺ですらあんたのお友だちは好きになれないね！彼女は俺たちの友情をぶちこわしてしまうよ、なあ！」

「そのとおりだ、ボビー……」

わたしは車でマーケットに出かけ、段ボールの空き箱をいくつか手に入れてきた。するとタミーの姉のキャシーがデンバーで恋人にふられておかしくなってしまい、タミーはダンシーを連れて逢いに行かなければならないことになった。わたしは彼女たちを駅まで車で送っていった。彼女たちを列車に送り込んだ。

69

その日の夕方のこと、電話がかかってきた。メルセデスだった。彼女とはヴェニス・ビーチで詩の朗読会をした後に逢っていた。歳の頃二十八歳ぐらいで、いいからだをしていて、見事な脚、身長は一六五センチ、金髪、それも青い目の金髪だった。髪の毛は長く、少しだけ波打っていて、絶えず煙草を吸っていた。彼女の話は退屈で、いつもとんでもない時にけたたましい笑い声をあげた。

その朗読会の後、わたしは彼女の家に足を運んだ。彼女はビーチの遊歩道からちょっと行ったところにあるアパートに住んでいた。わたしはピアノを弾き、彼女がボンゴを叩いた。レッド・マウンテンのボトルとジョイントがあった。酔いすぎて帰れなくなってしまい、その夜はそこに泊まって、翌朝帰った。

「ねえ」とメルセデスが電話で話しかける。「今あなたの家のすぐ近くで働いているのよ。お邪魔してもいいかなと思って」

「いいよ」

わたしは電話を切った。すぐにまた電話がかかった。タミーだった。

「ねえ、引っ越しすることに決めたわ。二日ほどしたら帰るから。アパートの部屋から黄色のドレスだけ出しておいてね、あなたのお気に入りのやつよ、それと緑の靴。あとはみんながらくたよ。そのままにしておいていいわ」

「オーケイ」

「聞いて、わたし一文なしなの。食べるものも買えやしない」

「朝になったらウェスタン・ユニオンの電報為替で四十ドル送るよ」

「優しい人ね……」

電話を切った。十五分後にメルセデスが現われた。彼女は思いきり短いスカートに襟ぐりの深いブラウスというでたちで、サンダルをはいている。青くて小さなイヤリングもしている。

「グラスはどう?」と彼女が聞いた。

たりしていた。

「いいね」

彼女はハンドバッグからマリファナと巻紙を取り出し、ジョイントを巻き始めた。わたしはビールを出してくる。ふたりでカウチに座り、飲んだり吸ったりした。

ふたりともあまり喋らなかった。わたしは彼女の脚にじゃれつき、かなり長い間飲んだり吸ったりしていた。


とうとうわたしたちは服を脱いでベッドに行った。メルセデスが先で、わたしが後に続いた。キスし合い、わたしは彼女の性器を強く撫でた。彼女がわたしのペニスを握りしめる。わたしは上になった。メルセデスがわたしを導き入れる。彼女のものは締まりがよく、しっかりとつかまえる。わたしはほとんど抜き出さんばかりにしたり、亀頭を出したり入れたりして、しばらく彼女をじらせた。それからゆっくりと、少しずつ少しずつ、根元まですっぽり挿入する。そしていきなり激しく四、五回突き立てた。枕の上の彼女の頭が跳ね上がる。「あぐぅ……」と彼女が声をあげた。それからわたしは力を抜いて腰を動かした。

とても暑い夜で、ふたりとも汗まみれだった。メルセデスはビールとジョイントでハイになっている。わたしは派手に彼女をいかせてやろうと決めた。一度か二度絶頂を味わわせてやろう。

さかんに腰を使う。五分間。それからもう十分。わたしは達せない。わたしの力が抜け、ペニスがふにゃふにゃになっていく。

メルセデスが気にしだす。「いって!」と彼女が要求する。「ああ、いってよ、ベイビー!」

効き目はまるでない。わたしは転がり下りた。

耐えられないほど暑い夜だった。わたしはシーツを引き寄せて汗を拭った。横たわっていると自分の心臓の激しい動悸の音が聞き取れる。哀しげな音だった。メルセデスは今何を考えているのだろう。

わたしは死んだように横たわり、ペニスは萎んでしまっている。

メルセデスがわたしの方を向いた。彼女にキスした。キスの方が性交よりもねんごろになれる。だからこそわたしは自分のガールフレンドたちが男たちにキスしてまわったりするのがいやでたまらないのだ。まだセックスをしてくれた方がましだ。

わたしはメルセデスにキスし続け、キスについてそんなふうに思いを馳せたりしていたのでまた堅くなってきた。彼女の上に乗り、人生の最期の時を迎えたかのようにキスをした。

わたしのペニスが中に入る。

今度はちゃんとできるとわかっていた。迫りくる奇跡の気配が伝わる。

わたしは彼女の膣の中、この淫らな女の中で今にもいきそうになってきた。わたしは彼女の中にジュースをぶちまける。彼女が何をしようとわたしを押しとどめることはできない。

彼女はわたしのものだ。わたしは征服軍、強姦者、彼女の支配者、死神だった。

彼女はなすすべもない。頭を激しく揺すり、わたしにしがみつき、あえぎ、そして声をあげる。

「あぐぅ、うぐぅ、あっ、あっ……うふぅ……あああっ！」

よがり声にわたしのペニスはますますそそり立つ。

わたしは奇妙な声をあげ、そして果てた。

五分もしないうちに彼女は鼾をかいていた。わたしたちはふたりとも鼾をかいていた。

朝になって、わたしたちはシャワーを浴び、服を着た。「朝食を食べに連れていってあげるよ」と彼女に言う。

「いいわ」とメルセデスが答えた。「ところで、わたしたちはきのうの夜ちゃんとやったのかしら？」

「何てこった！　覚えていないのかい？　五十分間はやり続けていたよ」

信じられなかった。メルセデスは納得できないようだった。

わたしたちは角にある店まで出かけた。わたしは両面焼いた目玉焼きにベーコンとコーヒー、それにトーストを注文した。メルセデスの注文は、ホットケーキとハム、コーヒーだった。ウェイトレスが注文の品を運んできた。わたしは目玉焼きを食べ、メルセデスはホットケーキにシロップをかけた。

「あなたの言うとおりよ」と彼女が話しかける。「あなたがわたしとやったのは間違いないようね。ザーメンが流れ出てわたしの脚を伝っているわ」

わたしは彼女とは二度と逢わないことに決めた。

70

わたしは段ボール箱を持ってタミーの家に上がっていった。まず彼女が言っていたものを見つけ出した。それからほかのもの、残りのドレスやブラウス、靴、アイロン、ヘア・ドライヤー、ダンシーの衣類、食器や皿、写真のアルバム、などなどを集めていった。彼女の持ち物の中には重い籐椅子もあった。わたしはすべてを自分の家に運び下ろした。いろんなものがいっぱい詰まった段ボール箱が全部で八個から十個ほどになった。それらを居間の壁際に積み重ねた。

次の日、車に乗ってタミーとダンシーを駅まで迎えにいった。

「元気そうね」とタミーが言う。

「ありがとう」

「母親のところに一緒に住むわ。そこまで乗っけていってね。あの立ち退き命令には逆らえないわ。それにいやがられているのに住み続けたい人なんている?」

「タミー、きみのものはほとんど運び出したよ。段ボール箱に入ってわたしの家にある」

「わかったわ。少しの間預かっておいてもらえる?」

「いいよ」

それからタミーの母親が、彼女の姉に逢うためにデンバーに旅立っていった。彼女が発った日の夜、わたしは酒を飲もうとタミーの家を訪れた。タミーはクスリをきめていたが、わたしは一錠も飲んでいなかった。半ダース・パックのビールの四本目に手を出しながら、わたしが言った。

「タミー、きみがボビーのどこを気に入っているのかまるでわからないよ。あいつは何の取り柄もないじゃないか」

彼女は組んだ脚をぶらぶらさせている。

「あいつは自分のお喋りが人を夢中にさせると思っている」とわたしが続ける。

彼女は脚を前後にぶらぶらさせるだけだ。

「映画にテレビ、マリファナ、漫画の本、エロ写真、あいつの原動力はそれだけだ」

タミーは前よりも激しく脚を揺する。

「あいつがほんとうに好きなの？」

彼女は脚をぶらぶらさせ続けている。

「このいけすかない売女め！」とわたしは捨てぜりふを吐いた。

玄関に向かい、表に出てからドアをばたんと閉め、フォルクスに乗り込んだ。車の流れの中を、クラッチや変速レバーを痛めつけながら、ジグザグ運転で飛ばしまくった。

家に着くと、彼女のものがいっぱい詰まった段ボール箱をフォルクスに積み込んだ。レコード盤、毛布、おもちゃも加わった。当然フォルクスにはあまり積み込めない。

わたしは猛スピードでタミーの家に引き返した。車を寄せて二重駐車し、赤い駐車灯をつけっぱなしにした。車から段ボール箱を次々と引っ張り出して、ポーチに積み上げていく。その上に毛布とおもちゃを置き、呼び鈴を鳴らしてから走り去った。

二度目の荷物とともにわたしが引き返した時、最初の荷物は消えていた。また積み上げて、呼び鈴を鳴らし、ミサイルのように消え去った。

三度目の荷物とともに引き返すと、二度目の荷物が消えていた。新たにまた荷物を積み上げ、呼び鈴を鳴らした。そして夜明けの中へと走り去っていった。

家に帰って、ウォツカの水割りを片手に、あと何が残っているのかを確かめた。重い籐椅子とスタンド式のヘア・ドライヤーだ。できたとしてもあと一往復だ。椅子かドライヤーのどっちかだ。フォルクスに両方はいっぺんには入らない。

籐椅子にすることにした。午前四時になっていた。わたしは駐車灯を点滅させたまま車を家の前で二重駐車させていた。ウォツカの水割りを飲み干す。酔っぱらうにつれて力も出なくなってきていた。籐椅子を持ち上げたが、ひどく重かった。敷地の道を通って車まで運んだ。椅子を地面に置いて助手席側のドアを開ける。何とか籐椅子を押し込む。ドアを閉めようとしたが、椅子がはみ出している。わたしは椅子を車から引きずり出そうとした。はまり込んで出ない。悪態をついて、椅子を中に押し込んだ。籐椅子の脚が一本、フロントガラスを突き破って外に飛び出し、天を指している。ドアはやはり閉まりそうもない。ちゃんとは閉まらない。わたしはフロントガラスから飛び出た椅子の脚をもっと押し込んでドアを閉めようとした。びくともしない。椅子はぴったりとはまり込んでしまっている。脚を引っ張り出そうとした。まるで動かない。やけになって死にもの狂いで、押し込んだり引っ張ったり、引っ張ったり押し込んだりした。警官が来たら一巻の終わりだった。しばらく奮闘してへとへとになってしまった。わたしは運転席に乗り込んだ。通りに駐車できる場所は空いていなかった。閉まらないドアをぱたぱたさせながら、ピザ・パーラーの駐車場まで車を運転していった。ドアを開けたまま、天井のライトもつけっぱなしの状態で車をそこに置き去りにした。天井のライトはスイッチが壊れていた。フロントガラスは粉々に割れ、月夜に向かって椅子の脚が突き出ている。理不尽で狂気の沙汰としか思えない光景だ。殺人や暗殺といったところだ。わたしの美しい車よ。

通りを歩いて家に帰った。ウォツカの水割りを新たに作ってタミーに電話した。

「ねえ、にっちもさっちもいかなくなってしまったよ。きみの椅子が車のフロントガラスを突き破ってしまって、引っ張り出すこともできなければ、押し込むこともできないんだ。ドアも閉まらないときている。フロントガラスは粉々だ。どうすればいい？　助けてくれよ、お願いだから！」

「何か思いつくわよ、ハンク」

彼女は電話を切った。

わたしはまたダイヤルした。「ベイビー……」

彼女はすぐに切る。またかけると電話は受話器がはずされたままだ。ツー、ツー、ツー、ツー……。

わたしはベッドの上で大の字になった。電話が鳴った。

「タミー？」

「ハンク、ヴァレリーよ。今家に帰ってきたところなの。あなたの車がドアが開いたままピザ・パーラーの駐車場にとまっていると教えてあげようと思って」

「ありがとう、ヴァレリー、ドアが閉まらないんだよ。フロントガラスから籐椅子が突き出てしまっている」

「あら、気がつかなかったわ」

「わざわざ電話してくれて感謝するよ」

わたしは眠りについた。気になってよく眠れない。わたしはしょっぴかれ、調書をとられようとしている。

午前六時二十分に目が覚め、服を着てピザ・パーラーまで歩いていった。車はまだそこにあった。日が昇りつつある。

手を伸ばして、籐椅子を摑んだ。やっぱりびくともしない。頭に血がのぼり、罵声を浴びせながら、強引に引っ張り始めた。かっかとすればするほど、ますます手に負えなくなるようだ。突如として木が裂けた。わたしは励まされ、元気づけられる。引き裂かれた木片をわたしは摑んでいた。それに目をやってから、道に投げ捨て、また任務に戻った。また別の部分が裂ける。工場での日々、有蓋車の荷降ろしをしていた日々、冷凍魚の箱を持ち上げていた日々、肩に解体された家畜を担いで運んでいた日々が、今役に立っているというわけだ。いつも逞しかったが同時に怠け者でもあった。わたしは今椅子を粉々に引き裂いている。とうとう車から引きずり出すことができた。駐車場で椅子に猛攻をかけ、木っ端微塵にしてしまった。残骸を集めると、誰かの家の玄関の芝生にきちんと積み上げた。

フォルクスに乗り込み、敷地のそばに車をとめられるスペースを見つけた。あとはサンタフェ・アベニューの廃品置場を見つけて、新しいフロントガラスを手に入れればいいだけだ。あせることはない。家に戻り、冷たい水を二杯飲んで、ベッドについた。

71

四、五日が過ぎた。電話がかかってきた。タミーだった。

「何か用かい?」と尋ねる。

「ねえ、ハンク。わたしの母親の家まで車で送ってくれた時に小さな橋を渡ったでしょう?」

「ああ」

「ねえ、あのすぐそばの家の庭先で不用品市をやっているの。さっき行ってタイプライターを見つけたのよ。たった二十ドルで、ちゃんと使いものになるの。お願いだからわたしのために買ってよ、ハンク」

「タイプライターなんか何するつもり?」

「あなたには言ったことないけど、ずっと作家になりたかったのよ」

「タミー……」

「お願い、ハンク、最後のお願いだから。一生あなたの友だちでいてあげる」

「だめだ」

「ハンクったら……」

「ああ、ちくしょう、いいよ、わかったよ」

「橋のところで十五分後にね。急がないと売れてしまうわ。新しいアパートを見つけたの。フィルバートと兄貴が引っ越しを手伝ってくれているわ……」

十五分たっても二十五分たってもタミーは橋のところに現われなかった。フォルクスにまた乗り込んで、タミーの母親のアパートに向かった。フィルバートが段ボール箱をタミーの車に積んでいる。彼はわたしに気づかなかった。半ブロック離れて車をとめた。

タミーが出てきてわたしのフォルクスを見つけた。フィルバートは自分の車に乗るところだった。彼の車もフォルクスで黄色だった。タミーが彼に手を振って、「あとでね!」と声をかける。

それから彼女はわたしの方へと通りを下ってきた。わたしの車の近くまでくると、彼女は通りの真ん中で大の字になって寝っ転がった。わたしは待った。やがて彼女は起き上がり、車に近づいてきて、乗り込んだ。

車をスタートさせる。フィルバートは自分の車の中で座っていた。通り過ぎる時、わたしは彼に手を振った。彼は手を振り返さなかった。彼の目は哀しげだった。彼にとってはこれはまだほんの始まりにしかすぎない。

「わかると思うけど」とタミーが言う。「フィルバートとできちゃったの」

わたしは声を出して笑った。こらえきれなかった。

「急いだ方がいいわ。タイプはもうないかも」

「そのくだらない代物をどうしてフィルバートに買ってもらわないんだい？」

「ちょっと、あんたが買いたくないんだったら、ここで車をとめてわたしを降ろしてよ！」

車をとめて、ドアを開けた。

「いい、このくそったれ、タイプを買ってやるってあんたはわたしに言ったのよ！　買わないんなら、今すぐ金切り声をあげて、窓を叩き割ってやるから！」

「わかったよ、タイプライターはきみのものだ」

わたしたちは目的地に乗りつけた。タイプライターはまだあった。

「このタイプライターはこれまでずっと精神病院の中で使われていました」とそこにいた女性が教えてくれた。

「行くべき人の手にちゃんと渡るね」とわたしは答えた。

その婦人に二十ドル払い、車で引き返した。フィルバートはいなかった。

「ちょっとだけ入っていきたくない？」とタミーが尋ねる。

「いや、行かなくちゃ」

彼女は誰の手も借りずにタイプライターを運ぶことができた。ポータブルだった。

72

その次の週は飲み明かした。夜も昼も飲んで、哀しみに沈む失恋の詩を二十五篇か三十篇ほど書いた。

電話がかかってきたのは金曜日の夜のことだった。メルセデスだった。「結婚したの」と彼女が言う。「相手はリトル・ジャックよ。あなたがヴェニスで朗読した夜のパーティで逢っているわ。とても素敵な人でお金持ちなの。ヴァレーに引っ越すわ」

「よかったじゃないか、メルセデス、幸運を祈るよ」

「でもあなたと飲んだり喋ったりしたくてたまらないの。今夜行ってもいいかしら？」

「いいよ」

十五分もすると彼女は現われて、早速ジョイントを巻いたり、わたしの家のビールを飲んだりした。

「リトル・ジャックはいい男よ。一緒になれてしあわせ」

わたしはビールを啜る。

「セックスはもうしたくない」と彼女が言う。「中絶にはうんざりなの。中絶はほんとうにもうこりごり……」

「何かいい方法が見つかるよ」

「ただ葉っぱを吸ってお喋りしてお酒を飲むだけでいいの」

「わたしはそれだけじゃもの足りないね」

「あなたたち男がしたいのはセックスだけ」

「やりたいね」

「そう？　わたしはできないわ。わたしはセックスしたくない」

「まあ、くつろいで」

わたしたちはカウチに座った。キスはしなかった。メルセデスは話し上手ではなかった。話をしていても面白くない。しかし脚や尻や髪の毛は自慢してもいいものだったし、おまけに若いときている。面白い女たちにいろいろ出会っているが、メルセデスは番付の上位には顔を出さなかった。

ビールを流し込み、ジョイントをまわす。メルセデスは今もハリウッド人間関係研究所で同じ仕事をしている。彼女は自分の車に手を焼いている。リトル・ジャックは背が低くて太った男だ。彼女はヨーコ・オノの『グレープフルーツ』を読んでいる。妊娠中絶にうんざりしている。ヴァレーはいいところだが、彼女にとってはヴェニスも離れがたい。遊歩道を自転車で走りたくなることだろう。

どれぐらい長い間わたしたちが話していたのか、あるいは彼女だけが話していたのか、よくわからない。しかしかなり時間がたってから、車を運転して帰るには酔っぱらいすぎていると彼女が言い出した。

「服を脱いでベッドに入ったら」とわたしは言った。

「でもセックスはなしよ」

「きみのあそこには指一本触れないから」

彼女は服を脱いでベッドに入った。わたしも服を脱いでバスルームに行った。ワセリンの壜を持って出てきたわたしを彼女が見つめている。

「何をするつもりなの？」

「心配しないで、ベイビー、楽にして」

わたしはペニスにワセリンを塗りつけた。それから部屋の明かりを消してベッドにもぐり込んだ。

「後ろ向きになって」と彼女に声をかける。

片手を彼女の下にこじ入れて片方の乳房をまさぐり、もう一方の手を彼女のからだの上から回して反対側の乳房をまさぐった。彼女の髪の毛の中に顔を埋めるのは気持がいい。堅くなったわたしのものを彼女の尻の間に滑り込ませる。腰に手を回して、彼女の尻を思いきり引き寄せると、すっぽりと中に入った。「あうぅ」と彼女が声をあげる。

わたしは集中し始めた。奥深く突っ込んでいく。彼女の臀部は大きくて柔らかい。ぴたぴたと打ちつけているうちにわたしは汗をかき始めた。彼女を腹ばいにして、もっと奥まで突き進んだ。強く締めつけてくる。結腸の先まで押し込むと、彼女は悲鳴をあげた。

「黙れ！　こんちくしょうめ！」

彼女は強く締めつける。わたしはより奥深く侵入する。信じられないほどの締まり具合だ。もっと強く押し込もうとしたとたん、突然脇腹に激痛が走った。焼け火箸を突き刺されたような痛みだったが、かまうことなく続けた。彼女を背骨のところでまっぷたつに引き裂いてやる。わたしは狂人のような雄叫びをあげ、そして果てた。

彼女におぶさったままじっとしていた。脇腹の激痛は耐えがたかった。彼女は泣いている。

「まいったね」とわたしは声をかける。「いったいどうしたっていうんだ。きみのあそこには指一本触れていないよ」

わたしは彼女の上から下りた。

朝になって、メルセデスはほとんど口をきかないまま、服を着て、仕事に出かけていった。やれやれ、とわたしは思った。またひとり去られてしまった。

73

次の週、わたしの酒のペースが落ちた。新鮮な空気と日の光を求め、散歩もたっぷりしようと競馬場に出かけた。夜になると、酒を飲みながら、自分が今も生きながらえているのはどうしてなのか、悪だくみはどうして破綻しないのか、と物思いに耽った。キャサリンやリディア、それにタミーのことを考えた。気分はあまりよくなかった。

その週の金曜日の夜、電話がかかってきた。メルセデスだった。

「ハンク、ちょっとお邪魔したいんだけど。でもお喋りとビールとジョイントだけよ。ほんとうにそれだけ」

「来たいんだったらおいでよ」

半時間もするとメルセデスが現われた。意外なことに、彼女はとても素敵に思えた。彼女がはいているほど短いミニ・スカートにはこれまでお目にかかったことがなかったし、その脚も見事なものだった。しあわせな気持になって彼女にキスをした。彼女はわたしから逃れる。

「あのあと二日間も歩けなかったのよ。わたしのお尻をもう二度と引き裂かないでね」

「わかった、絶対にしないよ」

いつもと同じだった。わたしたちはカウチに座り、ラジオをつけ、お喋りをして、ビールを飲み、マリファナを吸った。何度も何度も彼女にキスをした。キスせずにはいられない。彼女はその気になってきたようだったが、セックスはできないと言い張っていた。リトル・ジャックが彼女を愛している。愛はこの世でとても大切なものだ。

「確かにそのとおりだよ」とわたしが言う。

「あなたはわたしを愛していないわ」

「きみは結婚している」

「わたしはリトル・ジャックを愛していない。でも彼のことが好きでたまらないの。そして彼はわたしを愛してくれているわ」

「素敵じゃないか」

「誰かを愛したことってあるの？」

「四回ある」

「どうなったの？　そのみんなは今夜どうしているのかしら？」

「ひとりは死んでしまった。ほかの三人は違う男と一緒になっている」

その夜わたしたちはいつまでもお喋りをし、数えきれないほどの本数のジョイントを吸った。午前二時頃になってメルセデスが言った。「飛びすぎちゃって車で家に帰れないわ。車をめちゃめちゃにしてしまう」

「服を脱いでベッドに行けば」

「いいわよ。でもいいことを思いついたわ」

「どんな？」

「あなたがマスをかくところを見たいの！　あなたが発射させるところを見たいわ！」

「わかった、望むところだね。そうしよう」

メルセデスは服を脱いでベッドに向かった。わたしも脱いで、ベッドのそばに立つ。「そこに座ればもっとよく見えるよ」

メルセデスがベッドの縁に腰をかける。わたしは掌にぺっぺっと唾をかけて、自分のペニスをしごき始めた。

「うわぁ」とメルセデスが声をあげる。「どんどん大きくなっていくわ！」

「うっ、はぁ……」

「すごく大きくなった！」

「うっ、はぁ……」

「すごい、青筋が立って紫色に光ってる！　ぴくぴくしてる！　おぞましいわ！」

「あぁー」

自分のペニスをしごき続けながら、彼女の顔に近づけていった。彼女は熱心に見つめている。今にもいきそうになったところで、しごくのをやめた。

「あら」と彼女が声を洩らす。

「ねえ、もっといいことを思いついた……」

「何なの？」

「きみがしごくんだ」

「いいわ」

彼女がやり始める。「これでいいのかしら？」

「もう少し強く。掌に唾を吐きつけて。そして全体をこすっておくれ。全部をね、先っちょのところだけじゃなく」

「いいわ……うわっ、見て……ジュースをほとばしらせるところを見たいわ！」

「やめないで、メルセデス！　うわおっ！」

わたしは今にもいきそうになる。彼女の手をペニスから引き離す。

「いやっ、何するの！」とメルセデスが言う。

彼女は前に乗り出して、わたしのペニスを口に含んだ。彼女は頭を前後に動かしてしゃぶり始める。しゃぶりながら、舌先をわたしのペニスじゅうに這わせる。

「ああ、この売女め!」

それから彼女はわたしのペニスをくわえるのをやめる。

「続けてくれ! やめるな! いかせておくれ!」

「だめ!」

「くそったれ、そういうつもりなら!」

彼女をベッドの上に後ろ向きに押し倒し、その上に飛びかかった。荒々しくキスをして、ペニスをぶち込む。激しく腰を動かして彼女を攻め立てる。うめき声をあげ、わたしは果てた。彼女のからだの奥深くまで思いきりぶちまける。

74

大学で朗読会をするためにイリノイまで飛ぶことになった。朗読は大嫌いだったが、家賃の足しにもなるし、本の売り上げを伸ばすのにも役立つ。イースト・ハリウッドからこのわたしを引っ張り出し、ビジネスマンやスチュワーデス、冷たい飲み物や小さなナプキン、それにピーナッツなどが道連れの空の旅へと誘ってくれるのも、すべて朗読会のおかげだった。

一九六六年からの文通相手のウィリアム・キーシングという詩人がわたしを待ち受けてくれていた。わたしが彼の作品を知ったのは、ダグ・ファジックが編集していた『ブル』の誌面で、その雑誌は謄写版印刷雑誌の先駆者的存在にして謄写版印刷革命の担い手でもあった。わたしたちの誰ひとりとして言葉本来の意味で文学的というわけではなかった。ファジックはゴムの工場で働いていたし、元海兵隊員で朝鮮帰りのキーシングは、服役したことがあり、女房のセシリアに養ってもらっていた。わたしは郵便局員として一晩に十一時間働いていた。ちょうどその頃マーヴィンも悪魔についての奇妙な詩を携えてシーンに登場してきたのだった。悪魔について書かせたらアメリカではマーヴィン・ウッドマンの右に出る者はいなかった。おそらくスペインでもペルーでもそうだったはずだ。わたしはその頃夢中で手紙を書いていた。四枚にも五枚にもなる手紙をみんなに書き、クレヨンで封筒や便箋を派手に彩っていた。元海兵隊員でムショ帰りで麻薬中毒（彼はおもにコデイン専門だった）のウィリアム・キーシングに手紙を書き始めたのもちょうどその頃だった。

それから何年も過ぎた現在、ウィリアム・キーシングは非常勤ながら大学で教鞭を執る仕事を確保していた。麻薬に耽りながら、まがりなりにもひとつかふたつ学位をものにしていたというわけだ。誰であろうと何かを書きたいと思っている者にとって教職は危険な職業だから用心しろと彼に伝えておいた。しかし少なくとも彼は自分のクラスでチナスキーをふんだんに教えてくれている。

キーシングとその妻が空港で待っていた。わたしは身のまわりの荷物だけだったので、すぐに車に向かうことができた。

「まいったね」とキーシングが言う。「そんないでたちで空港から出てくる人なんてこれまでに見たことがないよ」

わたしは死んだ父親のオーバーコートを着ていた。それはわたしにはあまりにも大きすぎた。ズボンは長すぎ、折り返しの部分が完全に靴を覆ってしまっていたが、ちぐはぐな靴下をはいていたのでそれはそれで都合がよかった。その靴は踵がつぶれてしまっている。わたしは理髪店が大嫌いだったので、髪の手入れをしてくれる女性がいない時は自分で髪を切っていた。髭を剃るのも嫌いなら、長い顎鬚も嫌いだったので、二、三週間に一度自分で鋏を入れていた。視力も悪かったが、眼鏡が嫌いなので、何かを読む時以外はかけなかった。まだ自前の歯だが、本数は減っている。長年の飲酒でわたしの顔や鼻は赤くなっていたし、眩しさに目をしばたたかされ、いつでも目を細めてその隙間からあたりを見ていた。どんなどや街に行ってもたちまちのうちに溶け込めるはずだ。

車が走り出す。

「まるで違う人を想像していましたわ」とセシリアが言う。

「えっ？」

「つまり、あなたの声はとても穏やかだし、とても優しそうな人のようなんですもの。酔っぱらって悪態をつき、まわりの女たちにちょっかいを出しながらあなたが飛行機から降りてくるんじゃないかってビルは思っていたんですよ」

「むりやり野卑なふるまいに出るようなことはないよ。自然のままにまかせているんだ」

「朗読は明日の夜になっているから」とビルが言う。

「いいね、今夜はみんなで楽しもう、何もかも忘れて」

車は走り続ける。

その夜のキーシングは手紙や詩と同じように興味深い人物だった。時折そうなることはあっても、話をしていて話題が文学の方にいくのを巧みに避けるこつを彼は心得ている。わたしたちはほかの話をした。詩人に関して、その手紙や詩は素晴らしくても、人柄までいいという人物に、わたしはなかなか恵まれなかった。ダグラス・ファジックに逢った時も、好印象は持てなかった。ほかの作家とはつきあわず、ひたすら自分の仕事をする、あるいはしなくてもいいが、それがいちばんだった。

セシリアは早めに寝室に引っ込んだ。朝出かけなければならない仕事があった。

「セシリアはわたしと離婚しようとしているんだ」とビルが教えてくれる。「彼女を責められない。麻薬をやったり、ひどいことをしたり、わたしのあらゆることに彼女はもううんざりなんだ。何年間も我慢したからね。これ以上はもうむりってわけさ。彼女とはもうほとんど寝ていないよ。彼女はまだ十代の子供とつきあっている。彼女が悪いんじゃないよ。わたしはここから出て、自分の部屋を見つけたんだ。ふたりでそっちに行って寝ることもできるし、わたしだけそっちに行って眠り、きみはこっちに泊まったっていい。あるいはふたりともこっちにいたっていいんだ。わたしはどうだってかまわないよ」

キーシングは錠剤を何錠か取り出して、それを呑み込んだ。

「ふたりともここで泊まろう」とわたしが言った。

「ほんとうによく飲むね」

「ほかにすることもないし」

「鉄の胃袋の持ち主に違いない」

「そうでもないよ。前に穴があいたことがあるんだ。でもその穴が自力で元に戻った時は、最強の溶接以上に頑丈になっているそうだよ」

「いつまでその調子でやっていけると思う?」と彼が尋ねる。

「すべて計画済みなんだ。わたしは二〇〇〇年になって八十歳になったら死ぬよ」

「そいつは不思議だね」とキーシングが言う。「それこそわたしが死のうとしている年なんだ。二〇〇〇年。そんな夢を見たこともあるよ。わたしが死ぬ日や、死ぬ瞬間のことを夢に見たことだってある。いずれにしても、それが二〇〇〇年なんだ」

「ぴったりでいい数字じゃないか。気に入っているよ」

わたしたちはそれからもう一、二時間ほど飲んだ。わたし用の臨時の寝室があった。キーシングはカウチで眠った。セシリアが真剣に彼を放り出そうとしているのは疑いようがない。

翌朝十時半に起きた。ビールがまだ何本か残っている。どうにか一本目を飲み干した。二本目にとりかかった時、キーシングが入ってきた。

「おやまあ、どうしてそんな芸当ができるんだ? その戦線復帰ぶりはまるで十八の若者だね」

「わたしにだってひどい朝はあるさ。今日はそうじゃないってだけだよ」

「一時から英語の授業なんだ。しゃきっとしなくちゃね」

「コカインでもやれば」

「腹の中に何か入れなくちゃ」

「半熟の茹で卵をふたつ食べればいい。チリ・パウダーかパプリカをちょっとつけて食べるんだ」

「きみにもふたつほど茹でようか？」

「ありがとう、頼むよ」

電話がかかってきた。セシリアだった。ビルは少し話をして、それから電話を切った。

「大竜巻が接近している。この州の歴史が始まって以来、一、二の大きさだよ。ここを襲っていくかもしれない」

「わたしが朗読する時はいつも何かが起こる」

気がつくとあたりは暗くなり始めている。

「授業は中止になるかもしれないね。難しいところだ。何か食べなくちゃ」

ビルは卵を火にかけた。

「きみはわたしの理解を超えているよ」と彼が言う。「二日酔いの気配すらない」

「わたしは毎朝二日酔いだよ。それが正常なんだ。適応してしまったのさ」

「それだけ飲んだくれていても、きみはいまだにすごいやつを書き続けている」

「そういうふうに持っていくなよ。多種多様の女たちのせいかもしれない。卵を茹ですぎないようにね」

わたしはバスルームに入って、糞をした。便秘に悩まされるようなことはなかった。終えて外に出ようとした時、「チナスキー！」とビルが大声で呼んだ。

裏庭で彼の声がする。彼は吐いていた。それから部屋の中に入ってきた。

哀れなこの男は、ほんとうに気分が悪そうだ。

「少し重曹を飲めよ。ヴァリウムはあるの？」

「ない」

「それなら重曹を飲んだ後、十分間待って、ぬるいビールを飲むんだ。今グラスに注いでおけば、部屋の空気でぬるくなるよ」

「ベンゼドリンならあるけど」

「飲めよ」

あたりはますます暗くなっていく。ベンゼドリンを飲んでから十五分ほどして、ビルはシャワーを浴びた。シャワーを浴びて彼は元気を取り戻したようだ。ピーナッツバター・サンドイッチと薄く切ったバナナを食べる。何とか平らげようとしている。

「きみは今も奥さんを愛しているんだね、そうじゃないのかい？」とわたしは尋ねた。

「もちろんだよ」

「気休めにもならないのはわかっているよ、でも誰でも少なくとも一度はこんな目にあっているんだと思って納得しようとしてみたら」

「気休めにもならない」

「女にひとたび背かれたら、忘れてしまうことだ。最初は愛してくれている。そのうち彼女たちの中で何かが変わる。同じ女なのに、きみがどぶの中で死にそうになっていても手をこまねいているだけだし、車で轢き殺しもすれば、唾を吐きかけたりもする」

「セシリアは素晴らしい女性だよ」

ますます暗くなってきた。「もう少しビールを飲もうよ」とわたしが言う。

ふたりで座ってビールを飲んだ。あたりは本格的に暗くなり、強風が吹き始めた。ふたりともあまり喋らなかった。わたしは彼に逢えて嬉しかった。彼はほとんどたわごとやおべんちゃらを言わない。彼は疲れきっている。それがいいように作用していたのかもしれない。彼が自分の詩でいい思いをしたことは合衆国では一度もなかった。オーストラリアでは気に入られていた。いつかそのうちにこの国でも見出されるかもしれないし、見出されないままかもしれない。もしかして二〇〇〇年には。彼はいかつくてずんぐりとした男だ。喧嘩が強く、場数も踏んでいることはすぐにわかる。わたしは彼が好きだった。

わたしたちは静かに飲み続けた。電話が鳴った。またセシリアだ。大竜巻は通り過ぎた。というか正確に言えば、直撃をまぬがれた。ビルは自分のクラスの授業に行き、わたしは夜になると朗読をする。いいぞ。すべては順調だ。わたしたちはみんな仕事にあぶれることもない。

昼の十二時半頃になると、ビルはノートや必要なものすべてをバックパックに放り込み、自転車にまたがって大学の方へとペダルをこいでいった。


午後もなかばにセシリアが帰ってきた。

「ビルはちゃんと出ていったかしら？」

「ああ、自転車に乗っていったよ。元気そうだった」

「どんなふうに元気だった？　クスリはやっていなかったの？」

「とにかく元気そうだったよ。ちゃんと食事もしたし、何もかもね」

「わたしは今も彼を愛しているのよ、ハンク。もうこれ以上やっていけないだけなの」

「確かにね」

「あなたをここに呼ぶことが、彼にとってはどれほど大切なことだったか、わかってもらえるかしら。あなたの手紙をわたしによく読んで聞かせてくれたわ」

「淫らだった、そうだろう？」

「いいえ、おかしかったわ。わたしたちを笑わせてくれた」

「セックスしよう、セシリア」

「ハンク、またお遊びをしようとしているのね」

「きみはぽちゃぽちゃして可愛い人だよ。この身を埋めさせておくれ」

「酔っぱらってるわよ、ハンク」

「きみの言うとおりだ。気にしないでおくれ」

75

その夜またひどい朗読をしてしまった。わたしは気にならなかった。彼らも気にしなかった。一個のりんごを食べたことでジョン・ケージが千ドル貰えるのなら、欠陥商品だったこのわたしは五百ドルと航空運賃で手を打とう。

会が終わってからはいつもと同じだった。若くぴちぴちしたからだで、種火のように目を輝かせた可愛い女子大生たちが現われ、わたしの本にサインをせびる。時には一晩でそのうちの五人とセックスをして、それっきり永遠にお払い箱にしてしまいたい気分に襲われることもあった。教授がふたりほど顔を出し、ただの間抜け野郎でしかなかったわたしに軽蔑の笑いを浮かべる。きっと気分がいいに違いない。今こそ自分たちがタイプライターに向かういい機会だと思っているようだ。

わたしは小切手を手に入れて会場を後にした。限られた人たちだけの、小さな集まりが後でセシリアの家で行なわれることになっていた。それも暗黙のうちの契約事項に入っている。女性の数は多いにこしたことはないが、セシリアの家ではわたしのチャンスはないに等しかった。ちゃんとわかっていた。案の定、翌朝わたしは自分用のベッドで目を覚ました。もちろんひとりで。

その朝もビルは気分がすぐれなかった。昨日とは別の授業が一時からあり、こう言い残して出かけていった。「セシリアが車で空港まで送るから。わたしはもう行くよ。もったいぶったさよならは、なしにしよう」

「いいよ」

ビルはバックパックを背負い、自転車を押しながらドアから出ていった。

76

LAに帰ってから一週間半ほどたっていた。夜のことだ。電話がかかってきた。セシリアで、すすり泣いている。「ハンク、ビルが死んだの。あなたに最初に電話したのよ」

「ああ、セシリア、いったい何と言ったらいいのか」

「あの時来てくれてほんとうに嬉しかったわ。あなたが帰ってからもビルはあなたのことしか話さなかった。あなたの訪問が彼にとってはどれほど重要なことだったかわからないでしょうね」

「いったい何があったんだ?」

「すごく気分が悪いって言うから病院に連れていったら、二時間もしないうちに息を引き取ってしまった。麻薬のやりすぎだってみんなは思うでしょうけど、でも彼はそうじゃなかった。離婚しようとしていたけど、彼を愛していたのよ」

「信じるよ」

「こんなことであなたの邪魔をしたくないわ」

「気にしないで、ビルはきっとわかってくれるよ。何を言えばきみの力になれるのかまるでわからない。ちょっとしたショック状態なんだ。きみがだいじょうぶでいるかどうか後で電話させておくれ」

「してくださる?」

「もちろん」

わたしは酒をグラスに注ぎながら、これこそが飲酒の問題点だと思った。何かひどいことが起こると、忘れようとして酒を飲む。何かいいことが起こると、お祝いだと称して酒を飲む。そして何も起こらないと、何かを起こそうと酒を飲む。

ビルは病的でふしあわせそうではあったが、今にも死ぬような人間には見えなかった。こうした死は特に珍しいことではなかったし、わたしたちは死について熟知し、ほとんど毎日のようにそのことを考えていた。

そうであったにもかかわらず、予期せぬ死に出会い、その死者がそうそうお目にはかかれない愛すべき人物だったりすると、たとえどれほど多くのほかの人たち、善人や悪人、得体の知れない人たちが死んでいようと、その辛さは一入《ひとしお》だった。

その夜、セシリアに電話をかけなおした。次の夜もかけた。その次の夜もかけた。それっきりやめてしまった。

77

ひと月が過ぎた。ドッグバイト・プレスの編集者のR・A・ドゥワイトがキーシングの選詩集の序文をわたしに執筆してくれないかと手紙で依頼してきた。キーシングは、その死にともない、オーストラリア以外のところでも、ようやく少しは認められるようになりつつあった。

それからセシリアが電話してきた。「ハンク、R・A・ドゥワイトに逢いにサンフランシスコに行くことになったわ。ビルの写真が何点かとまだ出版されていない作品がわたしの手もとにあるの。ドゥワイトと一緒に検討したいの。それから何を出版すべきか決めるわ。でもその前にまずは一日か二日LAに寄りたいの。空港まで来てもらえるかしら？」

「いいとも、わたしのところに泊まっていいよ、セシリア」

「どうもありがとう」

彼女は到着時間を教えてくれた。早速トイレをきれいに掃除して、バスタブの汚れをこすり落とし、ベッドのシーツと枕カバーも新しいものに取り替えた。

セシリアは午前十時の便で到着した。わたしが迎えにいくには地獄のような到着時間だった。彼女は少し太り気味だとしても、なかなかの美人だ。がっちりとして、小柄で、こざっぱりとした中西部ふうの女性だ。独特なお尻の振り方で、男たちの目を引く。力強く、ちょっぴり不気味でなおかつセクシーな動きだった。

わたしたちはバーで手荷物が出てくるのを待った。セシリアは酒を飲まなかった。彼女はオレンジ・ジュースを注文した。

「空港や空港にいる旅人たちがわけもなく気に入っているの、あなたもそうじゃない？」

「嫌いだね」

「みんなとても興味深いわ」

「鉄道やバスで旅する人たちよりも金を持っているだけさ」

「グランド・キャニオンの上を飛んできたわ」

「そう、そこを通ってくる」

「ここのウェイトレスたちったらあんなに短いスカートをはいている！　ほら、パンティが見えちゃうわよ」

「チップがいいんだ。みんな高級分譲マンションに住んでMGを乗り回しているよ」

「飛行機に乗っている人たちはみんなとっても素敵だったわ！　隣の席の男の人なんてわたしに飲み物を買ってくれようとしたの」

「きみの荷物を取りにいこう」

「R・Aが電話してきて、ビルの選詩集のあなたの序文を受け取ったって言ってたわ。電話で少し読んでくれたの。素晴らしかったわ。感謝してるわ」

「気にしないで」

「どうやってあなたにお返しをすればいいのか」

「ほんとうにお酒は何も飲みたくないの？」

「めったに飲まないの。もしかしたら後で」

「何が好きなのかな？　わたしの家に帰った時のために何か買ってこよう。きみには気兼ねすることなく、のんびりとくつろいでもらいたいんだ」

「わたしたちのことをビルが見下ろしていて、きっとしあわせな気持になっているはずよ」

「そう思うかい？」

「ええ！」

手荷物を取って、駐車場に向かった。

78

その夜、どうにかしてセシリアに二、三杯の酒を飲ませることができた。彼女は自制心をなくし、脚を高く組んだりした。わたしは彼女のむっちりとした太腿をたっぷりと拝ませてもらった。長持ちしそうだ。乳牛のような女で、乳牛の乳房に乳牛の目をしている。彼女なら何人でも相手にできる。キーシングは見る目があった。

彼女は動物を殺すのには反対で、肉は食べなかった。自分に肉がつきすぎているからだと思う。あらゆるものが美しい、とわたしに教えてくれる。この世の美しさはすべてわたしたちのもので、わたしたちはただ手を差し伸べて触れるだけでいい。すべては目の前にあり、すべてはわたしたちの思いのままになる。

「きみの言うとおりだよ、セシリア」とわたしは相槌をうった。「もう一杯どうだい」

「目がまわるわ」

「少しぐらい目がまわったってどうってことないよ」

セシリアがまた脚を組み、彼女の太腿がちらっと目に入る。うんと上の方まで覗き込めた。ビル、今のきみにはこの太腿をどうすることもできないよ。きみはいい詩人だったよ、ビル、でもそれがどうしたっていうんだ、きみは自分の書いた作品以上のものを残していってくれたじゃないか。それにきみが書いたものにはこんな太腿などなかった。

セシリアはもう一杯飲み、それから飲むのをやめた。わたしは飲み続けた。

女たちはみんないったいどこからやってきたのか？　永久に尽きることはない。ひとりひとりにそれぞれの個性があり、ひとりとして同じではなかった。あそこも違っていれば、キスもひとりひとりまるで違うし、乳房も違っている。しかしどんな男だろうと彼女たちをすっかり味わいつくすことはできない。脚を組んで、男をその気にさせている女たちがあまりにも多すぎる。何たるご馳走だ！

「ビーチに行きたいわ。わたしを連れていってくれる、ハンク？」とセシリアが尋ねる。

「今夜かい?」

「いいえ、今夜じゃないわ。でもここを発つまでにいつか」

「いいよ」

セシリアはアメリカ・インディアンがどんなふうに虐待されたかといった話をした。それからそのことについて文章を書いたが、まだ誰にも見せていないと言った。彼女はノートをつけていた。彼女がやろうとすることを、ビルは励ましたり手助けしたりしていた。彼女が尽力してビルは大学に行くことができたのだ。もちろん復員兵援護法もまた大きな助けになっていた。しかしいつでもコデインが顔を出した。彼はコデインなしではいられなかった。彼女は別れると何度も脅したが、効果はなかった。そして今わたしはセシリアに話しかけている。

「これを飲めよ、セシリア、そうすりゃ忘れられるよ」

彼女になみなみと注ぐ。

「あら、そんなにいっぱい飲めないわ!」

「脚をもっと高く組むんだ。きみの脚をたっぷり見せておくれ」

「ビルがわたしにそんな言い方をしたことは一度もなかったわよ」

わたしは飲み続け、セシリアは喋り続けた。しばらくするとわたしはもう耳を傾けていなかった。真夜中はとうに過ぎている。

「ねえ、セシリア、ベッドに行こう。酔っぱらっちゃったよ」

寝室に行って、服を脱ぎ、寝具の下にもぐり込んだ。部屋を横切りバスルームに入る彼女の足音が聞こえる。わたしは寝室の明かりを消した。すぐに彼女がやってきて、ベッドの反対側にもぐり込む気配がした。

「おやすみ、セシリア」と声をかける。

彼女を引き寄せた。彼女は真っ裸だった。まいった、とわたしは思った。キスを交わす。長くて熱いキスだった。唇が離れる。

「セシリア」

「なあに？」

「そのうちきみとはやるからね」

わたしは寝返りを打って眠りについた。

79

ボビーとヴァレリーがやってきて、わたしはみんなを紹介し合った。

「ヴァレリーと休暇を取って、マンハッタン・ビーチの海辺の部屋を借りようとしているんだ」とボビーが言う。「きみたちも一緒に来ればいいじゃないか。部屋代も折半できるし。寝室もちゃんとふたつあるよ」

「だめだよ、ボビー、むりだね」

「あら、ハンク、お願い！」とセシリアが割って入る。「海が大好きなの！　ハンク、そこに行けるのなら、あなたと一緒にお酒だって飲むわ。約束する！」

「わかったよ、セシリア」

「いいぞ」とボビーが受ける。「今日の夕方に発とう。六時に迎えにくるから。一緒に夕食もとろうよ」

「それはいいわね」とセシリアが言う。

「ハンクと一緒に食事をすると楽しぃのよ」とヴァレリーが言う。「この前のこと、わたしたちは彼と一緒に出かけて、豪華なお店に入ったの。するとすぐに彼はボーイ長にこう言ったのよ。『この人たちにはコール・スローとフレンチ・フライだ。どっちもダブルでな、飲み物を水で薄めるんじゃないぞ、さもなきゃその上着とネクタイとをいただいちゃうからね！』」

「待ち切れないわ！」とセシリアが声をあげた。


午後の二時頃、セシリアは健康のために散歩に行きたがった。わたしたちは敷地内を歩きまわった。彼女はポインセチアに気づく。茂みにまっすぐ歩いていって、ポインセチアに顔を埋め、指先で愛《め》でる。

「ああ、とってもきれい！」

「みんな枯れちゃうんだよ、セシリア。ほら、よく見ればみんなしぼんでいるだろう？　スモッグのせいなんだ」

椰子の木の下を散歩した。

「どこにでも小鳥がいるわ！　何百羽という小鳥よ、ハンク！」

「そして何十四もの猫もね」

ボビーやヴァレリーと一緒にマンハッタン・ビーチまで車を走らせ、海に面したアパート式ホテルに入ってから、食事に出かけた。ディナーはまずまずだった。セシリアは食事の時に一杯だけ酒を飲み、自らの菜食主義について延々と説明してくれた。彼女はスープにサラダ、そしてヨーグルトというメニューで、あとの三人はステーキにフレンチ・フライ、フランスパンにサラダだった。ボビーとヴァレリーは、塩と胡椒の振りかけ容器に二本のステーキ・ナイフ、それにわたしがウェイターに残したチップまで失敬してきた。

途中で、酒と氷と煙草を仕入れてから、アパートの部屋に帰った。一杯の酒のせいで、セシリアは笑い上戸にして喋り上戸になり、動物にも魂があると滔々とまくしたてた。誰も彼女に反論しようとしなかった。反論できる、と誰もが思っていた。ただ、では果たして自分たちには魂があるのか、みんなあやふやだっただけだ。

80

わたしたちは飲み続けた。セシリアはもう一杯だけ飲んでやめた。

「外に出て月や星を見たいわ」と彼女が言う。「表はとても素敵よ！」

「いいよ、セシリア」

彼女は外に出て、プールのそばまで行き、デッキ・チェアに座った。

「ビルが死んだのもむりはないね」とわたしは言った。「彼は餓死したんだ。彼女は絶対に譲らなかったんだ」

「ディナーであなたがお手洗いに立った時、彼女もあなたのことを同じように噂していたわよ」とヴァレリーが教えてくれる。『あら、ハンクの詩は情熱の塊よ。でも本人はまるでそんなことないわ！』ってね」

「いつも神様と同じ馬にわたしが賭けるとはかぎらないんだ」

「彼女とはもうやったの？」とボビーが尋ねる。

「いや」

「キーシングはどんな男だった？」

「申し分ないよ。でも彼女と一緒にいてよく我慢できたものだね。コデインやクスリに救いを求めていたからかもしれない。おそらく彼女は彼にとっては大きなフラワー・チャイルドの看護婦のような存在だったんだろうね」

「勝手にしろだ」とボビーが言う。「さあ、飲もうぜ」

「ああ、もしも酒を飲むかセックスをするかどちらかを選べと言われたら、わたしはセックスをやめちゃうだろうね」

「セックスは面倒ごとの種よ」とヴァレリーが言う。

「女房が外で誰かとやっていたら、俺はパジャマに着替えてシーツをすっぽりかぶって眠ってしまうね」とボビーが答える。

「彼はさばけているのよ」とヴァレリー。

「わたしたちの誰ひとりとしてセックスをどう役立てればいいのかちゃんとわかっていない、セックスをどう扱えばいいのかね」とわたしが言う。「ほとんどの人にとってセックスはただのおもちゃだ……ねじを巻いて、ただ走らせるだけ」

「愛はどうなの？」とヴァレリーが聞く。

「精神的な負担がかかりすぎても何とかやっていける人には、愛は問題ないんじゃないかな。中身がはみ出しそうなごみの缶を背負って、今にも溢れんばかりの小便の河を越えようとするようなものさ」

「あら、そこまでひどくはないわよ！」

「愛とは偏見のひとつのかたちさ。わたしはすでにあまりにも多くのほかの偏見を持ってしまっている」

ヴァレリーは窓辺に近づいた。

「みんな楽しんでいるわ。プールに飛び込んだりして。でも彼女は表でひとり月を見ている」

「旦那が死んだばかりなんだ」とボビーが言う。「一息つかせてやれよ」

わたしはボトルを手にして自分の寝室に向かった。服を脱いでパンツ一枚になり、ベッドに入った。すべてが調和とはほど遠い。人はそれが何であれ、目の前のものにがむしゃらにしがみつく。共産主義、健康食品、禅、サーフィン、バレエ、催眠術、グループ・エンカウンター、乱交パーティ、自転車乗り、ハーブ、カトリック教、ウェイト・リフティング、旅行、蟄居、菜食主義、インド、絵画、創作、彫刻、作曲、指揮、バックパッキング、ヨガ、性交、ギャンブル、酒、盛り場漫歩、フローズン・ヨーグルト、ベートーヴェン、バッハ、仏陀、キリスト、超越瞑想法、ヘロイン、人参ジュース、自殺、手作りのスーツ、ジェット旅行、ニューヨーク・シティ。そしてすべてはばらばらになって消え去ってしまう。人は死を待つ間、何かすることを見つけなければならない。選べるというのはなかなかいいことだ思う。

わたしも自分が何をしたいのか選んだ。ウォッカの五分の一ガロン壜をつかんでそのままラッパ飲みした。ロシア人だってわかっていたのだ。

ドアが開いてセシリアが入ってきた。低めで逞しいからだつきの彼女はなかなか素敵だ。アメリカの女性は、たいてい痩せすぎているかスタミナがないかのどちらかだ。ちょっとでも手荒に扱うと、彼女たちはすぐに支障をきたして、神経症になったりする。いきおい相手の男たちは、スポーツ狂かアルコール中毒、はたまたカー・マニアにならざるをえない。ノルウェー人やアイスランド人、それにフィンランド人などは、女性のからだつきがどうあるべきかよくわかっている。肩幅が広くてがっちりとしていて、大きな尻に大きな腰、大きくて白い太腿、大きな頭、大きな口、大きな乳房、豊かな髪の毛、大きな目、大きな鼻の孔、そして肝腎のあそこは、大きからず、小さからず。

「やあ、セシリア。ベッドにお入り」

「外は素敵だったわ、今夜は」

「そうだろうね。こっちに来て挨拶しておくれ」

彼女はバスルームに入っていった。わたしは寝室の明かりを消した。しばらくして彼女が出てきた。彼女がベッドに入るのがわかった。闇に包まれていたが、カーテンを通して微かな明かりが入り込んできている。彼女に五分の一ガロン入りの壜を手渡した。彼女は一口啜り、それからボトルをわたしに返す。わたしたちは枕をクッション代わりに、上半身をヘッドボードにもたせかけていた。お互いの腿が触れ合っている。

「ハンク、月は細い銀の筋にしかすぎなかったけど、星は眩しく輝いていて、とてもきれいだった。いろいろ考えさせられちゃうと思わない、そうでしょう？」

「ああ」

「何百万光年も前に消滅してしまった星もあるというのに、わたしたちは今もその星を見ることができるのよ」

手を回してセシリアの頭を自分の方に引き寄せた。彼女の口が開く。濡れていい感じだ。

「セシリア、やろうよ」

「したくないわ」

わたしにもやりたくない気持が幾分なりともあった。だからこそわざわざ声をかけて確かめたのだ。

「やりたくないって？　じゃあどうしてあんなふうにキスするんだ？」

「人は時間をかけてお互いを知っていくべきだと思うの」

「そんなにのんびり構えてられない時だってあるよ」

「わたしはしたくないの」

わたしはベッドから出た。パンツ一枚で歩いていって、ボビーとヴァレリーの部屋のドアをノックした。

「どうしたんだ？」とボビーが尋ねる。

「彼女がわたしとやろうとしないんだ」

「だから？」

「泳ぎに行こう」

「遅すぎるよ。プールも閉まっている」

「閉まっている？　水はあるよ、そうだろう？」

「つまり、明かりは消えているってことさ」

「そんなの平気さ。彼女はわたしとやろうとしない」

「水着もないじゃないか」

「パンツをはいているよ」

「わかった。ちょっと待って……」


ボビーとヴァレリーが、からだにぴったりの新しい水着を見事に身に纏って現われた。ボビーがコロンビア産のマリファナ煙草をまわしてくれ、わたしは一服吸った。

「セシリアの何が問題なんだ？」

「キリスト教徒ふうのまともな性質」

プールに向かう。確かに明かりは消えている。ボビーとヴァレリーは、縦一列になってプールの中に飛び込んだ。わたしはプールの縁に座って、脚をぶらぶらさせていた。五分の一ガロン壜のウォツカを啜る。

ボビーとヴァレリーが同時に水面に浮かび上がった。ボビーがプールの端まで泳いでくる。そしてわたしの片方のくるぶしを引っ張る。

「さあ、このくそったれ！　根性のあるところを見せろよ！　飛び込め！」

ウォツカをもう一口飲んでから、ボトルを横に置いた。わたしは飛び込まなかった。プールの縁から用心深く身を屈めた。そして水の中に入った。暗い水の中は不思議な感じがする。ゆっくりとプールの底に向かって沈んでいった。わたしの身長は百八十三センチで、体重は百二キロだ。底につくまで待って、それから底を蹴って上にあがろうとした。底はどこだったのか？　底はさっきのところだったはずだ。わたしはほとんど酸素がなくなりかけていた。底を蹴った。ゆっくりとまた上にあがっていく。とうとう水の上に出ることができた。

「わたしに脚を閉じ続けるすべての売女どもに死を！」とわたしは叫ぶ。

ドアが開いて、一階のアパートの部屋からひとりの男が飛び出してきた。管理人だった。

「おい、夜のこんな時間に泳ぐのは禁止されているぞ！　プールの照明も消えているだろう！」

わたしは彼の方に手で水をかきながら進んだ。プールの端に着くと、彼を見上げてどなった。

「いいか、このげす野郎、俺は一日に二樽のビールを飲むプロレスラーだ。根は優しい男だぜ。だが俺は泳ぐつもりだ。明かりをつけてくれよ！　今すぐにな！　あんたに頼むのは一回こっきりだ！」

わたしはまた水をかきながら離れていった。

照明がついた。プールはまばゆく照らされている。魔法だった。手で水をかいてウォツカを置いたところまでたどり着き、プールの端から壜を掴み取ると、たっぷりと飲んだ。ボトルはほとんど空だった。水の中を見下ろしてみると、ボビーとヴァレリーがお互いのまわりをぐるぐると回りながら泳いでいる。ふたりとも泳ぎがうまく、優美でしなやかだった。誰もがわたしより若いなんて何とも妙な気がする。

わたしたちはプールからあがった。わたしはずぶ濡れのパンツ一枚で管理人の部屋まで歩いていき、ドアをノックした。彼がドアを開ける。わたしは彼が気に入っていた。

「よお、あんちゃん、もう明かりを消してもいいぜ。泳ぐのはもうやめだ。あんたはいいやつだよ、なあ、あんたはなかなかいいぞ」

わたしたちは自分たちの部屋に帰った。

「俺たちと一緒に飲もうよ」とボビーが言う。「きみはがっくりきてるだろう」

わたしは彼らと一緒に二杯飲んだ。

ヴァレリーが言った。「ねえ、ハンク、あなたとあなたが出逢った女たち！　彼女たちみんなとひとり残らずセックスすることなんてできないわよ、そんなことわからなかったの？」

「勝利か、さもなくば死だ！」

「眠って忘れることね、ハンク」

「おやすみ、みなさん、そしてありがとう……」

自分の寝室に戻った。セシリアは仰向けになって眠り、鼾をかいている。

「ぐうぅ、ぐうぅ、ぐうぅ……」

彼女がただのでぶの女のように思える。濡れたパンツを脱いで、ベッドに上がった。彼女を揺する。

「セシリア、鼾をかいているよ！」

「ううぅ、あうぅ……ごめんなさい……」

「いいよ、セシリア。まるで結婚しているみたいだ。朝になって元気になったらきみをいただくからね」

81

物音がして目が覚めた。まだ朝にはなっていない。セシリアは動きまわって服を着ている。

自分の腕時計を見た。

「朝の五時だよ。いったい何をしているんだ？」

「太陽が昇ってくるところを見たいのよ。日の出が大好きなの！」

「きみが飲まないのもむりないよ」

「すぐに戻るわ。一緒に朝食を食べましょう」

「この四十年間というもの、わたしは朝食を食べれたためしがないんだ」

「日の出を見にいってくるわね、ハンク」

わたしは栓の開いていないビールを一本見つけた。ぬるかった。栓を開けて飲んだ。それから眠った。

午前十時半にノックの音がした。

「どうぞ……」

ボビーにヴァレリー、そしてセシリアだ。

「ちょうどみんなで朝食をすませたところなんだ」とボビーが言う。

「それでセシリアは靴を脱いでビーチを歩きたがっているの」とヴァレリー。

「今まで太平洋なんて見たことなかったのよ、ハンク。すごくきれいだわ!」

「服を着るよ……」

わたしたちは海岸線に沿って歩いた。セシリアはしあわせそうだ。波が寄せてきて、彼女の裸足にかかると、黄色い声をあげる。

「みんな先に行っておくれ。バーを見つけるから」

「俺も一緒に行くよ」とボビーが言う。

「わたしはセシリアの番をするわ」とヴァレリー。


いちばん近くにあるバーを見つけた。スツールがふたつ空いていただけで、そこに座った。ボビーが男の隣に座り、わたしは女の隣に座った。わたしたちは飲み物を注文した。わたしの隣の女性は、二十六か二十七歳ぐらいだった。何かに疲れきっているようで、目や口にもくたびれた感じが漂っていたが、それにもかかわらずまだ崩れきってはいなかった。髪の毛は黒く、よく手入れされている。スカートをはいていて、脚もきれいだった。トパーズの魂を持った女性だということは、その目を見ればわかる。自分の脚を彼女の脚にもたせかけてみた。彼女は脚をどけようとしない。わたしは自分の飲み物を一気に飲み干した。

「飲み物をごちそうしてくれないか?」と彼女に尋ねる。

彼女が頷いてバーテンダーを呼ぶ。

「この男性にウォツカ・セブンを」

「ありがとう……」

「バベットよ」

「ありがとう、バベット。わたしの名前はヘンリー・チナスキー、アル中の作家だ」

「聞いたことないわ」

「同じく」

「ビーチの近くでお店をやっているの。小物の装身具にがらくた、ほとんどがらくたね」

「おあいこだね。わたしもがらくたばかり書いている」

「そんなにひどい作家だとしたら、どうしてやめないの？」

「衣食住のためさ。もう一杯ごちそうしておくれ」

バベットはバーテンダーに頷いて合図し、わたしは新しい飲み物にありつく。

わたしたちはお互いの脚を押しつけ合った。

「わたしはただのごろつきさ」と彼女に言う。「便秘して何も出なくなっているというのにあきらめられない」

「あなたのお腹の具合はわからないわ。でもあなたはごろつきで、あそこはおっ立てられるんでしょう」

「きみの電話番号は？」

バベットがペンを見つけようとハンドバッグの中に手を入れた。

その時セシリアとヴァレリーが中に入ってきた。

「あら」とヴァレリーが言う。「ろくでなしどもがいるわ。ほらね、言ったでしょう。いちばん近くのバーだって！」

バベットがスツールからそっと下りる。そしてドアから出ていった。窓のブラインド越しに彼女の姿を追いかけることができた。彼女は遊歩道を去っていく。抜群のからだだ。柳のようにほっそりしている。風に揺れながら、姿を消してしまった。

82

飲んでいるわたしたちをセシリアは座り込んでじっと見守っている。自分が彼女に嫌悪感を催させていることぐらいわかっている。わたしは肉を食べる。神はいない。わたしはセックスが好きだ。自然になど興味はない。投票したことは一度もない。わたしは戦争が好きだ。宇宙空間なんてうんざりだ。野球にもうんざりだ。歴史にもうんざりだ。動物園も退屈なだけ。

「ハンク」と彼女が呼びかける。「ちょっと外に行ってくるわ」

「外に何かあるの？」

「プールで泳いでいる人たちを見たいの。みんなが楽しんでいるところを見たいの」

セシリアは立ち上がって外に出ていった。

ヴァレリーが声を出して笑った。ボビーも笑う。

「わかったよ、だからわたしは彼女のパンティの中まで入っていかないんだ」

「入っていきたいのかい？」とボビーが聞く。

「わたしの性衝動はそんなに被害を被《こうむ》っているわけじゃない。それよりも傷ついているのはわたしの自尊心だね」

「それに自分の歳を忘れちゃだめだよ」とボビーが言う。

「歳を取ってごちごちに凝り固まった人間ほどひどいものはないからね」とわたしが答える。

わたしたちは黙って飲んだ。


一時間ほどしてセシリアが戻ってきた。

「ハンク、わたし行きたいの」

「どこへ？」

「空港に。サンフランシスコに飛びたいの。荷物は全部こっちに持ってきているわ」

「わたしはかまわないよ。でもヴァレリーとボビーがここまで乗っけてきてくれたんだ。彼らはまだ発ちたくないかもしれない」

「彼女をLAまで車で送っていくよ」とボビーが言った。

わたしたちは支払いを済ませて車に乗り込んだ。ボビーがハンドルを握り、ヴァレリーが助手席に座る。セシリアとわたしは後ろの席だ。わたしから身をよけ、できるだけ遠ざかりたいといわんばかりに、ドアに自分のからだを押しつけている。

ボビーがテープをかけた。音楽が波のように後ろの席に襲いかかる。ボブ・ディランだ。ヴァレリーがジョイントを後ろに回す。わたしは一服吸ってセシリアに手渡そうとした。彼女はわたしから離れて身を固くしている。手を伸ばして、彼女の片方の膝を撫でて、ぎゅっと握りしめた。彼女がわたしの手を押しのける。

「ねえ、後ろでいったい何をしているんだ？」とボビーが聞いた。

「愛だよ」とわたしが答える。

一時間ほど車を走らせた。

「空港に着いたよ」とボビーが言う。

「まだ二時間もあるよ」とセシリアに言った。「わたしの家に戻って待てばいい」

「いいのよ。今すぐ行きたいの」

「でも空港で二時間もどうするんだい？」

「あら、わたしは空港が大好きなのよ！」

ターミナルの正面で車をとめた。わたしは車から飛び降りて、彼女の荷物をおろした。並んで立っていると、セシリアがからだを寄せてわたしの頰にキスをした。中までは送っていかないことにした。

83

わたしは北の方で朗読をすることを引き受けていた。朗読会を夜に控えた昼下がりのこと、ホリディ・インの部屋の中に座って、プロモーターのジョー・ワシントン、地元の詩人のダドリー・バリー、それに彼のボーイフレンドのポールとビールを飲んでいた。ホモだという自分の秘密をダドリーはすでに公にしている。神経質で太っていて、野心家だった。彼はいらいらと部屋の中を行きつ戻りつしている。

「いい朗読をしてくれるよね？」

「わからないよ」

「きみはたくさんの聴衆を集める。まったく、その秘訣は何なんだ？　行列はブロックを一周しているよ」

「みんな流血沙汰が好きなんだよ」

ダドリーがポールの尻の肉をつかんだ。「おまえをうんと責めてやるからね、ベイビー！　それからわたしをうんと責めておくれ！」

ジョー・ワシントンは窓辺に立っていた。「ほら、見ろよ、道を渡ってウィリアム・バロウズがやってくる。あなたのすぐ隣の部屋なんだ。彼は明日の夜、朗読するよ」

わたしは窓に近づいていった。確かにバロウズだった。窓に背を向け、新しいビールを開けた。わたしの部屋は二階にある。バロウズが階段を上がってきて、わたしの窓の前を通りすぎ、自分の部屋のドアを開けて中に入った。

「彼に逢いにいきたい？」とジョーが聞いた。

「いや」

「ちょっとだけ彼に逢ってくる」

「どうぞ」

ダドリーとポールはお尻の摑み合いをして遊んでいた。ダドリーは声をあげて笑い、ポールは顔を赤らめてくすくす笑っている。

「ふたりきりになれるところでいちゃいちゃすればいいじゃないか」

「彼って可愛くない？」とダドリーが尋ねる。「わたしは若い男の子しか好きにならないのよ！」

「わたしは女性の方が興味あるね」

「もったいないことをしているのに気づかないのね」

「心配していただかなくて結構」

「ジャック・ミッチェルは女装マニアの人たちに心を寄せているわ。彼らのことを詩にしているのよ」

「少なくとも彼らは女のように見えるじゃないか」

「女以上にきれいな人もいるわよ」

わたしは黙って飲んだ。


ジョー・ワシントンが戻ってきた。「バロウズにきみが隣の部屋にいるって言ったんだ。こう言ったんだ。『バロウズ、ヘンリー・チナスキーが隣の部屋にいるよ』ってね。彼は『おや、そうなのかい？』と答えたよ。きみに逢いたいかどうか聞いてみたら、『逢いたくない』という返事だった」

「こういうところには冷蔵庫を置くべきだね」とわたしが言う。「このくそビールがどんどんぬるくなっていく」

わたしはアイス・マシーンを見つけようと表に出た。バロウズの部屋の前を通ると、彼は窓辺の椅子に座っていた。わたしを見てもまるで無関心だった。

アイス・マシーンを見つけて、氷を持ち帰り、洗面器の中に入れて、その中にビールを押し込んだ。

「あまり酔っぱらいすぎたくないだろう」とジョーが言う。「ほんとうにきみは呂律がまわらなくなってしまうからね」

「みんな気にしちゃいないよ。みんなわたしが受難に耐えるところを見たいんだ」

「一時間の仕事で五百ドルかい？」とダドリーが聞いた。「それで受難なんて言うのかい？」

「そうさ」

「とんだキリストだね！」


ダドリーとポールが帰り、ジョーとわたしは何か飲んで食べようと近所のコーヒーハウスの一軒に出かけていった。わたしたちはテーブル席を見つけた。気がつくと、見たこともない連中が自分の椅子を引いてわたしたちのテーブルに集まってくる。みんな男だ。まったくいまいましい。可愛い女の子たちもいたが、ただ見て微笑んでいるだけだ。あるいは見向きもしなければ微笑みもしない。微笑まない女性たちは、わたしの女に対する態度ゆえ、わたしのことを憎悪しているのだと思った。そんな女などくそくらえだ。

ジャック・ミッチェルがいたし、マイク・タフツもいた。ふたりとも詩人だが、その詩が一文にもならないという事実にもかかわらず、生活費を稼ぐために何か仕事をしているわけではなかった。気力と施しとで暮らしていた。ミッチェルはたしかにいい詩人だったが、あまりにも運が悪すぎた。もっと評価されてしかるべきだ。すると歌手のブラスト・グリムリィが近づいてきた。ブラストはいつも酔っぱらっている。しらふの彼には一度もお目にかかったことがない。テーブルのまわりにはほかにもわたしの知らない人間がふたりほどいた。

「チナスキーさん？」

緑の短いドレスを着た可愛い女の子だ。

「そうだが？」

「この本にサインしていただけます？」

『イット・ランズ・アラウンド・ザ・ルーム・アンド・ミー』という初期の詩集で、わたしが郵便局で働いていた時に書いた詩を集めたものだった。その本にサインして、ちょっとした絵も描き、彼女に返した。

「うわぁ、どうもありがとうございます！」

彼女は去っていった。まわりに座っている野郎どものおかげで、彼女に言葉をかける一瞬の隙も見つけられなかった。

すぐにもテーブルの上にビールのピッチャーが四個か五個運ばれてきた。わたしはサンドイッチを注文した。二、三時間ほど飲み、それから部屋に帰った。洗面器の中のビールを片づけてから、眠った。

朗読会のことはあまり覚えていないが、翌朝ベッドで目を覚ますと、わたしはひとりだった。ジョー・ワシントンが午前十一時頃、部屋にやってきた。

「ねえ、きみのこれまでの中で一、二を争う名朗読だったよ！」

「ほんとうに？　わたしをだましているんじゃないだろうね？」

「ちがうよ、きみはちゃんとやっていたよ。ほら小切手だ」

「ありがとう、ジョー」

「ほんとうにバロウズに逢いたくないの？」

「ほんとうだよ」

「彼は今夜朗読する。もう一日いて彼の朗読を聞いていくかい？」

「わたしはLAに帰らなくちゃ、ジョー」

「彼が朗読するのを聞いたことある？」

「ジョー、わたしはシャワーを浴びてここから出たいんだ。空港まで車で行ってくれるかい？」

「いいとも」

出ていく時、バロウズは窓辺の椅子に座っていた。わたしに気づいたような素振りはまるで見せなかった。わたしは彼をちらっと見て通りすぎた。小切手がわたしの手もとにある。競馬場に行きたくてたまらない……。

84

わたしはサンフランシスコの女性と、この数か月間手紙のやりとりをしていた。彼女はリザ・ウェストンという名前で、自分のスタジオでバレエを含むダンスを教えて生活している。三十二歳で、結婚歴が一度あった。彼女の手紙はいつも長くて、ピンクがかった紙に一字の間違いもなくタイプされていた。文章も知的でうまく、誇張的な表現はほとんど見受けられなかった。わたしは彼女の手紙が楽しみで、返事もちゃんと書いていた。リザは文学の話題に触れることがなかったし、もったいぶった質問を持ち出すこともなかった。日々のありふれたできごとを書いてきたが、その文章は洞察力に富み、ユーモアもあった。そのうち彼女はダンスの衣裳を買いにロサンジェルスに行くことになったが、自分と逢ってくれる気はあるかと手紙で尋ねてきた。もちろん逢いたいと返事し、わたしのところに泊まってもいい、ただしふたりの年齢差ゆえ、わたしがベッドで寝て、彼女の方がカウチで寝てもらうことになる、ということも併せて書き伝えた。到着したら電話する、と彼女は返事を寄越した。

三、四日後、電話がかかってきた。リザだった。「こっちに出てきました」と彼女が言う。

「空港にいるの？　迎えに行くよ」

「タクシーをつかまえます」

「お金がかかるよ」

「その方が簡単でしょう」

「何が飲みたい？」

「あまり飲まないんです。だからあなたの好きなものなら何でも……」

座り込んで彼女を待った。こうした状況になると、わたしは決まって落ち着かなくなる。彼女たちが実際に現われると、逢わなきゃよかったという気分にすっかり襲われてしまったりする。リザは自分のことを可愛いと書いていたが、彼女の写真は一枚も見ていなかった。わたしはかつてある女性と、実際にその姿を見ることなく、手紙のやりとりだけで結婚を約束し、そして結婚したことがある。手紙での彼女は聡明なことこの上なかったが、二年半に及んだ結婚生活は大失敗に終わってしまった。たいていの人は、現実よりも手紙の中での方がずっとよかったりする。手紙の世界だと誰もが詩人になれるのだ。

わたしは部屋の中をゆっくりと行ったり来たりした。やがて敷地の歩道をこっちに近づいてくる足音が聞こえた。思わずブラインドの隙間から覗き見る。悪くはない。黒髪で、くるぶしまであるロング・スカートをきちんと着こなしている。頭をしゃんとして、優雅な歩き方だ。見事な鼻に、口は十人並といったところか。わたしはドレスを着た女性が好きだ。過ぎ去りし良き日々を思い起こさせてくれる。彼女は小さな鞄を持っている。彼女がノックした。わたしはドアを開ける。「いらっしゃい」

リザがスーツケースを床に置いた。「座って」

彼女はほとんど化粧をしていなかった。美人だ。髪型は短く今ふうにしている。

彼女のためにウォツカ・セブンを作り、自分にも一杯作った。彼女は穏やかな人柄のようだ。その顔からは苦労の跡も微かに窺える。これまでの人生で一度や二度困難な時期をくぐり抜けてきたに違いない。わたしとて同じだった。

「衣裳は明日買いに行きます。とても変わったお店がLAにあるんです」

「きみのドレスが気に入ったよ。からだを全部覆ってしまっている女性はなかなか刺激的だと思うね。その女性がどんな体型をしているのかよくわからなくなってしまうけど、それなりに判断することができる」

「あなたはわたしが思っていたとおりの人ですね。まるで、恐れを知らないよう」

「ありがとう」

「とても遠慮がちな人のようにも思えます」

「これが三杯目なんだ」

「四杯目になるとどうなるんですか?」

「大差ないよ。それを飲んで五杯目に移る」

わたしは新聞を取りにいった。戻ってみると、リザはロング・スカートを膝のあたりまでたくし上げていた。いい眺めだ。彼女の膝は申し分ないし、きれいな脚をしている。正確に言えばもう夜になっていたが、今日という日が眩しく輝きわたる。セシリアと同じように彼女もまた健康食品に夢中だということは手紙で読んで知っていた。ただ彼女の振る舞いはセシリアとはまるで違う。わたしはカウチの反対側に座って、彼女の脚にちらちらと目を遣り続けた。わたしは人一倍女性の脚にこだわる男だった。

「きれいな脚をしているね」とリザに言う。

「お気に召して?」

彼女はもう少しだけスカートをたくし上げる。頭に血がのぼってしまう。服の下から少しずつ姿を現わす見事な脚。ミニ・スカートよりもずっと刺激的で素晴らしい。

もう一杯飲んでから、リザのすぐ隣に移った。

「わたしのダンス・スタジオを見にきてくださらなくちゃ」と彼女が言う。

「わたしは踊れないよ」

「踊れますわ。わたしが教えてあげます」

「ただで？」

「もちろんですわ。あなたは大柄な人にしてはとても足取りが軽いんです。あなたの歩き方を見ただけで、この人は上手に踊れるなってわかります」

「よし、決まりだ。わたしはきみのカウチで寝ることにするよ」

「とてもいい部屋なのに、うちにはウォーターベッドしかないんです」

「いいよ」

「でもあなたのために何かお料理させてくださいね。からだにいい食事を」

「申し分ないね」彼女の脚に目を遣る。それから片方の膝を撫ぜた。彼女にキスをする。孤独にさいなまれていた女性のように、彼女もキスをし返してくる。

「わたしって魅力的ですか？」とリザが尋ねる。

「ああ、もちろんだよ。とりわけきみのスタイルが気に入ったね。きみはとても気品に溢れているよ」

「あなたのからだの線も素敵ですわ、チナスキー」

「気をつけなくちゃ。もう六十歳になるからね」

「どちらかといえば四十歳くらいにしか見えませんわ、ハンク」

「きみのからだの線だってとてもきれいだ、リザ」

「気をつけなくちゃ。わたしは三十二よ」

「きみが二十二歳なんかじゃなくてよかった」

「それにわたしもあなたが三十二歳なんかじゃなくてよかった」

「今夜はよかったづくしの嬉しい夜だね」

わたしたちはそれぞれ自分の酒を啜った。

「あなたは女たちのことをどう考えているんですか？」と彼女が尋ねる。

「わたしは考える人間じゃないんだ。ひとりとして同じ女はいない。元来どの女も、最高の部分と最悪の部分との組み合わせというか、魅力とおぞましさとを併せ持った存在のように思えるね。いずれにしても女たちがこの世にいてくれてよかったよ」

「どんな扱い方をするんですか？」

「わたしが彼女たちに対する以上に、彼女たちの方がわたしにずっとよくしてくれるね」

「それで公平だと思います？」

「公平じゃないね、でもそういうことなんだ」

「あなたって正直なのね」

「そうでもないよ」

「明日新しい衣裳を買ったら、後でちょっと着てみたいんです。どれがいちばん好きかわたしに教えてくださいね」

「いいとも。でもわたしは丈の長いガウンが好きだな。上品だよ」

「あらゆる種類のものを買いますわ」

「わたしは着ているものがぼろぼろになるまで服は買わないんだ」

「あなたの出費は別のものに向けられるんですね」

「リザ、こいつを飲んだらベッドに行くよ、いいかな？」

「もちろんですわ」

わたしは彼女の寝具を床の上に積み上げていた。「毛布はこれで足りるかな？」

「ええ」

「枕もこれでいい？」

「だいじょうぶです」

わたしは酒を飲み干し、立ち上がると玄関の鍵を閉めた。

「きみを閉じ込めようとしているわけじゃないよ。安心しておくれ」

「心配なんかしていません……」

わたしは寝室に入り、明かりを消して服を脱ぎ、寝具の下にもぐり込んだ。「ほらね」と彼女に声をかける。「きみを強姦したりしなかっただろう」

「あら」と彼女が返事する。「してくださったらよかったのに！」

彼女の言葉を真に受けたわけではなかったが、そう言われるのは嬉しかった。わたしは正々堂々と勝負したわけだ。朝までリザは逃げ出さないだろう。

目が覚めると、彼女はバスルームの中にいた。もしかしてわたしはむりやり彼女に迫ればよかったのか？　何をすればいいのか男はどうやってわかるのか？　ふつうわたしは決めていた。ある相手に対して何らかの好感を抱いた場合は、あせらない方がいい。一目見てその女性がまるで気に入らなかったら、さっさとやってしまうにかぎる。そうじゃなかったら、少し時間をかけた方がいい。それから彼女とやって、その後でいやになればいい。

ミディ丈の赤いドレスを着てリザがバスルームから出てきた。よく似合っている。彼女はすらりとして品がある。わたしの寝室の鏡の前に立って、髪の毛をいじっている。

「ハンク、これから衣裳を買いにいってきます。あなたはベッドに入ったままでいらして。あんなに飲んできっと気分が悪いんじゃないのかしら」

「どうして？　ふたりとも同じだけしか飲んでいないじゃないか」

「台所でこっそり飲んでいる音が聞こえたわ。どうしてあんなことなさっていたんですか？」

「恐かったんだと思うよ」

「あなたが？　恐い？　尊大で、逞しくて、飲んだくれの女たらしだとあなたのことを思っていたのに」

「きみを失望させたのかな？」

「いいえ」

「わたしは恐かったんだ。恐れこそがわたしの芸術さ。そこからわたしは発進するんだ」

「衣裳を買いにいってきます、ハンク」

「きみは怒っている。わたしがきみを落ち込ませたんだ」

「とんでもない。すぐに戻りますから」

「その店はどこにあるの？」

「八十七番街です」

「八十七番街？　何てことだ、ワッツじゃないか！」

「西海岸で最良の品を揃えているんです」

「そのあたりは黒人ばかりだ！」

「あなたは黒人に敵対しているんですか？」

「わたしはすべてに敵対している」

「タクシーをつかまえます。三時間ほどで戻りますから」

「きみなりの復讐というわけかい？」

「戻ってくるって言ったでしょう。自分ひとりでちゃんとできます」

「わかったよ、でも……タクシーで行っちゃだめだ」

　わたしは起きて、自分のブルージーンズを見つけた。そして車の鍵を取り出した。

「ほら、わたしのフォルクスでお行き。すぐ外にとまっているＴＲＶ－４６９だ。でもクラッチはそっと扱っておくれ。それにセカンドが使いものにならない。特に戻した時にギアがきしんでしまうんだ……」

　リザは鍵を手に取り、わたしはまたベッドに戻ってシーツを引っ張りあげた。彼女がわたしの上に屈み込む。彼女を引き寄せて、首筋のあたりにキスをした。わたしは口臭がひどかった。

「元気を出して」と彼女が声をかける。「安心してくださいね。今夜は派手に浮かれましょう。

ファッション・ショーもありますから」

「待ちきれないね」

「待てますわ」

「銀色の鍵が運転席側のドアで、金色の鍵がイグニッションだよ……」

彼女はミディ丈の赤いドレスを纏って出かけていった。ドアの閉まる音がした。わたしはあたりを見回した。彼女のスーツケースはまだここにある。敷物の上には彼女の靴も置かれていた。

85

目を覚ますと午後の一時半になっていた。風呂に入って、服を着てから、郵便物に目を通した。グレンデールに住むひとりの若者から手紙がきていた。「親愛なるチナスキー様……わたしは若い物書きで、自分でもなかなかというか、かなりのものだと思っています。ところがわたしの詩はまるで採用してもらえません。どうすればこの世界に入れるようになるのでしょうか？　秘訣は何ですか？　誰に逢うべきですか？　ぼくはあなたの書くものを敬愛してやみません。そちらにお伺いしてあなたとお話ししたいのですがいかがでしょうか。半ダース・パックのビールを持っていきますので、話もはずむことと思います。ぼくの作品にも目を通していただけたらと思っています……」

間抜け野郎にはひとりでほざかせておけ。わたしはこの男の手紙を屑籠に投げ捨てた。

一時間ちょっとしてリザが帰ってきた。「ねえ、最高に素敵な衣裳を見つけてきましたわ！」

彼女は腕いっぱいにドレスを抱えている。そして寝室に入っていった。しばらくしてから出てきた。ハイネックの長いガウンを着て、わたしの目の前でくるりと回る。尻のあたりがぴったりフィットして、とても似合っている。金色と黒のガウンで、黒い靴をはいている。さりげなくダンスしてみせる。

「お気に召して？」

「ああ、気に入ったよ」わたしは座ったまま次を待つ。

リザは寝室に戻っていった。今度は銀色の縞が入った緑と赤の服を着ている。ウェストの上が剝き出しになったデザインの服で、彼女の臍が見えている。わたしの前を気取って歩きながら、独特な目つきで見つめてくる。澄ましてもいなければ、セクシーとも違う。文句のつけようがなかった。

彼女が何着ぐらい衣裳を見せてくれたのかよく覚えていない。しかし最後の一枚は最高だった。からだにぴったり貼りついて、スカートの両端が深く切れ込んでいる。歩くと、まず片脚がまる見えになり、今度は別の脚がまる見えになる。黒いドレスで、きらきらと光り、胸元も深く刳《く》れていた。

わたしは立ち上がって、部屋の中を歩き回っている彼女をつかまえた。彼女を後ろに反らせて、荒々しくキスをした。キスを続けながら、彼女の長いガウンを引きずり上げる。スカートの後ろをすっかりまくり上げると、パンティがまる出しになった。黄色のパンティだ。彼女のガウンの前もまくり上げ、ペニスを押しつける。彼女の舌がわたしの口の中に差し込まれる。まるで今まで氷水を飲んでいたかのように冷たかった。彼女を後ずさりさせたまま寝室まで押していき、べッドの上に押し倒して乱暴に攻めまくった。黄色いパンティを剝ぎ取って、自分のズボンも脱ぎ捨てる。わたしは妄想を解き放つ。立って見下ろしていると、彼女が脚をわたしの首に巻きつける。彼女の両脚を思いきり開き、からだを近づけて、挿入した。速くしたりゆっくりしたりと、腰の動きを加減して少し遊んでから、猛烈に突き上げた。愛の突き上げ、じらしの突き上げ、容赦のない突き上げ。時々引き抜いては、また突き立てる。とうとう我慢できなくなり、最後に何度か腰を激しく動かして、彼女の中で果てた。へとへとになって彼女の隣に横たわった。リザはなおもキスし続ける。彼女がいったのかどうかはよくわからなかった。少なくともわたしはいった。

わたしたちはフランス料理屋で夕食を食べた。そこはまずまずの値段でおいしいアメリカ料理も出している。いつも混んでいて、わたしたちはバーで待たされることになった。その夜はランスロット・ラブジョイという名前で予約をいれていて、四十五分後にその名前を呼ばれた時も、それにちゃんと気づくほど、まだまだしらふだった。

わたしたちはワインのボトルを注文した。ディナーの注文はしばらく後ですることにした。飲むなら、白いテーブルクロスのかかった小さなテーブルで美人の女性と一緒というのが最高だ。

「あなたのセックスときたら」とリザが話しかけてくる。「初めてセックスをする男の子のように無我夢中。それでいて創意工夫に富んだセックスをするんですね」

「その言葉をわたしの本のカバーに書き込んでもいいかな？」

「もちろん」

「いつか使うかもしれない」

「わたしを使い捨てないでくださいね。あなたにお願いしたいのはそのことだけ。あなたのたくさんの女たちの中のひとりでしかないなんていやだわ」

わたしは何も答えなかった。

「わたしの姉はあなたを嫌っているわ」と彼女が言う。「あなたはわたしを食い物にするだけだって言うのよ」

「きみの気品はどうしたんだ、リザ？ ほかのみんなとまるで同じようなことを喋っているよ」

結局ディナーは注文せずじまいだった。家に帰って、もう少し飲んだ。わたしは彼女がとても気に入っていた。言葉で彼女のことをちょっとだけいたぶり始めた。彼女は驚いた様子で、その目が涙でいっぱいになった。彼女はバスルームに駆け込み、十分ほど中にいて、それから出てきた。

「姉さんが正しかったわ。あなたはろくでなしよ！」

「ベッドに行こう、リザ」

わたしたちはベッドの支度をした。ベッドに入って、彼女の上に乗った。前戯もなしで結構難しかったが、何とか挿入することができた。腰を使い始め、懸命に動かす。またしても暑い夜だった。悪夢が再び甦ってくるようだ。わたしは汗をかき始める。突き上げたり、腰を引いたりする。奥まで達しないし、なかなかいきそうにならない。腰を引いたり、突き上げたりする。とうとう彼女の上から転がり下りた。「ごめんよ、飲みすぎてしまった」

リザの頭がゆっくりとわたしの胸の上を這い下りて行き、お腹も通りすぎて、目指すものに辿り着くと、せっせと舐め始めた。懸命に舐める。それから口に含んで激しく動かした……。

わたしはリザと一緒にサンフランシスコに飛んだ。彼女のアパートは急勾配の丘の上にあった。素敵なところだ。着いてまず大便がしたくなった。バスルームに入って座り込む。いたるところに緑の蔓が伸びている。何というトイレだ。気に入った。バスルームから出ると、リザはわたしを大きな枕の上に座らせ、プレイヤーでモーツァルトをかけ、冷えたワインを注いでくれた。すでに夕食の時間になっていて、彼女は台所で何か料理している。時折彼女はワインのおかわりを注ぎにきてくれた。わたしはいつでも自分が女性の家にいる方が、彼女たちがわたしの家にいるよりも楽しめた。彼女たちの家にいれば、好きな時に出ていくことができる。

夕食ができたと彼女が呼ぶ。サラダとアイス・ティー、それにチキン・シチューだ。とてもおいしい。わたしは料理がへただった。焼けるのはステーキだけだが、特に酔っぱらった時にはおいしいビーフ・シチューも作れたりした。わたしは博打のような感じでビーフ・シチューを作るのが好きだった。あるものを何でも放り込み、たまにはおいしくできることがある。

ディナーの後で、フィッシャーマンズ・ワーフまで出かけた。リザは慎重すぎるほど慎重に自分の車を運転した。わたしはいらいらさせられてしまう。交差点で彼女は必ず停止し、車が来ないか左右をしっかり確かめる。何も来なくてもじっと座ったままだ。わたしは待った。

「リザ、くそっ、行こう、誰も走っていないよ」

すると彼女はようやく車をスタートさせる。人とつきあえば必ずあることだ。長くつきあえばつきあうほど、その人間の風変わりな面が見えてしまう。最初はその風変わりさがユーモラスに思えることもある。

わたしたちは埠頭に沿って散歩し、それから砂浜に下りていって座った。大したビーチではなかった。

ボーイフレンドがひとりもいなかった時もあったと彼女が教えてくれる。彼女がつきあっていた男たちが喋っていたことや、彼らが大切だと思っていることが、彼女には信じがたかったのだ。

「女たちはみんな似たようなものだよ」と彼女に言う。「リチャード・バートンが女にまず何を期待するかという質問を受けたんだ。彼は答えたよ。『少なくとも三十歳にはなっていてほしいね』って」

暗くなってきたので、彼女のアパートに戻った。リザがワインを取り出してきて、ふたりで枕の上に座った。彼女がよろい戸を開けたので、夜景を見渡すことができた。わたしたちはキスをし始めた。それからワインを飲む。そしてまたキスをした。

「いつからまた仕事に戻るの？」と彼女に尋ねる。

「戻ってほしいの？」

「いや、でもきみだって食べていかなくちゃね」

「でもあなただって仕事をしていないわ」

「ある意味ではしていると言える」

「つまり書くために生きているということ？」

「いや、わたしはただ存在しているだけだ。そして後で思い出して、何かを書き留めようとしているんだよ」

「わたしは自分のダンス・スタジオを週に三晩だけしか開けていないの」

「それでやりくりしていけるの?」

「今までのところはね」

わたしたちはますますキスに集中するようになった。彼女はわたしほどたくさんは飲まなかった。ウォーターベッドに移って、服を脱いでやり始めた。ウォーターベッドでのセックスのことは話に聞いていた。素晴らしいということだった。しかしわたしにはなかなか厄介なものだった。わたしたちの下で水は絶えず小刻みに揺れていて、身動きするたびに、今度は大きく右に左にと揺れるように思えた。彼女をわたしに近づけるかわりに、わたしから奪い去ろうとしているようだ。練習が必要なのかもしれない。わたしはいつもの残忍な振る舞いに出ていた。彼女の髪の毛を鷲摑みにして引っ張り、まるで強姦のように激しく突き立てる。彼女も気に入っている、というか気に入っているように思えた。そして小さなよがり声をあげる。なおも蛮行を続けていると、彼女は絶頂に達したようで、まさにその時の声を出した。わたしはその声に興奮させられ、彼女に追いつくかたちで最後までいってしまった。

からだをきれいにして、また枕に座ってのワインに戻った。リザはわたしの膝枕で眠ってしまった。わたしは一時間ばかりそのまま座っていた。それから仰向けに寝て手足を伸ばし、その夜はそのままふたりとも枕の上で眠った。

次の日、リザがわたしを彼女のダンス・スタジオに連れていってくれた。通りを渡ったところにある店でサンドイッチを手に入れ、飲み物と一緒に彼女のスタジオに持って上がって、そこで食べた。スタジオは二階の大きな部屋だった。フロアは広々としていて、ステレオ装置と椅子が数脚あるだけで、天井の端から端までロープが高く張られている。いったい何のためのものなのかまるで見当がつかなかった。

「ダンスをお教えしましょうか？」と彼女が尋ねる。

「どうもそういう気になれないんだ」

それから数日間、昼も夜も同じような調子だった。ひどくもないが素晴らしくもない。わたしはウォーターベッドでやるのが少しは上達したが、やるならやはりふつうのベッドの方が好きだった。

あと三、四日ほど滞在してからLAに舞い戻った。

わたしたちはお互いに手紙のやりとりを続けた。

ひと月後、彼女がまたLAにやってきた。今回はスラックスをはいてわたしの玄関に現われた。どこか違って見える。どこが違うのか自分でもうまく説明できないが、彼女はどこか違って見えた。彼女と一緒に家にいても楽しくなかったので、競馬場や映画館、ボクシングの試合など、気に入った女たちと一緒に行ったあらゆるところに連れていったりしたが、何かが失われてしまっていた。わたしたちはまだセックスもしていた。しかしもはやそれほど興奮させられなかった。何だかふたりは結婚しているような感じがした。

五日間が過ぎ、わたしが新聞を読んでいると、カウチに座っていたリザが声をかけてきた。

「ハンク、しっくりいかないわね、そうじゃない?」

「いっていないね」

「何が悪いの?」

「わからない」

「出ていくわ。わたしはここにいたくない」

「落ち着いて、そこまでひどい状態じゃないよ」

「事情がまるでわからないの」

わたしは返事をしなかった。

「ハンク、女性解放運動のビルまでわたしを車で連れていってもらえる? どこにあるか知っているでしょう?」

「ああ、ウェストレイク地区の以前アート・スクールだったところだよ」

「どうして知っているの?」

「前に一度別の女性を車で送っていったことがある」

「このいやなやつ」

「オーケイ、じゃあ……」

「そこでわたしの女友だちが働いているの。彼女のアパートがどこにあるのか知らないし、電話帳にも彼女の名前は出ていない。でも彼女がウィメンズ・リブのビルで働いていることだけは知っている。彼女と二日ほど一緒にいるわ。こんな気分のままサンフランシスコに帰りたくないの……」

リザは自分の持ち物を纏めて、スーツケースの中にしまった。ふたりで車に向かい、ウェストレイク地区まで運転した。以前リディアをそこまで乗せていったことがある。女たちの芸術展が行なわれていて、彼女は自分の彫刻を数点出品していたのだ。

表に車をとめた。

「きみの友だちがちゃんといるかどうかわかるまで待っているよ」

「だいじょうぶ。行ってもいいわよ」

「待つよ」

わたしは待った。リザが出てきて、手を振った。手を振り返し、車のエンジンをかけて走り去った。

86

一週間後のある昼下がり、わたしはパンツ一枚でくつろいでいた。ドアをそっとノックする音が聞こえた。「ちょっと待って」と言って、ローブをはおってからドアを開けた。

「わたしたちふたりはドイツから来ました。あなたの本を読みました」

ひとりは十九歳ぐらいで、もうひとりはだいたい二十二歳ぐらいだ。

わたしの本は限定版ながらドイツで二、三冊出版されている。わたしは一九二〇年にドイツのアンデルナッハで生まれていた。幼年時代を過ごした家は、今は売春宿になっている。わたしはドイツ語が話せなかった。しかし彼女たちは英語を話す。

「お入り」

ふたりはカウチに座った。

「ヒルダといいます」と十九歳の方が言った。

「わたしはゲルトルート」と二十二歳。

「ハンクだ」

「あなたの本はとても悲しくてとてもおかしいってふたりとも思いました」とゲルトルートが話す。

「ありがとう」

座をはずして、ウォツカ・セブンを三杯作った。彼女たちの分をまず運び、それから自分の分を運んだ。

「ニューヨーク・シティに行く途中なんです。ちょっと寄ってみようかって思ったんです」とゲルトルートが言う。

メキシコに行っていたと彼女たちは続けて教えてくれる。彼女たちは英語がうまかった。ゲルトルートは太っていて、おでぶさんと言ってもよかった。乳房と尻ばかりが目立つ。ヒルダは痩せていて、何かに疲れ切っているようで、覇気がなくちょっと変わっていたが、魅力的だった。わたしは飲みながら脚を組んだ。ローブの前がはだける。

「あら」とゲルトルートが言う。「セクシーな脚をしているわ！」

「そうね」とヒルダも相槌をうつ。

「わかってるよ」とわたしが答える。

女の子たちはわたしと同じペースで酒を飲んだ。わたしは立って、また三杯作った。再び席につく時、ローブがはだけないように気をつけた。

「きみたち、ここに何日間か泊まっていってもいいよ、たっぷり休んでいけば」

彼女たちは返事をしない。

「別にむりして泊まらなくてもいいんだ。かまわないよ。ちょっとお喋りするだけでもいい。わたしはきみたちに何の無理強いもしたくないからね」

「あなたは女をいっぱい知っているに違いないわ」とヒルダが言った。「あなたの本を読んだもの」

「わたしが書くのはフィクションだ」

「フィクションって何?」

「実生活に手を加えたものさ」

「嘘をつくってこと?」とゲルトルートが尋ねる。

「少しはね。でもいっぱいじゃない」

「恋人はいるの?」とヒルダが聞く。

「いない。今現在はね」

「わたしたち泊まるわ」とゲルトルートが言った。

「ベッドはひとつだけだよ」

「かまわないわ」

「もうひとつだけ言っておくことがある……」

「何？」

「わたしが真ん中で眠るからね」

「いいわよ」

わたしは飲み物を作り続け、すぐにも酒が底をついてしまった。酒屋に電話した。「お願いするよ……」

「待って、お客さん」と酒屋が言う。「夕方の六時になるまで配達はしないんだ」

「ほんとうかい？　あんたの店には毎月二百ドルは注ぎ込んでいるんだけどな……」

「誰かな？」

「チナスキーだよ」

「ああ、チナスキーさん……何をご注文ですか？」

男に注文を伝える。「道は知っているよね？」

「ええ、知っていますとも」

酒屋は八分でやってきた。でぶのオーストラリア人でいつも汗をかいている。わたしは段ボール箱を二個受け取り、椅子の上に置いた。

「やあ、お嬢さんがた」とでぶのオーストラリア人が挨拶する。

彼女たちは返事をしない。

「いくらになるかな、アーバクル？」

「えーと、十七ドル九十四セントになります」

彼に二十ドル渡す。彼がつり銭を探し始める。

「何をやっているんだい。新しい家でも買っておくれよ」

「ありがとうございます！」

それからわたしの方に身を乗り出し、押し殺した声で聞く。「おやまあ、どうやってうまくやるんですか？」

「タイプライターを打つんだよ」

「タイプライターを打つ？」

「そうさ、一分間にだいたい十八語」

彼を外に押し出してドアを閉めた。


その夜彼女たちと一緒にベッドに入った。わたしが真ん中だ。みんな酔っぱらっていた。まずひとりを抱き寄せて、キスしたり愛撫したりし、それから寝返りを打って今度はもうひとりを抱き寄せた。それを何度も繰り返す。なかなかやりがいがある。そのうちひとりに集中する時間が長くなった。かなりたってから寝返りを打ってもうひとりに集中する。ふたりとも辛抱強く待った。わたしは混乱した。ゲルトルートの方が熱くなっていて、ヒルダはまだ若い感じだった。激しく攻め立て、彼女たちの上にも乗っかったが、中には入れなかった。結局ゲルトルートとすることに決めた。しかしできなかった。わたしは飲みすぎていた。ふたりとも眠ってしまった。彼女はわたしのペニスを握ったままで、わたしは彼女の乳房に手をあてたままだった。わたしのペニスは柔らかくなったが、彼女の乳房は張りを失わなかった。

次の日は猛暑で、またもや飲んだくれた。わたしは電話で食事の出前を頼んだ。扇風機のスイッチも入れた。あまり話はしなかった。ドイツ人の娘たちは自分たちの飲み物が気に入っている。彼女たちはふたりとも表に出て、フロント・ポーチにある古いカウチに座った。ヒルダはショーツにブラジャー、ゲルトルートはブラジャーもパンティもつけず、からだにぴったりのピンクのスリップだけという恰好だ。郵便配達人のマックスがやってきた。ゲルトルートがわたし宛ての郵便物を受け取る。哀れなマックスは今にも失神しそうだった。彼の目に嫉みと疑惑が読み取れる。しかし、それなら、彼の方にも堅実で安定した職業というものがある……。

午後の二時頃になってヒルダが散歩に行ってくると言い出した。ゲルトルートとわたしは家の中に入った。とうとうその時が訪れた。わたしたちはベッドの上で、前哨戦を始める。しばらくしてから本格的にやり始めた。彼女の上になって、挿入した。ところが左に鋭く曲がってしまう。中が弓形に曲がっているようだ。そんな女性が以前にもひとりだけいたが、その時はいい具合だった。そこでこう考えた。彼女はわたしをからかっているのではないか、わたしはちゃんと中に入っていないのではないかと。わたしは一度引き抜き、また突っ込んだ。中に入って、また左に激しく曲がる。あまりにもばかげている。彼女がとんでもない性器の持ち主か、わたしがちゃんと挿入しきっていないかどちらかだ。彼女がとんでもない性器の持ち主なのだと信じることで何とか自分を納得させようとした。左に激しく曲がってしまうのを承知でせっせとセックスに取り組んだ。

わたしは懸命になって励んだ。突然わたしの一物が骨にあたったように感じた。ショックだった。あきらめて転げ下りた。

「ごめん。今日はちゃんとやれないみたいだ」

ゲルトルートは何も言わなかった。

ふたりとも起きて服を着た。それから居間に行って座り、ヒルダが帰ってくるのを待った。飲みながら待った。ヒルダはずいぶんと時間をかけている。かなり長い時間だ。ようやく彼女が帰ってきた。

「やあ」と声をかける。

「近所にいる黒人たちはいったい何者なの？」と彼女が尋ねる。

「何者なのか知らないよ」

「わたしなら週に二千ドル稼げるって言うのよ」

「何をして？」

「それは言わなかったわ」

ドイツ人の娘たちはそれからも二、三日ほどいた。わたしはしらふの時でもゲルトルートの左曲がりに手こずっていた。ヒルダはタンパックスを使っているから今はだめだと教えてくれた。とうとう彼女たちが荷物を纏め、わたしはそれを自分の車に積み込んだ。彼女たちはキャンバス地の大きな鞄を肩から担いでいる。ドイツ人のヒッピーたち。彼女たちに指示されるまま走った。ここを曲がって、そこを曲がって。わたしたちはハリウッド・ヒルズをどんどん上の方に登っていく。金持ちが住む地域に入っていた。わたしはその日の朝食にもまともにありつけない人たちが山のようにいる一方で、優雅な暮らしをしている一握りの連中がいることを忘れていた。自分が今いるようなところに住み始めると、ほかのどこだってみんな似たり寄ったりの薄汚いところだと信じるようになってしまう。

「着いたわ」とゲルトルートが言った。

フォルクスが辿り着いたのは、曲がりくねって延々と続く私道の突き当たりだった。どこか上の方に家が建っている。とても大きな家で、そうした家にあるようなものは、中にも外にも、すべて備わっている。

「ここからは歩いて登っていった方がいいみたい」とゲルトルートが言う。

「わかった」

彼女たちは車から降り、わたしはフォルクスをUターンさせた。彼女たちは入り口のところに立って手を振る。キャンバス地のバックパックを肩にかけている。わたしは手を振り返し、それから走り去った。ギアをニュートラルに入れて、山の上から滑り降りていった。

87

ハリウッド・ブールヴァードにあるザ・ランサーという有名なナイトクラブから詩の朗読をしてほしいという依頼を受けた。二晩朗読することにした。二晩ともわたしの出番はザ・ビッグ・レイプというロック・バンドの後だった。わたしはショウ・ビジネスの迷宮に引きずり込まれつつあった。余分のチケットがあったので、タミーに電話して見にきたくないかどうか聞いてみた。行きたいと言ったので、最初の夜は彼女と一緒に行った。彼女の飲み物はつけでいいようにしてもらった。バーに座り、自分の出番がくるのを待った。タミーはわたしとまるで同じように振舞った。彼女はあっという間に酔っぱらって、バーの中を行ったり来たりしながら誰かれかまわず話しかける。

わたしが始める頃には、タミーはテーブルで酔い潰れていた。彼女の兄貴を見つけたので、彼に頼み込んだ。「何てこった、彼女をここから連れていってくれ、いいね?」

彼はタミーを夜の街へと連れ去っていった。わたしも酔っぱらっていた。彼女を連れ出してくれと自分が頼んだことを、後になってすっかり忘れてしまっていた。

わたしはいい朗読ができなかった。聴衆はロックに入れ込んでいる連中ばかりで、詩のひとくだりや意味などあまり理解しなかった。とはいえ責任はわたしにもあった。ロック・ファンを前にしてうまくいくこともあったが、その夜はそうではなかった。タミーがいないことに気を取られてしまったのだと思う。家に帰って、彼女の電話番号を回した。彼女の母親が出た。「あんたの娘は」と彼女に言う。「人間の屑だ!」

「ハンク、そんなせりふ聞きたくもないわ」

彼女は電話を切った。

次の夜はひとりで出かけた。バーのテーブル席に座って飲んだ。かなり年配の品のある女性がわたしのテーブルにやってきて自己紹介をする。彼女は英文学を教えていて、教え子のひとりを連れてきていた。ナンシー・フリーズというころころと太った女の子だった。ナンシーはさかりがついているように思えた。授業のためにいくつかの質問に答えてもらえないかという用件だった。

「さあどうぞ」

「あなたのお気に入りの作家は誰でした？」

「ファンテ」

「誰です？」

「ジョン・F─a─n─t─e。『塵に聞け』、『春まで待て、バンディーニ』」

「どこでその人の本を見つけられるかしら？」

「わたしはダウンタウンの中央図書館で見つけたよ。五番街とオリーヴの交差点にある、そうじゃなかったかな？」

「どうしてその人が気に入ったんですか？」

「絶対的な感情。とても勇敢な人間だ」

「ほかには誰が？」

「セリーヌ」

「どうして？」

「徹底的にやっつけられても彼は笑っていた。それどころか自分をやっつけた相手まで笑わせた。とても勇敢な人間だ」

「勇敢さに重きをおいているのですね？」

「あらゆるものの中に見つけ出したいね。動物や鳥たち、爬虫類に人間」

「どうして？」

「どうしてかって？　気分がすかっとするじゃないか。まるでチャンスがない事態をものともしないという生き方の問題だよ」

「ヘミングウェイですか？」

「違うね」

「どうして？」

「あまりにも厳しすぎるし、あまりにも重苦しすぎる。いい作家だし、文もうまい。でも彼にしてみれば、人生はいつも全面戦争だった。大目に見ることなど絶対になかったし、踊ることも一度もなかった」

彼女たちはノートを閉じて姿を消した。まことにお気の毒さま。わたしがほんとうに影響を受けたのは、ゲーブルにキャグニー、ボガートにエロール・フリンだと彼女たちに言うつもりだったのに。


気がつくと、わたしはサラにキャシー、それにデブラという三人の美人と一緒に座っていた。サラは三十二歳の洒落た女性で、スタイルもよければ気立てもよかった。赤とブロンドが混じった髪の毛をまっすぐ伸ばしていて、ちょっと正気ではないような激しい目つきをしている。それに心からの同情心をあらゆることに示しすぎていて、それが彼女をくたびれさせていることはすぐに見てとれた。デブラは鳶色の大きな目に気前のよさそうな口をしたユダヤ人で、その唇には血のように赤い口紅がべったりと塗りたくられていた。彼女の口はぎらぎらと光り、わたしをおびき寄せている。歳の頃は三十歳から三十五歳の間といったところで、彼女を見ていると一九三五年当時のわたしの母親の姿が甦ってきた。とはいうものの、わたしの母親の方がずっと美しかった。キャシーはブロンドの長髪で背が高く、とても若く、高そうな服を身につけていて、粋で今ふう、事情に通じていて、神経質できれいだった。彼女がいちばんそばに座り、わたしの手をぎゅっと握りしめ、わたしの太腿に自分の太腿を擦りつけていた。彼女に手を強く握りしめられるうち、わたしは彼女の手の方がずっと大きいことに気がついた（わたしは大柄だが、からだのわりに小さな自分の手がきまり悪くてしかたがない。まだ若くてフィラデルフィアにいた頃、酒場でしょっちゅう喧嘩をして、すぐにも手の大きさの違いがばかにはできないことに気づかされた。どうやって喧嘩で三割もの勝率をあげられたのか、今にして思えば不思議なかぎりだ）。それはともかくとして、キャシーはほかのふたりより自分の方が勝《まさ》っていると思っていたようで、確信はできなかったが、一応はわたしも同意することにした。

そのうちわたしは詩を読まなければならなくなった。今夜の方がうまくいった。聴衆は昨日と同じだったが、わたしは自分の気持を集中させることができた。聴衆は徐々に盛り上がっていき、興奮して最後には熱狂的になった。彼らのせいでうまくいくこともあれば、自分の力でうまくやれることもある。たいていの場合は後者だった。ちょうどプロ・ボクシングのリングに上がるのに似ている。観衆に何か借りがあるような気分にさせられるか、自分がまるで場違いなところにいるような気分にさせられるかのどちらかだ。わたしはジャブを打ち、クロス・カウンターを決め、足を使い、最終ラウンドで猛攻撃に出てレフェリーをノックアウトする。興行は興行だ。昨日の夜わたしはどじを踏んでいただけに、みんなは今日の成功がまるで腑に落ちないようだった。自分自身でも確かに腑に落ちなかった。

バーでキャシーが待っていた。サラは自分の電話番号を書いた恋文をそっと手渡してくれた。デブラはそこまで技を使うこともなく、ただ電話番号を書いてくれた。不思議なことに、一瞬わたしはキャサリンのことを思い出し、それからキャシーに飲み物をご馳走した。キャサリンに二度と逢うことはないだろう。わたしの可愛いテキサス娘、わたしの美女の中の美女。さよなら、キャサリン。

「ねえ、キャシー、家まで送ってくれるかな? 自分で運転して帰るには酔っぱらいすぎてしまったよ。もう一回酔っぱらい運転で捕まったらおしまいなんだ」

「いいわ。わたしの車で行ってあげる。あなたの車はどうするの?」

「かまうもんか。置いていくよ」

わたしたちは彼女のMGで一緒に出ていった。まるで映画のようだった。いつ次の角で降ろされやしないかとどきどきした。彼女は二十代半ばだった。運転しながらいろいろと話しかけてくる。音楽関係の会社に勤めていて、今の仕事を気に入っていた。朝の十時半に出勤すればいいし、午後の三時になると退社できた。「まんざらでもないわよ」と彼女は言う。「気に入っているの。人を雇うこともできれば馘にすることもできる。昇進したのよ。でもまだ誰かを馘にしなくちゃならなくなったことはないわ。みんないい人たちばかり。それにわたしたちとてもいいレコードを出しているのよ……」

わたしの家に着いた。わたしはウォツカを取り出した。キャシーの髪の毛はほとんどお尻まで伸びている。わたしはいつだって髪の毛と脚に夢中になる男だ。

「今夜の朗読はほんとうによかったわ」と彼女が切りだす。「きのうの夜とはまるで別人だった。何と説明したらいいのかよくわからないけど、うまくいくと、その、……人間らしさが滲み出るのね。ほとんどの詩人はただの気取り屋で見せかけだけよ」

「わたしもやつらが嫌いだ」

「それに彼らもあなたが嫌い」

もう少し飲んで、それからベッドに行った。彼女のからだは思わず息を呑むほどの見事さで、『プレイボーイ』誌に登場するようなスタイルだったが、あいにくとわたしは酔っぱらっていた。しかし何とか使いものになるようにして、せっせと腰を動かし、彼女の髪の毛を摑んで背中の下から引っ張り出し、その中に手を這わせた。興奮していたが、最後までいくことはできなかった。キャシーの上から下りて、おやすみの言葉をかけ、やましい眠りを眠った。

朝、わたしは気まずさでいっぱいだった。キャシーには二度と逢わないだろうことはわかっている。わたしたちは服を着た。午前十時頃になっていた。MGまで歩いていって、一緒に乗り込んだ。わたしはひとことも喋らなかったし、彼女も喋らない。自分の間抜けさに気づいていたが、何も言うことがなかった。わたしたちはザ・ランサーに引き返した。わたしの青いフォルクスがとまっている。

「いろいろとありがとう、キャシー。チナスキーのことを悪く思わないでおくれ」

彼女は返事をしない。彼女の頰にキスして、車から降りた。MGが走り去る。結局リディアがいつも言っていたとおりなのだ。「飲みたかったら、飲めばいい。やりたかったら、酒の壜は捨ててしまうのよ」

わたしの困ったところは、両方ともやりたいということだった。

88

だから数日後の夜に電話がかかった時、出てみるとキャシーだったのでびっくりしてしまった。

「何しているの、ハンク？」

「別に何もしていないよ……」

「こっちに来ればいいじゃない？」

「行きたいね……」

彼女は住所を教えてくれた。ウェストウッドかウェストLAのあたりだった。

「飲む物はふんだんにあるわ」と彼女が言う。「何も持ってこなくていいわよ」

「もしかして何も飲まない方がいいのかも？」

「それでもいいわよ」

「きみが注げば、わたしは飲んでしまう。注がなかったら、飲まないよ」

「気にしなくてもいいのよ」

服を着て、フォルクスに乗り込み、教えられた住所へと向かった。人にはいったい何度ほどチヤンスが巡ってくるのだろう？　ここのところ、神様はわたしに親切だ。それともただ試されているだけなのか？　それともいたずらなのか？　チナスキーをたっぷり太らせておいて、後で真っぷたつに切り裂く。そういうことになってもおかしくはない。しかしエイト・カウントのダウンを二度食らい、あと二ラウンドしか残っていないとしたら、いったい何ができる？

キャシーのアパートの部屋は二階だった。わたしに逢えて喜んでいるようだ。大きくて黒い犬が跳びかかってくる。とてつもなく大きくて、のそのそとした牡犬だ。わたしの肩に前足をかけて、顔をぺろぺろ舐める。わたしは犬を押しやった。そばに立ったまま尻を振って、ねだるような鳴き声を出す。黒くて長い毛をしていて、雑種のようだったが、それにしても巨大な犬だ。

「エルトンというの」とキャシーが教えてくれる。

彼女は冷蔵庫に行って、ワインを取り出した。

「あなたが飲むべきお酒はこれよ。山ほどあるの」

彼女はからだにぴったり貼りついた緑一色のガウンを着ている。まるで蛇のようだった。緑の宝石が縫い込まれた靴をはいていて、彼女の髪の毛のとんでもない長さにいま一度気づかされた。長いばかりでなくたっぷりした髪の毛で、すごいボリュームだった。完全に尻まで届いている。大きな目は青緑色で、光のあたり具合によって、青が緑に勝つこともあれば、その逆になることもあった。彼女の本箱の中にわたしの本が二冊あることにも気づいた。よく書けている二冊だった。

キャシーは腰をかけ、ワインを開けると、二杯注いだ。

「この前は、ちょっとむりやり逢ったという感じだったけど、ふたりの間には何かが芽生えたと思うの。それをそのまま放っておきたくなかったわ」と彼女が言う。

「楽しかったよ」とわたしが答える。

「アッパー欲しい？」

「いいね」

彼女が二錠取り出す。ブラック・キャップだ。これがいちばんいい。ワインと一緒に呑み込んだ。

「街でいちばんの売人《ばいにん》を知っているの。わたしからぼったりしないわ」

「それはいい」

「中毒になったことある？」と彼女が尋ねる。

「しばらくコークに手を出したことがある。でも切れると耐えられなくなった。次の日恐くて台所に行けなかった。肉切り包丁があったからね。それだけじゃなく、一日に五十から七十五ドルの出費は、わたしの手に負えない」

「コークなら少しあるわ」

「パスしよう」

彼女はまたワインを注いだ。

どうしてなのかはよくわからない。しかし新しい女性と出会うたび、わたしは初めての時のような気分になる。あたかも生まれて初めて女性とふたりだけでいるような気分に。わたしはキャシーにキスをした。彼女にキスをしながら、片手を彼女の長い髪のいたるところに這わせる。

「音楽が欲しい?」

「いや、そんなに」

「ディー・ディー・ブロンソンとつきあっていたでしょう、そうじゃない?」とキャシーが尋ねる。

「ああ、別れちゃったよ」

「彼女がどうなったか知ってる?」

「いや」

「まず仕事をなくしたの、それからメキシコに行ったわ。そこで引退した闘牛士に逢ったの。その闘牛士は彼女を殴って縮み上がらせて、なけなしの貯金を奪ったのよ。七千ドルよ」

「かわいそうなディー・ディー、わたしと別れてそんなことになるとは」

キャシーが立ち上がる。わたしは部屋を横切る彼女を観察した。ぴっちりした緑のガウンに包まれた尻が揺れてぷるぷると震えている。彼女は巻紙とマリファナを少し持って戻ってきた。ジョイントを巻く。

「それから車で衝突事故よ」

「彼女はちゃんと運転できたためしがない。彼女のことをよく知っているの?」

「いいえ、でも業界の中で噂を聞くのよ」

「死ぬまでただ生きる、それだけでも大変な仕事なんだよ」

キャシーがジョイントを回してくれる。「あなたの人生は乱れていないようね」と彼女が言う。

「ほんとうに?」

「つまり、あなたはほかの男たちのように、しゃかりきになったり自分を印象づけようとしたりしないわ。それにありのままでもとてもおかしいみたい」

「きみのお尻と髪の毛が好きだな」とわたしは言った。「それにきみの唇もきみの目もきみのワインもきみの部屋もきみのジョイントも。でもわたしは乱れているよ」

「女たちのことをいっぱい書いているわ」

「わかっている。時々女たちのことを書き終えたら今度は何について書こうかと思い悩むことがあるよ」

「たぶん書き終わらないかも」

「あらゆることに終わりはあるよ」

「そのジョイントをちょっと吸わせてくれない?」

「いいとも、キャシー」

彼女が一服吸ってから、わたしはキスをした。髪の毛を摑んで顔を上げさせる。彼女の唇をむりやりこじ開けた。長いキスだ。それから彼女を自由にした。

「これが好きなのね、そうでしょ?」と彼女が尋ねる。

「わたしにとってはセックスをするよりももっと親身でセクシャルだね」

「あなたの言うとおりだと思うわ」と彼女が答えた。

その後も数時間ジョイントを吸ったり酒を飲んだりして、それからわたしたちはベッドに行った。キスをしたりじゃれ合ったりした。わたしは堅くなり、調子もよく、彼女を相手にせっせと励んだが、十分もすると最後までちゃんといけないことに気がついた。また飲みすぎたのだ。わたしは力んで、汗もかき始めた。なおも懸命に続ける。そして彼女の上から下りた。

「ごめん、キャシー……」

彼女の頭がペニスの方に下がっていく。まだ堅いままだ。それを舐め始める。犬がベッドの上に跳び上がり、わたしが蹴下ろす。キャシーがペニスを舐めるのをわたしはじっと見つめた。月明かりが窓から差し込んでいて、彼女の様子をはっきりと見ることができた。ペニスの先を口にくわえて、少しずつ口の中に入れていく。突然すっぽり呑み込んだかと思うと、見事に攻め立て、吸いつきながらペニスじゅういたるところに舌先を這わせる。素晴らしかった。

手を伸ばして彼女の髪を片手で掴み、上の方に、彼女の頭の上高くまで引っ張り上げた。髪の毛を逆立てて、彼女はペニスをしゃぶっている。かなり長い時間続いたが、わたしはとうとう我慢できなくなりいきそうになってきた。彼女もそれに気づいたのか、いっそう激しく攻めまくる。わたしは哀れっぽくせがむようなうめき声をあげ始める。敷物の上にいる大きな犬もわたしに声を合わせてうめいている。これは面白い。わたしは快楽を一秒でも長く味わおうとこらえにこらえた。そして彼女の髪の毛をまだ摑んだり撫で回したりしたまま、彼女の口の中に発射した。

翌朝目を覚ますと、キャシーは身仕度をしているところだった。

「いいのよ」と彼女が声をかける。「ここにいていいのよ。ただ出ていく時にドアの鍵をかけるのだけは忘れないでね」

「わかった」

彼女が出かけてからシャワーを浴びた。それから冷蔵庫の中のビールを見つけて、それを飲み、服を着て、エルトンに別れを告げ、ドアの鍵がちゃんとかかっているかどうか確かめてからフォルクスに乗り込み、自分の家に向かった。

89

三、四日後、デブラが電話番号を書いてくれた紙を見つけ、彼女に電話した。「こっちに来たら」と彼女が言う。プラヤ・デル・レイまでの道順を教えてくれたので、車で向かった。彼女は表に庭がある小さな家を借りていた。わたしは庭に車を乗り入れ、降りてドアをノックし、それから呼び鈴を鳴らした。いわゆるツートーン・ベルというやつだった。デブラがドアを開ける。彼女はわたしが覚えていたとおりで、口紅をべったり塗った巨大な口に短い髪型、きらきらしたイヤリングをつけ、香水の匂いをぷんぷんさせ、ほとんどいつも惜しみなく笑顔を振り撒いている。

「あら、入って、ヘンリー!」

わたしは入った。男がひとり座っていたが、ホモセクシャルだということは見ればすぐにわかる。それゆえ敵にばったりという感じではなかった。

「ラリーよ。わたしの近所の人。裏の家に住んでいるの」

わたしたちは握手を交わす。それから腰をおろした。

「何か飲む物はあるかい?」とわたしは聞いた。

「まあ、ヘンリーったら!」

「何か買ってきてもいいよ。そうしようと思ったんだけど、何がいいのかわからなかったからね」

「あら、うちにあるわよ」

デブラは台所に入っていく。

「元気？」とラリーに尋ねた。

「ずっと元気じゃなかったね。でもだんだんと持ち直してきている。自己催眠に入れ込んでいるんだ。驚くべき効果だよ」

「何か飲みたい、ラリー？」と台所からデブラが声をかける。

「ああ、いらないよ、どうも……」

デブラは赤ワインのグラスを二杯持って現われた。デブラの家はごてごてと飾り立てすぎだった。いたるところに何かがある。お金をかけて買い集めたものが部屋じゅうに散らばり、ロック・ミュージックが四方八方にある小さなスピーカーから流れているようだ。「ラリーは自己催眠をやっているの」

「彼が教えてくれたよ」

「どれだけぐっすり眠れるようになったことか。どれだけうまく人とやっていけるようになったかわからないね」とラリーが言う。

「みんなやるべきだと思う？」とデブラが尋ねる。

「さあ、どう言えばいいのかちょっと難しいね。断言できるのは、わたしには効果があるってことね」

「今度ハロウィーン・パーティをするのよ、ヘンリー。みんなやってくるの。あなたも出ればいいじゃない？　彼も出るってどう思う、ラリー？」

ふたりともわたしを見つめる。

「そうね、わからない」とラリーが言う。「ほんとうに、わからない。たぶん？……あら、そんなことないか……そう思わないね……」

呼び鈴が鳴って、デブラがドアを開けにいった。またまたホモセクシャルで、シャツを着ていない。大きなゴム製の舌が口から垂れ下がった狼のマスクをかぶっている。不機嫌で落ち込んでいるようだった。

「ヴィンセント、ヘンリーよ。ヘンリー、彼はヴィンセント……」

ヴィンセントはわたしを無視する。ゴム製の舌を垂らして突っ立っているだけだ。「仕事場で一日じゅういやな思いをしたんだ。もう我慢できない。辞めようと思っている」

「でもヴィンセント、何をするつもり？」とデブラが尋ねた。

「わからない。でもいろんなことができるさ。あいつらにへいこらすることないよ！」

「パーティに出るわよね、そうでしょ、ヴィンセント？」

「もちろん。何日もかけて準備しているんだからね」

「お芝居のせりふはもう覚えた？」

「ああ、だけど今度はゲームをやる前にお芝居をやるべきだと思うね。この前は、お芝居を始める前にみんなめちゃめちゃになってしまっていたから、ちゃんとお芝居しなかったじゃない」

「わかったわ、ヴィンセント、そういうふうにしましょう」

それを聞いて舌のマスクのヴィンセントは背中を向けると、玄関から出ていった。ラリーが立ち上がる。「さてと、わたしも行かなくちゃ。お逢いできてよかった」

「よかったよ、ラリー」

わたしたちは握手を交わし、ラリーは台所を通り抜けて裏口から自分の家へと帰っていった。

「ラリーにはずいぶんとお世話になっているの。とてもいいお隣さんよ。あなたが彼を邪慳にしなくて嬉しかったわ」

「彼はいいやつだよ。ちくしょう、わたしが来る前にここにいたじゃないか」

「セックスはしていないわよ」

「わたしたちもしていないね」

「どういうことかわかっているでしょう」

「何か飲む物を買ってこよう」

「ヘンリー、何でもいっぱいあるわ。あなたが来るってわかっていたもの」

デブラはお互いのグラスをまたいっぱいにした。わたしは彼女を見つめた。若かったが、一九三〇年代からそのまま抜け出してきたようだった。膝とくるぶしの間ぐらいまでの長さの黒いスカート、黒いハイヒール、白のハイネックのブラウス、ネックレスにイヤリング、ブレスレット、口紅が塗られた唇、たっぷりの頬紅、香水といった恰好だ。体格がよくて、乳房も尻も申し分ない。両方を揺らしながら歩く。絶えず煙草に火をつけ、口紅のついた吸い殻がいたるところにあった。わたしは完全に少年の頃に戻ったような気分にさせられた。彼女にはパンティ・ストッキングも無用のようで、脚や膝のあたりをたっぷり見せてくれながら、時々長いストッキングをたくし上げた。彼女はわたしたちの父親たちが夢中になったタイプの女性だった。その仕事に追いまくられてはいたが、いい暮らしができた。

彼女は自分の仕事のことを語った。訴訟手続きの謄本や弁護士と関係のある仕事だった。

「仕事の手助けをしてくれる人にやたらと怒りっぽくなってしまうことがあるの。でも何とかやりぬいて、みんなに許してもらうわ。あのいまいましい弁護士どもがどんなだかきっと知らないでしょうね！　何でもすぐにやってもらいたがるの。何かをするには時間がかかるものだって考えてもくれないのよ」

「弁護士と医者はわれわれの社会でもっとも金をとりすぎている、もっともどうしようもない人種だよ。次に位置するのが近所の自動車修理工だ。それから歯医者がくるかもしれない」

デブラが脚を組み、スカートがずり上がった。

「とても素敵な脚だね、デブラ。それに着こなしも抜群だ。きみを見ているとおふくろの時代の女の子を思い出すよ。あの頃女たちは女そのものだった」

「いい表現じゃない、ヘンリー」

「わたしが何を言いたいかわかるだろう。特にＬＡではそうだった。それほど昔じゃない頃、街を離れて、また帰ってきたんだ。自分がまた帰ってきたってどうしてわかったと思う？」

「さあ、わからないわ……」

「街で出会った最初の女さ。はいているスカートはとんでもなく短くて、彼女のパンティの股のところがまる見えだった。おまけにパンティの前からは、失礼して言ってしまうけど、彼女のあそこの毛が透けて見えている。ＬＡに戻ってきたんだなって痛感したんだ」

「どこだったの？　メイン・ストリートかしら？」

「メイン・ストリート、とんでもない。ベヴァリーとフェアファックスがぶつかるところだったよ」

「ワインはお好き？」

「ああ、それにきみの家も気に入った。ここに引っ越してきたいくらいだ」

「大家はやきもち焼きなのよ」

「ほかにやきもちを焼きそうな人は誰？」

「いないわ」

「どうして？」

「仕事がきついから、終わると家に帰って夜はのんびりしていたいわ。部屋をいろいろと飾りたいの。わたしの女友だち、わたしの下で働いているんだけど、その彼女と一緒に明日の朝アンティーク・ショップに行くのよ。あなたも一緒に行きたい？」

「朝になってもわたしはここにいるのかな？」

デブラは返事をしない。飲み物のおかわりを注ぎ、カウチのわたしのすぐ隣に座った。彼女におおいかぶさってキスをする。キスをしながら、スカートを思いきりまくり上げ、ナイロン・ストッキングに包まれた彼女の脚を覗き見た。見事だった。キスを終えると、彼女はまくれていたスカートをもとに戻す。彼女の脚はすでにわたしの目にしっかりと焼きついていた。彼女は立ち上がってバスルームに入った。トイレを流す音が聞こえる。それからもしばらく待たされた。たぶん口紅をつけ直しているのだろう。ハンカチを取り出して、自分の口を拭った。ハンカチに赤い染みがついた。わたしはあの頃まわりの高校生の男の子たちがすでに手に入れていたものすべてをようやく手に入れようとしている。金持ちでハンサムでお洒落な服を着て新車を乗り回していた人気者の男の子たちにくらべ、わたしにはよれよれの着古した服と壊れた自転車しかなかった。

デブラが出てきた。腰をおろして煙草に火をつける。

「やろうよ」とわたしが言う。

デブラは寝室に消えた。コーヒー・テーブルの上のワインのボトルはまだ半分ほど残っている。グラスにワインを注ぎ、彼女の煙草を一本失敬して火をつけた。彼女がロック・ミュージックをとめる。これでいい。

静かになった。わたしはもう一杯おかわりした。ここに引っ越してこようか？　タイプライターはどこに置こうか？

「ヘンリー？」

「何だい？」

「どこにいるの？」

「待って、こいつを飲んでしまうから」

「いいわ」

グラスの中身を飲み干し、ボトルの残りを注いだ。わたしはプラヤ・デル・レイにいる。服を脱ぎ、脱いだものをカウチの上にぐしゃぐしゃに積み上げたままにした。わたしはお洒落とはまるで無縁だった。シャツは五、六年も着続けて、色褪せて縮み、生地が擦れてしまっているものばかりだ。ズボンにしても同じだ。デパートも、そこの店員も大嫌いだった。彼らの振る舞いは横柄千万で、あたかも人生の極意を知り尽くしているようで、わたしにはない自信を身につけている。靴もはき古してくたびれたものばかりだ。靴屋も大嫌いだ。わたしはどんなものでもまるで使いものにならなくなって初めて新しいものを手に入れた。車だってそうだった。節倹というような問題ではなかった。わたしはただ買い手が売り手にいいようにあしらわれ、売り手はいつもきちんとしていてお高くとまり横柄千万だというのがどうしても我慢ならないのだ。それだけでなく、時間だってかかる。そんな時間があれば女と寝て飲んだくれることができる。

わたしはパンツ一枚になって寝室に入っていった。パンツの上から白い腹がだらりと垂れているのがいやでも気になる。とはいえ腹を引っ込めるような努力は何ひとつしていない。ベッドのそばに立ってパンツを下げ、脚を引き抜いた。突如としてもっと飲みたい気分に襲われた。ベッドに上がって、カバーの下にもぐり込む。そしてデブラの方を向いた。彼女を抱きしめる。お互いのからだを押しつけ合う。彼女が口を開ける。わたしはキスをする。彼女の口は濡れた女性器のようだった。彼女はいつでもオーケイだ。すぐにわかった。前戯の必要はまるでない。キスを続けた。彼女の舌がわたしの口の中をちょろちょろと出入りする。わたしは歯で嚙んで、その動きを止める。それからデブラの上になって、彼女の中に入っていった。

わたしが攻め立ててると、彼女の頭は絶えず決まった方向に逃げようとする。そのしぐさがわたしを興奮させた。ひと突きするごとに、そむけられた彼女の頭が枕の上で跳ねる。突き立てながら、彼女の顔を時々自分の方にむりやり向けて、血のように赤い唇にキスをした。とうとうわたしの思いどおりにいっている。一九三七年にロサンジェルスの歩道に足を踏み入れて以来、自分が憧れの眼差しを注いだありとあらゆる女たちや娘たちと今セックスしている。あの年は不況がとてもひどかった最後の年で、女と一回やるのが二ドルだったが、誰もが金もなければ希望もまるでなかった。わたしは自分のものを手に入れるまで長い間待たなければならなかったというわけだ。わたしはせっせと腰を使った。激しいばかりで何の役にも立たないセックスだ！　いま一度デブラの頭を摑み、口紅が塗りたくられた唇にまた襲いかかりながら、彼女の中、ペッサリーの中に噴出させた。

90

次の日は土曜日で、デブラは朝食を作ってくれた。

「今日わたしたちと一緒にアンティーク探しに行く？」

「いいよ」

「二日酔いなの？」と彼女が尋ねる。

「それほどでも」

ふたりともしばらく何も言わずに食事をした。それから彼女が口を開いた。「ザ・ランサーでのあなたの朗読が気に入ったわ。あなたは酔っぱらっていたけど、ちゃんとやったわ」

「うまくいかないこともある」

「今度はいつ朗読するの？」

「カナダから電話してくれている人がいる。資金集めをしようとしているんだ」

「カナダですって！　わたしも一緒に行けるかしら？」

「どうかな」

「今夜も泊まっていく？」

「そうしてほしいの？」

「ええ」

「じゃあそうしよう」

「素敵……」


朝食を終え、デブラが食器を洗っている間にバスルームへ行った。トイレの水を流して拭き、また水を流し、手を洗ってから出てきた。デブラは流しをきれいにしている。後ろから彼女をつかまえた。

「よかったらわたしの歯ブラシを使ってもいいわよ」と彼女が言う。

「わたしの息はくさいかい？」

「だいじょうぶよ」

「ひどいよ」

「よかったらシャワーも浴びて……」

「あれもするかい……？」

「やめてよ。テッシーは一時間しないと来ないわ。気分を一新しなくちゃ」

彼女から離れて風呂の水をためにいった。シャワーを浴びる気になれるのは、モーテルにいる時だけだ。バスルームの中の壁に男の写真がかかっていた。浅黒く、長髪で、まずまずの器量の顔つきからはありふれた白痴さ加減が窺える。彼は白い歯を見せてわたしに笑いかけている。わたしはまだ少しは残っている汚く変色した自分の歯を磨いた。離婚した亭主は精神科医だったとデブラは言っていた。

わたしの後でデブラもシャワーを浴びた。小さなグラスにワインを注いで、椅子に座り、表の窓から外を眺めた。突然以前の女に彼女の子供の養育費を郵送するのを忘れていたことを思い出した。しかたがない。月曜日に送ることにしよう。

わたしはプラヤ・デル・レイで穏やかな気分を味わっている。人がいっぱいでごみごみしている自分の住みかから脱出できるのはいいことだった。日除けもなく、太陽が容赦なく照りつけるわたしの家。何らかの意味でわたしたちはみんな正気ではない。犬や猫ですら狂っているし、鳥や新聞配達の少年たちや売春婦たちもみんなそうだ。

イースト・ハリウッドに住むわたしたちのトイレはいつも壊れていたし、大家が値切って雇う二流の配管工はきちんと修理できなかった。タンクの蓋を開けたままにして、プランジャーを手で引っ張って操作するしかない。蛇口からは水がぽたぽた落ち、ゴキブリが這い回り、犬はどこにでも糞を垂れ、網戸には大きな穴があき、そこから蠅やありとあらゆる種類の奇妙な羽虫たちが飛び込んでくる。

呼び鈴が鳴る。立ち上がってドアを開けた。テッシーだった。四十代の洗練された女性で、赤毛は明らかに染めたものだとわかる。

「ヘンリーでしょ、そうじゃなくって?」

「そうだよ。デブラはバスルームだ。どうぞ座って」

彼女は赤の短いスカートをはいている。いい太腿をしている。くるぶしもふくらはぎも悪くはなかった。どうやらセックスが好きなようだ。

わたしはバスルームの前まで行ってドアをノックした。

「デブラ、テッシーが来たよ……」

一軒目のアンティーク・ショップは海まで一、二ブロックのところにあった。フォルクスでそこに乗りつけて、店の中に入っていった。わたしは彼女たちと一緒に見て回った。すべてに八百ドル、千五百ドルといった値段がついている。古時計、古椅子、古テーブル。信じられない値段だ。二、三人の店員がそばについて揉み手をしている。給料に加えて手数料も彼らのものになることがすぐわかる。店主はヨーロッパやオザーク・マウンテンで捜し当てた品物をほとんどただ同然で仕入れているに違いない。わたしは法外に高い値札を見てうんざりしてしまった。車で待っているからと彼女たちに告げた。

通りを渡ったところにバーがあったので、そこに入って席に着いた。ビールを注文した。バーはほとんど二十五歳以下の若者たちで賑わっている。みんなブロンドでほっそりしているか、黒髪でほっそりしていて、お似合いのスラックスやシャツを見事に着こなしている。誰もが表情に乏しく、何の悩みもないようだ。女はひとりもいない。大きな画面のテレビがついていた。音は消されている。誰も見ていない。話もしていない。わたしはビールを飲み終えて、そこを出た。

酒屋を見つけて六缶入りのビールを買った。車に戻って座る。ビールがうまい。車はアンティーク・ショップの裏の敷地にとめている。左手の道は渋滞していて、わたしは車の中で忍耐強く待っている人たちを観察した。たいていが男と女のカップルで、ふたりともまっすぐ正面を見て、話もしていない。結局は、誰にとっても、ただ待つだけの話なのだ。待って待って、現われるのは、病院、医者、配管工、精神病院、監獄、それに死神。最初信号は赤で、それから青になる。世界中の一般市民は、待つ間に、食事をしたり、テレビを見たり、自分たちの仕事についてくよくよ悩んだり、仕事にあぶれる心配をしたりしている。

アンティーク・ショップにいるデブラとテッシーのことを考え始めた。実際デブラはそれほど好きではなかったが、わたしは彼女の人生に入り込みつつある。何だか自分が覗き魔になったみたいだ。

座り込んでビールを飲み続けた。彼女たちがようやく出てきた時には、最後の一缶にとりかかっていた。

「ねえヘンリー」とデブラが言う。「台が大理石のとっても素敵なテーブルをたった二百ドルで見つけたのよ！」

「ほんとうにすごいものよ！」とテッシーも加わる。

彼女たちは車に乗り込んだ。デブラがわたしの脚に自分の脚を押しつける。「こんなことにすっかりうんざりさせられていたの？」

わたしはエンジンをかけて、酒屋まで走り、三、四本のワインと煙草とを仕入れた。赤の短いスカートにストッキングをはいたあの好色女のテッシーめ、と酒屋の店員に金を払いながらひとりごちた。あの女なら何も考えることなく少なくとも一ダースのいい男たちをぼろぼろにしてしまったに違いない。彼女の悪いところは何も考えないことだとわたしは決めつけた。彼女は考えたくないのだ。それに関してべつに規則や法律があるわけではない。それはそれでどうということはない。しかしあと数年して彼女が五十歳に手が届くようになったら、考えざるをえなくなる。そして色の濃いサングラスをかけ、おしろいまみれの顔は不機嫌そうで、スーパーマーケットでカテッジ・チーズやポテト・チップス、ポーク・チョップや赤たまねぎ、それにジム・ビームの一クォート壜などでいっぱいの自分のカートを、レジに並んでいる人の背中やくるぶしに平気でぶつけて割り込むたちの悪い女になってしまう。

車に引き返し、デブラの家に向かった。女性たちが腰をおろす。わたしはボトルを開けて、三杯注いだ。

「ヘンリー」とデブラが言う。「ラリーをつかまえてくるわ。彼がバンでわたしのテーブルを一緒に取りに行ってくれるの。もうむりしてくれることないのよ。嬉しくないの?」

「嬉しいよ」

「テッシーがあなたのお相手をしてくれるわ」

「わかった」

「ふたりともお行儀よくね!」

ラリーが裏口から入ってきて、デブラと一緒に表に出ていった。バンのエンジンを暖め、それから走り去った。

「さてと、ふたりきりになったね」とわたしが言う。

「そうね」とテッシーが答える。彼女はじっと座ったまま、まっすぐ正面を見つめている。わたしはワインを飲み終えるとバスルームに行って小便をした。出てくるとテッシーはまだカウチにじっと座ったままだ。

わたしはカウチの裏側から近づいていった。彼女のところまでいって、顎の下に手を入れ、顔を上げさせた。彼女の唇に自分の唇を押しつける。彼女は大きな頭をしている。目の下を紫色に塗っていて、腐りかけたフルーツ・ジュースの匂いがした。アプリコットだ。両耳からは細い銀のチェーンがぶらさがっていて、その先には何やら象徴的な玉がついている。キスをしながら、わたしの手は彼女のブラウスへと伸びていく。乳房を掌で覆って撫で回した。ブラジャーはしていない。それからわたしはからだをまっすぐ起こして、手を引っ込めた。カウチの前に回り、彼女のすぐ隣に座る。ワインを二杯注いだ。「醜男のくそじじいにしては度胸があるじゃない」と彼女が言う。

「デブラが戻ってくる前に軽く一発どうだい?」

「いやよ」

「わたしを嫌わないでおくれ。ただパーティを盛り上げようとしているだけなんだ」

「それならやりすぎだと思うわ。あなたのやったことは下卑て見え見えすぎるわ」

「わたしには想像力が欠如しているんだろうね」

「それなのに作家なの?」

「わたしは書くよ。でもたいていは写真を撮っているんだ」

「あなたが女たちとセックスするのはただそのことを書きたいからだと思うわ」と

「わからないね」

「わかっているはずよ」

「いいよ、いいよ。もういいや。飲み干そうよ」

テッシーはまた自分の飲み物に口をつける。飲み終えて、煙草も下に置く。長いつけまつげをしばたたかせながら、わたしをじっと見つめる。大きな口に口紅をべったりつけたデブラに似ている。ただデブラの唇の方がもっと色が濃く、こんなにぎらぎらはしていない。テッシーの口は鮮やかな赤で、唇が光っている。口を開けたまま、下唇を舐め続けている。突然テッシーがわたしに摑みかかった。開いたままの口がわたしの口をふさぐ。わたしは興奮した。犯されているような気がする。ペニスが頭を持ち上げ始める。彼女にキスされながら、わたしは手を伸ばしてスカートを引っ張り上げた。なおもキスを続け、彼女の左脚の奥の方へと手を這わせていく。

キスが終わると、わたしは「おいで」と誘った。

彼女の手を取って、デブラの寝室へと連れていく。彼女をベッドに押し倒した。ベッドカバーがかかったままだ。自分の靴とズボンを脱いでから、彼女の靴を脱がせた。彼女に長いキスをして、赤いスカートを尻の上までまくり上げる。パンティ・ストッキングははいていない。ナイロンのストッキングにピンクのパンティ。パンティを引きずり下ろす。テッシーは目を閉じたままだ。近所のどこかのステレオで交響曲がかかっている。指を一本彼女の性器に這わせ、そして擦った。すぐにも濡れて口を開ける。指を中に入れる。それからまた抜き出して、クリトリスを擦った。彼女はいい具合で、びしょびしょに濡れている。わたしは上に乗った。まずは腰を素速く乱暴に動かしてから、少しゆっくりと動かし、それからまた激しく攻め立てた。卑しくて下劣な表情をじっと見つめる。ますます興奮をかきたてられる。わたしは猛攻撃に移った。

突然テッシーがわたしを押しのける。「下りて！」

「何だ？　どうしたんだ？」

「バンの音がしたわ！　馘にされちゃう！　仕事にあぶれちゃうわ！」

「だめだ、だめだ、この売女め！」

わたしは情け容赦なく攻め立て、ぎらぎらとしておぞましい唇に自分の唇を押しつけながら、彼女の中に思いきりぶちまけた。わたしが飛びのく。テッシーは靴とパンティをひっ摑むとバスルームに駆け込んだ。ハンカチで拭って、ベッドカバーをまっすぐもとに戻し、枕を叩いてふくらませた。ズボンのジッパーを上げていると、ドアが開いた。わたしは居間に出ていった。

「ヘンリー、ラリーがテーブルを運ぶのを手伝ってあげてくれない？　重いのよ」

「いいとも」

「テッシーはどこ？」

「バスルームだと思うよ」

デブラについて車のところまで行った。バンからテーブルを引きずり出し、しっかりと持って家の中まで運び込んだ。わたしたちが家の中に入ると、テッシーは煙草を手にカウチに座っている。

「品物を落としちゃだめよ、あんたたち！」と彼女が言う。

「めっそうもない！」とわたしが答える。

テーブルをデブラの寝室まで運び入れ、ベッドのそばに置いた。前に置いてあったテーブルは彼女がどかせていた。みんなでテーブルのまわりに集まって、大理石の台を見つめる。

「ああ、ヘンリー……たった二百ドルよ……気に入った？」

「ああ、いいね、デブラ、素敵だよ」

バスルームに行って、顔を洗い、髪に櫛を入れた。それからズボンとパンツをずり下げて素早く自分のものを洗った。小便して、トイレの水を流し、そして出ていった。

「ワインはどうだい、ラリー」とわたしは尋ねる。

「ああ、いらない、でもありがとう……」

「お手伝いありがとう、ラリー」とデブラが言う。

ラリーは裏口から出ていった。

「ああ、めちゃくちゃ興奮してるわ！」とデブラが言う。

テッシーは十分か十五分ほど一緒に座って飲みながらお喋りしていたが、それから「もう行かなくちゃ」と言った。

「いたければいてもいいのよ」とデブラ。

「だめ、だめなの、もう行かなくちゃ。アパートの部屋をきれいにしなくちゃ。めちゃくちゃなの」

「部屋の掃除？　今日？　一緒に飲む素敵な友だちがふたりもいるというのに？」

「うちがどんなに散らかっているか気にしながらここにいるなんて、何だか落ち着かないの。あてつけと思わないで」

「いいわ、テッシー、もう行ってよろしい。わたしたちはあなたを許してあげましょう」

「わかったわ、ダーリン……」

彼女たちは玄関でキスを交わす。そしてテッシーは帰っていった。デブラはわたしの手を取って寝室へと連れていく。ふたりで大理石のテーブルの台を見つめた。

「正直にどう思う、ヘンリー？」

「そうだね、競馬場で二百ドルすったとして、手もとには何も残らないわけだから、まあいいんじゃないかな」

「今夜わたしたちが一緒に寝る時すぐそばにあるのよ」

「もしかしてわたしはその辺に立ったままの方がいいのかな。そうすればきみはテーブルと一緒にベッドに入れる」

「妬いているのね！」

「もちろん」

デブラは台所に行き、ぼろぎれと洗剤を持って戻ってきた。そして大理石をきれいに拭き始める。

「わかる？　大理石の石目を浮かび上がらせる特別な扱い方があるのよ」

わたしは服を脱いで、パンツ姿でベッドの縁に座った。それから枕の上に倒れ込み、ベッドカバーの上に横たわる。それからはっとして起き上がった。「しまった、デブラ、ベッドカバーをぐしゃぐしゃにしてしまったよ」

「あらいいのよ」

飲み物を二杯取りに行き、ひとつをデブラに手渡した。テーブルの手入れをする彼女をじっと見守る。すると彼女がわたしを見つめる。

「ねえ、わたしがこれまで見た男の人の脚の中で、あなたのがいちばんきれいだわ」

「年寄りにしては悪くないだろう、どうかな、お嬢ちゃん？」

「たいしたものよ」

彼女はもう少しテーブルを磨いてから、手を休めた。

「テッシーとはちゃんとうまが合ったの？」

「彼女はいいよ。ほんとうに気に入ったね」

「仕事ができるのよ」

「それは気がつかなかったね」

「彼女が帰ってしまって残念だわ。わたしたちともっと打ち解けたかったのだと思うの。彼女に電話しなくちゃ」

「すればいいじゃないか」

デブラは電話をかけた。テッシーとかなり長い間お喋りしている。だんだん暗くなってきた。夜の食事はどうすればいい？　彼女はベッドの真ん中に電話を置き、脚を組んで座っている。いい尻をしている。デブラが声を上げて笑い、それから別れの言葉をかけた。わたしを見つめる。

「テッシーがあなたのこと素敵だって」

わたしは飲み物のおかわりを取りにいった。戻ると、大きなカラー・テレビがついている。わたしたちはベッドの上に並んで座ってテレビを見た。ふたりとも壁にもたれて、飲み物を手にしている。

「ヘンリー、感謝祭の日はどうするつもり?」と彼女が尋ねる。

「何も」

「わたしと一緒に感謝祭を過ごせばいいじゃない? 七面鳥も用意するし。友だちも二、三人やってくるわ」

「いいよ、そいつは素敵だ」

デブラが前に乗り出してテレビのスイッチを切った。彼女はとてもしあわせそうだ。部屋の明かりも消えた。彼女はバスルームに行き、薄い下着のようなものを身に纏って現われた。そしてベッドのわたしの隣に入り込む。わたしたちはからだを寄せ合った。ペニスが大きくなる。彼女の舌がわたしの口の中を出たり入ったりする。大きくてあたたかい舌をしている。わたしは下の方にからだをずらせていく。彼女の陰毛をかきわけて、舌を這わせた。それから少しだけ鼻先でクリトリスを擦る。彼女は感じている。わたしはまたせり上がって、彼女の上になり、挿入した。……わたしは必死で頑張った。赤の短いスカートのテッシーを思い浮かべようとした。効果はない。すべてをテッシーで使い果たしていた。腰を使い続ける。「ごめん、ベイビー、飲みすぎてしまった。ああ、心臓が止まってしまう!」

彼女がわたしの胸に手をあてる。「ちゃんと動いているわよ」

「こんなわたしでも感謝祭に呼んでもらえるかな?」

「もちろんよ、かわいそうなあなた、気にしないで、お願いだから」

彼女におやすみのキスをし、寝返りをうって眠りにつこうとした。

91

翌朝デブラが仕事に出かけてから、風呂に入り、そしてテレビを見ようとした。裸のまま歩き回っていて、通りから自分の姿が表の窓越しにまる見えになっていることに気がついた。そこでグレープフルーツ・ジュースを一杯飲んでから服を着た。結局何もすることがなくて自分の家に帰るしかなくなってしまった。郵便物が来ていて、誰かからの手紙もその中に入っているかもしれない。全部のドアに鍵がかかっていることを確認して、フォルクスに向かい、エンジンをかけてロサンジェルスの街なかに戻った。

帰る途中でサラのことを思い出した。ザ・ランサーでの朗読会の時に逢った三番目の女性だ。札入れの中に彼女の電話番号をしまっていた。家に帰って、糞をしてから、彼女に電話をかけた。

「もしもし、チナスキーだ。ヘンリー・チナスキー……」

「ええ、覚えているわ」

「何しているの？　車に乗ってきみに逢いにいこうかなって思ったんだけど」

「今日はレストランに行かなくちゃならないの。そっちに来ればいいじゃない？」

「健康食の店だろう、そうじゃないの？」

「そうよ、あなたにおいしいヘルシー・サンドイッチを作ってあげるわ」

「そう？」

「四時に閉めるの。そのちょっと前に来ればいいじゃない？」

「わかった。どうやって行けばいい？」

「書くものを用意してね。道順を言うから」

わたしは道順を書き留めた。「三時半頃に逢おう」と約束した。

二時半頃フォルクスに乗り込んだ。フリーウェイの途中で教えられた道順がこんがらがってしまった。わたしがこんがらがってしまっただけなのかもしれない。フリーウェイも道順の指示も大嫌いだ。わたしがフリーウェイから下りて、自分がレイクウッドにいることを確かめた。ガソリンスタンドに車を乗り入れ、サラに電話をかけた。

「ドロップ・オン・インです」と彼女が電話に出る。

「くそっ！」とわたしが言う。

「どうしたの？　怒っているようね」

「今、レイクウッドだ！　きみの教え方はめちゃくちゃだよ！」

「レイクウッド？　待って」

「もう帰るよ！　飲まずにはいられない」

「ちょっと待ってよ。あなたに逢いたいの！　レイクウッドのどの通りにいて、いちばん近くで交わっているのがどの通りなのか教えて」

受話器を垂らしっぱなしにして、自分がどこにいるのか確かめにいった。わかったことをサラに伝える。彼女は改めて道順を教えてくれる。

「簡単よ」と彼女が言う。「ちゃんと来るって約束して」

「わかった」

「また迷ったら、電話してね」

「ごめんよ、ほら、わたしは方向感覚がないんだ。道に迷う悪夢ばかり見ているよ。きっとわたしはどこかよその惑星の人間なんだろうね」

「いいのよ。新しくわたしが教えたとおりに来てね」

車に戻り、今度は簡単だった。すぐにもパシフィック・コースト・ハイウェイに出て、あとはわき道を見つけるだけでよかった。わき道は見つかった。そこを下りていくと、海沿いの俗っぽいショッピング地域に出た。ゆっくりと車を走らせ、探し当てた。ドロップ・オン・インという手描きの大きな看板が出ている。窓には写真や小さなカードが糊で貼りつけられている。絵に描いたような健康食の店だ。まいった。わたしは中に入りたくなかった。そのブロックをひと回りして、ゆっくりとドロップ・オン・インを通り過ぎた。右に曲がり、また右に曲がる。クラブ・ヘイヴンというバーを見つけた。表に車をとめて中に入った。

午後の三時四十五分になっていて、満席だった。ほとんどの客は腰を上げそうもない。わたしは立ったままウォツカ・セブンを注文した。飲み物を持って電話のところまで行き、サラにかけた。「オーケイ、ヘンリーだ。来たよ」

「二度も車で通り過ぎるのを見たわ。恐がらないで。どこにいるの?」

「クラブ・ヘイヴン。一杯飲んでいるんだ。すぐそっちに行くよ」

「わかったわ。飲みすぎないでね」

最初の一杯を飲み終えておかわりをした。小さな仕切り席があいていたので、そこに腰をかけた。わたしはまるで行きたくなかった。サラがどんなだったかもほとんど覚えていない。

飲み終えて、車で彼女の店に向かった。車から降り、網戸を開けて中に入っていく。サラはカウンターの中にいた。彼女がわたしに気づく。「ハイ、ヘンリー!」と呼びかける。「すぐにそっちに行くから」彼女は何かの下拵えをしていた。四、五人の男たちがあたりに立っていたり、座っていたりしている。カウチに座っている者もいれば、床に座っている者もいる。みんな二十代の半ばで、みんなそっくりで、みんなぴったりのバーミューダ・ショーツをはいて、ただ座っていた。時々誰かが脚を組んだり咳払いをしたりするだけだ。サラはかなりの美人で、細身で、きびきびと動き回っている。品がある。髪は赤毛とブロンドが混じっている。実に見事だった。

「あなたのにとりかかるから」と彼女がわたしに言う。

「わかった」

本棚があり、わたしの本も三、四冊入っている。ロルカの本を見つけ、座って読むふりをした。そうすればバーミューダ・ショーツの男たちを見ずにすむ。彼らは手荒に扱われたことなど一度もないようで、母親に大切に育てられ、満足という柔らかくてきらびやかな布で手厚く保護されているようだ。誰ひとりとして監獄にぶち込まれたこともないし、自分の手で必死に働いたこともないし、交通違反のチケットを切られたことすらない。仲間みんなでスキムミルクを飲んで浮かれ騒いでいる。

サラがわたしに健康食のサンドイッチを持ってきてくれた。「ほら、食べてみて」

わたしがサンドイッチを食べている間、男たちはぐだぐだしていた。すぐにもひとりが立ち上がって出ていき、またひとりが続く。サラは掃除にとりかかっている。残っているのはひとりだけになった。二十二歳ぐらいの男で床の上に座り込んでいる。ひょろ長くて背中が弓のように曲がっている。太い黒縁の眼鏡をかけていて、ほかの男たちよりもずっと孤独で気がふれているようにも思えた。「ねえ、サラ」とその男が言う。「今夜出かけてビールを飲もうよ」

「今夜はだめよ、マイク。明日の夜はどう?」

「いいよ、サラ」

彼は立ち上がってカウンターに歩み寄る。硬貨を置いて、健康食クッキーを一枚取った。カウンターに立って健康食クッキーを食べている。食べ終えると、背中を向けて出ていった。

「サンドイッチは気に入った?」とサラが尋ねる。

「ああ、悪くはなかったね」

「遊歩道に出ているテーブルと椅子を中に入れてくださる?」

わたしはテーブルと椅子を中に入れた。

「何がしたい?」と彼女が聞く。

「そうだね、バーはいやだな。空気が悪い。何か飲むものを仕入れて、きみの家へ行こうよ」

「いいわ。ごみを運び出すのを手伝ってね」

わたしは彼女がごみを運び出す手助けをした。それから彼女は戸締まりをした。

「わたしのバンについてきて。いいワインをおいている店を知っているの。それからわたしの家までついてくればいいわ」

彼女はフォルクスのバンに乗っていて、わたしはその後について走った。彼女のバンの後ろの窓には男のポスターが貼られている。「にっこり笑って、喜べ」とその男はわたしたちに助言してくれている。ポスターのいちばん下に彼の名前があった。ドレイアー・バーバ。

わたしたちはワインのボトルを開けて、彼女の家のカウチに座った。わたしは彼女の家の家具の備え付け具合が気に入った。家具はベッドも含めてすべて彼女の手作りだ。ドレイアー・バーバの写真がいたるところにある。インド出身で、自分は神だと言い、一九七一年にこの世を去っている。

サラとわたしが座り込んで一本目のワインを飲んでいると、ドアが開いて、乱杭歯で長髪、それにやたらと長い鬚を伸ばした若者が入ってきた。「ロンよ、わたしのルームメイトなの」とサラが紹介する。

「やあ、ロン。ワインはどう？」

ロンはわたしたちと一緒にワインを飲んだ。そのうち太った女の子と痩せて頭を剃った男が入ってきた。パールとジャックだった。彼らも座り込んだ。それからまた別の若者がやってきた。ジーン・ジョンという名前だった。ジーン・ジョンも座り込んだ。今度はパットが入ってくる。長髪で黒い鬚をはやしている。わたしの足もとの床の上に彼は座る。

「ぼくは詩人だ」とパットが言う。

わたしはワインを一口飲んだ。

「どうやって出版に漕ぎつけるの？」と彼がわたしに質問する。

「編集者に渡すんだ」

「でもぼくは無名だよ」

「誰だって無名から出発するんだ」

「ぼくは一週間に三晩詩の朗読をしているんだ。ぼくは役者もやっているから朗読がとてもうまい。自分の作品をちゃんと朗読すれば、誰か出版したがる人が出てくるかもしれないと思うんだけど」

「不可能なことではないね」

「問題はぼくが朗読しても誰も顔を出してくれないことなんだ」

「何と言えばいいのかわからないよ」

「私家版で本を出すつもりだよ」

「ホイットマンもそうだった」

「あなたの詩を少し朗読してくれる?」

「絶対にだめだ」

「どうしてだめなの?」

「わたしはただ飲みたいんだ」

「あなたは自分の本の中で酒を飲むことによく触れている。飲むことが書くことの助けになっているの?」

「いや、わたしは作家になったただのアル中でしかない。作家になれば昼までベッドの中にいられるからね」

わたしはサラの方を向いた。「きみにこんなにたくさんの友だちがいるとは知らなかったよ」

「今日はふつうじゃないわ。こんなことめったにないのに」

「ワインがいっぱいあってよかったね」

「みんなきっとすぐに帰ると思うわ」

ほかのみんなはお喋りしていた。とりとめのない話で、わたしは耳を傾けるのをやめた。サラは申し分ないように思えた。彼女の話は機知に富み、切れ味も鋭かった。心根もいい。パールとジャックがまず帰った。次がジーン・ジョンだった。それから詩人のパットだ。ロンがサラの向こう側に座り、反対側にわたしが座っている。わたしたち三人だけになった。ロンが自分でワインを注ぐ。彼にとやかく言えない。ルームメイトなのだ。彼よりも辛抱強く待てるわけがなかった。すでにここに住んでいるのだ。わたしはサラにワインを注ぎ、それから自分の分も注いだ。それを飲み終えてからサラとロンに声をかけた。「さてと、もう行こうかな」

「あら、だめよ」とサラが言う。「そんなにすぐなんて。あなたとお喋りする機会もなかったじゃない。わたしはあなたと話がしたいの」

彼女はロンを見る。「わかるわよね、そうでしょ、ロン？」

「もちろん」

彼は立ち上がって、家の奥の方へと消えていった。

「ねえ」とわたしは言う。「どんなごたごたも引き起こしたくないからね」

「ごたごたって？」

「きみときみのルームメイトとの間の」

「あら、わたしたちの間は何でもないわよ。セックスもないし、何もない。彼はこの家の奥の一部屋を借りているだけなの」

「ああ」

ギターの音が聞こえた。そしてけたたましい歌声。

「ロンよ」とサラが言う。

彼はただ吠えて豚のようにわめいているだけだ。あまりにもの悪声はコメントのしようがない。

ロンは一時間も歌い続けた。サラとわたしはもう少しワインを飲んだ。彼女は蠟燭に火をつける。

「ほら、ビーディよ」

わたしは一本吸ってみた。ビーディはインドの小さくて茶色い煙草だ。ぴりっとする味がおいしい。サラの方を向いてふたりの初めてのキスをした。彼女はキスがうまい。今夜は楽しくなりそうだ。

網戸が勢いよく開いて、ひとりの若者が部屋の中に入ってきた。

「バリー」とサラが言う。「お客さんはもういらないの」

網戸がばたんと閉まり、バリーが出ていった。わたしはこれから起こりうる厄介な事態を予測した。ひとりの隠遁者として、わたしは頻繁な人の出入りには耐えられなかった。嫉妬などではなく、ただ人間や人込みが嫌いなだけだ。自分の朗読会以外はどこであろうと。人はわたしの力を奪う。わたしからすっかり吸い取ってしまうのだ。

「人間性《ヒューマニティ》、最初からそんなものとはまるで縁がなかった」それがわたしのモットーだ。

サラとわたしはまたキスをした。ふたりとも飲みすぎていた。サラがもう一本ボトルを開ける。

彼女はいいワインを揃えていた。何を話せばいいのかわたしには見当がつかない。サラのいちばんいいところは、わたしの書くものについてほとんど言及しないことだった。最後のボトルが空き、わたしは酔っぱらいすぎて車を運転して帰れないとサラに告げた。

「あら、わたしのベッドで寝ればいいわ、でもセックスはなしよ」

「どうして？」

「人は結婚することなくセックスをしないわ」

「セックスをしない？」

「ドライアー・バーバはセックスを信じてはいないの」

「神も過ちを犯すことがある」

「絶対にないわ」

「わかったよ、さあ、ベッドに行こう」


わたしたちは暗闇の中でキスをした。いずれにしてもわたしはキス魔で、サラはこれまでに逢った中でもいちばんキスがうまいひとりだった。彼女に敵う誰かを探そうと思えば、リディアまで遡らなければならない。とはいうものの、ひとりとして同じ女性はいなくて、みんなその人なりのキスをする。リディアは今頃きっとどこかのくそったれとキスしていることだろう。あるいはもっとひどければ、そいつの一物にキスしているかもしれない。キャサリンはオースティンで眠っている。

サラはわたしのペニスをその手に摑み、撫でたり擦ったりする。それから自分の性器に押しつけた。押しつけたペニスを何度も自分の性器で上下に擦る。彼女は自分の神のドレイアー・バーバの言いつけを遵奉《じゅんぽう》している。わたしたちはひたすらキスし合い、彼女はわたしのペニスを自分の性器や、よくはわからなかったが、おそらくはクリトリスにも擦りつけ続けた。彼女がペニスを中に入れてくれるのを待つ。しかし擦り続けるだけだ。陰毛がペニスにすれて痛い。わたしは身を引いた。

「おやすみ、ベイビー」と言って、寝返りをうち、彼女に背中を向ける。ドレイアー・ベイビーよ、とわたしは思った。このベッドの中にあなたの熱烈な信者がひとりいるというわけだ。

朝になってまたわたしたちは例の擦りっこを始めたが、結果は同じだった。もうどうでもいい、この手の空まわりはもう結構という気になった。

「お風呂に入りたい？」とサラが聞く。

「ああ」

バスルームに入って、蛇口をひねった。昨日の夜、いつだったかは忘れたが、わたしはサラに、正気とは思えない自分の行ないのひとつは一日に三度も四度も湯気のたった熱い風呂に入ることだと話していた。昔ながらの水療法だ。

サラのバスタブはわたしのうちのよりもたくさん水が入り、湯の温度もずっと熱かった。わたしの身長は正確には百八十二センチ二十五ミリだが、それでもこのバスタブの中ではからだを伸ばすことができた。昔は身長百五十二センチの銀行員のためでなく、皇帝たちのためにバスタブが作られていたのだ。

わたしはバスタブに浸かってからだを伸ばした。最高の気分だ。それから立ち上がり、彼女の性器と陰毛に擦りつけられてひりひりしている哀れな自分のペニスを眺めやった。大変だったな、息子よ、しかしもうちょっとだった、何もしないよりはましだったのかな？

バスタブの中に座って、もう一度からだを伸ばした。電話が鳴った。一瞬の間がある。それからサラがノックした。

「どうぞ！」

「ハンク、デブラよ」

「デブラ？　どうしてわたしがここにいるってわかったんだ？」

「いたるところに電話したみたい。後でかけなおすって言いましょうか？」

「いや、ちょっと待ってもらって」

大きなタオルを見つけて腰に巻きつけた。そして部屋に出ていった。サラは電話でデブラと喋っている。

「あら、彼だわ……」

サラがわたしに受話器を手渡す。「もしもし、デブラ？」

「ハンク、どこにいたのよ？」

「バスタブの中」

「バスタブ？」

「そうだよ」

「出てきたばかり？」

「そうだよ」

「何を着ているの？」

「腰にタオルを巻いている」

「腰のタオルを落とさずによく電話できるわね？」

「ちゃんとできるよ」

「何かあったの？」

「いや」

「どうして？」

「何がどうして？」

「つまり、どうして彼女とやらなかったの？」

「ねえ、わたしがそんなことばかりしてうろつき回っていると思っているのかい？　わたしには
それしかないだろうって思うのかい？」

「じゃあ何もなかったのね？」

「そうだ」

「何が」

「ああ、何もなかった」

「そこを出たらどこへ行くつもり？」

「自分のうちさ」

「こっちに来て」

「きみの法律の仕事の方はだいじょうぶなのかい？」

「ほとんど片づきかけているの。テッシーがちゃんとやってくれるわ」

「わかった」

わたしは電話を切った。

「これからどうするの？」とサラが尋ねる。

「デブラのところに行くよ。これから四十五分で行くって言ったんだ」

「でも一緒にお昼を食べられると思っていたのに。メキシコ料理のお店を知っているの」

「ねえ、彼女は気がかりでしかたがないんだ。それなのにふたりでのんびりお喋りしながら昼食を食べられると思うかい？」

「あなたと一緒にお昼を食べようと決めていたのに」

「くそっ、きみのお客さんたちに食べさせなくてもいいのかい？」

「十一時に開けるの。まだ十時よ」

「いいよ、食べに行こう」


そのメキシコ人の店はハーモサ・ビーチのいんちきヒッピーたちがたむろしている場所にあった。面白みがなくて、どうでもいいような連中だ。岸辺の死。いつのまにかのその現われて、息を吸い込み、サンダルをはいて、さも素敵な世界にいるかのようなふりをする。

注文した品物を待つ間、サラは手を伸ばしてホット・ソースのボウルに指を突っ込み、その指をしゃぶる。それからまた指を突っ込む。彼女の頭がボウルの上に覆いかぶさっている。お下げにされた彼女のまっすぐな髪の毛が今にもわたしに突き刺さりそうだ。彼女はボウルに指を突っ込んではしゃぶり続けている。

「ねえ」とわたしはたまらず声をかける。「ほかの人たちもこのソースを使うんだ。きみを見ているとむかつくよ！　もうやめろよ」

「違うわ、毎回取り替えるのよ」

この店が毎回ちゃんと取り替えていてくれることを祈った。やがて食事が運ばれてきた。サラは覆いかぶさると獣のように食らいつく。ちょうどリディアの食べ方と同じだ。食事を終えると、店から出て、彼女は自分のバンに乗って健康食の店に向かい、わたしはフォルクスに乗り、プラヤ・デル・レイに向けて走りだした。わたしは丁寧に道順を教えられていた。道順はややこしかったが、そのとおりに走って、問題はなかった。うまくいきすぎて拍子抜けするほどだった。というのもわたしの毎日からストレスや狂気が除去されてしまえば、ほかにあてにできるものはほとんど何も残っていないと思えてしまうからだ。

わたしはデブラの庭に乗りつけた。ブラインドの向こうの物影が動く。彼女はわたしをずっと見守っていたのだ。フォルクスから降り、自動車保険の期限が切れてしまっていることもあって、両扉がちゃんとロックされているかどうか確かめた。

玄関に向かい、デブラの呼び鈴を鳴らす。ドアを開けた彼女はわたしと逢えて喜んでいるようだ。それはそれでいいことだったが、かくして作家はまた仕事につけなくなってしまう。

92

その週の残りは大したこともなかった。オークトゥリー開催が行なわれ、二、三度競馬場に足を運んだが、結果はとんとんだった。セックス・マガジンにエロ小説を書き、詩を十篇か十二篇ほど書き、マスターベーションをして、毎晩サラとデブラに電話した。ある夜キャシーに電話したら男が出た。さよなら、キャシー。

わたしは女との別れに思いを馳せた。どんなに面倒なことか。しかしある女と別れると、たいていはすぐにも新しい女との出会いが待ち受けている。女たちをちゃんと知るために、彼女たちの心の中まで入り込むために、わたしは手を出して味わわずにはいられない。わたしは自分が男だから、心の中で男たちを創作することができる。しかし女たちは、わたしの場合、まず知ることなしに小説化することはほとんど不可能に近かった。そこでできるかぎり彼女たちを探究しつくし、その中にひそむ人間を見つけ出す。書くことは二の次になる。ひとつのエピソードが現実に続いている間は、書くことはひとまずその向こうに追いやられてしまう。書くことはただの残滓にしかすぎない。男はできるかぎりリアルな感情を味わいたいがために、女を手に入れずにはいられなくなるわけではない。しかし何人かとでも知り合えたらそれに越したことはない。そして関係がひとたびうまくいかなくなれば、ほんとうに孤独で今にも発狂してしまいそうになるのがどんな状態なのか、男は身をもって知るようになる。かくして一巻の終わりが訪れた時、自分が何に向き合わねばならないのか遂に悟るというわけだ。

わたしはいろんなことにほろっとさせられた。

ベッドの下の女の靴。

ドレッサーに置き忘れられた一本のヘアピン。

「おしっこしてくる」と言った時の彼女たちの口調。

髪のリボン。

昼下がりの一時半に彼女たちと大通りを歩いたこと、ふたりだけで歩いたこと。

飲んで煙草を吸ってお喋りした長い夜。

口喧嘩。

自殺を思い浮かべたこと。

一緒に食事をして楽しかったこと。

冗談の数々、突然の高笑い。

奇跡の気配。

車をとめてその中に一緒にいたこと。

午前三時に昔の恋と比較したこと。

鼾をかいていると言われ、彼女の鼾が聞こえたこと。

母親たち、娘たち、息子たち、猫たち、犬たち。

死や離婚に巡り合うことがあっても、いつも何とかやり続けて、いつもちゃんと切り抜けたこと。

彼女がIQ・九十五の歯科医と結婚してしまい、安っぽいサンドイッチの店でひとり新聞を読みながら吐き気を催していたこと。

競馬場、公園、公園でのピクニック。

監獄すらにも。

彼女のつまらない友だち、自分のつまらない友だち。

自分は酒を飲み、彼女は踊りまくったこと。

自分がいちゃついたこと、彼女がいちゃついたこと。

彼女のクスリ、添え物のセックス、そして彼女も同じ仕打ちをしたこと。

一緒に眠ったこと……。

下されるべき審判は何もなかったが、それでも人は必要に迫られ、選択しなければならなくなる。理屈では善悪を超えてと言えても、生きていくためには選ばずにはいられない。ほかの人より優しい人もいれば、単純に人一倍関心を抱いてくれる人もいる。

そして時にはちょうどいやらしくて下卑た映画のような、その手の刺激を味わいたいがために、見た目は優雅そのものでも心の中は冷酷といった人なしではいられなくなる。優しい人の方が、実のところ、セックスもよかった。それに彼女たちのそばにしばらくいると、きれいだと思えてくるし、実際にそうだった。わたしはサラに思いを馳せた。彼女は何か特別なものを持っている。あのばかげたストップ・サインを掲げたドレイアー・バーバさえいてくれなければいいのに。


十一月十一日の復員軍人の日はサラの誕生日だった。わたしは彼女の家で一度、自分の家で一度と、これまでに二度逢っていた。いずれも楽しさとこれから何が起こるかという期待に満ち溢れていた。彼女は一風変わっているが、自分というものをちゃんと持っていて独創的でもあった。一緒にいるとしあわせな気分に包まれるが、ベッドの中だけは別で、激しく燃え上がりはするものの、ドレイアー・バーバがわたしたちふたりを引き裂き続けている。わたしは神との闘いに敗れつつあった。

「やることはそんなに大切なことじゃないわ」と彼女はわたしに教え諭す。

わたしはハリウッド・ブールヴァードとファウンテン・アベニューがぶつかったところにあるアーント・ベッシーズというエキゾティックな食品店に出かけた。若い黒人や白人の店員は、知性を鼻にかけて紳士気取りで、いまいましいかぎりだった。彼らは威張りくさって歩き回り、客を無視したり無礼をはたらいたりする。そこで働いている女たちは、ぼおっとしていて活気がなく、ぶかぶかの大きなブラウスを着て、恥ずかしさのあまり消え入りそうになっているかのようにこうべを垂れていた。客はといえば、侮辱に耐えてまた足を運ぶような白髪混じりの弱々しい人間ばかりだ。店員たちはわたしにはたわけた振る舞いには出なかった。だからやつらはまた明日も元気で生きていられるというわけだ……。

わたしはサラにバースデイ・プレゼントを買った。蜜蜂の分泌物はちょっとした贈り物となるはずで、それは釣鐘形の蜂の巣から針で吸い上げられた無数の蜜蜂のエキスだった。

わたしは小枝細工の籠を持っていて、その中には蜜蜂の分泌物のほかに、何本かのお箸、海塩、有機肥料栽培の石榴《ざくろ》が二個、同じく有機肥料栽培のりんごが二個、それにひまわりの種が入っていた。目玉は蜜蜂の分泌物で、値もかなり張るものだった。サラはそれが欲しいと前々からしきりに言っていたのだ。高くて手が出ないとも彼女は言っていた。

サラの家に車で向かった。ワインのボトルも何本か手にしていた。実のところ、そのうちの一本を髭を剃りながら手早く片づけていた。わたしはめったに髭を剃らないが、サラの誕生日と復員軍人たちの夜のために剃ったのだ。彼女はいい女だ。気性も素晴らしく、奇妙なことに、彼女の禁欲主義も理解できた。つまり、彼女の考え方というのは、いい男のためにとっておかなければならないということなのだ。必ずしもわたしがいい男だというわけではないが、ようやく有名になったわたしがパリのカフェのテーブルについてそれとなく漂わせている風格と、彼女に備わっている風格とは、並んで座ったとしても、実にぴったりくるはずだ。彼女は思わず親愛の情を抱かせる女性で、知性をひけらかすこともないし、何よりも素晴らしいのは、その髪の金髪と赤毛との見事な混ざり具合だった。何十年もかけてわたしはこんな色の髪を探し求めていたような気持にさせられる……もしかしてもっと長い間。

パシフィック・コースト・ハイウェイのバーで車をとめ、ダブルのウォツカ・セブンを飲んだ。サラのことがあれこれと気になった。セックスは結婚を意味すると彼女は言っていた。本気でそう言っているのは間違いない。彼女は確かに禁欲的だ。それでも彼女がいろんなやり方で道を踏みはずしていること、すなわち彼女の性器にペニスがすりむけるほど激しく擦りつけた男はわたしが初めてでは絶対にないということは容易に想像がつく。わたしの推測では、彼女はほかのみんなと同じように混乱しているだけなのだと思う。どうして彼女のやり方に同意してしまったのか、わたしには大いなる謎だった。頑張って彼女を打ち負かしたいという気分にすら特にならなかった。考え方は納得しかねたが、それでもわたしは彼女が好きだった。不精になってきたのかもしれない。セックスに飽きたのかもしれない。いよいよ歳を取ったのかもしれない。誕生日おめでとう、サラ。

彼女の家に乗りつけ、健康食品の籠を持ち込んだ。彼女は台所にいた。ワインと籠を持ったまま腰をおろす。

「来たよ、サラ！」

彼女が台所から出てきた。ロンはいなかったが、彼のステレオを彼女は大音響でかけっぱなしにしている。わたしはステレオを好きになったことなど一度もなかった。貧しい地域に住んでいると、絶えず隣人のたてる物音を聞かされる羽目になり、お取り込み中の音も聞こえてくるが、いちばん不快なのは、音量いっぱいでかかっている他人の音楽の垂れ流しを、胸くそが悪くなるまで何時間にもわたってむりやり聞かされることだった。それだけではなく、そうした連中はいつも窓を開けっぱなしにして、自分たちが楽しんでいる音楽をほかのみんなも楽しんでいると信じ込んでしまっている。

サラはジュディ・ガーランドをかけていた。ジュディ・ガーランドはわたしも少しは好きで、特にニューヨーク・メトロポリタン・オペラハウスでの舞台が気に入っていた。しかし突如として彼女はけたたましくなってしまい、感傷的でたわけた歌をただきゃんきゃんわめいているように思えた。

「お願いだから、サラ、音を下げておくれ！」

彼女はボリュームを下げたが、ほんの少しだけだった。彼女はワインのボトルをまず一本開け、わたしたちはテーブルを挟んで座った。わたしは妙にいらいらしていた。

サラが籠に手を伸ばし、蜜蜂の分泌物を見つけた。彼女は興奮する。蓋を取って、味見した。

「とても強力で効き目があるのよ」と彼女が言う。「エキスなの……少しいかが？」

「いらないよ、ありがとう」

「わたしたちのディナーを作っているの」

「いいね。でもきみを連れ出すべきじゃないかな」

「もう取りかかっちゃったもの」

「ならいいよ」

「でもバターが欲しいの。出かけて買ってこなくちゃ。それに明日のお店用に胡瓜とトマトも必要なの」

「わたしが買ってこよう。きみの誕生日だよ」

「ほんとうに蜜蜂の分泌物をちょっとだけでも試してみたくないの?」

「いや、ありがとう、いいんだ」

「この壜をいっぱいにするのにどれほどの蜜蜂がいるのか見当もつかないわ」

「誕生日おめでとう。バターとかいろいろと買ってくるよ」

わたしはもう一杯ワインを飲んで、フォルクスに乗り込み、小さな雑貨店に乗りつけた。バターはあったが、トマトと胡瓜は古くて萎びていた。バターの代金を払い、もう少し大きな店を探して車を走らせた。一軒見つけて、トマトと胡瓜を仕入れると、引き返した。彼女の家へと続く道を歩いていると、音が聞こえてきた。彼女はまたステレオを音量いっぱいにかけている。近づくにつれて、むかついてきた。神経の糸がぎりぎりまで引っ張られて、ぷちんと切れた。わたしはバターの紙袋だけ持って家の中に入っていった。トマトと胡瓜は車の中に忘れてきた。彼女が何をかけているのかはわからない。あまりにも大きすぎて音の区別がつかなかった。

サラが台所から出てくる。「こんちくしょうめ!」とわたしは叫んだ。

「どうしたの?」とサラが尋ねる。

「聞こえないぞ!」

「おまえはあのくそステレオをでっかい音でかけすぎている! わからないのか!」

「何が?」

「わたしは帰る!」

「だめよ!」

わたしはまわれ右して、網戸をばたんと閉めて外に出た。フォルクスまで歩いて、運び忘れていたトマトと胡瓜の紙袋を見つけた。それを摑むとまた車回しを戻っていった。彼女と出会う。紙袋を彼女に押しつける。「ほら」

それから彼女に背中を向けて歩き去った。「このいやらしいいやらしいいやらしいくそったれ!」と彼女が悲鳴を浴びせる。

彼女は紙袋をわたしめがけて投げつけた。背中のど真ん中に当たる。彼女はまわれ右をすると家の中に駆け込んだ。地面に散らばって月明かりに照らされているトマトや胡瓜に目を遣る。瞬間拾おうかとも思ったが、振り向いてその場から立ち去った。

93

ヴァンクーヴァーでの朗読会が、五百ドルと航空運賃に宿泊費という条件で行なわれることになった。スポンサーのバート・マッキントッシュは、国境を越えることに神経質になっていた。わたしはシアトルまで飛び、そこで彼と落ち合って一緒に車で国境を越え、朗読会の後はヴァンクーヴァーからLAまで飛行機で帰ることになった。どういう事情でそうなったのかいまひとつ釈然とはしなかったが、それでいいと答えた。

そこでまたわたしは空の上にいて、ダブルのウォッカ・セブンを飲んでいる。一緒に乗っているのは、セールスマンやビジネスマンだ。わたしは小さなスーツケースを持ってきていて、中には着替えのシャツ、下着と靴下、詩集が三、四冊、それに新しい詩のタイプ原稿が十篇か十二篇入っていた。それに歯ブラシと歯磨きも入っている。詩を朗読して報酬を貰うためにどこかに出かけていくというのはばかげたことだった。まるで好きになれなかったし、実にくだらないことをしているという気分を払拭することができなかった。無意味で、人から蔑まれるいろんな仕事について五十歳になるまで馬車馬のように必死で働き、それから突如として国じゅうを飛び回るようになり、飲み物を手にしたうるさい男になってしまっている。

マッキントッシュがシアトルで待ち受けていて、彼の車に乗り込んだ。ふたりともあまり喋らなかったので、快適なドライブとなった。朗読会は個人的な主催で、わたしとしてはその方が大学主催の朗読会よりも好きだった。大学の場合はあれこれと怯えていた。わけても堕落した詩人に怯えていたが、その一方で、無視してしまうのは彼らの好奇心が許さなかった。

国境ではずいぶんと待たされ、百台もの車が渋滞していた。国境の番人たちは単にゆっくりしているだけだった。時たま彼らは古びた車を列の外に出させるが、たいていは一、二の質問をするだけで手を振って人々を行かせた。今回の手順に関してのマッキントッシュのパニックがわたしにはまるで理解できなかった。

「やれやれ」と彼が言う。「ちゃんと通過できたよ！」

ヴァンクーヴァーは遠くはなかった。マッキントッシュはホテルの前に車をとめた。よさそうなホテルだ。水上に建っている。わたしたちは鍵を受け取って上にあがった。冷蔵庫のある快適な部屋で、感謝すべきことにその中にはビールが入っていた。

「ひとつどうだ」とわたしは彼に言った。

わたしたちは座ってビールを啜った。

「去年はここにクリーリィが来た」と彼が言う。

「そうなのかい？」

「協同運営のアート・センターのようなところで、経済的にも自立しているんだ。かなりの会費を払って会員になり、貸しスペースがあったり、いろいろとある。あなたのショウはすでに売り切れだよ。入場料を引き上げればひと儲けできたのにとシルヴァースが言っていたよ」

「シルヴァースって誰だい？」

「マイロン・シルヴァース、ディレクターのひとりだ」

話がだんだんとだれてきた。

「街を案内してあげるよ」とマッキントッシュが言う。

「それには及ばないよ。自分で歩き回れる」

「夕食はどうする？　こっち持ちだ」

「サンドイッチでいい。そんなに腹も減っていないし」

彼と一緒に外に出ても、食事が終わったら自分は別行動するだろうと思った。彼が気にくわないというわけではなく、ほとんどの人間にわたしは興味を引かれないというだけの話だ。


わたしたちは三、四ブロック先に店を見つけた。ヴァンクーヴァーはとてもきれいな街で、街の人間の表情も都会の人間にありがちな殺気立ったものではなかった。そのレストランが気に入った。ところがメニューを見て、この店の値段がLAのわたしが住んでいるあたりよりも、だいたい四〇パーセントほど高いことに気づかされた。ローストビーフ・サンドイッチとあらためてビールを頼んだ。

合衆国の外に出るのは気分がよかった。雰囲気がまるで違う。女たちはずっときれいだし、ものごともずっと穏やかで、いかがわしさもあまり感じられない。わたしはサンドイッチを食べ終え、それからマッキントッシュがホテルまで車で連れ戻してくれた。車の中に彼を残し、エレベーターで上にあがる。シャワーを浴び、服を着ないで、窓辺に立って水面を見下ろした。明日の夜には何もかも終わり、わたしは彼らから金を貰い、昼にはまた空の上にいる。お気の毒さま。あと三、四本ビールを飲んでから、ベッドに入って眠った。

わたしは一時間早めに朗読会に連れていかれた。会場ではひとりの若者が歌っていた。集まった人たちは、彼の演奏中ずっとお喋りをしている。ビール壜がぶつかり合って音をたて、笑い声がさんざめく。酒を飲んでいる陽気な聴衆だ。わたしと同類だった。わたしたちは楽屋で飲んだ。マッキントッシュ、シルヴァース、わたし、そのほかにも何人かいた。

「あなたが来るまでここには男の詩人はずいぶんと長い間姿を見せなかったよ」とシルヴァースが言う。

「どういうことだい?」

「つまり、ずっとホモばかり続いていたんだ。流れが変わってよかったよ」

「ありがとう」

わたしはちゃんと朗読することができた。終わり近くには、わたしは酔っぱらっていたし、聴衆もそうだった。お互いに少しばかり口論し合ったり、罵り合ったりもしたが、だいたいはうまくいった。朗読する前に小切手を貰っていたせいか、わたしの口もなめらかだった。

終わってから一軒の大きな家でパーティがあった。一、二時間ほどたつと、ふたりの女性に挟まれていた。ひとりは金髪で、きれいな目とからだをしていて、象牙の彫刻のようだった。彼女はボーイフレンドと一緒だった。

「チナスキー、あなたにご一緒しますわ」しばらくして彼女が言った。

「ちょっと待って、ボーイフレンドと一緒じゃないか」

「あら、いいのよ」と彼女が言う。「彼はどうでもいいの！　あなたと一緒にいるわ！」

わたしはその若者を見た。目に涙を浮かべている。ぶるぶる震えている。かわいそうに、彼は恋しているのだ。

反対側の女性は黒髪だった。彼女のからだも同じほどきれいだったが、顔があまり魅力的ではなかった。

「わたしとご一緒して」とその彼女が言う。

「何だって？」

「一緒に連れていってと言ったのよ」

「ちょっと待ってくれ」

わたしは金髪の方を向いた。「ねえ、きみは素敵だけど、一緒には行けないよ。きみの友だちを傷つけたくない」

「あんなくそったれなんかどうでもいいのよ。彼はろくでなしよ」

黒髪の女性がわたしの腕を引っ張る。「今すぐ連れていって、でなきゃ帰っちゃうわよ」

「わかったよ。じゃあ行こう」

わたしはマッキントッシュを見つけた。彼は楽しんでいる様子ではなかった。きっとパーティが嫌いなのだ。

「さあ、マック、ホテルまで送っておくれ」

またもやビールだ。黒髪の女性は、自分の名前はアイリス・デュアルテだと教えてくれた。半分インディアンの血が入っていて、ベリー・ダンサーの仕事をしていると言う。彼女は立ち上がって、ひと踊りしてみせた。なかなかだった。

「最大限の効果を引き出すには絶対に衣裳が必要ね」と彼女が言う。

「いや、わたしには必要じゃないよ」

「そうじゃなくて、わたしに必要ってこと。もっときちんと見せるにはね、わかるでしょう」

彼女はインディアンのようだ。インディアンの鼻と口をしている。歳は二十三歳ぐらいで、目は濃い褐色、穏やかな話しぶりで、素晴らしいからだをしている。彼女はわたしの本を三、四冊読んでいた。よろしい。

それから一時間ほど飲んでから、ベッドに入った。わたしは彼女に挑みかかり、上になってせっせと励んだが、いい効果は得られなかった。お気の毒さま。

朝になって、歯を磨き、冷たい水で顔を洗ってから、またベッドへと戻った。わたしは彼女の性器をいじくり始めた。濡れてきて、わたしもその気にさせられた。彼女の上に乗っかった。むりやり捻じ込んで、彼女のからだを、若くて見事なそのからだを懸命に思い浮かべた。わたしが注ぎ込めるものすべてを彼女は貪りつくす。いいセックスだった。きわめてよかった。終わると、アイリスはバスルームに行った。

わたしはからだを伸ばして、今の一戦がどれほどよかったか反芻した。アイリスが現われて、またベッドに戻る。わたしたちはひとことも喋らなかった。一時間が過ぎた。また最初からやり始めた。

わたしたちはからだをきれいにして、服を着た。彼女は住所と電話番号を教えてくれ、わたしも自分のを教えた。彼女は本気でわたしのことが気に入っているようだった。十五分ほどして、マッキントッシュがドアをノックした。わたしたちはアイリスを彼女の仕事場の近くの交差点まで送っていった。ほんとうは彼女はウェイトレスをしているのだとばれてしまった。ベリー・ダンサーを目指しているだけだ。お別れのキスをする。彼女は車から降りる。振り返って手を振り、そして歩き去った。遠ざかるそのからだを目で追い続けた。

「チナスキーがまたものにした」と、空港に車を向かわせながらマッキントッシュが言う。

「どういたしまして」とわたしが答える。

「わたしにもつきがあったんだよ」と彼が言う。

「えっ？」

「どうだい。あの金髪をいただいたのさ」

「何だって？」

「そうさ」彼が笑い声をあげる。「やったんだ」

「空港までさっさと行くんだ、このろくでなし！」

ロサンジェルスに帰って三日目だった。デブラとデートの約束をしていた夜のことだ。電話がかかってきた。

「ハンク、アイリスよ！」

「ああ、アイリス、驚いたね！　どうしてるの？」

「ハンク、LAに飛ぶわ。あなたに逢いにいくのよ！」

「すごいぞ！　いつ？」

「感謝祭の前の水曜日に飛んでいくわ」

「感謝祭の？」

「次の週の月曜日までいられるのよ！」

「わかった」

「ペンある？　便名を教えるわ」


その夜デブラとわたしは海辺の素敵な店でディナーを共にした。シーフードが得意な店で、テーブルは余裕をもって配置されていた。ワインのボトルを注文して、食事がくるのを待った。デブラは以前に何度か逢った時よりも元気そうだったが、仕事が増えすぎて手に負えなくなり始めていると教えてくれた。彼女は新たに女性を雇い入れようとしている。しかし有能な人材はなかなか見つからない。みんな能なしばかりだ。

「そうだね」とわたしは言った。

「サラとは話しているの？」

「電話したよ。ちょっとした口喧嘩をしたんだ。何とか仲直りしたけどね」

「カナダから帰って彼女とはもう逢ったの？」

「いや」

「感謝祭に二十五ポンドの七面鳥を注文したわ。切りさばいてもらえる?」

「もちろん」

「今夜はあまり飲みすぎないで。飲みすぎるとどうなるかわかっているでしょ。のびてふにゃふにゃになったヌードルみたいになってしまうのよ」

「了解」

デブラが手を差し伸べてわたしの手に触れる。「わたしの愛しい〝ふにゃふにゃヌードル〟ちゃん!」


ディナーの後でわたしはワインを一本しか飲まなかった。彼女のベッドの上にふたりで座って、巨大なテレビを見ながらゆっくりと飲んだ。最初の番組はお粗末なものだった。二番目はまだましだ。性的倒錯者と農場で働く知能の低い少年の物語だった。狂った医者の手によって変質者の頭が農場の少年のからだに移植され、頭をふたつつけたまま逃げ出したからだは田舎じゅうを暴れまわって、身の毛もよだつありとあらゆることをしでかすという筋書きだ。かなり気分を盛り上げてくれた。

一本のワインのボトルと二つの頭の少年の後で、わたしはデブラの上になり、これまでと違う感じでうまくやることができた。意外なあの手この手を駆使して、激しく力のかぎり攻め立て、延々と続けてから彼女の中に思いきりぶちまけた。


朝になってデブラは、自分が仕事から帰ってくるまで家にいて待っていてほしい、とわたしに頼み込んだ。素敵な夕食を作るからと彼女は約束する。「いいよ」と答えた。

彼女が出かけてからひと眠りしようとしたが、眠れなかった。わたしは感謝祭の日のことが気になった。ここには来られないとどうやって彼女に伝えようか。あれこれと思い悩んでしまう。立ち上がって部屋の中を歩き回る。風呂に入った。それでどうなるというわけでもない。もしかしてアイリスの気が変わるかもしれない、彼女の乗った飛行機が墜落するかもしれない。感謝祭の朝に結局行けることになったとデブラに電話することもできる。

歩き回っているとますます気分が滅入ってきた。自分の家に帰るかわりに人の家に居続けているからなのかもしれない。苦悩を引き延ばしているようなものだ。わたしは何というたわけ者なのか？ 穢らわしくてわざとらしいゲームをやっているとしか思えない。わたしの動機は何なのか？ 何かに仕返ししようとしているのか？ それでもこれは研究の一環にしかすぎず、単に女性というものを学んでいるだけなのだと自分自身に言い聞かせ続けるのか？ わたしは彼女たちのことを何ひとつ思いやることなく、いろんなことが起こるにまかせているだけだ。自分の独善的で安っぽい快楽のことしか考えていない。できそこないの高校生のガキと何ら変わるところがない。どんな売春婦よりもたちが悪い。売春婦は金さえ貰えば、それ以上は何も要求しない。わたしは魂も心もある生身の人間をまるで自分のおもちゃのようにいじくりまわしているだけだ。こんな自分をどうして人間呼ばわりできる？ どうして詩など書ける？ わたしの中身は何でできているのか？ わたしはマイナー・リーグのサドで、彼ほどの知性にも恵まれていない。人殺しの方がわたしよりもずっとひたむきで正直だ。あるいは強姦魔の方が。わたしは自分の心が玩ばれたり、なぶりものにされたり、ばかにされたりするのはまっぴらごめんだった。とにかくそういう目にはすでにたっぷりあっていた。わたしは正真正銘のどうしようもない人間だ。敷物の上をあっちに行ったりこっちに来たりしながら、そのことを痛感せずにはいられない。役立たず。中でも最悪なのは、自分自身とはまるで違う人間、つまりいい人になりすましていることだ。みんなが信頼してくれるからこそ、わたしは他人の人生の中にずかずかと入り込むことができる。そんなふうにして自分のいやらしい仕事を楽にやりおおせていた。わたしが今書いているのは『ハイエナの恋物語』だ。

わたしは部屋の真ん中に突っ立って、自分の思いつきに仰天して茫然としていた。気がつくとベッドの縁に腰かけて泣いていた。指先が涙で濡れている。頭の中がくらくらしていたが、まだ正気は失っていなかった。自分がどうなってしまったのかまるでわからない。

電話を取って、サラの健康食の店の番号を回した。

「いま忙しい?」と尋ねる。

「いいえ、いま開けたばかりよ。だいじょうぶ? 何だかおかしいわ」

「最悪なんだ」

「どうしたの?」

「それが、感謝祭を一緒に過ごすとデブラに言ったんだ。彼女はあてにしている。でもちょっとしたことが起こってしまった」

「何なの?」

「その、前に言わなかったよね。きみとわたしはまだセックスをしていない。そうだろう? セックスひとつでいろいろと変わってしまう」

「何があったの？」

「カナダでベリー・ダンサーと逢った」

「逢ったの？　そして恋におちた？」

「いや、恋していない」

「待って、お客さんだわ。切らずに待っていてくれる？」

「いいよ……」

わたしは受話器を耳に押しあてたままじっと座っている。まだ裸のままだった。自分のペニスを見下ろした。このろくでなしの息子め！　おまえが欲しがるばかりにどれほど多くの心が悲しみで張り裂けたかわかっているのか？

受話器を耳に押しあてたまま、五分間ほどその場に座り続けていた。市外通話だった。いずれにしても通話料はデブラにつく。

「お待たせ」とサラの声が聞こえた。「続けて」

「それで、わたしがヴァンクーヴァーにいる時、そのベリー・ダンサーにそのうちＬＡまで逢いにおいでよと言ったんだ」

「そうなの？」

「ところが、さっきも言ったとおり、感謝祭は一緒に過ごそうって、すでにデブラと約束しているんだよ……」

「わたしにも約束したわよ」とサラが言う。

「したかい？」

「そう、あなたは酔っぱらっていたわ。アメリカ人誰もがそうであるように、自分も休日をひとりぼっちで過ごしたくないってあなたは言ったのよ。わたしにキスして、感謝祭を一緒に過ごせるかなって聞いたのよ」

「ごめんよ、覚えていないや……」

「いいのよ。待って……またお客さんが来たわ」

受話器を置いて、部屋の外に出て、飲み物を一杯注いだ。

寝室に引き返す途中で、鏡に映った自分の垂れ下がった腹の肉が目に入った。醜くて、何とも我慢ならない。どうして女たちはわたしを大目に見てくれるのか?

わたしは片手で受話器を耳に押しつけ、もう一方の手でワインを飲んだ。サラがまた電話に出る。

「いいわ。続けて」

「オーケイ。こういうことなんだ。ある夜ベリー・ダンサーから電話がかかってきた。実際の話、彼女はベリー・ダンサーではなくて、ただのウェイトレスなんだけどね。感謝祭をわたしと過ごすために彼女は飛行機でLAにやってくると言うんだ。彼女はすごく楽しそうだった」

「先約があるって彼女に言うべきだったのよ」

「言わなかった……」

「そこまで度胸がなかった」

「アイリスはいいからだをしている……」

「いいからだ以外にも人生にはいろんなことがあるのよ」

「いずれにしても、わたしは感謝祭は一緒に過ごせないとこれからデブラに言わなければならない羽目になってしまった。でもどう言えばいいかわからない」

「どこにいるの？」

「デブラのベッドの上だ」

「デブラはどこ？」

「仕事に出かけている」わたしはぐすぐすと泣かずにはいられなかった。

「あなたってただのどでかい泣き虫坊主にしかすぎないのね」

「わかってるよ。でも彼女にちゃんと言わなくちゃ。気が変になってしまいそうだよ」

「自分で収拾がつかない状態にしてしまったのよ。自分で解決するしかないわ」

「きみなら力になってくれると思ったのに。わたしがどうすればいいかきみなら教えてくれるかもしれないと思ったんだ」

「わたしにおむつを替えてもらいたいの？　あなたのためにわたしが彼女に電話すればいいの？」

「いや、だいじょうぶだよ、わたしも男だ。自分で彼女に電話するよ。今すぐ彼女に電話をかけるよ。彼女に真実を打ち明ける。このとんでもない厄介ごとをこれから片づけるから！」

「それでいいわ。どうなったか教えてね」

「幼い頃のせいなんだねえ。愛がどんなものかまるでわからなかった……」

「後で電話して」

サラは電話を切った。

わたしはまたワインを注いだ。自分の人生がどうなってしまったのかまるで理解できなかった。自分の見聞をなくしてしまい、自分の俗心をなくしてしまい、自分自身を守る固い殻もなくしてしまった。他人の問題を前にして発揮されるユーモア感覚もなくしてしまった。それらすべてをわたしは取り戻したかった。自分の場合はもっと簡単にことが運んでほしかった。それでもわたしは、何であれ少なくともすぐには自分の手には戻ってこないだろうということもわかっていた。やましさと無防備さを抱き続けなければならないさだめなのだ。

やましさを感じることは一種の病気なのだとわたしは自分自身に言い聞かせようとした。この世でのし上がっていくのはやましさを感じていない男たちなのだと。嘘をついたり、欺いたりできる男たち、手っ取り早いあらゆる方法を知っている男たち。コルテス。彼はセックスしまくったりはしなかった。ヴィンス・ロンバルディもしなかった。しかしいくら思いを巡らせてみても、気分は少しもよくはならなかった。わたしはけりをつけようと心に決めた。心の準備はオーケイだ。懺悔の聴聞席。またカトリック教徒に舞い戻ろう。さあ始めろ、終わったら出て、そして赦しを待て。ワインを飲み終えて、デブラのオフィスに電話をかけた。

テッシーが出た。「ハイ、ベイビー！　ハンクだよ！　うまくいってるかい？」

「万事順調よ、ハンク。どうしてるの？」

「すべて言うことなしさ。ねえ、わたしに腹を立てていないよね？」

「いないわ、ハンク。ちょっぴり下品だったけど、ハハハ、でも面白かったわ。いずれにしてもふたりの秘密よ」

「ありがとう。わかるだろう、わたしはちょっと……」

「わかってるわ」

「ねえ、いいかい、デブラに話があってかけたんだ。そこにいるかな？」

「いいえ、彼女は法廷よ。公判記録をとっているわ」

「いつ戻ってくる？」

「法廷に行った後はたいていオフィスには戻ってこないの。万一戻ってきたら、何か伝言はある？」

「ないよ、テッシー、ありがとう」


もうたくさんだった。わたしは改心すらできなかった。懺悔の便秘。連絡の不通。「高き所」にもわたしの敵がいた。

もう一杯ワインを飲んだ。わたしはもやもやを吹き消して、すべてを曝け出す決心がついていたのだ。ところがまたじっとしているしかない。気分はますます滅入っていくばかりだ。食事をきちんと摂らないことが鬱病や自殺に繋がったりもする。しかしわたしはよく食べていた。一日にキャンディ・バー一本しか食べず、手刷の小説を『アトランティック・マンスリー』や『ハーパーズ』にせっせと送っていた昔のことを思い出す。食事のことばかり考えていた。肉体が何も食べていないと、精神もまた飢えている。しかし今やわたしはやたらと食べまくり、ワインも浴びるほど飲んでいた。ということは、わたしはたぶん自分が直面した現実のことばかり考えていたのだ。誰もが自分だけは特別で、特権があって、免除されると思いたがる。フロント・ポーチのゼラニウムに水をやっている醜い皺くちゃ婆あですらそうだ。わたしは自分のことを特別だと思い込んでいた。というのも五十歳で肉体労働から足を洗い詩人になったからだ。何とのぼせ上がっていたことか。上役や経営者連中が、よるべなかった頃のわたしをばかにしきっていたように、わたしもほかのみんなをばかにしきっていたのだ。結局はまるで同じことだ。わたしはほんのひと握りの人たちの間だけで、しかも二流としてしか有名ではない、飲んだくれでできそこないの、性根まで腐りきったただのろくでなしなのだ。

　こう自己分析してみても、ひりひりする心の痛みは癒されなかった。

　電話がかかってきた。サラだった。

「電話するって言ったじゃない。どうなったの？」

「彼女はいなかった」

「いなかった？」

「法廷にいるんだ」

「どうするつもり？」

「待つよ。そして彼女に打ち明ける」

「わかったわ」

「こんなたわごとをきみに言うべきじゃなかったよ」

「いいのよ」

「またきみに逢いたいな」

「いつ？　ベリー・ダンサーの後で？」

「ああ、そうだね」

「ありがとう、でも結構よ」

「電話するよ……」

「いいわ。あなたのおむつをちゃんと洗って用意しておくから」


わたしはワインを啜りながら待った。三時、四時、五時。ようやく服を着なければならないことに気がついた。デブラの車が家の前にとまった時、飲み物を手にして座っていた。わたしは待った。彼女がドアを開ける。食料品の入った紙袋を抱えている。とても元気そうだ。「ハイ！」と彼女が声をかける。「わたしのかつての〝ふにゃふにゃヌードルちゃん〟はどうしてる？」


彼女に近づいていって、腕を回した。わたしはぶるぶる震えて泣きだした。

「ハンク、いったいどうしたの？」

デブラが食料品の入った紙袋を床に落とす。わたしたちの夕食だ。彼女にしがみついて、自分の方に引き寄せた。わたしはさめざめ泣いている。涙がワインのように流れ落ちる。とめられなかった。自分では泣きやもうとしているのだが、自然と零《こぼ》れ出てきてしまう。

「ハンク、どういうことなの？」

「感謝祭にきみと一緒にいられないんだ」

「どうして？　どうして？　何が問題なの？」

「問題なのは、わたしがとんでもなくひどい男だということだよ！」

罪悪感で胸の中がきりきり痛み、わたしは痙攣を起こす。激しい痛みだ。

「感謝祭をわたしと一緒に過ごそうとカナダからベリー・ダンサーが飛んでくる」

「ベリー・ダンサー?」

「ああ」

「きれいなの?」

「ああ、きれいだよ。ごめんね、ほんとうにすまない……」

デブラがわたしを押しのける。

「食料品を片づけさせて」

彼女は紙袋を摑み上げると、台所に入っていった。冷蔵庫のドアを開け閉めする音が聞こえる。

「デブラ」とわたしは言った。「帰るよ」

台所からは何の物音もしなかった。玄関のドアを開けて外に出た。フォルクスが走りだす。ラジオをつけ、ヘッドライトもつけ、LAに戻った。

94

水曜日の夜、わたしは空港でアイリスを待っていた。これといってすることもなく、女たちを見ていた。ひとりかふたりを除いて、アイリスよりもきれいな女はいなかった。わたしにはどこかおかしなところがあった。セックスのことばかり考えてしまうのだ。どの女を見ても、ベッドを共にした時のことを想像してしまう。空港での待ち時間をつぶすにはなかなか興味深い方法だった。女たち――わたしは気に入っていた。彼女たちの服の色、彼女たちの歩き方、無慈悲な顔つき、別の時の、すっかり女らしくなってうっとりさせずにはおかない、この上もなく美しい顔つき。彼女たちはわたしたちよりも優れていた。わたしたちよりもきちんと計画をたてるし、よりきちんとしている。男たちがプロフットボールを見たり、ビールを飲んだり、ボウリングをしたりしている間、女たちはわたしたちのことを考え、意識を集中させ、あれこれ研究し、そして心を決めていた。わたしたちを受け入れるべきか、捨てるべきか、取り替えるべきか、殺すべきか、それともただ去っていくべきか。結局のところは、どうでもよかった。彼女たちがどうしようと、わたしたちは気がつけばみんなひとりぼっちになって、気も狂ってしまっているのだ。

わたしはアイリスと自分用に八キロの七面鳥を買っていた。流しの中で解凍中だった。感謝祭。また一年生き延びたことを証明してくれる。戦争、インフレ、失業、スモッグ、大統領のことなど、いろいろあった一年を。感謝祭は、思わず神経がやられそうになってしまうほど壮大な一族の集まりでもあった。けたたましい酔っぱらいたち、祖母たち、姉妹たち、伯母たち、ぎゃあぎゃあわめく子供たち、自殺志願者たち。それに消化不良もつきものだ。わたしにしてもみんなと同じだった。流しには、つぶされて、羽根を毟《むし》られ、はらわたをすっかり抜き出された八キロの鳥が横たわっている。アイリスがわたしのためにローストしてくれるはずだ。

その日の午後の郵便で、わたしは一通の手紙を受け取っていた。ポケットから取り出して、もう一度読み直した。バークレーで投函されている。

親愛なるチナスキー様

わたしのことをご存じないでしょうが、わたしは器量のいいあばずれ女です。何人かの船乗りとひとりのトラック運転手とつきあっていますが、彼らはわたしを満足させてくれません。つまり、セックスをするのですが、それだけのことなのです。このろくでなしどもは中身がまるでありません。わたしは二十二歳で、アスターという五歳の娘がいます。ある男と一緒に暮らしていますが、ふたりの間にセックスはなく、ただ一緒に住んでいるだけです。レックスという名前です。あなたにお逢いしに行きたいのです。わたしのママがアスターを見てくれます。わたしの写真を同封しました。その気でしたらお返事ください。あなたの本を何冊か読みました。本屋ではなかなか見つかりません。あなたの書くもので気に入っているところは、あなたがとても理解しやすいことです。それにあなたはおかしいです。

草々

タニア

ほどなくアイリスの飛行機が着陸した。窓辺に立って、彼女が降りてくるのを見守った。彼女はやはりきれいだった。わたしに逢うためにはるばるカナダからやってきた。スーツケースひとつだ。ほかの乗客と一緒に並んで通路を進む彼女に手を振った。彼女は通関手続きをすまさなければならなかった。それからわたしの胸の中へと飛び込んできた。キスを交わす。わたしは半ば勃起していた。彼女はドレスを着ていた。からだにぴったりの動きやすいブルーのドレスで、ハイヒールをはいて、小さな帽子をちょっと斜めかげんにして被っていた。ドレス姿の女性にはめったにお目にかかれない。ロサンジェルスの女たちはみんないつでもパンツをはいている……。

手荷物を待つ必要もなく、車でまっすぐわたしの家へと向かった。家の前に車をとめ、敷地へと一緒に入っていった。彼女はカウチに腰をおろし、わたしは飲み物を注いだ。アイリスはわたしの手製の本箱に並べられた本を調べている。

「ここの本、全部あなたが書いたの?」

「そうだよ」

「こんなにたくさん書いているなんて思いもつかなかったわ」

「全部わたしが書いたんだ」

「どれくらい?」

「さあね。二十冊、二十五冊……」

彼女の腰に片手を回して、自分の方に引き寄せながらキスをした。もう一方の手は彼女の膝の上におかれている。

電話が鳴った。立ち上がって電話に出た。「ハンク?」ヴァレリーだ。

「ああ?」

「あれは誰なの?」

「誰って誰のこと?」

「あの女の子……」

「ああ、カナダの友だちだよ」

「ハンク、あなたとあなたのいまいましい女たちね!」

「そうだよ」

「ボビーがあなたと……」

「アイリス」

「彼があなたとアイリスが一杯やりにくる気があるかどうかなって言っているんだけど」

「今夜はやめておくよ。雨天順延といこう」

「彼女ってすごいからだをしているのね！」

「わかってる」

「いいわ、もしかして明日でも」

「たぶん……」

ヴァレリーもおそらく女が好きなのだと考えながら、わたしは電話を切った。それもまたよしだ。

飲み物をまた二杯注いだ。

「これまで空港で何人の女たちを出迎えたの？」とアイリスが尋ねる。

「きみが考えているほどひどくはないよ」

「多すぎて数えきれない？　あなたの本と同じように？」

「数学はわたしの弱点のひとつなんだ」

「空港で女たちを出迎えるのは楽しい？」

「ああ」わたしが覚えているかぎり、アイリスはこれほどお喋りではなかったはずだ。

「この欲張りな豚め！」と彼女が笑う。

「わたしたちの初めての喧嘩だ。いい旅だったかい？」

「うんざりさせられる人の隣に座っちゃった。失敗したわ。その男に飲み物を買ってもらっちゃったのよ。それからはのべつまくなしに喋りっぱなし」

「ちょっと興奮しちゃったんだよ。きみがセクシーな女だから」

「わたしってあなたにもそうとしか見てもらえないのかしら？」

「とにかくセクシーなことは確かだよ。つきあっていくうちにほかのことも見えてくるかもしれない」

「どうしてそんなにたくさんの女たちを求めるの？」

「わたしの幼年時代さ、わかるだろう。愛されもしなければ、優しくもされなかった。二十代も三十代も、ほとんど無縁だった。今になって必死に取り返そうとしているんだ……」

「取り返せたってわかる時がくるの？」

「今の気持を言えば、少なくとも人生をあと一回繰り返さなくちゃむりだね」

「ほんとうにとんでもない人だわ！」

わたしは声を出して笑った。「だからこそわたしは書くんだよ」

「シャワーを浴びて着替えるわ」

「いいよ」

台所に行って七面鳥のもも肉に触った。脚や陰部の毛、肛門の穴やももを曝け出して投げ出されている。目がついていなくてさいわいだった。さてと、わたしたちはこいつを何とかするわけだ。それが次にやることだった。トイレの水を流す音が聞こえた。アイリスがローストしたがらなければ、わたしがすればいい。

若かった頃、わたしはしじゅう塞ぎ込んでいた。しかし今のわたしの人生で、もはや自殺が顔を出す幕はない。わたしの年齢にもなると、葬り去るべきものはもうほとんどなくなってしまっている。人が何と言おうと、歳を取るのはいいことだ。明晰さのようなものが備わった文章を人が書けるようになるのは、少なくとも五十歳になってからだというのは理にかなっている。河をたくさん越えれば越えるほど、河についての知識が深まる。もっとも白い水しぶきをあげる急流や水の中に潜む岩にも打ち負かされることなく、あるいは暴れる馬をも手懐けて、何とか生き延びられたとしての話だ。

アイリスが出てきた。濃い藍色のワンピースを着ていて、絹と思えるそのドレスは彼女のからだに纏いついている。彼女はどこにでもいるようなアメリカ娘ではなく、だからこそ見えすいたところも感じられなかった。申し分のない女性だが、そのことをあからさまに見せつけたりしない。アメリカの女たちは自分に有利に商談を進めようとしゃかりきになりすぎ、そのおかげで結局は不利な思いをしてしまっている。まだほんの少しだけいる自然なままのアメリカの女性は、たいていはテキサスかルイジアナで出会えた。

アイリスがわたしに微笑みかける。両手に何かを持っている。その両手を頭の上にあげて、カチッカチッという音をたて始めた。そして踊りだす。というより、からだを揺すりだす。いきなり電流にうたれたみたいで、彼女の魂のいちばん大切な部分が腹に宿っている。清く美しく、ほんの微かなおかしみも感じられた。わたしから絶対に目をそらすことなく彼女が踊り続けたひと続きのダンスには、それなりの意味がちゃんとあり、いとおしさもしっかりと伝わってきた。

アイリスが踊り終わり、わたしは喝采して、彼女に飲み物を注いだ。

「実力を十分発揮できなかったわ」と彼女が言う。「衣裳と音楽がいるの」

「とても気に入ったよ」

「音楽のテープを持ってこようとしたけど、あなたはきっとかけるものなんて持っていないに違いないと思ったの」

「そのとおりだよ。それにしても素晴らしかった」

アイリスに優しくキスをする。

「どうしてロサンジェルスにやってきて住まないの？」と彼女に尋ねる。

「わたしのルーツは全部北西部の方にあるの。そこが大好きなの。わたしの両親。わたしの友だち。何もかもあっちなのよ、わからない？」

「わかるよ」

「あなたこそどうしてヴァンクーヴァーに引っ越してこないの？　ヴァンクーヴァーでも書けるはずよ」

「書けると思う。氷山のてっぺんででも書けるさ」

「やってみたらいいかも」

「何を？」

「ヴァンクーヴァー」

「きみの父親はどう思うかな？」

「何のことを？」

「わたしたち」

95

感謝祭の日にアイリスは七面鳥の下拵えをして、オーヴンに入れた。ボビーとヴァレリーがやってきて二、三杯飲んだが、長居はしなかった。いい気分転換になった。アイリスはまた違うドレスを着ていて、それもまたほかのと同じようにぐっとくるものだった。

「ねえ、そんなに着るものを持ってきていないの」と彼女が言う。「明日ヴァレリーと一緒にフレデリックスに買物に行くわ。すごくふしだらな感じの靴を手に入れるの。気に入るわよ」

「きっと気に入るよ、アイリス」

わたしはバスルームに入った。常備薬戸棚の中にタニアが送ってきてくれた写真を隠していた。彼女はドレスの裾をたくし上げていて、パンティははいていない。彼女の性器が見えている。確かに器量のいいあばずれ女だ。

出てくると、アイリスが流しで何かを洗っている。後ろから彼女に抱きつき、からだを回転させてキスをした。

「このさかりのついたすけべ犬！」と彼女が言う。

「今夜おまえをひどい目にあわせてやる、愛しのきみよ！」

「お願い、そうして！」

わたしたちは午後いっぱい飲み続け、五時か六時頃から七面鳥を食べ始めた。食べたので酔いが醒めた。一時間後、また飲み直し始めた。十時頃になって、早めにベッドに入った。わたしには何の問題もなかった。まだまだしらふで、長く楽しい一戦が請け合えた。腰を使った瞬間、これはちゃんといけると確信した。とりたててアイリスを悦ばせようとはしなかった。さあいけという感じで始めて、猪突猛進のセックスを彼女と楽しんだ。ベッドが弾み、彼女が顔を歪める。そして低い呻き声を洩らす。わたしは少しゆっくり動かして、ペースをまたもとに戻すと、今度は一気に突き進んだ。彼女はわたしと一緒にクライマックスに達したようだった。もちろん、どうなのかはわからない。彼女の上から下りる。わたしはいつもカナディアン・ベーコンが大の好物だった。

次の日ヴァレリーがやってきて、アイリスと一緒にフレデリックスへと出かけていった。一時間後に郵便が来た。その中にタニアからの新しい手紙も入っていた。

愛しのヘンリー……

今日通りを歩いていたら、男たちに口笛を吹いて冷やかされました。何の反応も見せず無視して通りすぎました。わたしがいちばん厭なのは、洗車場の男たちです。彼らはいろんなことを囃し立て、自分の舌でいろんなことができるぞといわんばかりに、舌を口から突き出します。しかし実際にちゃんとできる男など彼らの中にはひとりとしていないのです。そんなことぐらいわかります。そうですよね。

昨日わたしはレックスのズボンを買うためにある衣料品店に行きました。レックスにお金を渡されていました。彼は自分のものを絶対に買いません。嫌いなのです。そこでわたしが男性用の服の店に入っていって、ズボンを選びました。店には男がふたりいて、どちらも中年で、ふたりは実に皮肉っぽいタイプでした。わたしがズボンを選んでいると、その男が近づいてきて、わたしの手を取って自分のペニスに押しあてました。わたしは言ってやりました。「そんなのしか持っていないの、かわいそうに！」彼は声をだして笑って、何かわかったようなことを言いました。わたしはレックスにぴったりの緑色に細いストライプの入った素敵なズボンを見つけました。レックスは緑が好きなのです。それはともかくとして、例の男が「さあ、奥の試着室にいらっしゃい」とわたしに言いました。実は、わたしはどうも皮肉っぽいタイプの男に弱いのです。そこでわたしは彼と一緒に試着室の一室に入りました。もうひとりの男が中に入っていくわたしたちを見ていました。わたしたちはキスし合い、彼がズボンのチャックを下ろしました。彼は勃起した自分のものに、わたしの手をあてさせます。わたしたちはキスを続け、彼はわたしのドレスを引き上げて、鏡に映ったわたしのパンティをじっと見ました。彼はわたしのお尻をいじくりまわします。しかし彼のペニスは完全には堅くならず、ちょうど半勃起状態で、いつまでもそのままでした。ぴんぴんじゃないねと彼に言ってあげました。彼はペニスをだらりと出したまま試着室から出ていき、もうひとりの男の前でチャックを上げました。ふたりは声を上げて笑っていました。わたしは出ていってズボンの代金を払いました。男が袋に入れてくれます。「このズボンを試着室に持って入ったってあんたの亭主に言っておやりよ！」と言って彼が笑います。「あんたなんてただのどうしようもないおかまじゃない」とわたしは言ってやりました。「それにあんたの相棒もただのどうしようもないおかまよ！」事実彼らはそうでした。今ではたいていの男がおかまなのです。女にとっては実に大変なことです。女友だちがいてある男と結婚したのですが、ある日家に帰ったら夫がほかの男と一緒にベッドの中にいたのです。この頃は女たちがみんなヴァイブレーターを買わなければならない、というのもむりもない話です。ひどいたわごとです。では、お手紙くださいね。

草々

タニア

親愛なるタニア……

あなたの手紙と写真を受け取りました。ひとりこうして座り込んで、感謝祭の翌日を過ごしています。二日酔いです。あなたの写真が気に入りました。もっとありませんか？ セリーヌを読んだことがありますか？『夜の果ての旅』のことです。それを書き終えた後、彼は調子を狂わせてしまい、自分の編集者や読者にぶつぶつ不平を並べるだけの気難し屋になってしまいました。ほんとうに残念でなりません。精神がおかしくなってしまったのです。彼はいい医者だったに違いありません。あるいはそうじゃなかったかもしれません。もしかしていた彼の心はまるで別のところにあったのかもしれないし、彼は自分の患者たちを次々と殺していたのかもしれません。そうすればいい小説になっていたことでしょう。多くの医者たちがそうしています。彼らは患者に薬を与えるだけで、また日常生活の中へと送り返してしまいます。

自分が医者になるまでにかかった教育費を払うための金が必要なのです。そこで彼らは待合室に患者をできるだけ詰め込んで、片っ端から診ていきます。体重を計り、血圧を計り、薬を投与して、また街に放り出される患者は前よりも気分が悪くなっていたりします。歯科医にかかると貯金が吹っ飛んでしまいますが、彼らは一応は歯を何とかしてくれます。

それはともかくとして、わたしは今も書き続けていて、それで家賃も賄えているようです。あなたの手紙はとても面白いと思います。パンティをはいていないあなたの写真は誰が撮ったのですか？　むろん親友でしょうね。レックスかな？　わかりますか、だんだん妬けてきましたよ！　いい兆しですね、そうでしょう？　興味と言っておきましょうか、それとも関心とでも……。

わたしは郵便受と睨めっこしています。もっと写真はありませんか？

あなたの友、そうです、そうですよ、

ヘンリー

ドアが開いて、アイリスが現われた。わたしはタイプライターから用紙を抜き取って、裏返しにして置いた。

「ねえ、ハンク！　娼婦がはくような靴を手に入れたわよ！」

「いいぞ！　いいぞ」

「あなたのためにはくからね！　絶対に気に入るわよ！」

「ベイビー、はいておくれ！」

い込んだ。

アイリスは寝室に入っていった。わたしはタニアへの手紙を手に取ると、原稿の山の下にしまい込んだ。

アイリスが出てきた。鮮やかな赤の靴で、とんでもなく高い踵がついている。あらゆる時代を通じての最高の娼婦のひとりのように見える。靴には裏がついていなくて、シースルーの素材を通して彼女の足が見えている。アイリスは前に後ろにと歩く。もともと彼女は挑発的なことこの上ないからだや尻の持ち主だが、このヒールをはいて歩くとそれがますます強調される。気も狂わんばかりにさせられる。アイリスは立ち止まり、肩ごしに振り返って、わたしを見て微笑む。信じられないほど見事な娼婦だ！　わたしがこれまでに見たどんな女よりも、いい腰つき、いい尻、いいふくらはぎをしている。思わず駆けだして飲み物を二杯注いだ。アイリスは腰をおろして、脚を高く組む。彼女は部屋の反対側にある椅子に座っている。わたしの人生の奇跡がまだ起こり続けている。わたしには理解できかねた。

ペニスが堅くなり、どくどくと脈打って、今にもズボンを突き破りそうになっている。

「男の好きなものをきみはよく知っているよ」とアイリスに言う。

わたしたちは飲み物を飲み終えた。彼女の手を取って寝室へと連れていく。彼女をベッドに押し倒した。彼女のドレスをまくり上げ、パンティに手をかける。手を焼かされた。彼女のパンティが片一方の靴の踵にひっかかって絡まってしまったのだ。しかし何とか剝ぎ取ることができた。アイリスのドレスはまだ彼女の腰のあたりを覆い隠している。彼女の尻を持ち上げ、下敷きになっているドレスをたくし上げた。彼女はすでに濡れていた。わたしは指で確かめることができた。アイリスはほとんどいつも濡れているし、ほとんどいつもその気になっている。彼女は悦楽の塊だった。長いナイロン・ストッキングを赤い薔薇の飾り付けが入った青いガーターで留めている。わたしはびしょびしょの中に入っていった。彼女の両脚は天に向かって高く上げられ、その先の娼婦の靴が、愛撫を続けるわたしの目に飛び込んでくる。赤い踵が短剣のように尖っている。アイリスはまたもや猪突猛進のセックスに夢中になっている。愛はギター・プレイヤーやカトリック教徒、それにチェス狂いにくれてやればいい。赤い靴にストッキングのこの牝犬は、わたしがこれからぶちまけるものにまみれるのがいちばんだ。わたしは彼女を突き破り、真っぷたつに引き裂こうとした。ブラインドを通して微かに洩れ込んでくる淡い日の光の中で、インディアンの血が半分混じった彼女の不思議な顔をじっくりと見つめた。まるで殺人のようだ。わたしは彼女をほしいままにしている。どこにも逃げられない。わたしは激しく突き上げ、わめき声をあげ、彼女の顔をあちこちひっぱたき、今にも彼女を半分に引き裂かんばかりにした。

　彼女が微笑みを浮かべて起き上がることができ、バスルームへと歩いて行けたのを見て、わたしは驚愕してしまった。彼女はしあわせそうですらある。靴は脱げ落ちて、ベッドのそばに転がっていた。わたしのペニスはまだ元気なままだった。靴を一足摑み上げ、それにペニスを擦りつけた。最高の気分だ。それから靴をまたもとの床の上に置いた。アイリスがまだ微笑みを浮かべたままバスルームから出てきた時、わたしのペニスがうなだれていった。

96

その後、彼女が滞在していた間、大したことは何も起こらなかった。わたしたちは飲んで、食べて、セックスした。口喧嘩をすることもなかった。ふたりで海に沿って長時間ドライブを楽しみ、シーフード・カフェで食事をした。書かなければと思い悩むこともなかった。タイプライターに近づかないのがいちばんという時だってあるのだ。いい作家はいつ書くべきでないかわかっている。タイプなら誰でも打てる。わたしはタイプを打つのがへたというだけでなく、スペリングもだめだったし、文法も知らなかった。それでもいつ書くべきではないかだけはわかっていた。ちょうどセックスと同じだった。たまには自分の神様を休ませてあげなければならない。時折手紙をくれるジミー・シャノンという旧友がいた。彼は一年に六冊小説を書き、すべて近親相姦ものだった。彼が食えないというのもむりからぬことだ。わたしの問題は、タイプの神様は休ませてあげられても、ペニスの神様の方は休ませてあげられないということだった。というのも、女たちはある短期間しか求めに応じてくれないので、ほかの誰かの神様が現われる前に、できるかぎりたくさんものにしなければならないからだ。わたしが十年間書くことをやめたという事実は、自分の身に起こったできごとの中で、もっとも幸運なことのひとつだったと思う（それは読者の身に起こったできごとの中でも、もっとも幸運なことのひとつだったと言う批評家がきっといるに違いない）。両者に対する十年間の休息。わたしが十年間飲むのをやめたとしたらいったいどういうことになるだろう？

アイリス・デュアルテをまた機上の人にする時がやってきた。朝の便だったので、大変だった。わたしは正午頃起きるのに慣れていた。二日酔いの解消にもなるし、それで五年間は長生きできる。彼女を車に乗せてLA国際空港に向かいながらもわたしは悲しみに沈んではいなかった。セックスは素晴らしかった。たくさん笑った。これ以上に洗練された時を過ごしたことはなかったはずだ。ふたりとも何ひとつ要求し合わなかった。それでもふたりの間にはあたたかな思いやりが芽生えていた。何の感情も抱かなかったとしたら、ただの肉と肉の絡み合いにしかすぎない。わたしはその手のスワッピングや乱交がいやでたまらない。ロサンジェルス、ハリウッド、ベル・エア、マリブ、ラグナ・ビーチ式のセックスだ。見知らぬ者同士として出会い、見知らぬ者同士として別れていく。お互いにマスターベーションするだけの匿名のからだがぶつかり合う体育館。何のモラルもない人間たちがしばしば自分たちは人一倍自由だと勘違いしているが、たいていの場合、彼らは感じたり愛したりする能力が欠如しているだけだ。だからこそ彼らはスワッピングをする人間になる。死者が死者とやりまくる。彼らのゲームにはギャンブル的要素もユーモアもなく、ただ死体が死体とセックスしているだけだ。モラルは枷ともなるが、それらは何世紀にも及ぶ人間の経験に基づいている。人々を工場や教会の奴隷に繫ぎとめようとしたり、国家に忠誠を誓わせようとさせるモラルもある。素直になるほどと思えるモラルもある。ちょうど毒のある果物と食べられるおいしい果物とが一緒になってたわわに実っている果樹園のようなものだ。どれを摘んで食べればいいのか、どれに手を出すべきではないのか知らなければならない。

アイリスとの体験は、楽しく満足のいくものだったが、それでもわたしは彼女を愛していたわけではなかったし、彼女とて同じことだった。好きになるのは簡単で、好きにならないことの方が難しい。わたしは好きになった。わたしたちは二階の駐車ランプにとめたフォルクスの中にいた。まだ時間があった。わたしはラジオをつけていた。ブラームスだ。

「また逢えるかな？」と彼女に尋ねる。

「そうは思わないわ」

「バーで飲み物でもどう？」

「あなたはわたしをアルコール中毒にしてしまったわ、ハンク。弱ってしまってほとんど歩けないほどよ」

「ただ酒のせいだけ？」

「違うわ」

「それなら飲もうよ」

「飲む、飲む、飲む！　そのことしかあなたは考えられないの？」

「そんなことはない、でもしばらく時間を過ごすにはもってこいだと思うよ。ちょうど今のように」

「ものごとにまともに向き合えないの？」

「できるけど、なるべくそうしたくない」

「それは現実逃避というものよ」

「何でもそうだ。ゴルフをすること、眠ること、食べること、散歩すること、口喧嘩すること、ジョギングすること、息をすること、セックスすること……」

「セックスすること？」

「ねえ、ふたりとも高校生のガキみたいに喋っているよ。さあ、きみを飛行機に乗っけよう」

うまくいかなかった。キスしたかったが、彼女のよそよそしさが気になった。壁がある。アイリスは気分がよくなかったのだと思う。わたしもいい気分ではなかった。

「いいわ」と彼女が言う。「チェック・インしてから、一杯飲みましょう。それからわたしは永遠に飛び去ってしまう。ひっかかるものは何もなく、いとも簡単に、苦しみもなく」

「わかったよ！」

そして確かにそのとおりことは運んだ。


帰り道……センチュリー・ブールヴァードを東に、クレンショウを下って、エイス・アヴェニューを上り、それからアーリントンに出てウィルトンへと。わたしはクリーニングに出した衣類を取りにいくことにし、ベヴァリー・ブールヴァードを右に曲がって、シルヴァレット・クリーナーズの裏の敷地に乗り入れ、そこにフォルクスをとめた。車をとめていると、赤いドレスを着た若い黒人の女の子が通りすぎた。見事な尻の振り方で、思わず目を見開いてしまうような最高のしぐさだ。すぐにもわたしの視界はビルに遮られてしまった。いまの女の動きにはリズムがあった。かぎられたごく少数の女たちだけにこの世はしなやかな魅力を与え、ほかの女たちに与えるのは拒んでいるかのようだった。彼女にはそうしたえも言われぬ美しい魅力が備わっていた。

わたしは歩道に飛び出して、彼女の後ろ姿をじっと見つめた。彼女が振り返って後ろを見る。立ち止まって、肩ごしに振り返り、わたしを睨みつける。わたしはクリーニングの店に入っていった。仕上がった洗濯物を受け取って表に出ると、彼女がフォルクスのそばに立っていた。受け取ってきた物を助手席の方から車の中に入れる。それから運転席の方へと回りこんだ。彼女はわたしの目の前に立っている。二十七歳ぐらいで、まんまるな顔は平然とした表情だ。わたしたちはお互いにくっつかんばかりに立っている。

「わたしを見ていたわよね。どうしてわたしを見ていたの？」

「謝るよ。気を悪くさせるつもりはまるでなかったんだ」

「どうしてあんたがわたしを見ていたのか知りたいの。穴があくほどわたしのことを見つめていたわよ」

「ねえ、きみはきれいな女性だ。きれいなからだをしている。きみが通りすぎるのを見かけて、思わず見つめてしまったんだ。そうせずにはいられなかった」

「今夜デートしたいの？」

「そうだね、そうできれば最高だ。でも今夜は約束がある。すでに決めてしまっているんだ」

彼女のまわりをぐるりと回って、運転席に近づいた。ドアを開けて乗り込む。彼女は歩き去っていく。去っていきながら、彼女が囁くようにこう言っているのが聞こえた。「馬鹿な白人の最低野郎」


わたしは郵便物に目を通した。大したものは何もなかった。わたしは態勢を立て直さなければならなかった。何か大切なものが失われてしまっていた。冷蔵庫の中を覗き込む。何も入っていない。表に出て、フォルクスに乗り込み、ブルー・エレファント・リカー・ストアに乗りつけた。スミノフの五分の一ガロン壜とセブン・アップを何本か手に入れる。自分の家に引き返している途中で、煙草を買い忘れたことに気がついた。

ウェスタン・アヴェニューを南に下って、ハリウッド・ブールヴァードで左に曲がり、それからセラノを右に曲がった。セイヴ・オン・スーパーマーケットまで行って、煙草を手に入れようとしていた。セラノとサンセットの交差点のところにまた別の黒人の女の子が立っていた。黒人でも肌の色が黄褐色のミュラット娘で、ミニ・スカートに黒いハイヒールをはいている。うんと短いスカートをはいて立っているので、ブルーのパンティがちらりと見えている。彼女が歩きだしたので、並んで車を走らせた。わたしには気がつかないふりをしている。

「ヘイ、ベイビー！」

彼女が立ち止まる。わたしは歩道の縁石に車を寄せた。彼女が車に近づいてくる。

「お元気？」と彼女に声をかける。

「元気よ」

「きみはおとりかい？」

「どういうこと？」

「つまり、きみがさつの人間じゃないって証拠があるかな？」

「あんたがさつの人間じゃないって証拠がある？」

「わたしの顔を見てくれよ。さつの人間に見えるかい？」

「いいわ」と彼女が答える。「次の角を曲がって車をとめてて。角の向こうで乗り込むから」

わたしはミスター・フェイマス・NJ・サンドイッチの前の角を曲がった。彼女がドアを開けて乗り込む。

「何がお望み？」と彼女が尋ねる。三十代半ばで、笑うと口の真ん中の一本の大きな金歯が目立つ。彼女が無一文になることはない。

「口で」とわたしが言う。

「二十ドルよ」

「オーケイ、じゃあ、行こう」

「ウェスタンをフランクリンにぶつかるまでまっすぐに行って、そこを左に曲がって、ハーヴァードまで行くと、今度は右に曲がる」

ハーヴァードまで行ったが、車をとめられるところがどこにもなかった。しかたがないので駐停車禁止ゾーンにとめて、車から降りた。

「ついてきて」と彼女が言う。

今にも崩れ落ちそうな高層ビルだった。ロビーに入るのかと思うと、その直前で彼女は右に曲がり、セメントの階段を上がっていく。彼女の尻を見ながら、わたしもついて上がった。不思議なことに、誰にでも尻がある。何だか悲しくなってしまう。彼女の尻など欲しくはなかった。彼女について廊下を通りぬけ、それからまたセメントの階段を少し上がった。エレベーターのかわりに非常階段のようなものを利用している。どういうわけで彼女がそうするのか、まるで見当がつかない。しかしわたしにはエクササイズが必要だ。もっと歳を取ってからクヌート・ハムスンのように大長篇の小説を書こうと目論んでいるのだとしたら。

ようやく彼女の部屋に着いて、彼女は鍵を取り出した。わたしは彼女の手を摑んだ。

「ちょっと待って」と声をかける。

「何なの?」

「わたしの尻を蹴っ飛ばしてのしてしまおうと、どでかい黒人のごろつきがふたりほど中で手ぐすね引いて待ち受けているんじゃないだろうね?」

「そんな、中には誰もいないわよ。女友だちと一緒に住んでいるけど、彼女は外に出てるわ。ブロードウェイ・デパートメントストアに勤めているの」

「わたしに鍵をおくれ」

わたしはドアをそっと開け、足で思いきり蹴飛ばした。中を見回す。ナイフを持っていたが、手は伸ばさなかった。彼女も中に入ってドアを閉める。

「寝室にいらっしゃいよ」と彼女が言う。

「ちょっと待って……」

わたしは衣裳戸棚のドアをいっぱいに引き開け、衣類の奥に誰か潜んでいないかと手を差し入れて確かめた。誰もいない。

「いったい何をたわけたことやってんのよ、あんた?」

「わたしはたわけなんかじゃないぞ!」

「あれまあ」

バスルームに駆け込んで、シャワー・カーテンを乱暴に引っ張り開けた。誰もいない。台所に行って、流しの下の塩化ビニールのカーテンを引き開ける。汚い中身が溢れ出したプラスティック製のゴミ缶があるだけだ。わたしは別のバスルームも、その中の戸棚も確かめた。ダブルベッドの下も覗き込む。リップルの空き壜がひとつ。わたしは寝室から出た。

「こっちに戻っておいでよ」と彼女が呼びかける。

小さな寝室で、アルコーブと呼んだ方がぴったりだ。汚れたシーツが敷かれた簡易ベッドがあって、毛布は床の上に落ちている。わたしはズボンのジッパーを下げて、一物を取り出した。

「二十ドル」と彼女が言う。

「こいつにさっさとしゃぶりつくんだ、このくそったれ！　しゃぶりつくすんだ！」

「二十ドル」

「値段はわかった。稼げばいいさ。きんたまの中をすっかり空にしておくれ」

「先に二十ドル……」

「おや、そうかい？　わたしが二十ドル払っても、きみが大声をあげてお巡りを呼ばないとはかぎらないよ。きみの二百十五センチメートルもあるバスケットボール選手のダチ公がいきなり飛び出しナイフ片手に駆けつけてこないとはかぎらないよ」

「先に二十ドル。心配なしよ。しゃぶったげるから。上手にしゃぶったげるから」

「信用できないよ、この淫売」

わたしはジッパーを上げると、急いでそこから退散した。セメントの階段をまた延々と下り、いちばん下に辿り着くと、フォルクスに飛び乗って、自分の家に舞い戻った。


わたしは飲み始めた。わたしの星回りはただただだめちゃくちゃになってしまっている。

電話がかかった。ボビーだった。「アイリスを飛行機にちゃんと乗っけたかい？」

「ああ、ボビー、気分転換にときみが手を出したりしなかったことを感謝しているよ」

「ねえ、ハンク、自分の頭の中でそう思い込んでるだけだよ。歳を取っているきみが若い小娘を連れ込み、若い男が近づくとぴりぴりしている。緊張して尻の穴を窄《すぼ》めている」

「自信喪失で……疑心暗鬼になっている、そうかな?」
「それは……」
「いいよ、ボビー」
「それはともかく、ヴァレリーが一杯飲みにきみが来ないかなって言っているんだけど?」
「もちろん行くとも」

ボビーはすごい代物を持っていた。とんでもなくすごいやつだった。わたしたちはそれを回して吸った。ボビーはステレオでかける新しいテープもたくさん仕入れていた。わたしのお気に入りの歌手のランディ・ニューマンも持っていた。彼はランディをかけたが、わたしのリクエストに応えて、中ぐらいの音量だった。

ランディ・ニューマンを聞きながら、マリファナを吸った。そのうちヴァレリーがファッション・ショウを始めた。彼女はフレデリックスで何十着ものセクシーな衣類を買い込んでいた。バスルームのドアの裏には三十足もの靴が掛けられている。

ヴァレリーは高さ二十センチのハイヒールをはいてゆっくりと歩み出る。彼女はほとんどまともに歩けない。とんでもない高い踵にぐらつきながら、部屋の中を行ったり来たりする。尻を突き出し、可愛い乳首は堅くこりこりになって、シースルーのブラウスを押し上げている。彼女は細い銀のアンクレットをつけている。くるくると回って、わたしたちの目の前に立ち、優雅でセクシーなしぐさをして見せる。

「まいった」とボビーが口走る。「うわぁ……まいったね!」

「こいつはまいった。まったくすごくてとんでもないね！」とわたしも言う。

ヴァレリーが前を通りすぎようとした時、手を伸ばして彼女の尻を掌いっぱいに摑んだ。わたしは生き生きとしている。気分は最高だ。ヴァレリーはトイレに飛び込んで衣裳替えをする。あらためて登場するたび、彼女は前よりも見事で素晴らしく、そしてますます過激になっていった。全体の流れはクライマックス目指して盛り上がっていっている。

わたしたちは飲んではマリファナを吸い、ヴァレリーはこれでもかという感じで登場し続けた。どえらいショウになってしまった。

彼女はわたしの膝の上に座り、ボビーがスナップ写真を何枚か撮る。

夜は過ぎていった。気がつくとヴァレリーとボビーの姿が見えなくなっている。寝室に入っていくと、ベッドの上にヴァレリーがいた。身につけているのは踵がちょんちょんに尖ったハイヒールだけだ。痩せて引き締まったからだをしている。

ボビーはまだ服を着たままで、片方からもう一方へと、ヴァレリーの乳房に吸いついていた。彼女の乳首が堅くなって飛び出ている。

ボビーがわたしを見上げた。「ねえ、大先輩、どうやってあそこを舐めるか自慢げに喋っていたよね。こいつはどうだい？」

ボビーは頭を下の方にずらせ、ヴァレリーの両脚を大開きにした。彼女の陰毛は長く、縺れて絡まっている。ボビーはそこに顔を近づけて、クリトリスを舐め始めた。テクニックはなかなかだったが、心が込められていなかった。

「ちょっと待って、ボビー、それじゃちゃんとやっていないよ。教えてあげよう」

わたしは跪き、まずは周辺から攻め始めて、だんだんと中心に向かっていった。遂に目的地に辿り着く。ヴァレリーが反応する。反応しすぎだ。彼女はわたしの頭に両脚を巻きつける。わたしは息ができない。耳が押し潰されてぺしゃんこになっている。何とかして頭を引き抜いた。

「オーケイ、ボビー、わかったかい？」

ボビーは返事をしなかった。彼はそっぽを向くと、バスルームに入っていった。わたしは靴とズボンを脱いだ。酔っぱらうと脚を見せびらかせたくなる。ヴァレリーが手を伸ばしてきて、わたしをベッドに引きずり込んだ。それからペニスに顔を近づけて、口に含んだ。ほとんどの女の方が彼女よりも上手だった。頭を前後に動かし始めたが、それ以外にはほとんど何もしてくれない。延々とやってくれたが、このままでは最後までいかないのがわかった。彼女の頭を引き離して、枕の上に横たえ、そしてキスをした。それから彼女の上に乗っかった。八回から十回ほど腰を動かしたところで、背後からボビーの声が聞こえた。

「出ていっておくれ、さあ」

「ボビー、いったいどうしたっていうんだ？」

「自分のところに帰っておくれよ」

わたしは自分のものを抜き出し、起き上がり、居間に行ってズボンと靴を身につけた。

「ヘイ、クール・パパ」とボビーに言う。「何がいけないんだ？」

「ただここから出ていってほしいだけさ」

「わかったよ、わかったよ……」

歩いて自分の家に帰った。アイリス・デュアルテを飛行機に乗せてからもうずいぶんと時間がたったように思えた。今頃はもうヴァンクーヴァーに戻っているに違いない。くそっ。おやすみ、アイリス・デュアルテ。

97

郵便物の中に一通の手紙があった。ハリウッドで出されたものだった。

親愛なるチナスキー様
わたしはあなたの本をほとんど読んでいます。チェロキー・アベニューにある会社でタイピストをしています。わたしが仕事をしている場所にあなたの写真がかかっています。あなたのある朗読会のポスターです。みんなが「この人誰?」とわたしに聞くので、「わたしのボーイフレンド」と答えます。みんなは「何てこと!」と言います。

わたしは上役にあなたの小説集の『三本足の獣』をあげました。彼は気に入らなかったそうで、あなたは書き方を知らないと言っています。彼が言うには下劣でくだらない代物だそうです。かんかんになって怒っていました。

それはともかくとして、わたしはあなたの作品が好きです。あなたとお逢いしたく思っています。わたしはみんなからかなりのグラマーだと言われています。よければ確かめてもらえませんこと?

愛を込めて

ヴァレンシア

彼女は仕事場と自宅と、ふたつ電話番号を書いていた。午後二時半だった。わたしは仕事場の番号を回した。「はい?」と女性が電話に出た。

「ヴァレンシアはいますか?」

「ヴァレンシアです」

「チナスキーだ。手紙を受け取ったよ」

「電話してくださると思っていたわ」

「セクシーな声をしているね」

「あなたも」と彼女が応じる。

「いつ逢えるかな?」とわたしが尋ねる。

「そうね、今夜は何もしていないけど」

「オーケイ、今夜はどうだい?」

「いいわよ」と彼女が答える。「仕事が終わってからお逢いしましょう。カフェンガ・ブールヴァードにあるバーにいます、ザ・フォックスホール。どこかわかるかしら?」

「わかるよ」

「じゃあ六時頃に……」

わたしはザ・フォックスホールに向かい、店の前に車をとめた。煙草に火をつけて、中でしばらく座っていた。そして車から降り、バーに入っていった。どれがヴァレンシアだ？　わたしはその場に立ちつくしていたが、誰も何も言わなかった。バー・カウンターに行ってダブルのウォツカ・セブンを注文する。するとわたしの名前を呼ぶ声が聞こえた。

「ヘンリー？」

あたりを見回すと、金髪の女性がひとりで仕切り席に座っていた。飲み物を手にすると、その席に行って座り込んだ。三十八歳ぐらいで、グラマーではない。盛りを過ぎていて、ちょっぴり太りすぎだ。やたらと大きな乳房の持ち主だが、それはだらりと垂れていた。金髪を短く刈り込んでいる。厚化粧だったが、くたびれた感じだった。パンツにブラウス、そしてブーツといういでたち。目は薄青色。両腕にブレスレットをいっぱいつけている。かつてはきれいだったかもしれないが、その顔からは何の閃きも感じられない。

「めちゃくちゃひどい一日だったわ」と彼女が言う。「ずっとタイプを打ちっぱなし」

「それじゃきみの気分がもっとましな別の夜にしようよ」とわたしは言った。

「あら、いけない、いいのよ。もう一杯飲めばしゃきっとするから」

ヴァレンシアはウェイトレスに合図する。「ワインをもう一杯」

彼女は白ワインを飲んでいた。

「執筆の調子はいかが？」と彼女が尋ねる。「新しいご本は出るの？」

「いや、でもいま小説に取りかかっている」

「何という題なの？」

「題はまだつけていないよ」

「いい作品になりそう？」

「わからない」

　ふたりともしばらく何も喋らなかった。わたしは自分のウォツカを飲み終えておかわりをした。ヴァレンシアはどう見てもわたしのタイプではなかった。わたしは彼女が嫌いだ。逢ったとたんに忌み嫌わずにはいられない、そんな人たちがいるものだ。

「わたしが働いているところに日本人の女の子がいるの。わたしを誡にさせるためだったら何だってやりかねない娘なの。上役との関係も厄介だけど、この意地悪女のおかげでわたしは毎日むかむかさせられっぱなし。そのうちこの足であの娘のお尻を蹴っ飛ばしてやるから」

「きみはどこの出身？」

「シカゴ」

「わたしはシカゴが嫌いだ」

「わたしはシカゴが好きよ」

　わたしは自分の飲み物を終え、彼女も飲み終えた。ヴァレンシアは自分の勘定書きをわたしの方に差し出す。「こっちも払ってもらっていいかしら？　シュリンプ・サラダもいただいたわ」

　わたしは鍵を取り出してドアを開けた。

「これがあなたの車？」

「ああ、そうだよ」

「こんなおんぼろ車にわたしが乗れると思って？」

「ねえ、乗りたくないなら、乗らないでおくれ」

ヴァレンシアは乗り込んだ。車を走らせていると、彼女は自分の鏡を取り出して化粧を始める。

わたしの家はそれほど離れてはいなかった。わたしは車をとめた。

中に入ると彼女が言った。「ここは不潔だわ。きれいにしてくれる人を誰か雇わなくちゃ」

ウォツカとセブン・アップを取り出して飲み物を二杯作った。ヴァレンシアがブーツを脱ぐ。

「あなたのタイプライターはどこ？」

「キッチン・テーブルの上だよ」

「机も持っていないの？　作家なら机があると思っていたわ」

「キッチン・テーブルすら持っていない者だっているよ」

「結婚したことある？」とヴァレンシアが尋ねる。

「一度」

「何がうまくいかなかったの？」

「お互いを憎み合いだした」

「わたしは四度結婚したわ。もと亭主たちには今も逢ってるわ。友だち同士よ」

「飲んじゃえよ」

「何だかいらいらしているみたいよ」とヴァレンシアが言う。

「だいじょうぶだ」

ヴァレンシアは飲み干すと、カウチの上に寝そべった。わたしの膝の上に頭を載せる。わたしは彼女の髪を撫で始めた。ブラウスの中を覗き込むと、彼女の乳房が見えた。彼女に覆いかぶさってたっぷりと長いキスをした。彼女の舌がわたしの口に素早く突き入れられたかと思うと、またすぐに抜き出される。わたしは彼女が大嫌いだった。わたしのペニスが頭を持ち上げ始める。またキスをし合い、彼女のブラウスの中に手を滑り込ませた。

「いつかあなたと逢えると思っていたわ」と彼女が言う。

また彼女にキスをする。今度は手加減なしの荒々しいキスだ。彼女は自分の頭にあたるわたしのペニスに気づく。

「ヘイ！」と彼女が声をあげた。

「何でもないよ」とわたしが答える。

「猛烈に元気じゃない」と彼女が言う。「いったい何がしたいの？」

「わからない……」

「わたしはわかるわ」

ヴァレンシアは起き上がってバスルームに行った。出てきた彼女は素っ裸だった。彼女はベッドのシーツの中に潜り込む。わたしはもう一杯飲み物を飲んだ。それから服を脱いでベッドに入った。上にかかっているシーツを剝ぐ。とにかく巨大な乳房だ。からだの半分が乳房だった。片方の乳房を手で押し上げて懸命に支え、乳首に吸いついた。堅くならない。もう一方の乳房に移って、乳首を吸った。何の反応もない。彼女のぶよぶよの乳房を揉みしだき、その谷間にペニスを抉《こ》じ入れた。乳首は柔らかいままだ。口にペニスを押しつけると、彼女は顔をそらす。こいつの尻の穴に火のついた煙草を突っ込んでやろうかと思った。とんでもない肉の塊だ。やりまくられてぼろぼろになってしまった街娼。娼婦ならまだわたしを燃え上がらせてくれる。わたしのペニスは堅くなっていたが、魂その中に宿らずだった。

「きみはユダヤ人かい？」と彼女に尋ねる。

「違うわ」

「ユダヤ人みたいに見える」

「わたしは違う」

「フェアファックス地区に住んでいる、そうじゃないかい？」

「そうよ」

「両親はユダヤ人？」

「ちょっと、ユダヤ人がどうのこうのっていったい何なのよ？」

「気を悪くしないでくれ。わたしの親友にはユダヤ人もいる」

また彼女の乳房を揉みしだいた。

「あなたは怯えているみたい」とヴァレンシアが言う。「緊張してぴりぴりしているみたいよ」

わたしは自分のペニスを彼女の顔の前で振り回した。

「こいつが怯えているように見えるかい？」

「おぞましくて気味悪いわ。いったいその太い青筋はどうしたのよ？」

「これが気に入っているんだ」

彼女の髪の毛を摑んで、その頭を壁に押しつけ、目の中を覗き込みながら、歯に吸いついた。それから彼女の性器をいじくりまわす。長い間かかって彼女はようやくその気になってきた。開き始めた彼女の中に、わたしは指を突っ込んだ。クリトリスを捕らえて、そこを攻めまくる。それから彼女の上になった。わたしのペニスは彼女の中に入っている。わたしたちはほんとうにセックスしている。彼女を悦ばせようという気持など微塵もなかった。ヴァレンシアはなかなか締まりがいい。どうだっていい。彼女の奥深くまでしっかり攻め込んだが、彼女は感じているようには見えなかった。わたしはせっせと腰を使った。セックスをまた一回。調査研究だ。冒瀆の感じはまるでなかった。貧困と無知が自らの真実を作り出している。彼女はわたしのものだった。わたしたちは森の中の二頭の獣で、わたしは彼女に止どめを刺していた。彼女は今にもいきそうになっている。キスをすると、とうとう彼女の唇が開いた。わたしは深く突っ込んだ。青い壁がふたりを見守っている。ヴァレンシアは小さな声をたて始める。それがわたしの動きに拍車をかける。

彼女がバスルームから出てきた時、わたしは服を着終えていた。テーブルの上には飲み物が二杯用意されている。わたしたちは飲み物に口をつけた。

「どうしてフェアファックス地区に住むようになったの？」とわたしが尋ねる。

「好きだったから」

「家まで送らなきゃならないかな？」

「もしよかったら」

彼女はフェアファックスから二ブロック東に住んでいた。「あれがわたしの家」と彼女が言う。

「あの網戸のあるところ」

「いいところみたいじゃないか」

「いいところよ。ちょっと寄っていく？」

「何か飲む物はあるかい？」

「シェリーは飲める？」

「もちろん……」

中に入った。床の上にタオルが落ちている。通りすぎる時に、彼女はそのタオルをカウチの下に蹴り込んだ。それから彼女はシェリーを出してきた。安くてひどい代物だった。

「バスルームはどこかな？」とわたしは尋ねた。

トイレの水を流して音が聞こえないようにしてから、吐いてシェリーをもどした。もう一度トイレの水を流してから出ていった。

「もう一杯？」と彼女が尋ねる。

「もちろん」

「子供たちがやってくるの」と彼女が言う。「だからこんなに散らかっているの」

「子供がいるの？」

「ええ、でもサムが子供たちの世話をしてくれているわ」

わたしは飲み物を終えた。「それじゃ、さてと、飲み物をごちそうさま。もう腰をあげなくちゃ」

「わかったたわ。わたしの電話番号を知っているわよね」

「ああ」

ヴァレンシアが網戸のところまで送ってきてくれた。そこでキスを交わす。それからわたしはフォルクスに向かった。乗り込んで、車をスタートさせた。角を曲がったところで、車を二重停車させ、ドアを開けて二杯目の飲み物を吐いてもどした。

98

わたしはサラと三、四日ごとに、彼女の家かわたしの家で逢っていた。一緒に寝たが、セックスはなかった。かなりのところまでいったものの、最後の一線は越えていなかった。ドレイアー・バーバの戒律が立ちはだかっている。

わたしたちはクリスマスと新年の休暇をわたしの家で一緒に過ごすことにした。

サラは二十四日のお昼に自分のフォルクスのバンに乗ってやってきた。彼女が車をとめるのを見とどけてから、外に迎えに出た。彼女はフォルクスの屋根に材木を縛りつけている。わたしへのクリスマス・プレゼントになるはずだった。わたしのためにベッドを作ってくれることになっている。わたしのベッドはそれこそもの笑いの種で、寝台用のスプリングの上に中身が突き出たマットレスがのっているだけだった。サラは有機飼料で育てられた七面鳥も付け合わせと一緒に持ってきてくれた。料理と白ワインはわたしが持つことになっている。それにお互いへのちょっとした贈り物もそれぞれ用意していた。

わたしたちは材木と七面鳥、それにさまざまな小物を家の中に運び込んだ。わたしは寝台用のボックス・スプリングとマットレス、それにヘッドボードを表に運び出し、「無料」と掲示を出しておいた。最初にヘッドボードがなくなり、次がボックス・スプリングで、最後まで残っていたマットレスも誰かが持っていった。このあたりは貧しい地域だった。

わたしはサラのベッドを彼女のところで見て、そこで眠り、気に入っていた。どこででも買えるようなありきたりのマットレスを気に入ったことなど一度もなかった。わたしはみみずのようなからだをしているやつにこそふさわしいベッドで人生の半分以上を費やしていたというわけだ。

サラのベッドは彼女の手作りで、わたしのためにも同じようなものを作ってくれようとしていた。十センチ四方の角材の七本の脚に支えられたしっかりとした木の台の上に、厚さ十センチの固いフォーム・ラバーがのせられる。七本目の脚はベッドのど真ん中につけられる。サラがいいことを思いついた。わたしが板を支え、サラが釘を打ち込むのだ。彼女は金槌さばきがうまかった。彼女は四十七キロほどの体重しかなかったが、確実に釘を打ち込むことができた。素敵なベッドができるあがるはずだ。

サラが手間取ることはなかった。

それからわたしたちはベッドを試してみた。セックス抜きで。ドレイアー・バーバがわたしたちの上で微笑んでいる。

わたしたちはクリスマス・ツリーを探して車で走り回った。子供の頃わたしはクリスマスで楽しい思いを味わったことがないので、どうしてもツリーが欲しいというわけではなかった。だからどの店も売り切れだとわかっても、わたしはツリーなしでもまるで平気だった。車で引き返している時、サラはがっくりきていた。しかし家の中に入って、ワインを二、三杯も飲むと、彼女はいつもの元気を取り戻し、クリスマスの飾り物や電球や金ぴかの紙などを部屋じゅういたるところに吊り下げ、わたしの髪にまで金ぴかの紙やテープをつけたりした。

クリスマス・イヴやクリスマスの日に自殺をする人は、ほかの日にくらべてずっと多いとどこかで読んだことがある。この休日がキリストの生誕と少しも、あるいはほとんど関係がないことは明らかだ。

ラジオから流れる音楽は吐き気を催すようなものばかりだったし、テレビはもっとひどい。だからわたしたちは何もつけなかった。サラはメイン州にいる彼女の母親に電話をかけた。わたしもママと話をしたが、なかなかの女性だった。

「最初は」とサラが言う。「あなたとママとをくっつけようかと思っていたの。でもあなたよりも歳を取っているわ」

「心配ご無用」

「いい脚をしているわよ」

「もういいったら」

「年寄りに偏見を持っているの？」

「ああ、わたし以外はみんな年寄りだ」

「まるで映画俳優みたいじゃない。いつもお相手はあなたより二十歳も三十歳も若い女性ばかりだったの？」

「二十代の時はそうじゃなかったよ」

「じゃあいいわ。自分より年上の女性とつきあったことはあるの？　つまり一緒に暮らしたことはあるのっていうことだけど」

「ああ、二十五歳の時に三十五歳の女性と暮らしていた」

「うまくいったの？」

「ひどかったよ。わたしは恋したんだ」

「ひどかったって何が？」

「わたしをカレッジに行かせた」

「どうしてそれがひどいの？」

「カレッジといっても、きみが考えているようなものじゃないんだ。彼女は教授でわたしはただの学生だった」

「彼女はどうなったの？」

「わたしは彼女を埋葬した」

「優等をもらって？　あなたが殺したの？」

「酒が彼女を殺したんだ」

「メリー・クリスマス」

「そうだね。きみの相手のことを教えてよ」

「パスするわ」

「多すぎて？」

「多すぎる、それでもまだ少なすぎるわ」

　三十分か四十分後、ドアにノックの音がした。サラが立ち上がって、ドアを開けた。セックス・シンボルが入ってきた。クリスマス・イヴにだ。彼女が何者なのかわたしは知らなかった。黒いぴちぴちの服を着て、巨大な乳房はドレスのてっぺんから今にも飛び出しそうだ。堂々たる代物だった。いかにもこれ見よがしのこんな乳房は、映画の中でしか見たことがなかった。

「ハイ、ハンク！」

　彼女はわたしを知っている。

「イーディよ。いつかの夜ボビーのところで逢ったことがあるわ」

「えっ？」

「酔っぱらいすぎていて覚えていないの？」

「やあ、イーディ。サラだよ」

「ボビーを探しているの。ボビーがこっちに来てるかなって思ったの」

「まあ座ってお飲みよ」

　イーディはわたしの右手の椅子に、しっかりくっついて座った。歳の頃二十五歳ぐらいだ。煙草に火をつけて、飲み物を一口啜った。彼女がコーヒー・テーブルの上に屈み込むたび、今度こそ絶対に乳房が飛び出してしまうに違いないと思わずにはいられなかった。そうなったらどうすればいいのかと不安に襲われた。まるでわからない。わたしは昔からずっと、乳房よりも先に脚の方に目がいってしまう男だった。しかしイーディは乳房の威力を知りつくしていた。わたしは気になってしかたがなかった。横目で彼女の乳房をちらちら見遣りながら、こぼれ出てほしいのか、それとも納まっていた方がいいのか、自分でもよくわからなかった。

「マニーに逢ったわよね」と彼女がわたしに言う。「ボビーのところで？」

「ああ」

「あいつを追い出すしかなかったわ。めちゃくちゃやきもち焼きなの。私立探偵まで雇ってわたしをつけまわしたのよ！　想像できる！　あの中身が空っぽのくそったれ！」

「なるほど」

「物乞いする男なんて大嫌い！　小物のおべっか野郎なんて大嫌い！」

「近頃はいい男なんてめったにいないよ」とわたしは言った。「歌の文句さ。第二次世界大戦の頃の。こんな歌もあったよ。『わたし以外の誰ともりんごの木の下には座らないで』」

「ハンク、馬鹿なことをぺちゃくちゃ喋りすぎよ……」とサラが言った。

「もう一杯お飲みよ、イーディ」と、彼女にもう一杯注いだ。

「男ってくそったればっかり！」と彼女は続ける。「ある日バーに行ったの。男たち四人と一緒で、みんなわたしの親しい友だちよ。わたしたちは座り込んで、ビールのピッチャーをぐびぐび飲んでいたの。声をあげて笑って、わかるでしょう、楽しくやっていたのよ。誰にも迷惑なんてかけていなかったわ。それからわたしは玉突きでもちょっとやってみたいなって思いついたの。わたしは玉突きが好きなの。お嬢さんが玉突きをすると、その出がわかると思うわ」

「わたしは玉突きができない。いつだって緑の布を破いてしまうんだ。おまけにわたしはお嬢さんではないしね」

「それはともかく、わたしがビリヤード台に近づいていくと、男がひとりだけで玉突きをしていたの。彼に近づいてこう言ったわ。『ねえ、ずっとこの台を使っているわよ。わたしの友だちと一緒にちょっと玉突きがしたいの。よかったら少しだけ台を使わせてもらえない?』その男は振り返ってわたしを見たわ。ややあってから、そいつは鼻で笑ったの。それからほざいたわ、『いいよ』って」

イーディは喋っているうちに、身振り手振りをつけ始めて跳ね回る。わたしは彼女の太腿を覗き見た。

「わたしは友だちのところに戻って、『台があいたわよ』って言ったの。いよいよその男が最後の一突きをするという段になって、彼の仲間が現われてこう言ったわ。『よお、アーニィ、この台をあけるんだって?』そうしたらその男がこの仲間に何て言ったと思う? こう言ったのよ。『ああ、このあまにあけてやるんだ』それを聞いて、わたしは頭に血がのぼっちゃったわよ! そいつは台の上に屈み込んで最後の玉をキューで突こうとしていたわ。わたしもキューを摑むと、屈み込んでいるそいつの頭のてっぺんを思いきり打ちつけてやったの。そいつは台の上に倒れ込んで、死んじゃったみたいだったわ。そいつはバーの馴染みで、そいつの仲間がいっぱい慌てて駆けつけるし、わたしの四人の友だちも駆け寄ってきたわ。わあ、もうすごい騒ぎよ! 壜は粉々になるわ、鏡は割れるわ……どうやってそこから逃げ出せたのかいまだにわからないけど、とにかく逃げ出したの。葉っぱ持ってる?」

「ああ、でもうまく巻けないんだ」

「わたしが巻いたげる」

イーディは細くてぴっしり詰まったジョイントを巻いた。まるでプロはだしだった。彼女は深く吸い込んで、スーッと音をたてると、わたしに回した。

「そこでわたしは次の夜ひとりでまた戻ってみたの。バーテンダーが店の持ち主で、彼はわたしに気づいたわ。クロードという名前なの。『クロード』ってわたしは彼に言ったわ。『きのうのことはごめんなさい。でも台にいたあの男はとんでもないろくでなしよ。わたしのことをあまと呼んだわ』」

わたしはみんなに飲み物を注いで回った。もう少しで彼女の乳房が飛び出すはずだ。

「店主が言ったわ。『いいんだよ、気にするな』って。いい人のようだった。『何を飲む？』ってわたしに聞くの。わたしはバーに腰を落ち着けて、ただ酒を二、三杯ごちそうになったわ。そしたら彼が言うの。『ねえ、新しいウェイトレスを雇ってもいいんだよ』」

イーディはジョイントを一服して、また話を続けた。「彼はひとりのウェイトレスの話をわたしにしてくれたわ。『その娘目当てで男の客が来るけど、彼女は厄介ごとの種なんだ。いつもある男と別の男とを張り合わせて自分はいい思いをしている。いつでも目立ちたがりなんだ。そのうちわたしは彼女が隠れて客をとっていることに気づいた。自分のあそこで商売するのにわたしの店を利用していたのさ！』」

「ほんとうなの？」とサラが尋ねる。

「そう彼は言ったのよ。いずれにしても、彼はわたしにウェイトレスとして働かないかって声をかけてきたの。そして彼は言ったのよ、『仕事中に客をとるのは、なしだよ！』ってね。たわけたことを言うんじゃないよ、って言ってやったわ。わたしはそんな女じゃないよ、ってね。これからもしかしていくらかお金を貯められたら、ＵＣＬＡに行って、化学者を目指し、フランス語も勉強しようって思っているの。それこそわたしがいつもやりたかったことなの、って言ったのよ。すると彼がこう言った。『こっちにおいで、余分の品物を置いているところを見せてあげよう、それにきみに着てほしい服もあるんだ。まだ誰も手を通していなくて、サイズもきみにぴったりだと思うよ』そこでわたしは彼と一緒に奥の暗い部屋に入ったの。彼はいきなりわたしに摑みかかろうとしたわ。わたしは彼を押しやった。するとこう言うのよ、『ちょっとだけキスさせておくれ』って。『消え失せろ！』って言ってやった。彼は禿で、でぶで、やたらと背が低くて、入れ歯だし、頰に黒い疣《いぼ》があって、そこから長い毛が生えているの。彼はわたしに覆いかぶさってきて、片手でわたしのお尻のふくらみを摑み、もう一方の手でおっぱいをちょこっと触りながら、キスしようとしたわ。また押しのけたの。『わしには女房がいる』と彼が言う。『女房を愛しているんだ、心配するなって！』彼はまたもやわたしに覆いかぶさったので、どこにだかわかると思うけど膝蹴りを食らわせてやったの。何もついていなかったんだと思うわ、彼はたじろぎもしないの。『金はあげるから』って彼は言う。『優しくしてあげるから！』ってね。糞でも食らって死んじゃえ、って言ってやったわ。そこでまたわたしは新しい仕事にありつけなかったってわけ」

「それは悲しいお話だね」とわたしが言った。

「ねえ」とイーディが言う。「もう行かなくちゃ。メリー・クリスマス。飲み物をごちそうさま」彼女は立ち上がり、わたしは一緒に玄関まで送っていって、ドアを開けてあげた。彼女は敷地を歩き去っていく。戻って腰をおろす。

「このろくでなし」とサラが言う。

「わたしがここにいなかったら、あの娘とやっていたんでしょう?」

「ほとんど見ず知らずのお嬢さんだよ」

「あのおっぱいときたら! あなたはたまげていたわよ! 恐くて彼女にちゃんと目を遣ることもできなかったわ!」

「あの娘はクリスマス・イヴにうろつき回っていったい何をやっているんだろうね?」

「どうして彼女に聞かなかったの?」

「ボビーを探しているって言っていたよ」

「わたしがここにいなかったら、あの娘とやっていたんでしょう?」

「わからないよ、そんなこと知りようがない……」

するとサラが立ち上がって、金切り声をあげた。彼女はしくしくと泣きだし、別の部屋に駆け込んだ。わたしは飲み物を注いだ。壁の色のついた電球がちかちかとついたり消えたりしている。

「何を言っているの?」

99

わたしは台所に座って、七面鳥のドレッシングを作っているサラに話しかけていた。ふたりとも白ワインを啜っている。

電話が鳴った。出ていって、受話器を取った。デブラだった。「メリー・クリスマスを言いたかっただけなのよ、ふにゃふにゃヌードルちゃん」

「ありがとう、デブラ。きみにもハッピー・サンタクロース」

しばらく喋ってから、わたしはまた台所に戻って腰をおろした。

「誰だったの?」

「デブラ」

「どんな様子?」

「元気だったと思う」

「何の用事だったの?」

「クリスマスのお祝いを言ってきたんだ」

「有機飼料で育てられたこの七面鳥は絶対に気に入るわよ。詰め物だって安全よ。みんな毒を食べているわ、紛れもない毒をね。アメリカは大腸癌が広まっている数少ない国のひとつよ」

「そうだね、わたしの尻もよく痛むよ。でもただの痔だけどね。一度切ったことがあるんだ。手術する前に、ライトのついた細い管を腸の中に入れて、癌がないかどうか確かめるんだ。やたらと長い管でね。からだじゅうに入り込んでしまうみたいだよ」

また電話が鳴った。出ていって取った。キャシーだった。「どうしてるの?」

「サラと一緒に七面鳥の下拵えをしているところだ」

「あなたが恋しいわ」

「きみにもメリー・クリスマス。仕事の調子はどう?」

「順調よ。一月の二日まで休みなの」

「ハッピー・ニュー・イヤー、キャシー!」

「いったいどうしちゃったっていうの？」

「ちょっぴり浮かれているんだ。こんなに早い時間からの白ワインは飲みつけていないからね」

「そのうち電話してね」

「もちろん」

わたしはまた台所に戻った。「キャシーだったよ。クリスマスにはみんな電話をしてくる。ドレイアー・バーバも電話をしてくるかな」

「彼はしないわ」

「どうして？」

「彼ははっきりと口に出しては喋らないの。絶対に話しかけないし、お金にも手を出さない」

「それはいいことだ。そのできたてのドレッシングをちょっと味見させてくれるかい？」

「いいわよ」

「こいつは、なかなかだね」

するとまた電話が鳴った。いつもこの調子だ。ひとたび鳴り始めると、引きも切らずに鳴り続ける。寝室に行って電話に出た。

「もしもし、どなた？」

「このろくでなし。わからないの？」

「さて、誰かな」酔っぱらった女だった。

「あててみて」

「待って。わかった！　アイリスだ！」

「そうよ、アイリスよ。わたし妊娠しちゃった！」

「誰が父親かわかっているの？」

「それがどうしたっていうのよ？」

「確かにそうかも。ヴァンクーヴァーはどうなの？」

「いいわよ。さよなら」

「さよなら」

わたしはまた台所に舞い戻った。

「カナダ人のベリー・ダンサーだった」とサラに教えた。

「彼女はどうしているの？」

「クリスマスのご馳走でお腹が膨らんでいたよ」

サラが七面鳥をオーヴンに入れ、わたしたちは居間に移った。しばらく雑談をしていた。するとまた電話が鳴った。「もしもし」とわたしが言う。

「あんたはヘンリー・チナスキー？」若い男の声だ。

「そうだ」

「作家のヘンリー・チナスキーかい？」

「ああ」

「ほんとうに？」

「そうだよ」

「あのなあ、俺たちはベル・エアでいつもつるんでいる野郎ばっかりなんだけど、みんなあんたの書くものにまいっているんだ、よお！　ほんとうに気に入っちゃっているから、みんなであんたにお返しがしたいんだ、よお！」

「ええっ？」

「そうだよ、半ダース入りのビールを少し持ってあんたのところに行くんだ」

「そのビールをてめえのけつにでも突っ込んでろ！」

「何だと？」

「そいつをてめえのけつに突っ込め、と言ったんだ！」

　わたしは電話を切った。

「誰だったの？」とサラが尋ねる。

「ベル・エアの読者を三、四人失ったよ。だけどそれだけのやつらだったね」

　七面鳥ができあがり、わたしはオーヴンから取り出して大きな皿の上に載せ、キッチン・テーブルのタイプライターや原稿を全部別のところに移してから、そこに運んだ。わたしが七面鳥を切りさばき始めると、サラが野菜を持ってやってきた。わたしたちは席についた。わたしは自分の皿にいっぱい取り、サラもそうした。おいしそうだった。

「あのおっぱい女が二度と現われないことを祈るわ」とサラが言う。そんなことを思いついて、彼女はまた動揺してしまったようだ。

「来たら彼女にもお相伴させてあげるよ」

「何ですって？」

　わたしは七面鳥を指差した。「『お相伴させてあげる』と言ったんだ。きみは見ていればいい」

サラが金切り声をあげる。立ち上がり、ぶるぶる震えている。それから寝室に駆け込んだ。わたしは自分の皿の七面鳥を見つめた。食べられなかった。また間違ったボタンを押してしまった。飲み物を持って居間に行き、腰をおろした。十五分待ってから、七面鳥と野菜を冷蔵庫に入れた。


次の日サラは自分の家に戻り、わたしは午後の三時頃に冷たい七面鳥のサンドイッチを食べた。夕方の五時頃、ドアをどんどんと力まかせに叩く音がする。ドアを開けると、タミーとアーリーンだった。彼女たちはスピードをきめていて、あてもなくふらついていた。中に入ると、あちこちうろつき回り、ふたりで同時に話しかける。

「何か飲む物ない？」

「ちぇっ、ハンク、何か飲む物ないの？」

「いまいましいクリスマスはどうだった？」

「そうよ、あんたのいまいましいクリスマスはどうだったのよ、ねえ？」

「アイスボックスにビールとワインがあるよ」と彼女たちに教える（その人が年寄りかどうかはすぐに見分けがつく。年寄りは冷蔵庫のことをアイスボックスと呼ぶ）。

彼女たちは踊りながら台所に入っていって、アイスボックスを開けた。

「ねえ、七面鳥があるわよ！」

「お腹がすいているの、ハンク！　七面鳥をちょっともらってもいい？」

「いいとも」

タミーが七面鳥の脚を持って現われ、それに齧りついた。「ねえ、この七面鳥はひどいわ！

もっとスパイスをきかせなくちゃ！」

アーリーンも肉の切り身を手にして現われた。「そうよ、スパイスがきいてないわ。まだまだ味が足りないわ！　何かスパイスはないの？」

「食器棚の中だ」とわたしが答える。

彼女たちはまた台所に飛び込み、スパイスを振りかけ始めた。

「ほら！　ずっとおいしくなったわよ！」

「そうよ、初めてちゃんと味がしたわ」

「有機飼料の七面鳥だぞ、ちくしょう！」

「そうよ、こいつは畜生よ！」

「もっと食べたいわ！」

「わたしも。でももっとスパイスをきかせようね」

タミーが現われて腰をおろす。彼女はちょうど脚の肉を食べ終えたところだ。それから脚の骨に取りかかり、齧って真っぷたつに割ると、くちゃくちゃと嚙み始めた。わたしは仰天してしまった。彼女は脚の骨を食べ、敷物の上に骨のかけらを吐き出している。

「おい、骨を食べちゃうのか！」

「ええ、おいしいわよ！」

タミーはもっと食べようとまた台所に駆け込んでいった。

すぐにふたりともビールの壜を手にして出てきた。

「ありがとう、ハンク」

「そうよ、ごちそうさま、どうもね」

彼女たちは腰をおろしてビールを啜っている。

「さてと」とタミーが言う。「もう行かなくちゃ」

「そうよ、わたしたちはこれから中学生の男の子たちをレイプしに行くのよ！」

「イェーイ！」

ふたりとも飛び跳ねて立ち上がると、ドアから出ていった。わたしは台所に行って、冷蔵庫の中を覗き込んだ。七面鳥はちょうど虎に襲われたようで、四肢は無残にも引きちぎられている。おぞましい姿だった。


次の日の夜、サラが車でやってきた。

「七面鳥はどう？」と彼女が尋ねる。

「オーケイだよ」

彼女は中に入って冷蔵庫のドアを開けた。悲鳴をあげる。それから駆け出してきた。

「何てこと、いったいどうなっちゃったの？」

「タミーとアーリーンがふらっとやってきたんだ。彼女たちは一週間ずっと食べていたわけじゃないよ」

「ああ、気分が悪い。すごく傷つけられたわ！」

「ごめんよ。彼女たちをやめさせるべきだったんだ。彼女たちはアッパーをやっていたし」

「こうなったら、わたしにできることはこれしかないわね」

「何だい？」

「あなたにおいしい七面鳥のスープを作ってあげる。ちょっと野菜を買ってくるわ」

「わかった」わたしは彼女に二十ドル渡した。

その夜サラはスープを拵えてくれた。実においしかった。朝になって、彼女はどうやってあためた直せばいいかわたしに教えてから帰っていった。


午後の四時頃、タミーがドアをノックした。わたしが中に入れると、彼女は台所へと直行する。

冷蔵庫のドアが開く。

「あら、スープね？」

「ああ」

「おいしいのかしら？」

「ああ」

「ちょっともらってもかまわない？」

「いいよ」

彼女がレンジにスープをかける音が聞こえた。それからスプーンで掬い上げる音がする。

「うへぇ！　これは味がなさすぎるわ！　もっとスパイスをきかせなくちゃ！」

彼女はスプーンでスパイスを入れたようだ。それから味見をする。

「ましになったわ！　でももっと要るわね！　わたしは、ほら、イタリア人なのよ。さてと……ほら……うんとずっとましになったわ！　さてあたためるとするか。ビールもらえる？」

「いいよ」

彼女はビール壜を持ってやってくると、腰をおろす。

「わたしが恋しかった？」と彼女が尋ねる。

「どうだかね」

「またプレイ・ペンでの仕事に戻ると思うわ」

「それはいい」

「あの店にはチップをはずんでくれる客が来るからね。毎晩わたしに五ドルのチップをくれた男がいたわ。わたしに恋していたのよ。でも一度も外に連れ出したいってくどいたりしなかった。わたしをじろじろ見るだけなの。変なやつだった。直腸外科の医者で、わたしが歩き回っているのをじっと見ながら、マスターベーションをしていたこともあるわ。精液の匂いをさせているからわかっちゃうわよ、そうでしょ」

「それで、きみはそいつの相手には……」

「スープがあったまったと思うわ。少し飲む？」

「いらないよ、どうも」

タミーが台所に消え、鍋からスープをスプーンで掬っている音が聞こえた。長い間台所にいる。

それからようやく出てきた。

「金曜日まで五ドル貸してくれない？」

「だめだ」

「じゃあ二ドルでいいわ」

「だめだ」

「それならせめて一ドルだけ」

わたしはタミーにポケットに入っていた小銭を渡した。全部で一ドルと三十七セントあった。

「ありがとう」と彼女が言う。

「いいんだ」

そして彼女はドアから出ていった。

次の日の夜、サラが訪ねてきた。彼女がこんなにも頻繁に訪ねてくることはめったにない。休暇の時期のせいで、誰もがどうしていいのかわからず、ちょっとだけ変になって、不安になっているからかもしれなかった。わたしは白ワインをすぐにも飲めるようにしていて、グラスに二杯注いだ。

「インの景気はどう？」と彼女に尋ねる。

「まるで仕事にならないわ。こんなじゃ店を開けていられない」

「馴染み客はどこへ行ったの？」

「みんな街を離れちゃったわ。みんなどこかに行ってしまった」

「どんなにちゃんと計画を練ってもどこかに落とし穴が待ち受けているのさ」

「全部が全部そうじゃないわ。何とかちょっとずつでもうまくやり続けている人もいるのよ」

「そのとおりだ」

「スープはどうだった？」

「ちょうどなくなりかけている」

「気に入った？」

「そんなには飲まなかった」

サラは台所に入っていって、冷蔵庫のドアを開けた。

「スープをどうしたの？　何だか変よ」

彼女が味見している気配がした。それから流しに駆け寄って、ぺっぺと吐き出す。

「ひどいわ、だいなしにされちゃっているわ！　どうしちゃったの？　タミーとアーリーンがまたやってきて、スープも飲んだっていうの？」

「タミーだけだ」

サラは金切り声をあげなかった。スープの残りを流しに捨てて、ディスポーザーのスイッチを入れた。何とか声を出さないようにとこらえながら、彼女が啜り泣いているのがわかった。有機飼料で育てられた哀れな七面鳥にとっては、さんざんなクリスマスだった。

100

わたしは大晦日の夜もまた過ごすのがいやでたまらなかった。わたしの両親は、ロサンジェルスに向かって街から街へと新年が近づいてくるのをラジオで聞きながら、大晦日の夜を大いに楽しんでいた。爆竹が打ち上げられ、笛や警笛が鳴らされ、しろうとの酔っぱらいはゲロを吐き、亭主どもは他人の女房といちゃつき、女房どもは誰かれかまわずいちゃつく。バスルームや小部屋で、あるいは時には大っぴらに、といってもたいてい真夜中の十二時きっかりだったが、誰もがキスし合ったり、戯れに尻を摑み合い、翌日にはローズ・パレードのトーナメントやローズ・ボウルの試合はさておき、家庭内での激しい言い争いが繰り広げられるのだった。

サラは大晦日の夜のまだ早い時間にやってきた。彼女はマジック・マウンテン遊園地や宇宙映画の『スター・トレック』、幾つかのロック・バンドにクリーム・ソースのかかったほうれんそう、それに無添加食品といったようなものに心をときめかせたが、わたしがこれまでに逢ったどんな女性よりもずっとましな基本的常識を持ち合わせていた。おそらくただひとり、ジョアンナ・ドーヴァーだけが、彼女の良識と思いやりに溢れた心に太刀打ちできた。わたしといま何らかの関係があるどの女よりも、サラの方が美人だったしずっと誠実だった。だから今度の新年はどう転んでもひどいことになるわけがなかった。

わたしは地元のテレビのばかなニュースキャスターから〝ハッピー・ニュー・イヤー〟の挨拶を受けたばかりだった。どこかの見ず知らずの人間から〝ハッピー・ニュー・イヤー〟と言われたりするのは大嫌いだ。わたしが何者かどうしてわかる？　五歳の子にさるぐつわをかませ、くるぶしに縄をつけて天井からぶらさげ、ゆっくりと彼女をばらばらに切り刻んでいく男かもしれないではないか。

サラとわたしはやってくる新年を祝って飲み始めたが、世界の半分が必死になって酔っぱらおうとしているのを横目で見ながらでは、なかなか酔っぱらえなかった。

「ところで」とわたしはサラに話しかけた。「ひどい一年ではなかったね。誰にも殺されなかったし」

「おまけにあなたは今も毎晩飲めるし、毎日お昼に起きられる」

「また一年もちこたえられるならね」

「年寄りのアル中のたわごとよ」

ドアをノックする音がした。わが目を疑った。フォーク・ロック・シンガーのディンキー・サマーズだ。ガールフレンドのジャニスと一緒だった。

「ディンキー！」わたしは思わず叫んでしまった。「やあ、ちくしょうめ、いったいどうしたっていうんだ？」

「わからないよ、ハンク。ちょっと寄ってみようかって思っただけなんだ」

「ジャニス、こちらはサラ。サラ……ジャニスだ」

サラは新たにグラスをふたつ持ってきた。わたしは酒を注ぐ。話は大したことはなかった。

「新曲を十曲ほど書いたんだ。だんだんよくなってきたと思う」

「彼はよくなってきているとわたしも思うわ」とジャニスが言う。「ほんとうに」

「ねえ、ほら、あなたの前座をやったあの夜のことだけど……教えてよ、ハンク、ぼくってそんなにひどかった？」

「いいかい、ディンキー、きみの気持を傷つけたくはないけど、わたしは聴くというよりも飲んだくれていたんだ。次に出ていかなければならない自分のことを考えたり、心の準備を整えようとしたりして、結局は吐いてしまったんだよ」

「でもぼくは観客の前に出ていきたくてたまらない。彼らに歌いかけて、ぼくの歌を気に入ってもらえたら、天にも昇る気分さ」

「書くのはまた別だ。たったひとりでやるしかない。生《なま》の観客とは関係がないんだ」

「そのとおりかもね」

「わたしもあの場にいたのよ」とサラが言う。「ふたりの男の手を借りなきゃハンクはステージに上がれなかった。彼は酔っぱらっていたし、気分が悪かったのよ」

「ねえ、サラ」とディンキーが尋ねる。「ぼくのステージってそんなにひどかった?」

「いいえ、そんなことなかったわよ。みんなチナスキーが待ちきれなかっただけよ。だからほかの誰が出てもいらついたと思うわ」

「ありがとう、サラ」

「フォーク・ロックはわたしにはあまりピンとこないね」とわたしは言った。

「何が好きなの?」

「ドイツ人のクラシックの作曲家ほとんど全員に加えて何人かのロシア人」

「ぼくは新曲を十曲ほど書いたんだ」

「何曲か聞けるかしら?」とサラが尋ねた。

「でもギターを持っていないんじゃないのかい?」とわたしが言う。

「あら、彼は持っているわ」とジャニスが言う。「いつも持ち歩いているのよ!」

ディンキーは立ち上がって、表に出て車から自分の楽器を持ってきた。敷物の上に脚を組んで座り、ギターの調弦をし始めた。これからちょっとしたライヴ演奏が楽しめるというわけだ。すぐにも彼は歌い始めた。声量も豊かで、力強い声をしている。壁に声が跳ね返る。ひとりの女のことを歌った歌だった。ディンキーのある女への失恋が歌われていた。実際そんなにひどくはなかった。ステージに立って人から金をとったとしてもまったくだいじょうぶだった。しかし目の前の敷物に座って歌われるのはかなり勝手が違うだけに、何とも言えない。特定の個人だけを相手にしているし、どこかばつの悪さも感じてしまう。それでもわたしは彼はそんなにひどくはないという結論に達した。しかし問題はある。彼は歳を取りすぎている。金髪の巻き毛には違う色の髪の毛が混じっていたし、純真であどけない目も妙に伏し目がちになってきている。すぐにも問題にぶつかるだろう。

わたしたちは喝采した。

「すごいよ、ねえ」とわたしは言った。

「ほんとうに気に入ってくれた、ハンク?」

わたしは両手を突き上げて、よすぎてお手上げだというしぐさをした。

「ねえ、ぼくはいつもあなたの書くものに夢中だったんだよ」と彼が言う。

「ありがとう、どうも」

彼は次の歌にとりかかった。それもまた女についての歌だ。彼の女、もとの彼女。その彼女が夜通し遊び歩いている。ユーモアが込められていたが、意図的にかどうかは定かではなかった。ディンキーが歌い終え、わたしたちは拍手する。彼は次の歌にとりかかる。

ディンキーは士気を奮い立たされていた。出し物は尽きることなくあった。テニス・シューズをはいた足をしきりによじらせながら、彼はわたしたちに耳を傾けさせた。いろいろと問題があったし、音の方もまだまだだったが、その作品はわたしたちがふだん耳にするものよりずっとよかった。とはいえ彼の歌はわたしを落ち込ませ、手放しで称賛するわけにはいかなかった。しかしある人物が自分の目の前で歌ってくれているからということだけで、あたかも才能があるように彼に嘘をつくとしたら、それはあらゆる嘘の中でもっとも許せないものとなるはずだ。というのも、それは彼にやり続けろと言うことと同じで、真の才能がない者に続けさせるほどひどいことはなく、結局は彼の人生を無駄に費やさせてしまうことになる。しかし多くの人たち、特に友だちや関係者は、そういうことを平気でしている。

ディンキーは乗ってきてからだを揺すりながら次の歌に移る。十曲全部聞かせるつもりだ。わたしたちは耳を傾け拍手したが、いずれにしてもわたしがいちばん控えめに拍手をしていた。

「その三番目のくだりなんだけど、ディンキー、気に入らなかったな」とわたしは言った。

「でもなくちゃだめなんだ。だって、その……」

「わかった」

ディンキーは続ける。彼は自分の歌を全部歌った。かなりの時間がかかった。間には休みもあった。新年がいよいよ訪れるという時、ディンキーとジャニス、サラとハンクという組み合わせのままだった。しかしありがたいことにギターはケースの中にしまわれていた。陪審の意見は分かれて評決は棚上げされたままだ。

午前一時頃にディンキーとジャニスが帰り、わたしとサラはベッドに入った。わたしたちは抱き合い、キスを始めた。わたしは、すでに言ったように、キス魔だった。たいていちゃんと思いどおりにできなかった。見事なキスなどめったにできるものではない。映画やテレビでもちゃんとはやっていない。サラとわたしはベッドの中で、からだとからだを擦りつけ合い、濃厚なキスを交わしていた。彼女は夢中になっている。展開はこれまでとまるで同じだった。ドレイアー・

バーバが天からわたしたちを見下ろしている。彼女はわたしのペニスを摑み、わたしは彼女の性器をまさぐる。やがて彼女はわたしのペニスを自分の性器に擦りつけ、朝になるとわたしのペニスの皮膚は、擦りつけられすぎたせいで赤剝けしているのだ。

わたしたちはすでに擦り合うところまで進んでいっていた。突然彼女がわたしのペニスをしっかりつかまえると、自分のヴァギナの中に導き入れた。

わたしは仰天した。どうすればいいのかわからなかった。

突いたり引いたり、それでいいのか？　それとも、出したり入れたりした方がいいのか。自転車の乗り方と同じじゃないか。一度覚えたら忘れないものだ。彼女は正真正銘の美しい女性だ。わたしはもう我慢できなかった。金髪と赤毛の混じったサラの髪の毛を鷲摑みにし、彼女の唇を自分の唇に引き寄せながら、わたしは果てた。

彼女が起き上がってバスルームに行く。わたしは自分の寝室の青い天井を見上げてひとりごちた。ドレイアー・バーバよ、彼女をお赦しください。

しかし彼は話しかけもしなければ、金にも手を出さないという話だ。そこでわたしとしては、答を期待することもできないし、さりとて彼に金を払うわけにもいかなかった。

サラがバスルームから出てきた。華奢なからだつきで、痩せて日に焼けていたが、頭のてっぺんから爪先までそのすべてに魅了させられる。彼女はベッドに入り、わたしたちはキスをした。軽く口を開けての愛情のこもったキスだった。

「ハッピー・ニュー・イヤー」と彼女が言う。

わたしたちはお互いにくるまるようになって眠った。

101

ずっと手紙のやりとりをしていたタニアから、一月五日の夜に電話がかかってきた。彼女はちょうどベティ・ブープが出していたような、興奮してうわずったセクシーな声をしている。「明日の夜そっちに飛んでいくの。空港に迎えにきてもらえる？」

「どうやったら見分けられるかな？」

「白い薔薇をつけているわ」

「いいぞ」

「ねえ、ほんとうにわたしに来てほしいと思ってる？」

「ああ」

「いいわ、じゃあ行くわ」

わたしは受話器をもとに戻した。サラのことを考える。しかしサラとわたしは結婚していない。好きにしていいはずだ。わたしは作家だ。わたしはすけべ親爺だ。いずれにしても人間関係というものはうまくいかないものだ。熱中するのは最初の二週間だけで、やがて当事者たちはお互いへの興味を失っていく。化けの皮が剝げ、その人本来の姿が見えてくる。気難し屋だったり、低能だったり、発狂していたり、執念深かったり、サディストだったり、人殺しだったり。現代社会が自らの落とし子を生み出し、彼らはお互いを満喫し合う。汚物にまみれて対決は死ぬまで続く。どんなに長く見てもちゃんとした人間関係が続けられるのは二年半だろうとわたしは踏んでいた。シャムのモンガット王には九千人の妻と妾がいた。旧約聖書に出てくるソロモン王には七百人の妻がいた。ザクセンの英雄オーガストには妻が三百六十五人いて、一年間かかって毎日ひとりずつ相手にしていた。多い方が安全だ。

サラの番号を回した。彼女が出る。

「やあ」とわたしが言う。

「電話してきてくれて嬉しいわ」と彼女が答える。「ちょうどあなたのことを考えていたの」

「例の健康食の店の方はどうかね？」

「今日はまずまずだったわ」

「値上げすべきだよ。ただで食べさせてやっているようなものじゃないか」

「収支がとんとんだったら、税金を払わないですむの」

「ねえ、今夜ある人から電話をもらったんだ」

「誰？」

「タニア」

「タニアって？」

「ああ、手紙のやりとりをしていたんだ。彼女はわたしの詩を気に入っている」

「その手紙なら見たわ。彼女が書いたやつ。置きっぱなしにしていたわよ。彼女ってあなたにあそこがまる見えの写真を送りつけてきた人でしょう？」

「ああ」

「その彼女があなたに逢いにくるって？」

「ハンク、わたし気分が悪くなったわ。気分が悪いどころじゃないわ。どうしたらいいかわからない」

「ああ」

「彼女はやってくる。空港に迎えにいくって言ってしまったんだ」

「いったい何をしようとしているの？　どういうつもりなの？」

「たぶんわたしはいい男じゃないんだ。人それぞれ身分も違えば中身も違う、わかるだろう」

「答になっていないわ。あなたはどうなの？　わたしはどうなの？　わたしたちはどうなの？　メロドラマみたいになるのはいやだけど、わたしは自分の気持をすっかり預けてしまっているのよ……」

「彼女はやってくるんだ。それなら、わたしたちはもうおしまいってことかい？」

「ハンク、わたしにはわからない。そう思うわ。わたしの手には負えない」

「きみはずっとわたしにとても優しかったよ。自分が何をやっているのかわたしはいつもわかっていると言えそうもないんだ」

「彼女はいったいどれぐらいこっちにいるつもり？」

「二、三日、だと思うよ」

「わたしがどんな気持になるかわからないの？」

「そのようだね……」

「いいわ、彼女が帰ったら電話して。話はそれからよ」

「わかった」

わたしはバスルームに行って自分の顔を見つめた。ひどい面相だった。顎鬚や耳のあたりの髪の毛に混じった白髪を鋏で刈り込んだ。やあ、死よ。といっても、わたしはすでに六十年近くをものにしている。このわたしを鮮やかに仕留めるチャンスは何度も与えてきたはずで、とっくの昔におまえの掌中に落ちていても何の不思議もない。わたしは競馬場のそばに埋葬されたかった……そこでなら最後の直線コースでの追い込みの音を聞くことができる。

翌日の夕方わたしは空港で待っていた。早く着いたのでバーに入った。飲み物を注文した後で、誰かの啜り泣く声が聞こえた。あたりを見回す。後ろのテーブルでひとりの女が啜り泣いていた。若い黒人の女性で、黒人といっても肌の色はとても薄く、からだにぴったりの青いドレスを着て、酩酊していた。椅子の上に足を上げ、ドレスの裾がまくれ上がっているので、長くてなめらかでセクシーな脚が見えている。バーの男たちはみんなあそこをおっ立てていたに違いない。わたしも見ずにはいられなかった。猛烈にセクシーな女だ。わたしのカウチに座って、脚をすっかり見せている彼女の姿が目に浮かぶ。飲み物のおかわりを手に入れ、テーブルに向かった。勃起しているのを悟られないようにしながら彼女の目の前に立つ。

「だいじょうぶかい?」と尋ねる。「わたしに何かできることでも?」

「ええ、スティンガーをおごってよ」

わたしは彼女のスティンガーを手にして戻り、腰をおろした。彼女は足を椅子からおろしてしまっていた。仕切り席の彼女の隣に座った。彼女は煙草に火をつけ、わたしに太腿を押しつける。

わたしも煙草に火をつけた。「ハンクという名前だ」とわたしが言う。「エルシーよ」と彼女。自分の脚を彼女の脚に押しつけ、ゆっくりと上下に動かした。「配管工事の部品を扱う仕事なんだ」とわたしが言う。エルシーは返事をしない。

「あのろくでなし野郎がわたしを捨てていったの」と彼女がようやく口を開いた。「あいつなんか大嫌いよ、もう。どれほどあいつを憎んでいることか絶対にわかってもらえないわ！」

「たいてい誰にでも六度か八度はあることさ」

「たぶんね、でも慰めにもならないわ。あいつを殺してやりたいだけなの」

「まあ落ち着いて」

手を伸ばして彼女の膝をぎゅっと握った。きんきんに勃起しすぎて、痛くてたまらない。今にもいってしまいそうだった。

「五十ドル」とエルシーが言う。

「何が？」

「何でも、あなたのお好みで」

「空港で商売しているの？」

「そうよ、ガール・スカウトのクッキーを売っているのよ」

「悪いね。てっきり困っているんじゃないかと思ったんだ。五分後に母親を迎えにいかなくちゃ」

立ち上がって、その場を後にした。売春婦だ！　振り向くと、エルシーはまた自分の足を椅子の上にのせ、さっきよりもたっぷりとその脚を見せていた。わたしは今にも引き返しそうになった。いずれにしてもこんちくしょうだ、タニアめ。

タニアの乗った飛行機が降りてきて、墜落することもなく無事に着陸した。わたしは出迎えの人たちがひしめき合っているところから少し離れて立ち、彼女を待った。彼女はどんな姿をしているのだろう？　自分がどんな姿をしているのかは考えたくなかった。最初の乗客たちが現われた。わたしは待った。

ああ、あの女性！　彼女がタニアだったらいいのに！

それとも彼女。まいったな！　とてつもなく大きな臀部！　黄色い服を着て、微笑みを浮かべている。

それともあれかな……わたしの家の台所で皿を洗う姿。

それともあれかな……わたしに向かって金切り声を上げ、片方の乳房が零《こぼ》れ落ちる。

その飛行機にはとびきりの女たちが何人か乗っていた。

誰かがわたしの背中をとんとんと叩く。振り返ると、真後ろにやたらと小さな子供がいた。歳の頃は十八で、細くて長い首、ちょっぴり撫で肩、長い鼻。しかし乳房は、よし、それに脚と尻も、よし。

「わたし」と彼女が言う。

わたしは彼女の頬にキスをした。「手荷物はあるの？」

「ええ」

「バーに行こう。手荷物をただ待っているのが嫌いなんだ」

「いいわ」

「とても小さいんだね……」

「四十キロよ」

「まいったね……」わたしは彼女を真っぷたつに引き裂いてしまう。まるで幼女を強姦するようなものだ。

バーに入って仕切り席に座った。ウェイトレスがタニアにIDを見せろと言う。彼女はちゃんと用意していた。

「十八のように見えるわ」とウェイトレスが言った。

「わかってるの」とタニアがベティ・ブープのきんきん声で答える。「ウィスキー・サワーをもらうわ」

「わたしにはコニャックを」

ふたつ向こうの仕切り席にさっきの肌の色の薄い黒人女が、ドレスを尻のあたりまで引っ張り上げて座っている。ピンクのパンティをはいている。わたしをじっと睨み続けている。ウェイトレスが飲み物を持ってやってきた。わたしたちは飲み物に口をつける。肌の色の薄い黒人女が立ち上がるのが見えた。わたしたちの仕切り席によろよろと近づいてくる。テーブルの上に両手をぺたりとついて、からだを乗り出す。酒臭い息をしている。目はまっすぐわたしを見ている。

「そう、これがあんたの母親なのね、へえっ、このげす野郎!」

「母親は来れなかったんだ」

エルシーがタニアを見つめる。「あんたはいくら取るの、かわいこちゃん?」

「失せな」とタニアが言った。

「口を使うのもうまいの？」

「お続けよ。黄ばんだあんたの肌を青痣だらけにしてやるから」

「どうやってやんの？　お手玉でかい？」

　そう言うとエルシーは尻を振りながら歩き去っていった。何とか自分の仕切り席まで辿り着くと、また見事な脚をこれ見よがしに伸ばした。どうしてわたしはふたりとものにできないのか？　モンガット王には九千人の妻。それを考えてみるがいい。九千人を一年三百六十五日で割ると……。何も言うことなしだ。メンスの休みもない。精神的な負担もない。ただ宴を張って、次から次へと貪り食うだけ。モンガット王は死ぬ暇もなかったか、すぐに死んでしまったかのどちらかだ。その中間はありえなかったに違いない。

「あれは何？」とタニアが尋ねる。

「あれはエルシーだ」

「彼女を知ってるの？」

「わたしをひっかけようとしたんだ。口でやるのが五十ドルだって」

「わたしをばかにしたわ……グロイドならいっぱい知っているけど、でも……」

「グロイドって何だい？」

「グロイドって黒人のことよ」

「ああ」

「一度も聞いたことないの？」

「一度も」

「そう、とにかくわたしはいっぱいグロイドを知っているの」

「わかった」

「でも、あの娘は見事な脚をしてるわ。わたしですら熱くなっちゃいそうだった」

「タニア、脚は一部分にしかすぎないよ」

「どんな部分？」

「いちばん大切な」

「鞄を取りにいきましょう……」

出ていこうとすると、エルシーが大声を上げた。「さよなら、お母さん《マザー》（マザーには俗語でげす野郎、めめしい野郎という意味もある）！」

わたしたちのどちらに向かって言ったのかは、わからなかった。


家に着いて、わたしたちはカウチに座って飲んでいた。

「わたしが来たから惨めになっているの？」とタニアが尋ねる。

「きみのせいで惨めになっているわけじゃないよ……」

「彼女がいたわよね。彼女のことを手紙で書いていたじゃない。今も仲良くしているの？」

「わからない」

「わたしに帰ってほしいの？」

「そうは思わないよ」

「ねえ、あなたはすごい作家だと思うわ。わたしが読むことのできる数少ない作家のひとりよ」

「そうかい？　ほかのろくでなしって誰だい？」

「すぐには名前が思い浮かばないわ」

彼女に寄りかかってキスをした。彼女の濡れた口が開く。いともたやすく自分を明け渡す。元気がよくてセクシーな女の子だ。四十キロ。まるで象と教会に住む鼠のようだ。

タニアが飲み物を持って立ち上がり、スカートをたくし上げて、わたしに向き合ったまま、脚の上にまたがってきた。パンティをはいていない。勃起したわたしの一物に自分の性器を擦りつける。わたしたちはお互いをひっ摑み合って、キスをした。彼女は擦り続ける。すごい効き目だ。のたうちまわれ、小さな蛇娘！

それからタニアはわたしのズボンのジッパーを下げる。ペニスを引っ張り出すと、自分の性器に押し込んだ。彼女はわたしを乗りこなし始める。たった四十キロの彼女が、見事な腕前だ。わたしは何も考えられなかった。時折彼女とぶつかり合いながら、控えめでいいかげんな動きしかできない。忘れたようにキスし合う。とんでもなかった。わたしは子供に犯されている。彼女はからだを激しく動かす。わたしは彼女に追い詰められ、窮地に陥れられている。むちゃくちゃだった。肉欲だけで、愛などどこにもない。純然たるセックスのものすごい匂いをわたしたちは部屋じゅうにまき散らしている。わたしの子供、わたしの子供よ。その小さなからだでどうしてこんなとてつもないことができるのか？　誰が女を作り上げたのか？　その究極の目的は何なのか？　この竿を食らうがいい！　それにわたしたちはまったく赤の他人同士だ！　まるで自分のたわごと相手にやっているようなものだった。

彼女は仕込まれた猿のようにせっせと励んだ。タニアはわたしの全作品の忠実な読者だった。彼女は大奮闘している。この子供はしっかり呑み込んでいる。わたしの苦悶もちゃんと感じ取っている。彼女は猛烈に攻めまくり、頭をのけぞらせ、自分の指でクリトリスをいじくりまわす。わたしたちはふたり一緒に、ありとあらゆる中でももっとも古くもっとも興奮させられるゲームのとりことなっていた。同時にクライマックスに達し、それはいつまでも、あまりにも長く続いたので、わたしは自分の心臓がこれでもう止まってしまうのかと思ったほどだった。わたしに倒れ込んだ彼女は、小さくて脆かった。彼女の髪の毛に触れる。汗をかいている。彼女はわたしから離れると、バスルームに入っていった。

幼女の強姦が果たされた。最近の子供たちはよく教え込まれている。レイピストがレイプされた。終局の正義。彼女は〝解放された〟女だったのか？　いや、ただやたらと激しいだけだ。

タニアが出てきた。新たに飲み物を作って飲んだ。何ということだ、彼女は声を上げて笑い、お喋りを始める。まるで何ごともなかったかのように。そう、そういうことなのだ。彼女にとっては、ちょうどジョギングや水泳のように、単なるエクササイズでしかなかったのだ。

タニアが言った。「明日、今住んでいるところから追い出されると思うの。レックスはわたしをひどい目にあわすつもりよ」

「おや」

「つまり、わたしたちはセックスなしよ、一度もしたことないの。それでも彼ってすごいやきもちを焼くの。あなたがわたしに電話してきてくれた夜のことを覚えている？」

「いや」

「それが、わたしが切ると、彼は電話を壁から引っぱがしちゃったのよ」

「きみに恋しているのかもね。優しくしてやった方がいいよ」

「あなたは自分を愛してくれる人に優しくする？」

「いや、しないね」

「どうして？」

「わたしは子供っぽいんだ。自分の手に負えない」

その夜はそれからずっと飲んで過ごし、夜が明ける直前にわたしたちはベッドに入った。わたしは四十キロのからだを真っぷたつに引き裂かなかった。彼女はわたしを見事にさばいた、というか、それどころではなかった。

102

数時間後に目を覚ますと、タニアはベッドの中にいなかった。まだ午前九時だ。タニアはカウチに座ってウィスキーのパイント壜を飲んでいる。

「まいったなあ、こんなに早くから始めて」

「いつも午前六時に目が覚めるのよ。だから起きちゃった」

「わたしはいつも正午に起きるよ。厄介なことになりそうだな」

タニアはウィスキーを呷り、わたしはまたベッドに戻った。午前六時に起きるなんて狂っている。彼女は神経がやられているに違いない。まるで体重がないのもむりからぬ話だ。

彼女が入ってきた。「散歩に行ってくるわ」
「わかった」
わたしはまた眠った。

今度目が覚めると、タニアがわたしの上に乗っていた。わたしのペニスは堅くなっていて、彼女のヴァギナの中に入っている。彼女はまたわたしを乗りこなしている。頭を思いきり後ろに垂らし、からだを弓なりに反らせている。何もかも彼女がひとりでやっている。喜悦のあえぎをひいひいと洩らし、その息遣いの間隔は徐々に狭まってくる。わたしも声をあげ始めた。ふたりの声がどんどん大きくなっていく。わたしはそろそろいきそうになってきた。もうだめだ。そして到達した。長く続く強烈なクライマックスだ。タニアはわたしの上から下りる。わたしはまだ堅いままだった。タニアは頭を下の方に持っていき、わたしの目をじっと見つめながら、舌先でペニスの先の精液を舐め取り始めた。彼女は皿洗いの女中になっていた。

彼女が立ち上がってバスルームに行く。風呂の水が流れ出ている音が聞こえる。まだ朝の十時十五分だった。わたしはまた眠りの中に戻った。

103

わたしはタニアをサンタ・アニタに連れていった。もっぱらの評判は十六歳の騎手で、まだ見習い騎手に与えられる五ポンドの減量の特典がついていた。東部出身で、サンタ・アニタのレースに出るのは初めてのことだった。競馬場はメインレースの勝馬を的中させた者に一万ドルの賞金を用意していたが、それを手にすることができるのはたったひとりだけだった。ひとり一頭しか選べない仕組みになっていた。

わたしたちが着いたのは第四レースの時だったが、競馬場はすでにファンで溢れかえっていた。席はすべて売り切れで、駐車場も満杯だ。競馬場の係員の指示でわたしたちは近くのショッピング・センターに向かった。そこからバスが折り返し運転している。最終レースの後は歩いて帰るしかなかった。

「これは正気の沙汰とは思えないね。帰りたくなってきたよ」とタニアに言った。

彼女は持っていたパイント壜を一口ぐいっと呷る。「何言ってんのよ、もうここまで来てるじゃない」

場内に入ってから、わたしは特別な場所があったことに気づき、そこだと人混みから離れ、気分よく座って見られるので、彼女を連れていった。ただひとつ厄介なのは、子供たちもその場所を見つけているということだった。子供たちは喚声をあげ、埃を巻き上げながらあたりを駆け回る。しかし立っているよりはましだった。

「第八レースが終わったら出よう」とタニアに言った。「最後までここにいたら真夜中になっても出られないよ」

「競馬場は男をひっかけるのに絶対に最高の場所よね」

「売春婦がクラブハウスを切り回しているよ」

「ここで売春婦にひっかけられたことある？」

「一度ね、でもひっかけられたことにはならないよ」

「どうして？」

「前から知っていた娘だった」

「病気をもらうんじゃないかって心配しない？」

「もちろんするよ、だからたいていの男は口でやってもらうんだ」

「口でされるのが好き？」

「どうして、もちろんだよ」

「いつ賭ければいいの？」

「今すぐだよ」

タニアはわたしについて馬券売場までやってきた。五ドル馬券の窓口に向かう。彼女も隣に立つ。

「どれに賭ければいいかどうしてわかるの？」

「誰もわからないよ。基本的にはとても簡単な仕組みなんだ」

「どんなふうに？」

「要するに、ふつうはいちばん勝ちそうな馬のオッズがいちばん低くなり、可能性が少なくなればなるほど高くなっていく。でもいちばん勝ちそうな馬が実際に勝つ確率なんて、オッズが三対一以下の場合でさえ、三回に一回しかないんだ」

「ひとつのレースの出場馬全部に賭けられるの？」

「ああ、真っ先におけらになりたければね」

「たくさんの人が勝つ？」

「勝てるのは二十人か二十五人に一人だろうね」

「どうしてみんなやってくるの？」

「わたしは精神科医じゃないからね、でもここに来ている。精神科医だって何人かここにいるんじゃないかな」

　わたしは六番の単勝を五ドル買い、それからふたりでレースを見にいった。わたしの好みのタイプは逃げる馬で、特に前のレースでゴール直前で抜かれたような馬だった。競馬ファンはそうした馬を〝バテた馬〟と呼んでいたが、実力が同等の馬なら〝追い込み馬〟よりも〝バテた馬〟の方がずっといい配当にありつけることになる。このレースでわたしが買ったのも〝バテた馬〟で、オッズは四対一だった。そいつは二馬身半の差で勝ち、二ドルで十ドル二十セントの払い戻しとなった。二十五ドル五十セントになった。

「一杯ひっかけに行こう」とタニアに言った。「ここのバーテンダーは南カリフォルニアいちのブラディ・メリーを作るよ」

　バーに行った。タニアはＩＤを要求された。わたしたちは飲み物を手に入れた。

「次のレースではどれが気に入っているの？」とタニアが聞く。

「ザグジグ」

「そいつが勝つと思う？」

「きみにはおっぱいがふたつあるの？」

「気がついた?」

「ああ」

「トイレどこかしら?」

「右に二度曲がる」

タニアがトイレに立つと、わたしはすぐにもブラディ・メリーのおかわりをした。黒人の男がひとり、近づいてきた。五十歳ぐらいの男だ。「ハンク、やあ、どうしてる?」

「何とかやっているよ」

「よお、郵便局でみんなあんたのことを懐かしがっているぜ。あんたは俺たちが出会った中でいちばんおかしな男のひとりだったもんな。あそこじゃみんなあんたのことを恋しがってるんだ」

「ありがとう、わたしがよろしく言ってたってみんなに伝えておくれ」

「今何をしてるんだ、ハンク?」

「ああ、タイプライターを叩きまくっているんだ」

「どういうことだい?」

「タイプライターを叩きまくっている……」

両手を上げてタイプを打つ真似をした。

「つまり会社でタイピストをやっているってことかい?」

「いや、わたしは書いているんだ」

「書いているって、何を?」

「詩、短篇小説、小説。それで金をもらっているのさ」

彼はわたしをじっと見つめた。それから後ろを向くと歩き去っていった。

タニアが戻ってきた。「どこかのろくでなしがわたしをひっかけようとしたのよ！」

「ええっ？　ごめんよ。一緒についていけばよかったね」

「めちゃくちゃぶしつけなやつなのよ！　わたしのいちばん嫌いなタイプ！　人間のくずよ！」

「いくらかでも独自なものを持っていれば、まだ救われるんだが。何の想像力も持ち合わせていない。だからこそひとりぼっちでしかいられないんだろうけどね」

「わたしはザグジグに賭けるわ」

「きみの馬券を買ってきてあげよう……」

ザグジグはちゃんと仕上がってはいなかった。ゲートに向かう姿は弱々しく、ジョッキーは発汗して白くなったその馬体に軽く鞭をあてながら誘導していく。ザグジグはまずいスタートをしてダッシュも鈍く、一頭を負かしただけだった。わたしたちはバーに戻った。六対五のオッズの馬にしては、とんでもないレースだった。

ブラディ・メリーを二杯注文した。

「口でされるのは好き？」タニアがわたしに尋ねる。

「相手によるね。うまい娘もいるけど、たいていはへただよ」

「ここで誰か友だちに逢った？」

「逢ったよ、このひとつ前のレースの時に」

「いや、男だ、郵便局員。実際わたしには友だちなんかいないんだ」

「女？」

「わたしがいるわ」

「体重四十キロの荒れ狂うセックス」

「そんな女としてしか見てくれていないのね」

「もちろんそれだけじゃないよ。きみには大きな大きな目もある」

「全然優しくないのね」

「次のレースをやりにいこう」

わたしたちは次のレースに取りかかった。ふたりで別々の馬券を買ったが、ふたりとも負けてしまった。

「もう出ようよ」とわたしが言う。

「いいわよ」とタニアが答える。


わたしの家に戻り、カウチに座って飲んだ。彼女はそんなにひどい女の子ではない。何だかとても悲しそうな雰囲気を漂わせている。ドレスをちゃんと着て、ハイヒールをはいている。くるぶしもきれいだった。彼女がわたしに何を期待しているのか、いまひとつ摑めなかった。彼女をいやな気分にさせるつもりは毛頭ない。彼女にキスをした。彼女の細くて長い舌がわたしの口の中を慌ただしく出入りする。わたしは白っぽい小さな金魚を思い浮かべた。何もかもがうまくいっていたとしても、すべてに悲しみが満ち溢れている。

それからタニアがズボンのジッパーを下げ、わたしのペニスを口に含んだ。口から出して、わたしを見上げる。彼女はわたしの脚の間に跪いていた。わたしの目を穴のあくほどじっと見つめたまま、ペニスの先端に舌を這わせる。彼女の背後では、沈みかけた太陽の光が汚れたベネチアン・ブラインドの隙間から部屋の中に差し込んでいた。それから彼女は本格的な仕事に取りかかる。テクニックは皆無といってよかった。どうすればいいのかやり方をまったくわかっていない。ただ単純に口にくわえてひたすら頭を上下させるだけだった。ひたむきなグロテスクさということではまずまずだったが、ひたむきなグロテスクさだけで最後までいくのはなかなか難しかった。わたしはかなり飲んでもいたし、彼女の気持を傷つけたくはなかった。そこでわたしは幻想の世界へと入り込んでいった。わたしたちはふたりとも浜辺にいて、四十五人か五十人ぐらいの人たちに取り巻かれている。男もいれば女もいて、ほとんどの人が海水パンツをはいている。小さな輪を作ってわたしたちふたりを取り巻いている。太陽は頭上で輝き、寄せては引く波の音が聞こえる。時折二、三羽のカモメが頭のすぐ上を旋回する。

みんなが見守っている中で、タニアはわたしの一物を口にくわえて頭を上下させている。みんながあれこれとコメントしている声がわたしの耳に入ってくる。

「まいったね、あの娘が食らいつくところを見てごらんよ！」

「頭のおかしい尻軽のふしだら女め！」

「自分よりも四十歳も年上の男をしゃぶっているわよ！」

「この娘を引き離すんだ！　狂っているよ！」

「いや、だめだ！　ほら、こつをつかみ始めたよ！」

「見て！　あのすごい一物！」

「身の毛もよだつわ！」

「ちょっと！　彼女がせっせとやっている間、下の穴の方を使わせてもらうよ！」

「あの娘は狂っているわ！　あんなじいさんのをしゃぶっている！」

「マッチでこの娘の背中に火をつけてやれ！」

「ほら彼女が仕上げに取りかかるよ！」

「この娘は完全に狂っている！」

手を伸ばしてタニアの頭を摑み、彼女の脳天に届けとばかりペニスを思いきり押し込んだ。

彼女がバスルームから出てきた時、わたしはすでに飲み物を二杯用意していた。タニアは一口啜って、わたしを見つめる。「気に入ったでしょ、そうよね？　わたしにはわかるわ」

「きみの言うとおりだよ」とわたしは答える。「交響曲は好きかい？」

「フォーク・ロック」と彼女が言う。

わたしはラジオの前まで行き、周波数を１６０に合わせ、スイッチを入れて音を上げた。わたしたちはそのままじっとしていた。

104

翌日の午後、タニアを空港まで連れていった。また同じバーで飲んだ。肌の色の薄い黒人女はあたりにはいない。あのすごい脚はいま誰かのものになっているのだ。

「手紙を書くわ」とタニアが言う。

「わかった」

「わたしのこと、ふしだらな女だって思う？」

「いいや。きみはセックスが好きなだけで、そのこと自体少しも悪いことじゃないよ」

「あなただって心底楽しんでいるわよ」

「わたしには多分にピューリタン的なところがあるんだ。ピューリタンこそほかの誰よりもセックスを楽しんでいるんじゃないかな」

「あなたの振る舞いはわたしの知っているどんな男よりもあどけないわ」

「ある意味で、わたしはいつだって童貞なんだろうね……」

「わたしもそんなふうに言えたらいいんだけど」

「もう一杯いかが？」

「いただくわ」

わたしたちは黙ったまま飲んだ。それから搭乗の時間になった。セキュリティの前でタニアにお別れのキスをして、エスカレーターで下におりた。帰路のドライブは何ごともなかった。さてと、またひとりぼっちになったぞ、と思った。山のように原稿を仕上げなければならない。さもなきゃ清掃係に逆戻りだ。郵政公社は二度とわたしを雇ってはくれないだろう。みんなが言うように、人は自分の仕事に精を出すしかないのだ。

自分の家に到着した。郵便受には何も入っていなかった。腰をおろしてサラに電話する。彼女は店にいた。

「調子はどう？」とわたしが尋ねる。

「あばずれ女はもう帰ったの？」

「もういないよ」

「どれぐらい前から？」

「飛行機に乗せてきたところだ」

「気に入ったの？」

「なかなかたちのいい娘だったよ」

「彼女を愛しているの？」

「いない。ねえ、きみに逢いたいんだ」

「わからないわ。わたしにはあまりにもきつかった。あなたがまた繰り返さないってどうしてわかるの？」

「自分がこれから何をするか誰だってちゃんとわかっていないよ。きみだってこれから何をするかよくわからないだろう？」

「自分がどんな気持でいるのかはわかるわ」

「ねえ、きみがこれまで何をしていたのかなんてわたしは聞きたくもないよ、サラ」

「ありがとう、ご親切ね」

「きみに逢いたいんだよ。今夜。こっちに来て」

「ハンク、わからないわ……」

「こっちにおいで。話をするだけでいい」

「気持の整理がまるでつかないの。地獄のような思いを味わったから」
「いいかい、こう考えておくれよ、わたしにとっては、きみはナンバー・ワンで最高の人、ナンバー・ツーなんて影も形もないんだって」
「わかったわ。七時頃そっちに行くから。あら、お客さんがふたりも待ってる……」
「いいよ。七時に逢おう」

わたしは電話を切った。サラはほんとうに気立てのいい娘だ。タニアのために彼女を失うのはあまりにもばかげたことだった。とはいえ、タニアもわたしに何かを与えてくれた。サラはわたしから受けているような仕打ちではなく、もっと大切に扱われて当然だ。人は、たとえ結婚していなくても、お互いに対して何らかの忠誠を尽くさなければならない。ある意味では、法律で義務づけられたり神聖化されたりしないだけに、信頼の方がもっと重きをおかれなければならない。

さて、ふたりのためにワインがいる。いい白ワインが。

表に出て、フォルクスに乗り込み、スーパーマーケットの隣にある酒屋に行った。わたしは頻繁に酒屋を変えていた。というのも夜も昼も駆け込んで大量の酒を買っていると、店の人間にこいつは酒浸りだとばれてしまうからだった。わたしがどうして死なずにすんでいるのかと彼らを訝らせることになり、そう思われると気分が悪くなる。たぶん彼らはそんなことなど思ってもいないのだろうが、一年に三百日も二日酔いになっていると、その人間はどうしても偏執狂になってしまう。

わたしは新しい店でいい白ワインを四本見つけ、それらを買って表に出た。店の外にメキシコ人の少年たちが四人も立っている。

「よう、旦那！　金をめぐんでおくれよ！　なあ、あんた、金をくれねえか！」

「何のために？」

「いるんだよ、なあ、欲しいんだ、わかんねえのか？」

「コークでも買うのか？」

「ペプシ・コーラだよ、なあ！」

彼らに五十セントやった。

〈不朽の作家
浮浪児たちの
救済に乗り出す〉

彼らは走り去った。フォルクスのドアを開けて、ワインを中に積み込んだ。ちょうどわたしが積み終えた時、一台のバンがかなりのスピードで走り寄ってきて、ドアが勢いよく開けられた。ひとりの女が乱暴に突き落とされる。二十二歳ぐらいの若いメキシコ人で、胸は小さく、灰色のスラックスをはいていた。彼女の黒い髪は汚れてぐしゃぐしゃになっている。バンに乗っている男が彼女に向かって叫んだ。「このいまいましい売女め！　このむなくそ悪いすべた！　てめえのくそったれのけつを蹴っ飛ばしてやる！」

「このへなちょこちんぽ！」と彼女も叫び返す。「くそまみれ野郎め！」

男はバンから飛び降りて、女の方にまっしぐらに走っていく。彼女は酒屋の方に逃げていく。男はわたしを見ると、追いかけるのをやめ、バンに戻ると、けたたましい音をたてて駐車場の敷地を走りぬけ、ハリウッド・ブールヴァードへと猛然と去っていった。

わたしは女のもとに歩いていった。

「だいじょうぶかい？」

「ええ」

「何かわたしにできることはあるかな？」

「ええ、ヴァン・ネスまで乗っけていって。ヴァン・ネスとフランクリン」

「いいとも」

彼女はフォルクスに乗り込み、まずはハリウッド・ブールヴァードを走った。それから右に曲がり、左に曲がるとフランクリンに出た。

「たくさんワインがあるのね、そうでしょ？」と彼女が聞く。

「ああ」

「何か飲まずにはいられないわ」

「ほとんど誰もが飲まずにはいられないのに、みんな気づいていないだけなんだ」

「わたしは気づいているわ」

「わたしの家に行こうか」

「いいわよ」

フォルクスをUターンさせて、反対側に向かった。

「金ならいくらかあるよ」とわたしは彼女に教える。
「二十ドル」と彼女が答える。
「口でやる?」
「いちばん得意なの」

家に着いて、彼女のグラスにワインを注いだ。ぬるかった。彼女は気にしない。わたしもぬるいワインを飲んだ。それからズボンを脱いで、ベッドの上に手足を伸ばして横たわる。わたしについて彼女も寝室に入ってきた。パンツの中からふにゃふにゃの紐のような一物を取り出した。彼女はいきなりくわえ込む。ひどすぎる。想像力のかけらもない。

これぞ見下げ果てた行為の極み、と思った。

枕の上から頭を少し持ち上げた。「さあ、ベイビー、身を入れてやっておくれ! いったい何をたわけたことをやっているんだ?」

わたしはまるで堅くならなかった。彼女はしゃぶりながらわたしの目の中を覗き込む。これまで口を使ってやられた中で最悪だ。彼女は二分間ほど頑張っていたが、それからくわえるのをやめる。ハンドバッグからハンカチを取り出し、その中にまるで精液を吐き出しているかのように唾を吐く。

「おい」とわたしは言った。「わたしに一杯食わせようとするつもりか? わたしはいってないぞ」

「いいえ、いったわ、あんたはいったわよ!」

「おい、はっきりしようじゃないか！」

「あんたはわたしの口の中に出したの」

「たわけたことをほざくんじゃない！　さっさと続けるんだ！」

彼女はまたやり始めたが、ひどいのはさっきと同じだった。何とかましになることを願いながら、彼女がやるにまかせた。どこかの売春婦。口にくわえてせっせと頭を動かしている。彼女がするふりをしているだけのように思えてくる。ふたりともするふりをしているだけ。わたしのペニスは柔らかくなる。彼女は続けた。

「いいよ、もういいよ」とわたしは言った。「やめてくれ。もういいや」

ズボンに手を伸ばして札入れを取り出した。

「ほら、二十ドルだ。もう帰っていいよ」

「乗り物は？」

「わたしに乗ったばかりじゃないか」

「フランクリンとヴァン・ネスの交差点まで行きたいの」

「わかったよ」

車まで行き、彼女をヴァン・ネスまで連れていった。わたしが走り去ろうとすると、彼女は親指を突き出していた。ヒッチハイクしようとしているのだ。

家に帰ってまたサラに電話した。

「調子はどう？」

「今日はのんびりしたものね」

「今夜来ようとまだ思ってくれているよね？」

「行くって言ったでしょう」

「いい白ワインを手に入れたんだ。また前のようになれるよ」

「タニアとまた逢うつもり？」

「いや」

「わたしがそっちに行くまで一滴も飲まないでね」

「わかった」

「行かなくちゃ……お客さんが入ってきたわ」

「よし。今夜逢おう」

サラはいい女だ。わたしは自分の考えを改めなければならない。男がたくさんの女なしでいられなくなるのは、ひとりもいい女がいないからだ。あまりにもいろんな相手とやりまくっていると、自分が何者なのかわからなくなってしまうのかもしれない。わたしのこんなつきあい方では、サラはまだまだ報われていないと言えるだろう。これからはすべてわたしにかかっている。ベッドの上で大の字になり、すぐにも眠り込んでしまった。

電話で起こされた。「はい？」と答える。

「ヘンリー・チナスキーですか？」

「そうだが」

「あなたの作品を昔からずっと崇拝しているんです。あなた以上にうまく書ける人は誰もいないと思います」

若くてセクシーな声だった。

「いくつかいい作品を書いたよ」

「知っているわ。わかっています。ほんとうに女たちとあんなふうに関係を持っているんですか？」

「そうだよ」

「ねえ、わたしも書いているんです。LAに住んでいて、あなたに逢いにいきたいんだけど。わたしの詩をあなたに見てもらいたいんです」

「わたしは編集者でもないし、本を出版する人間でもないよ」

「わかっているわ。知っています。わたしは十九歳です。ただあなたにお逢いしにいきたいだけなの」

「今夜はふさがっている」

「あら、いつの夜でもいいんです！」

「だめだ、きみには逢えないよ」

「あなたはほんとうにヘンリー・チナスキーなの、作家の？」

「確かにそうだけど」

「わたしってとても可愛いのよ」

「きっとそうだろうね」

「ロッシェルという名前なの」

「さよなら、ロッシェル」

わたしは電話を切った。ほらちゃんとやれた——今度ばかりは。

台所に行って、ビタミンEと400IUの壜を開け、何錠かをコップ半杯のペリエで飲んだ。チナスキーにとってはいい夜になりそうだった。日の光がベネチアン・ブラインドの隙間から差し込んで、カーペットの上に見慣れた模様を作り出し、冷蔵庫の中では白ワインが冷えている。ドアを開けてポーチに出た。見たこともない猫がいる。巨大な雄猫で、黒い毛は艶々として、黄色い目が光っている。わたしを見てもまるで怯えていない。ごろごろとのどを鳴らしながら近づいてくると、からだをわたしの片方の脚に擦りつける。わたしがいい男だと、この猫は知っているのだ。動物はよくわかっている。本能だ。家の中に入ると、猫もついてきた。

わたしは猫にスター・キストの無加工のホワイト・ツナ缶詰を開けてやった。天然水で詰められている。正味二百グラム。

訳者あとがき

小説を読んでいて、作品の主人公が自分とよく似ていたりすると、知らず知らずのうちにその主人公に自分自身の姿を重ね合わせて読み進めていることがある。ぼくにとってチャールズ・ブコウスキーのこの作品の主人公、ヘンリー・チナスキーはまさにそんな存在だった。

といっても、ヘンリーとぼくとは年齢も違えば職業も違う、もちろん住んでいる国も違うわけで、女性たちとのつきあい方にしても、思わず無分別と言ってしまいたくなるような彼ほどの積極性や攻撃性をこちらも持ち合わせているわけではない。だからヘンリーはぼくにそっくりだとか、ぼくと瓜ふたつだというわけではないのだが、彼の女性観や女性への負い目の感じ方、あるいは女性に対する恐れなど、作品を読んでいて、「うん、そうなんだ」と共鳴し、共感させられるところが多々あった。「女たちを見ているとセックスのことばかり考えてしまう。どの女を見ても、ベッドを共にした時のことを想像してしまう」というくだりなど、「そんなふうに考えているのはおまえだけではないぞ。それにそんなふうに考えるのは決しておかしなことではないぞ」と、思わず励まされているような気分にもなってしまった。

具体的に見ていけば、ヘンリー・チナスキーとこのぼくとはずいぶんと違うのに、それでもこの登場人物に共感を抱き、つい自分自身を彼の上に重ね合わせてしまうのは、チャールズ・ブコウスキーが男の気持というか、感じ方や考え方を、この作品の中であまりにも正直に書き綴っているからかもしれない。*Women* というオリジナル・タイトルからもわかるように、この作品はチャールズ・ブコウスキーが、ヘンリー・チナスキーという自分自身をやや誇張して作り上げた分身を使って、彼の「女たち」との関わり合い方を克明に描いたものだが、それにしてもここまで正直に、素直に、「女たち」に対する「男心」が書き記された物語はまずないのではないだろうか。ブコウスキーは、男の酷い部分もいやな部分も、醜い部分も勝手でわがままな部分も、何ひとつ包み隠すことなく、自らの女たちとの七、八年間に及ぶ歴史を、この作品の中に書き込んでいる。

ぼくが初めてこの小説を読んだ時、何よりも驚かされたのは、このけれんみのなさというか、作品全体を貫く作者の正直さだった。文中にはセックスに関するあからさまな描写も頻繁に登場し、この作品に対して、下品、低俗といった言葉を浴びせかける人が現われることも考えられないではないが、初めて読んだ時のぼくの読後感は、この正直さや率直さゆえ、むしろ爽快とも言えるもので、その思いは全篇を訳し終えた今も少しも変わっていない。

チャールズ・ブコウスキーが本格的に詩や小説を書き始めたのは、一九四〇年代の半ばからで、六〇年代後半にロサンジェルスのオルタナティヴ・ペイパー『オープン・シティ』に連載した *Notes of a Dirty Old Man* というコラムや七一年に出版された初の長篇小説 *Post Office* によってその存在を広く認められるようになったのだが、もちろんぼくが彼のことを知ったのはそんなに昔の話ではない。その名前を何度か目にしたり耳にしたりしていたものの、彼に対して積極的な関心を抱くようになったのは、八〇年代も半ばを過ぎてからのことだった。

直接のきっかけとなったのはスタン・リッジウェイというロサンジェルスのシンガー・ソングライターが八六年に発表した『ザ・ビッグ・ヒート』というアルバムだったかもしれない。ぼくはアメリカやイギリスのロック・ミュージックについての文章を書いたり、歌詞を訳したりすることが多く、その時もスタン・リッジウェイのそのアルバムの日本盤のレコードに付けられる解説原稿を書いていたのだが、彼の資料にあたっていると、やたらとチャールズ・ブコウスキーの名前が引き合いに出されていることに気づかされた。ウォール・オヴ・ヴードゥというロサンジェルスの人気ニュー・ウェイヴ・バンドのリード・ヴォーカリストの座を退いたスタンが初めて作ったそのソロ・アルバムは、ハリウッドに生きるいかがわしい人たちの暮らしぶりにスポットライトが当てられた歌ばかりを収めたなかなかの傑作で、「その世界はチャールズ・ブコウスキーの詩や小説を彷彿させる」と書かれた新聞や雑誌の記事が次から次へと登場してくるとなると、これはやはり彼の作品を読まずにはいられない気持になってしまう。

それからしばらくして仕事でロサンジェルスを訪れた時、少し時間ができて何か映画でも見ようかと新聞の映画欄を物色していたら、チャールズ・ブコウスキーの作品を映画化した *Love Is a Dog from Hell* が、ホテルのすぐそばのベヴァリー・センターのシネマ・コンプレックスで上映されていることを発見した。ぼくが早速その映画を見に出かけたのは当然のことで、アメリカの映画ではなくベルギーの映画監督の作品だったのはちょっと意外だったが、まずは映像を通じてブコウスキーの世界を垣間見ることができた（この映画は日本でも『クレイジー・ラブ』という邦題で公開され、ビデオ化もされている)。

Love Is a Dog from Hell というブコウスキーの七七年の詩集のタイトルがつけられたその映画は、彼の幾つかの作品をもとにして作られたオムニバス物で、第一話は魅力的な映画女優に刺激を受けて太った年配の女のベッドに忍び込んで悲鳴をあげられてしまうという少年の性の目覚めを描いたもの、第二話は顔面に醜いにきびを作った青年が顔じゅうをトイレット・ペイパーで覆って憧れの女生徒とプロムで踊る話、第三話は大人になった主人公が夭折してしまった絶世の美女を屍姦するストーリーだった。

音楽、映画とまわり道しながらブコウスキーの世界に近づいていったぼくは、映画を見た翌日かその翌日に、彼の本を探してロサンジェルスの書店を歩いて回った。ブコウスキーの本はふつうの書店にはなかなかなく、何軒目かにウェストウッドのUCLAの前にあるかなり癖のありそうな書店にたどり着くと、その店の棚には彼の著作がずらりと取り揃えられていた。

ブラック・スパロウ・プレスやシティ・ライツ・ブックスから出版されているブコウスキーの数々の本をあれこれと三十分以上立ち読みし、結局その時は、*Women*, *Post Office* の長篇二冊、コラム集の *Notes of a Dirty Old Man*、それに *The Most Beautiful Woman In Town & Other Stories*, *Tales of Ordinary Madness*, *Hot Water Music* の短篇集三冊と、全部で六冊買いこんだように記憶する。それらの本をキャッシャーに抱えて持っていくと、そこにいた魅力的な店員から、「まあ、ブコウスキーばっかり。彼ってすごくいいわよね」と話しかけられてしまった。ぼくとしてはその時点では彼の著作をまだ一冊も読んでいなかったので、笑顔を返すしかなかった。「これはいいわよ。わたしはこれが大好き」と彼女は *Women* の表紙をぱんぱんと叩く。あの時短篇でもいいからひとつでもブコウスキーの作品を読んでいたら、ほどなく店を閉めるはずの彼女とウェストウッド・ヴィレッジのどこかのカフェで一緒にお茶か、あるいはビールかウォツカ・セブンを飲めていたかもしれない。

大量にチャールズ・ブコウスキーの著作を買い込んだぼくは、書店の美女店員の薦めもあってまずは *Women* から読み始めた。そして彼の世界にあっという間に引き込まれてしまった。ロサンジェルスから東京に戻るユナイテッド・エアラインの97便の機中でも *Women* を読み続けていたら、アメリカ人のスチュワードが「何を読んでいるの?」と話しかけてきた。そこで本の表紙を見せると、ぼくに大きく頷いて嬉しそうに目配せをする。あれはどう考えても、「いい本読んでいるじゃない。ぼくも読んで気に入っているよ」という同好の士からのエールだった。

ヘンリー・チャールズ・ブコウスキー・ジュニアは、一九二〇年八月十六日にドイツはライン河のほとり、ボンから五十キロほど南東にあるアンデルナッハという街で生まれている。といっても彼の父親のヘンリー・ブコウスキーはドイツに住んでいたわけではない。一八八〇年代に祖父のレナード・ブコウスキーがドイツからまずはアメリカのクリーヴランドに渡ってきて、その後結婚してからカリフォルニアはロサンジェルスの近くのパサディナに居を構えた。父のヘンリー・ブコウスキー・シニアはそこで生まれて育っている。そして彼が兵役でドイツのアンデルナッハに駐留していた時、その地に住むキャサリン・フェットと恋に落ち、結婚してすぐにチャールズが誕生した。

一家はチャールズが三歳の時にアメリカに戻ってきて、ロサンジェルスのヴァージニア・ロードに住み、彼が小学生の時にロングウッド・アベニューへと引っ越した。父親は牛乳配達の仕事をしていて、自分ならもっといい仕事に就けるはずだという彼の恨みや不満は、厳しいしつけや冷酷な仕打ちというかたちで一人息子や妻に向けられた。

チャールズはみんなからハンクと呼ばれていて、現在も多くの人がこの愛称で彼のことを呼んでいる。小学校五年生の時に彼は当時のアメリカ大統領、ハーバート・フーヴァーが学校の近くのエキスポジション・パークにあるコロシアムを訪れた時のことを作文に書いた。教師は彼の作文を絶賛し、クラスのみんなの前で読み上げたが、チャールズは実際にはコロシアムには行っていなかった。後でそのことを教師に正直に告白すると、その女教師は彼を叱るどころか、だからこそ優れた作文が書けたのだと感嘆した。その時彼は「みんなは真実ではなく見事な嘘を求めている」ということに気づき、自分は作家なのだと初めて思ったということだ。

マウント・ヴァーノン・ジュニア・ハイスクールを経て、一九三五年にはロサンジェルス・ハイスクールに進み、この頃チャールズは初めての短篇小説をしたためている。高校生の時には痤瘡と呼ばれる激しいにきびに悩まされ、プロムでも苦い思いを味わっている。高校を卒業してシアーズ・ローバックに就職するも、仕事に打ち込むことはできず、ロサンジェルス・シティ・カレッジに入学。この頃書いていた短篇小説を父親に発見され、それを庭にばらまかれたことに激怒して家を飛び出し、彼はダウンタウンのテンプル・ストリートに部屋を借りてひとり暮しを始めた。

アメリカが第二次世界大戦に参戦していた一九四二年から四五年頃にかけては、ニューオリンズ、エルパソ、サンフランシスコ、フィラデルフィア、セントルイス、ニューヨークとアメリカ各地を放浪し、肉体労働をしつつ、酒を飲んでは喧嘩を繰り返すという無頼の生活を送った。フィラデルフィアのバーでは単身ギャングと派手な立ち回りを演じ、ボスにその度胸を気に入られて仲間に誘われてもいる。

一方で作品も書き続けていた。四四年には『ストーリィ』誌に作品が掲載されて、初めて原稿料も手にした。四六年後半にはロサンジェルスに落ち着き、アルヴァラド・ストリートのバーで知り合った十歳年上のジェーン・クーニー・ベイカーと同棲するようになった。本作の第一章の最初の部分で「わたしはたった一度だけ恋をした」と書かれている相手がこのジェーンで、彼女との日々は八七年に公開された映画『バーフライ』の中で描かれている。ミッキー・ロークがヘンリー・チナスキー役を演じ、フェイ・ダナウェイがワンダという名前でジェーン役を演じ、バーベット・シュローダーが監督したこの作品の脚本は、八〇年からのべ六年もの歳月をかけて書き上げられた。

一九五二年からは郵便局での仕事を始め、同じ頃にテキサスのミニコミ誌『ハーレクイン』に詩を投稿するようになった。この雑誌の主宰者がバーバラ・フライで、彼は文通を通して彼女にプロポーズし、五五年の終わりにふたりはロサンジェルスで初めて対面して、ラスベガスで結婚式を挙げる。バーバラはテキサス州ウィーラーの富豪の娘で、ブコウスキーは郵便局の発送係の仕事を辞めてテキサスのその町で三か月暮らすが、その後ロサンジェルスに舞い戻った。彼女との結婚生活は五七年の三月まで続いた。

五八年には再び郵便局に就職し、今度はこの仕事を七〇年まで十二年間続ける。昼は郵便局で働き、夜は家で詩や小説を書くという日々が始まったわけだ。六〇年には最初の詩集 *Flower,*

Fist and Bestial Wail がカリフォルニア州ユーリカに住むE・V・グリフィスのハース・プレスから出版され、二年後にはニューヨークのポエッツ・プレスから第二詩集の *Longshot Pomes for Broke Players* が続いた。またこの頃ニューオリンズで『ジ・アウトサイダー』という文学誌を作っていたジョン・エドガー・ウェブとその妻のルイーズと知り合い、この雑誌に作品を寄稿するようにもなった。そして六三年には彼らの手でブコウスキーの五五年からその年までの選詩集 *It Catches My Heart in Its Hands* が出版された。

六三年にブコウスキーは同じく詩を書いていたフランセス・スミスと知り合い、翌年の春からハリウッドのデ・ロングプレ・ストリートのアパートで一緒に暮らし始める。翌六四年の九月にはふたりの間に娘のマリーナ・ルイズが誕生した。ブコウスキーにとっては初めての子供だったが、すでに四人の娘を産んでいたフランセスにとっては、もちろん父親は違うが、五人目の娘だった。

創作活動は順調に続けられ、イリノイ州ベンセンヴィルで謄写版印刷の詩誌『OLE』を作っていたダグラス・ブラゼックとも知り合い、彼のミメオ・プレスから六五年に出版された *Confessions of a Man Insane Enough to Live with Beasts* という散文集の中では、チャールズ・ブコウスキーの分身とも言えるヘンリー・チナスキーなるキャラクターが初めて登場した。また翌六六年には『OLE』の寄稿家でUCLAの学生でもあったスティーヴ・リッチモンドがブコウスキーの詩や自作の詩を集めて作ったポエトリー・ペイパー『ファック・ヘイト』がわいせつ文書としてサンタモニカ警察の摘発を受けた。

六七年の五月からブコウスキーはロサンジェルスのオルタナティヴ・ペイパーの『オープン・

シティ』に *Notes of a Dirty Old Man* という連載コラムを書き始め、これが評判となってチャールズ・ブコウスキーの名前はより広く知られるようになった。六八年にはジョン・マーティンのブラック・スパロウ・プレスから *At Terror Street and Agony Way* という詩集を出版し、これをきっかけに現在まで十五年にも及ぶ作家チャールズ・ブコウスキーと出版者ジョン・マーティンとの長いつきあいが始まった。

六〇年代も幕を閉じようとする頃、ブコウスキーの創作活動は俄然活発になり、彼の身辺は急に慌ただしくなっていく。ニーリ・チェルコフスキーと共にポエトリー・ジャーナル『ラフ・リタラリィ・アンド・マン・ザ・ハンピング・ガンズ』を作るようになったし、ペンギン・モダーン・ポエツ・シリーズに作品が収録されて出版されることにもなった。単行本化された *Notes of a Dirty Old Man* は発売後すぐに二万部が売り切れ、ドイツでも翻訳されて出版された。

ブコウスキーは今が潮時と一九七〇年一月二日にターミナル・アネックス郵便局を辞め、その翌日から初めての長篇小説 *Post Office* の執筆にとりかかり、わずか三週間で一気に書き上げてしまった（本書では二十一夜かかったと書かれている）。六七年にも *The Way The Dead Love* という長篇小説にとりかかっているが、その時は第七章まで書いたところで中断してしまった。*Post Office* は七一年の一月にブラック・スパロウ・プレスから出版された。

その前年にブコウスキーは初めての自作の詩の朗読会も行なっていて、そこで彼はリンダ・キングという女性と知り合った。本作 *Women* はその時のことから書き始められている。

七〇年前半から後半にかけての日々は、ヘンリー・チナスキーの女性遍歴というかたちで、この小説の中で極めて細かく語られているので、あれこれとここで書き加えることもないだろう。

ただ幾つかの事実を書き加えておくと、まず七二年にはテイラー・ハックフォードの手によってブコウスキーのドキュメンタリー・フィルム『ブコウスキー』が撮影された。一時間のこの作品は翌年にKCETテレビを通じて放映され、コーポレーション・フォー・パブリック・ブロードキャスティングのベスト・カルチュアル・プログラム・オブ・ジ・イヤーに選ばれたし、ニューヨーク近代美術館でも上映された。

七五年には仕事を転々としていた四〇年代の頃のことを題材にした二作目の長篇小説 *Factotum* をブラック・スパロウから発表する。七六年、ロサンジェルスのライブハウス、トゥルバドールで行なった最後の朗読会で、ヘルスフード・レストランの経営者、リンダ・リー・ベイルと出会う。親しくなったふたりは、最初はウェスタン・アベニューとカールトン・ウェイがぶつかるあたりにあるブコウスキーのアパートとレドンド・ビーチにあるリンダ・リーの家とを行ったり来たりしていたが、やがて一緒に住み始めるようになり、七八年の十月にはロサンジェルスの南のサンペドロに家を買った。リンダ・リーは *Women* ではサラという名で登場しているが、この小説が最初の朗読会で知り合った女性との話で始まり、最後の朗読会で知り合った女性の話で終わっているのはなかなか興味深い。また七七年にブコウスキーは、リンダ・リーに出会うまでの七四年から七七年までのさまざまな恋愛を詩で綴った選詩集 *Love Is a Dog from Hell* をブラック・スパロウから発表している。

Women は七七年の十月に書き上がり、七八年にブラック・スパロウから出版され、その年のうちに一万二千部が売れた。同じ年の五月にブコウスキーはリンダ・リー、カメラマンのマイケル・モントフォートと三人でドイツを訪れ、ドイツ語版の翻訳者であるカール・ワイズナーと逢

ったり、生まれ故郷のアンデルナッハを訪れて叔父のハインリヒ・フェットとの再会も果たしている。また朗読会から身を引くようになっていたハンクだが、この時ばかりはハンブルグで朗読会を行なった。

八〇年にはロサンジェルスでの青年時代を題材にした長篇小説 *Ham on Rye* を執筆。またこの頃に映画監督のバーベット・シュローダーと知り合って『バーフライ』の脚本の執筆にもとりかかった。八三年にはブコウスキーの原作をマルコ・フェレーリが監督した映画 *Tales of Ordinary Madness* が完成したが、彼は作品の仕上がりに対して深い失望を表明している。前述したもう一本の映画化作品、ベルギーのドミニク・デリュデーレ監督の *Love Is a Dog from Hell* の方は、いたく気に入っているということだ。

一九八五年八月十八日にブコウスキーはリンダ・リー・ベイルとロサンジェルスのフィロソフィカル・ソサエティ・ライブラリーで結婚式を挙げた。八七年には『バーフライ』の撮影が開始され、同時にバーベットとの映画作りを題材にした長篇小説 *Hollywood* も書き始めた。八八年には肺結核を患い、信じがたいことに酒と無縁の生活もしばらく体験した。現在は健康も回復し、リンダ・リーや二匹の猫と共にサンペドロに暮らし、フォルクスワーゲンのビートルではなく黒のBMWを乗り回しているらしい。

九〇年代に入っては、詩や短篇を集めた *Septuagenarian Stew* がまず九〇年にブラック・スパロウから出版され、九一年には *In the Shadow of the Rose* が、そして九二年には最新作の *The Last Night of the Earth Poems* が刊行されている。

ハンクと共に詩の雑誌の『ラフ・リタラリィ・アンド・マン・ザ・ハンピング・ガンズ』を作っていたニーリ・チェルコフスキーが九一年にランダム・ハウスから出版したチャールズ・ブコウスキーの伝記 *Hank* をもとにして、*Septuagenarian* に、すなわち七十歳代になった彼のこれまでを纏めてみた。

チャールズ・ブコウスキーが作家活動に専念したのは四十九歳になってからとかなり遅かったが、それにしても十五歳の頃からずっと書き続け、作品集も一九六〇年からほとんど毎年のように、あるいは同じ年に数冊も発表していて、その精力的な活動ぶりには驚かされるばかりだ。それに本書を読んでいると、七〇年代には朗読会も積極的に行なっていたことに気づかされる。さまざまな意味で、チャールズ・ブコウスキーはアメリカでもっともアクティヴかつポジティヴな作家のひとりだと言えるかもしれない。

しかしそれにしては彼の作品や業績が、アメリカの現代文学シーンの中できちんと評価されているとは、なかなか言い難い。それこそアメリカ文学のオルタナティヴ・シーンでは絶大な支持を受けているようだが、いわゆるアカデミックな文芸界からは、あまりにもアヴァンギャルドすぎるし、「過激」で「通俗」的すぎると、拒絶反応を示されているのではないかということは容易に想像がつく。

もっともブコウスキー自身いちばん嫌っているのが、文壇と呼ばれる世界で、本書の中にもヘンリー・チナスキーが文壇人や文学談義を嫌悪している場面が何度も登場している。それこそ彼にとってはアカデミックな評価などこちらから願い下げだということなのだろう。

チャールズ・ブコウスキーのことをヘンリー・ミラーやD・H・ロレンスと並べて論じたり、

アレン・ギンズバーグやジャック・ケルアック、ローレンス・ファーリンゲティ、ウィリアム・バロウズといったビートニクの流れの中で捉える人もいるようだが、彼は「ビートニク・ブームの時代はただただ飲んだ暮れていた。グリニッジ・ヴィレッジやパリのボヘミアン・シーンには興味がない。ビートニクと呼ばれるよりはパンクスと呼ばれたほうが自分に近いものを感じる。わたしは死に絶えた種族の最後の生き見本なのだろう」と語っている。

　日本でもチャールズ・ブコウスキーは、長い間ほとんど無視されていたも同然だったように思う。もちろん早くからハンクの存在に注目していた人たちもいたし、映画『バーフライ』が日本で公開された時は、その作品の作者でモデルでもある彼のことが少なからず話題になった。しかしそれがきっかけとなってチャールズ・ブコウスキーの作品が次々と翻訳されて出版されたり、彼の仕事にスポットライトが当てられるということまでには至らなかったようだ。ただ『バーフライ』のずっと以前、『新潮』の一九八六年の一月号で青野聰氏が「ブコフスキーは裸で這いつくばることのできる生活＝生存圏内にとどまって、ひたすらアルコール類を飲みつづけ、概念を排したありふれた言葉で、自己の生を歌う＝記録する」と彼のことを紹介し、*The Most Beautiful Woman In Town* をはじめとして、その短篇を五作品翻訳していた（この時はブコウスキーではなくブコフスキーと表記されている）。

　ブコウスキーの作品が単行本として日本で翻訳されて出版されるのはこの *Women* が初めてだが、すでにほかにも幾つかの翻訳が進められていると聞く。それに彼の作品をもとにした新しい映画 *Lune Froide* も『つめたく冷えた月』という邦題で近々日本で公開されることが決まっている。この作品は、フランスの俳優、パトリック・ブシテーが自ら脚本を書き、監督も務めて、一九九一年に完成させたもので、*The Most Beautiful Woman in Town* のなかに収められている、*The Copulating Mermaid of Venice, California* と *Trouble with the Battery* という二作の短篇小説がもとになっている。パトリックが自ら主演するこの映画は九一年のカンヌ国際映画祭にも出品され、本作の前身となる屍姦をテーマにした短篇の『コールド・ムーン』は九〇年のセザール賞の短篇劇映画賞も受賞しているということで、なかなかの話題作だ。今度こそこれらの動きをきっかけにして、アメリカ現代文学のアウトサイダーにして偉大なるパンクスのチャールズ・ブコウスキーの数多くの作品が日本でも親しまれることを願わずにはいられない。

文中の競馬に関する部分の翻訳にあたっては、ケン・マクリーンの『クラシック馬の追求』（競馬通信社刊）を訳された山本一生氏にくわしく教えていただいた。また翻訳全体にあたって、河出書房新社編集部の木村由美子さんにお世話になった。感謝します。

中川五郎

一九九二年六月

文庫版あとがき

日本で初めて紹介されるチャールズ・ブコウスキーの長篇小説として『詩人と女たち／*Women*』が単行本で発売されたのは一九九二年八月のことだった。それからまるまる四年目にして、この作品が文庫化されることになった。『詩人と女たち』が単行本で発売された当時、チャールズ・ブコウスキーは日本ではまだまだ知る人ぞ知る特別な存在でしかなかったが、この四年の間で彼を巡る状況は大きく変化したと言える。彼の作品が相次いで翻訳されて出版され、さまざまな雑誌で彼の特集が組まれ、彼の作品をもとにした映画も次々と公開されて、日本では、それこそブコウスキー・ブームのような現象が起こってしまったのだ。書店に足を運べば、ブコウスキー・コーナーも生まれたりしていて、一気に翻訳された彼の著書が平積みになっていたりする。

『詩人と女たち』が単行本で出版された九二年八月以降の、日本でのチャールズ・ブコウスキーを巡る動きを簡単に纏めておくと、まずは九三年一月に彼の一九八三年の短篇小説集『ホット・ウォーター・ミュージック／*Hot Water Music*』が山西治男氏の翻訳で新宿書房から出版され、続いて『マリ・クレール・ジャポン』九三年七月号の「映画とミステリで楽しむロス・アンジェルス特集」にブコウスキーのインタビュー記事が登場。九四年三月には『町でいちばんの美女／*The Most Beautiful Woman in Town & Other Stories*』が発売され、その翌月の四月にはブコウスキーの作品を映画化したパトリック・ブシテー監督の一九九一年の作品『つめたく冷えた月』が劇場公開された。『エスクァイア・ジャパン』の九四年五月号では、ブコウスキーの特集が組まれ、九五年五月には『ユリイカ』と『トーキング・ヘッズ叢書』の二冊の雑誌、もしくは一冊の雑誌と一冊の叢書とが、大部分のページを使ってのブコウスキーの大特集を展開した。そしてその年の秋以降から今年九六年にかけては、長篇小説『くそったれ！ 少年時代／*Ham on Rye*』（拙訳、河出書房新社、九五年九月刊）、短篇小説集『ありきたりな狂気の物語／*Tales of Ordinary Madness*』（青野聰氏訳、新潮社、九五年九月刊）、『ブコウスキー・ノート／*Notes of a Dirty Old Man*』（山西治男氏訳、文遊社、九五年十一月刊）、『ブコウスキー詩集／*Play the Piano Drunk／Like a Percussion Instrument／Until the Fingers Begin to Bleed a Bit*』（中上哲夫氏訳、新宿書房、九五年十二月刊）、長篇小説『パルプ／*Pulp*』（柴田元幸氏訳、学習研究社、九五年十二月刊）、紀行エッセイと写真集『ブコウスキーの酔いどれ紀行／*Shakespeare Never Did This*』（マイケル・モントフォート写真、拙訳、河出書房新社、九五年十二月刊）、長篇小説『ポスト・オフィス／*Post Office*』（坂口緑氏訳、学習研究社、九六年二月刊）、長篇小説『勝手に生きろ！／*Factotum*』（都甲幸治氏訳、学習研究社、九六年三月刊）と、半年ちょっとの間に八冊もの翻訳本が出版され、完全なラッシュ状態となっている。今後も詩集の翻訳が予定されていると聞く。それに映画の世界でも、マルコ・フェレーリ監督の八一年作品『町でいちばんの美女——ありきたりな狂気の物語』が、九五年の十一月に劇場公開され、ブコウスキーの作品を映画化した劇映画は、結局四作ともすべて日本で日の目を見ることとなった。

『詩人と女たち』が単行本で出版された四年前、ぼくはそのあとがきで、「日本でもチャールズ・ブコウスキーは、長い間ほとんど無視されていたも同然だったように思う」、「アメリカ現代文学のアウトサイダーにして偉大なるパンクスのチャールズ・ブコウスキーの数多くの作品が日本でも親しまれることを願わずにはいられない」と書いたわけだが、その願いはここにきて、十分すぎるほどのかたちで叶ったと言うことができそうだ。しかも嬉しいのは、〝ブーム〟のような現象とはいえ、多くの人たちがブコウスキーの作品や人物像を、皮相的に捉えたり、ファッションとして扱ったりするのではなく、その本質を深く理解して、きちんと向き合おうとしていることだ。もちろん中には、ブコウスキーのことを、ただの酒好き、女好き、怠け者の不良爺さんとしてのみ評価している向きもいないわけではないが、その作品の中心に位置する彼の反骨精神やプロレタリアート精神、すなわち厳しくも潔い類い稀な一匹狼精神は、多くのファンの間にちゃんと伝わっていっているのではないだろうか。それに〝無頼〟や〝放蕩〟の陰に隠された彼の優しさや含羞、あたたかなユーモア精神を嗅ぎ取っている人たちも決して少なくないはずだ。

『詩人と女たち』の単行本での初版から四年、こうしてチャールズ・ブコウスキーが日本の人たちの間で広く認められ、愛されるようになったことは、実に嬉しいことだが、この四年の間には彼を巡るとてつもなく悲しいできごとも起こった。一九九四年三月九日、ブコウスキーはこの世を去ってしまったのだ。『LAタイムズ』が伝えた妻のリンダの話によると、彼はその一年ほど前から白血病と闘っていて、カリフォルニア州サンペドロのペニンシュラ・ホスピタルで、ついに力尽きてしまった。享年七十三歳。彼自身、その作品の中で「二十世紀の最後までは生きてやる」と何度も宣言していただけに、無念の最期だったろうし、こちらとしてもちょっと不意打ちをくらったような最期だった。

実はぼくはブコウスキーの死の半年ほど前、ひょんなところで、ひょんな人の口から、彼が重い病い、すなわち白血病にかかっているということを耳にしていた。九三年の八月にロンドンで、アイルランドのロック・バンド、U2のメンバーにインタビューした時のこと、ヴォーカリストのボーノが、ブコウスキーは白血病でシリアスな状態だということを教えてくれたのだ。ブコウスキーとU2が結びつくとはちょっと意外だと思う人もいるだろうが、彼らは九三年七月に発表したアルバム『ZOOROPA』の中に「ダーティ・デイ／Darty Day」という曲を収めていて、ボーノはその歌詞の中で、「The days run away like horses over the hills」と、ブコウスキーの詩のフレーズを自分なりに引用しているばかりではなく、曲そのものを彼に捧げていたのだ。ちなみにブコウスキーは一九六九年に *The Days Run Away Like Wild Horses Over the Hills* という詩集を発表している。そこでボーノにブコウスキーに関する質問を投げかけてみると、彼は自分がブコウスキーの作品の熱心な読者で、作者自身とも親交があり、一緒に酒を飲んだり、競馬場にも行ったりする仲だということを教えてくれた。もともとはブコウスキーの妻のリンダがU2の熱心なファンで、それがきっかけとなって、親交が始まったらしい。そしてブコウスキーに関するボーノの話の中で、彼が重病だということも聞かされたのだ。それから七か月後、彼は還らぬ人となった。ブコウスキーへの関心が日本で一気に高まり始めた矢先の、早すぎる死だった。かつて彼がインタビューの中で語っていた言葉が思い出される。「死んだ時はタイプライターを枕にして葬ってくれ。わたしの戦場だからね」

単行本のあとがきで紹介したブコウスキーの著作は、九二年の詩集 *The Last Night of the Earth Poems* までだったが、その後もアメリカでは彼の作品が六冊出版されている。まずは九三年に *A Charles Bukowski Reader* という副題がつけられた *Run with the Hunted* が、ハーパー・コリンズから出版されている。これはブラック・スパロウ・プレスのジョン・マーティンの編纂によるアンソロジーで、ブコウスキーの作品と共に、彼の生涯を辿るという見事な構成となっている。この本と同時にブコウスキーの朗読をカセットに収めたオーディオ・ブックも発売されていて、彼の朗読に接する機会に恵まれることのなかった日本のファンにとっては、実に貴重なものだと言える。そして九三年にはブラック・スパロウから、一九六〇年から七〇年までの十年間にブコウスキーが作家仲間、編集者、娘や家族など、さまざまな人物にあてて送った手紙が収められた書簡集 *Screams from the Balcony : Selected Letters 1960-1970* が登場。九四年にはやはりブラック・スパロウから彼の遺作となった長篇小説 *Pulp*（『パルプ』）が出版され、九五年五月にはブコウスキーのエッセイとマイケル・モントフォートの写真とで構成された *Shakespeare Never Did This*（『ブコウスキーの酔いどれ紀行』）が出版された。後者はもともとは七九年にサンフランシスコのシティ・ライツ・ブックスから出版されたものだが、それから十六年ぶりにその増補版として、出版社もブラック・スパロウに移って出版し直された。同じく九五年の十月には、*Screams from the Balcony* の続編と言える書簡集 *Living on Luck : Selected Letters 1960s-1970s, Volume 2* がブラック・スパロウから出版された。二冊の書簡集はいずれも、アイルランドの出身で現在はウェスタン・ミシガン・ユニバーシティで英文学を教えるシェーマス・クーニィの編集によるものだ。そして九六年春には、未発表の詩と短篇小説

が収められた *Betting on the Muse* が登場。彼の未発表作品は今後も単行本化されて出版されることになっている。またブコウスキーの朗読が聞ける作品としては、レドンド・ビーチのザ・スウィートウォーターで八〇年の四月に行われたポエトリー・リーディングの模様を録音した『Hostage』（Rhino Word Beat, R2-71758)、七三年九月のサンフランシスコのシティ・ライツ・ポエツ・シアターでのリーディングなどが収められた『Poems and Insults』（Grey Matter, GM08CD)、それにブラック・スパロウからの『Bukowski Reads His Poetry』（Black Sparrow, CD♯1001）といったCDが発売されているので、この詩人の素晴らしい朗読にも、ぜひとも耳を傾けていただきたいと思う。

何度も繰り返しになるが、『詩人と女たち』が登場してから四年、チャールズ・ブコウスキーは日本でも広く認知される存在となった。とはいえ、現状は小説家としての彼にばかりスポットライトがあたっているようで、ある意味では彼の〝本業〟と言える詩人としての業績は、まだまだ紹介され始めたばかりだ。ブコウスキーの類い稀な一匹狼ぶり、破天荒な生き方、直情径行型の作風や姿勢は、今でもしっかりと伝わり、多くの人たちは「こんな人物がいたのか」という驚きと共に彼の作品を受けとめていることと思うが、その全体像がより明らかになるにつれ、「これはほんとうにとんでもない人物だ」と、その驚きはますます増していくのではないだろうか。

中川五郎

一九九六年六月

新装版訳者あとがき

チャールズ・ブコウスキーの三作目の長編小説『Women』は、一九七八年にブラック・スパロウ・プレスから出版された。自らの分身ヘンリー・チナスキーが一人称で語る私小説で、一九六九年いっぱいで長い間勤めた郵便局での仕事を辞め、七〇年に入って専業作家となり、最初の長編小説『Post Office』を書き始めた頃のことから、七七年一月に一人の女性を大切にしようとようやく思い至るまで、まるまる七年間のできごとが綴られている。

『Women』というタイトルから「女たち」とのできごとばかりが書かれている作品のように受け止められてしまうし、確かにそうなのだが、女たちとの出会いのきっかけとなる詩人や作家としての活動ぶり、たびたび行うポエトリー・リーディング、そして四六時中そばになくてはならない酒のことなどもいろいろ書かれているし、ブコウスキーならではの文学論もヘンリーを通して飛び出してくる。この小説が、六九年十二月にハリウッドのザ・ブリッジという書店で初めて行ったポエトリー・リーディングで出会うリディアという女性とのエピソードで始まり、七六年九月にウエスト・LAのトゥルバドゥールで行ったポエトリー・リーディングで出会うサラという女性とのエピソードで終わっているのも興味深い。イントロもエンディングもポエトリー・リーディング絡《がら》みだ。リディアは彫刻家のリンダ・キング、サラはやがてブコウスキーと結婚するヘルス・フード・レストランのオーナー、リンダ・リー・ベイルがモデルになっている。

ぼくが『Women』の翻訳作業に取りかかったのは一九九〇年代の初めのことで、『詩人と女たち』という邦題で上下二冊の単行本が河出書房新社から出版されたのは九二年八月のことだった。原書の出版からは四十五年、翻訳出版からも三十二年の歳月が過ぎたことになる。今回『詩人と女たち』が新装版の文庫で出版されることになり、新たなあとがきを書くために久しぶりに読み返してみて、強く思い知らされたのは、この数十年という時の流れの大きさというか、時代がすっかり変わってしまったということだった。

二十一世紀もすでに四分の一が過ぎようとしている現在、男性が次から次へと女性との性体験を重ねる本書のような内容の小説に対する世の中の見方は、ひじょうに厳しいものになってきていると思える。小説だから幾分か脚色されているとはいえ、こうした男の生き方を面白がったり、快哉《かいさい》を叫ぶ人はうんと少なくなり、強く批判される時代になっているのではないだろうか。かつては一部で持《も》て囃《はや》され、男のロマンや男の美学なんて言葉とすら結びつけられていた、放蕩《ほうとう》作家、プレイボーイ、ドンファン、レディーズ・マン、女たらしと呼ばれるような男たちへの共感や憧れは、この数十年の間にすっかり影を潜めてしまったようだ。本書の一〇一章で書かれているような「シャムのモンガット王には九千人の妻と妾《めかけ》がいた。旧約聖書に出てくるソロモン王には七百人の妻がいた。ザクセンの英雄オーガストには妻が三百六十五人いて、一年間かかって毎日ひとりずつ相手にしていた。多い方が安全だ」といった男の「夢」も今では「何をばかなことを言っているのか」と、一笑に付されてしまうことだろう。相手にした女性の数を自慢げに披露する男たちも賞賛されるどころか軽蔑《けいべつ》の対象になっている。

それにしても詩人がポエトリー・リーディングを行えば、主催者がその夜の相手の女性を用意していたり、打ち上げのパーティでファンと思しき女性たちが次々と自らアプローチしてきたり、詩人が住所や電話番号を公開しているからと、続々とファンレターが来たり、電話がかかってきたりして、そうした女性のほとんどみんなを家に呼び寄せたり、女性の家に行ったりして関係を持ってしまうなど、ほんとうにすごいというか、ひどい時代だったと今のぼくは思う。いい時代だったじゃないかと思う人もいるかもしれないが、よくよく考えてみると、やっぱり一九七〇年代というあの時代は、野蛮で遅れていて不平等で自由の意味をはき違えていて、男たちがやりたい放題やることができ、女たちがそれに合わせていたのではないだろうか。詩人と女たちと同じようなことは一部のロック・ミュージシャンの世界でもあたりまえのこととして行われていたに違いない。

本書を翻訳していた当時の四十代になったばかりのぼくもブコウスキーの分身チナスキーの生き方をかっこいいと少なからず思っていた。「小説を読んでいて、作品の主人公が自分とよく似ていたりすると、知らず知らずのうちにその主人公に自分自身の姿を重ね合わせて読み進めていることがある」といった文章で単行本の訳者あとがきを書き始め、ロサンジェルスのウエストウッドの書店でブコウスキーの本を何冊も買い求めた時、女性の店員から「ブコウスキーっていいわよ」と言われたエピソードを持ち出して（これは事実）、英語もちゃんと喋れないくせに、彼女と一緒にカフェでビールかウォッカ・セブンを飲めたかもなどと、まったくありえない恥ずかしい妄想を臆面《おくめん》もなく書いてしまったりしている。こうした放蕩作家の世界に当時のぼくはまだまだシンパシーを抱いていたということだ。

とはいえ翻訳作業を進めていても、チャンスがあった女性ならそれこそ手当たり次第、その女性だけでなく彼女の友だちだろうが仕事仲間だろうが誰彼かまわず手を出すチナスキーにはついていけないどころか、ほんとうにひどい男だと呆れかえることも多かった。さすが「『人間性《ヒューマニティ》、最初からそんなものとはまるで縁がなかった』それがわたしのモットーだ」と嘯《うそぶ》くだけあるブコウスキー／チナスキーだ。ところがそうした乱行をさんざん繰り返した後で、「わたしは彼女たちのことを何ひとつ思いやることなく、いろんなことが起こるにまかせているだけだ。自分の独善的で安っぽい快楽のことしか考えていない」、「わたしは魂も心もある生身の人間をまるで自分のおもちゃのようにいじくりまわしているだけだ。こんな自分をどうして人間呼ばわりできる？　どうして詩など書ける？　わたしの中身は何でできているのか？」などと、妙にしおらしく、傷つきやすい男になって自分を見つめていたりする。それがまたブコウスキー／チナスキーの興味深いところで、そうした箇所がなかったら、この小説は単なるドン・ファン物語で終わっていて、ここまで話題にはならなかっただろうし、ここまで多くの人たちに読まれることもなかったのではないだろうか。

もしもブコウスキーがこの『Women』の続きを、すなわちサラという一人の女性を選び取り、一緒に暮らし、家も買い、結婚式も挙げた、それからの日々のことを、この小説と同じような正直さ、赤裸々さで書き綴ってくれていたとしたら、それはきっととてつもなく面白い作品になっていたと思う。もちろんその続編のタイトルは『Woman』しかありえない。

二〇二四年八月二十一日

中川五郎

本書は、一九九二年八月に小社より単行本上下巻として刊行され、
一九九六年一〇月に河出文庫に収録したものです。

詩《し》人《じん》と女《おんな》たち

一九九六年一〇月 四 日 初版発行
二〇二四年一〇月一〇日 新装版初版印刷
二〇二四年一〇月二〇日 新装版初版発行

著 者 C・ブコウスキー
訳 者 中《なか》川《がわ》五《ご》郎《ろう》
発行者 小野寺優
発行所 株式会社河出書房新社
〒一六二-八五四四
東京都新宿区東五軒町二-一三
電話〇三-三四〇四-八六一一（編集）
〇三-三四〇四-一二〇一（営業）
https://www.kawade.co.jp/

ロゴ・表紙デザイン 粟津潔
本文フォーマット 佐々木暁
印刷 株式会社亨有堂印刷所
製本 小泉製本株式会社

Printed in Japan ISBN978-4-309-46809-9

勝手に生きろ！

チャールズ・ブコウスキー　都甲幸治〔訳〕　46803-7

1940年代アメリカ。チナスキーは職を転々としながら全米を放浪する。過酷な労働と嘘で塗り固められた社会。つらい日常の唯一の救いはユーモアと酒と「書くこと」だった。映画化。

西瓜糖の日々

リチャード・ブローティガン　藤本和子〔訳〕　46230-1

コミューン的な場所アイデス〈iDeath〉と〈忘れられた世界〉、そして私たちと同じ言葉を話すことができる虎たち。澄明で静かな西瓜糖世界の人々の平和・愛・暴力・流血を描き、現代社会をあざやかに映した代表作。

オン・ザ・ロード

ジャック・ケルアック　青山南〔訳〕　46334-6

安住に否を突きつけ、自由を夢見て、終わらない旅に向かう若者たち。ビート・ジェネレーションの誕生を告げ、その後のあらゆる文化に決定的な影響を与えつづけた不滅の青春の書が半世紀ぶりの新訳で甦る。

裸のランチ

ウィリアム・バロウズ　鮎川信夫〔訳〕　46231-8

クローネンバーグが映画化したW・バロウズの代表作にして、ケルアックやギンズバーグなどビートニク文学の中でも最高峰作品。麻薬中毒の幻覚や混乱した超現実的イメージが全く前衛的な世界へ誘う。

ジャンキー

ウィリアム・バロウズ　鮎川信夫〔訳〕　46240-0

『裸のランチ』によって驚異的な反響を巻き起こしたバロウズの最初の小説。ジャンキーとは回復不能になった麻薬常用者のことで、著者の自伝的色彩が濃い。肉体と精神の間で生の極限を描いた非合法の世界。

麻薬書簡　再現版

ウィリアム・バロウズ／アレン・ギンズバーグ　山形浩生〔訳〕　46298-1

一九六〇年代ビートニクの代表格バロウズとギンズバーグの往復書簡集で、「ヤーヘ」と呼ばれる麻薬を探しに南米を放浪する二人の謎めいた書簡を纏めた金字塔的作品。オリジナル原稿の校訂、最新の増補改訂版！

キャロル

パトリシア・ハイスミス　柿沼瑛子〔訳〕　46416-9

クリスマス、デパートのおもちゃ売り場の店員テレーズは、人妻キャロルと出会い、運命が変わる……サスペンスの女王ハイスミスがおくる、二人の女性の恋の物語。映画化原作ベストセラー。

贋作

パトリシア・ハイスミス　上田公子〔訳〕　46428-2

トム・リプリーは天才画家の贋物事業に手を染めていたが、その秘密が発覚しかける。トムは画家に変装して事態を乗り越えようとするが……名作『太陽がいっぱい』に続くリプリー・シリーズ第二弾。

リプリーをまねた少年

パトリシア・ハイスミス　柿沼瑛子〔訳〕　46442-8

犯罪者にして自由人、トム・リプリーのもとにやってきた家出少年フランク。トムを慕う少年は、父親を殺した過去を告白する……二人の奇妙な絆を美しく描き切る、リプリー・シリーズ第四作。

水の墓碑銘

パトリシア・ハイスミス　柿沼瑛子〔訳〕　46750-4

ヴィクの美しく奔放な妻メリンダは次々と愛人と関係を持つ。その一人が殺害されたとき、ヴィクは自分が殺したとデマを流す。そして生じる第二の殺人……傑作長編の改訳版。映画化原作。

見知らぬ乗客

パトリシア・ハイスミス　白石朗〔訳〕　46453-4

妻との離婚を渇望するガイは、父親を憎む青年ブルーノに列車の中で出会い、提案される。ぼくはあなたの奥さんを殺し、あなたはぼくの親父を殺すのはどうでしょう？……ハイスミスの第一長編、新訳決定版。

死者と踊るリプリー

パトリシア・ハイスミス　佐宗鈴夫〔訳〕　46473-2

天才的犯罪者トム・リプリーが若き日に殺した男ディッキーの名を名乗る者から電話が来た。これはあの妙なアメリカ人夫妻の仕業か？　いま過去が暴かれようとしていた……リプリーの物語、最終編。

太陽がいっぱい

パトリシア・ハイスミス　佐宗鈴夫〔訳〕　46427-5

息子ディッキーを米国に呼び戻してほしいという富豪の頼みを受け、トム・リプリーはイタリアに旅立つ。ディッキーに羨望と友情を抱くトムの心に、やがて殺意が生まれる……ハイスミスの代表作。

十二月の十日

ジョージ・ソーンダーズ　岸本佐知子〔訳〕　46785-6

中世テーマパークで働く若者、愛する娘のために賞金で奇妙な庭の装飾を買う父親、薬物実験の人間モルモット……。ダメ人間たちの愛情や優しさや尊厳を独特の奇想で描きだす全米ベストセラー短篇集。

短くて恐ろしいフィルの時代

ジョージ・ソーンダーズ　岸本佐知子〔訳〕　46736-8

脳が地面に転がるたびに熱狂的な演説で民衆を煽る独裁者フィル。国民が６人しかいない小国をめぐる奇想天外かつ爆笑必至の物語。ブッカー賞作家が生みだした大量虐殺にまつわるおとぎ話。

セロトニン

ミシェル・ウエルベック　関口涼子〔訳〕　46760-3

巨大化学企業を退職した若い男が、過去に愛した女性の甘い追憶と暗い呪詛を交えて語る現代社会への深い絶望。白い錠剤を前に語られる新たな予言の書。世界で大きな反響を呼んだベストセラー。

血みどろ臓物ハイスクール

キャシー・アッカー　渡辺佐智江〔訳〕　46484-8

少女ジェイニーの性をめぐる彷徨譚。詩、日記、戯曲、イラストなど多様な文体を駆使して紡ぎだされる重層的物語は、やがて神話的世界へ広がっていく。最終３章の配列を正した決定版！

お前らの墓につばを吐いてやる

ボリス・ヴィアン　鈴木創士〔訳〕　46471-8

伝説の作家がアメリカ人を偽装して執筆して戦後間もないフランスで大ベストセラーとなったハードボイルド小説にして代表作。人種差別への怒りにかりたてられる青年の明日なき暴走をクールに描く暗黒小説。